Leaf Arbuthnot
WARTEN AUF ELIZA

Leaf Arbuthnot

WARTEN AUF ELIZA

Roman

Aus dem Englischen
von Christiane Burkhardt

DIANA

MIX
Papier aus verantwortungsvollen Quellen
FSC® C083411
FSC
www.fsc.org

Penguin Random House Verlagsgruppe FSC® N001967

Die Originalausgabe erschien 2020 unter dem Titel
Looking for Eliza bei Trapeze/Orion Publishing Group, London.

Redaktion: Lisa Scheiber
Umschlaggestaltung: Favoritbüro, München
Umschlagmotiv: © plainpicture/Mark Owen; © shutterstock/greenga;
MyStocks/Shutterstock.com
Satz: Leingärtner, Nabburg
Druck und Bindung: CPI books GmbH, Leck
Printed in the Czech Republic

ISBN 978-3-453-36081-5

www.diana-verlag.de
Dieses Buch ist auch als E-Book lieferbar.

Für Emma und James,
in Liebe

1

SCHON BEIM BETRETEN des Supermarkts an der Iffley Road wusste Ada, dass seit ihrem letzten Einkauf etwas Ungutes passiert war. Hatte man die Gänge um zehn Zentimeter nach links versetzt? Hatte irgendein überehrgeiziger Filialmanager ganz hinten eine Feinkosttheke eingerichtet, wodurch alles andere plötzlich so zusammengequetscht war? In der Brotabteilung, gleich neben den Blumen, griff sie nach einem Roggenlaib, um dann misstrauisch in den Gang mit dem Obst einzubiegen.

Etwas war eindeutig anders als sonst. Ihr fiel wieder ein, wie sie vor vielen Jahren mit Michael in einem Erdbebensimulator gewesen war, in irgendeinem Londoner Museum. In dessen zweitem Stock befand sich ein nachgebauter Gemüseladen mit Einkaufswagen und jeder Menge Müslikartonattrappen. Alle paar Minuten begann das ganze Ding furchtbar zu wackeln, um den Besuchern einen Eindruck davon zu vermitteln, wie sich ein Erdbeben so anfühlt. Ada hatte den Simulator eher langweilig gefunden, doch Michael war ganz begeistert davon gewesen und lange dortgeblieben, um mit Siebenjährigen um die Wette zu grinsen, sobald das Beben begann. Im Moment hatte sie das Gefühl, auch dieser Laden könnte jederzeit anfangen zu beben, die Konserven drohten ihr förmlich entgegenzuspringen. Nur dass diesmal kein Michael dabei war, der sich über die Erdbebenstöße hätte amüsieren können. Ada straffte die Schultern und versuchte herauszufinden, was genau anders war. Am Ende des Ganges, dort, wo die Braeburn-

Äpfel Frühlingszwiebeln und Lauch wichen – ein jedes Gemüse gleichermaßen einsam in seiner Einzelverpackung –, erkannte sie endlich, was passiert war.

Am Ausgang des Ladens – dort, wo sich Ada normalerweise mit ihrem Korb neben den Kaugummis und Schokoriegeln anstellte und sich fragte, ob heute wohl Adul oder Fatima an der Kasse saß, vielleicht sogar Kim (hoffentlich nicht!) – standen sechs riesige Maschinen.

Sie sahen aus wie gestauchte Geldautomaten. Es handelte sich um SB-Kassen, eine brandneue Errungenschaft des 21. Jahrhunderts. Aus ihren Bäuchen kamen Laserstrahlen zum Einscannen der Barcodes, die an dämonische Augen erinnerten.

Ada erstarrte. Die menschlichen Kassierer waren also ersetzt worden. Von Adul fehlte jede Spur, auch Fatima war nirgendwo zu sehen. Dafür war Kim da, sie stand neben der letzten SB-Kasse. So mürrisch hatte Ada sie noch nie erlebt. Wenn sich die Zeit zu Hause hinzog wie Kaugummi und das unheilvolle Ticken der Wohnzimmeruhr fast mit Händen zu greifen war, lenkte sich Ada gern damit ab, dass sie sich über die extreme Übellaunigkeit von Kim aus dem Supermarkt Gedanken machte. Die drahtige Dreißigjährige mit der verlässlichen Pickelkonstellation im Gesicht hatte Ada einst bei einer seltenen Zweiminutenbeichte anvertraut, dass sie mit ihrer Mutter direkt über dem Laden wohne. So könne sie sich in den Pausen zu Hause aufs Bett legen und in voller Lautstärke Nirvana hören. Doch jetzt wirkte Kim richtig niedergeschlagen. Sie war wie gelähmt, genau wie Ada, starrte ins Leere und hatte das Ende eines ihrer Zöpfe in den Mund genommen. Nur ihre Lippen bewegten sich, massierten gedankenverloren das dazwischen befindliche Haar, wobei sie immer mehr davon in den Mund nahm wie ein Kamel, das Gras frisst.

Ada begriff sofort, worin Kims toller neuer Job bestand, nämlich darin, die Kunden zum richtigen Scanner zu lotsen; die Ausweise der Schüler zu kontrollieren, die an Freitagabenden den Laden stürmten, um Chips und Erdbeersekt zu kaufen; im Notfall ihren Mitarbeitercode einzugeben und stoisch die Waren neu einzuscannen, die Kunden falsch eingescannt hatten. Darauf zu achten, dass niemand die selbst abzuwiegenden Pistazien (teuer!) als selbst abzuwiegende Erdnüsse ausgab (längst nicht so teuer, aber dafür leider viel zu salzig). Kim war gezwungen, stumm zuzuschauen, wie das grüne Licht der Maschinen rätselhaft blinkte, und darauf zu warten, dass etwas schiefging. Wenn sie Glück hatte, verging die Zeit wie im Flug.

Ada spürte eine Bewegung hinter sich und merkte, dass sie mit ihrem Roggenlaib neben den Zeitschriften stand und allen den Weg versperrte. Sofort trat sie beiseite.

Eine junge Frau mit pinkfarbenem Haar und einer zerrissenen Jeans schob sich an ihr vorbei, Tee und eine Packung Hefebrötchen im Arm. Die neuen Kassen schienen sie nicht weiter zu beeindrucken. Sie ging zur nächstliegenden und scannte ihre Sachen ein, wobei sie kurz vor Schluss noch ein Twix dazulegte. Dann schien sie es sich anders zu überlegen und räumte das Twix zurück. Sie nahm weder Ada noch Kim wahr, die von einem Bein aufs andere trat und gerade den zweiten Zopf einsaugte. Die junge Frau griff nach ihrer Quittung und verstaute sie sorgfältig im Geldbeutel. Dann eilte sie zum Ausgang und ließ Ada fassungslos zurück, die ebenso wütend wie neidisch auf so viel Ungerührtheit war.

Sie merkte, dass sie trödelte, und ahnte, wie melodramatisch ihr Verhalten war. So lief das heute nun mal, sie war einfach bloß alt und tat sich schwer, Schritt zu halten. Wie das eben so ist, als ältere, allein lebende Frau. Sie spielte ihre Rolle so gut, dass sie eigentlich stolz auf sich hätte sein müssen. Diese Maschinen waren die Zukunft: Sie waren praktisch und effizient, würden die Schlangen verkürzen, die die Gänge verstopften und die Kunden zwangen, einander zu umkreisen wie arthritische Tänzer. Wäre Michael jetzt hier, hätte er seine Frau ermutigt, die SB-Kassen positiv zu sehen, ja ein Spiel daraus zu machen: Dann hätten sie so viele Zitronen als Limetten ausgewiesen, dass Kim gezwungen gewesen wäre, zu ihnen zu kommen, um sie zu korrigieren. Sie hätten Farbenblindheit und Tattrigkeit vorgetäuscht, die man ihnen gnädig verziehen hätte.

Als sie später bei zugezogenen Vorhängen in ihrem Bett in der Swinburne Road lag und zusah, wie hinter ihren Lidern beunruhigende Flecken aufflammten, begriff Ada, dass es eine Kombination aus zwei Dingen gewesen war, die sie so verstört hatte: einerseits die neuen Maschinen, die eine noch brutalere Isolation bedeuteten, weniger Gelegenheiten für ein kurzes Gespräch, stattdessen dieses ständige Summen und Brummen von Robotern im Hintergrund, die den Menschen zunehmend verdrängten. Andererseits die Lücke, die Michael hinterlassen hatte, die Tatsache, dass er nicht dabei gewesen war, um der Installation der Maschinen etwas Positives abzugewinnen. Ada war gar nicht klar gewesen, wie wichtig die täglichen Einkäufe in der Iffley Road für sie waren, mit denen sie ihren Hunger nach Menschen stillte: Fatimas leises Lachen angesichts der extremen Vorhersehbarkeit von Adas Einkäufen (Milch, Roggenbrot, Thunfisch, Eier); Aduls unverständliches Fußballgebrabbel (er war ein Fan von West oder East Ham); die anderen, weniger freundlichen Verkäufer, die Ada nicht mit Namen kannte, die ihr aber trotzdem immer ein, zwei Bemerkungen zuwarfen, an denen sie sich bis zum Mittagessen festhalten konnte. Und nie mehr würde Michael bei ihr sein, um die Vorteile dieser Veränderungen zu erkennen beziehungsweise sie von ihrer komischen Seite zu sehen – oder aber wütend auf die damit einhergehenden Kündigungen zu sein, was, jetzt, wo sie darüber nachdachte, schließlich genauso gut sein konnte: wütend darauf, dass Fatima und Adul überflüssig gemacht wurden, ja, dass solche Maschinen sogar schon bis in ihr bürgerliches Viertel von Oxford vordrangen. Wut war besser als dumpfe Niedergeschlagenheit, merkte sie, während sie in der Swinburne Road auf dem Bett lag … nachdem sie noch im Laden neben den Zeitschriften in Tränen ausgebrochen war und es geschafft hatte, sogar Kim aus ihrer Trance zu reißen.

Für beide war es das Ereignis des Tages gewesen: Ada begann zu weinen, woraufhin Kim ihre türkisfarbenen Zöpfe aus dem Mund nahm. Sie ging zu Ada und zog die in sich zusammengesunkene Frau vorsichtig hoch. Gelassen begleitete sie Ada hinaus, so als wären solche Zusammenbrüche die Regel. Neben der Straßenlaterne, an die ein blaues Rad gekettet war, blieben sie stehen. Sie schwiegen eine Weile und plauderten anschließend kurz, umarmten sich vorsichtig. Kim meinte, sie müsse jetzt wieder rein, woraufhin Ada nickte und ging. Völlig verlegen und mit hochrotem Kopf trat sie den dreiminütigen Heimweg in die Swinburne Road an. Sie schloss ihre gelbe Haustür auf und ging durch das ausgestorbene Haus nach oben ins Schlafzimmer, lauschte auf die Stille der angrenzenden Zimmer, die klang, als ob sogar noch die Wände mit Teppich verkleidet wären.

2

»SWINBURNE ROAD?«

»Ja.«

»Wo ist die gleich wieder?«

»Bei der Iffley.«

»Neben dem Fish-and-Chips-Laden?«

»Fast. Näher beim Supermarkt.«

Eliza schrie. Sie konnte sich nicht mehr an den Namen der Bar erinnern, in der sie gelandet war, aber sie gefiel ihr. Sie war düster und laut, außerdem hatte keiner der Drinks feste Preise. Stattdessen wurde man vom Besitzer gründlich gemustert, der dann anhand von Auftreten, Klamotten und Akzent beurteilte, wie viel man für seinen Whisky, oder was auch immer man trank, ausgeben konnte, und einen Preis nannte. Die meisten Oxford-Studenten – reiche Leute aus Südengland, die ihren Wohlstand trotz ihrer Oxfam-Jacken nicht verbergen konnten – zahlten ziemlich viel, auch weil der Besitzer sie fernhalten wollte und einheimische Kundschaft bevorzugte. Aber Eliza hatte schon vor langer Zeit lernen müssen, dass man ihr ihre prekären Finanzen ansah. Vielleicht lag es an ihrem Gesicht oder ihrer Frisur – ein pinkfarbener Bob, den sie sich – unter Zuhilfenahme ihrer Handykamera für die Nackenlinie – selbst geschnitten hatte. Ihr Akzent trug bestimmt auch das Seine dazu bei; keiner hier ging bei Leuten aus dem Norden davon aus, dass sie Geld hatten. Bisher hatte sie jedenfalls zwei Pfund pro Drink bezahlt, und die Oliven waren gratis gewesen, während die junge Frau, der Eliza gerade ihre Adresse zurief, ganze sechs Mäuse für einen Wodka Tonic hingelegt hatte.

Eliza war jetzt seit fünf Tagen in Oxford und versuchte, sich ins hiesige Leben zu stürzen. Es war Erstsemesterwoche, und sie waren überall – haufenweise Kinder, die hinter älteren Kommilitonen durch die Stadt liefen. Diese hatten sich freundlicherweise bereit erklärt, sie zu irgendeinem Inder oder Club mitzunehmen. Eliza war fünfundzwanzig, hatte sich aber immer noch nicht daran gewöhnt, als nicht mehr ganz jung durchzugehen. Sie staunte selbst, wie sehr ihr die runden Gesichter der Erstsemester auffielen, ihre sichtliche Nervosität. Bei ihrem Studienbeginn in Bath, 2009 – hatte sie da auch so pausbäckig, so niedlich ausgesehen?

Im Vergleich dazu war der Beginn einer Promotion keine große Sache. Trotzdem ging Eliza immer noch sooft aus wie möglich, ignorierte den Widerwillen dagegen, der jeden Abend in ihr aufstieg, das Wissen, dass sie einen deutlich schöneren Abend haben würde, wenn sie einfach bloß im Bett blieb. Und jetzt stand sie hier mit Nat, einer Bachelorstudentin, die sie gerade mal seit drei Stunden kannte, aber trotzdem schon geküsst hatte. Sie waren im Raucherbereich des Cellar ins Gespräch gekommen; Nat war total beschwipst, hübsch und schien Eliza witzig zu finden. Nachdem sie vier Zigaretten Kette geraucht hatten, die allesamt aus der Schachtel in Nats Rucksack stammten, hatten sie beschlossen, noch woanders hinzugehen. Nat zahlte das Taxi. Eliza war froh, weil sie pleite war. Sie knutschten auf dem Rücksitz wie in einer schlechten Fernsehserie und schmiegten sich vor dem Eingang der Bar aneinander. Nat griff Eliza mit großer Geste an den Po und brachte sie zum Lachen. Jetzt hockten sie in einer Nische am Fenster, und ihre Finger streiften sich ständig. Eliza fand, ihre rauen, geröteten Hände wirkten männlich im Vergleich zu Nats kühlen, weichen, hellbraunen, die in silberfarbenen Nägeln ausliefen, als hätte sie diese in geschmolzene Halsketten getaucht.

»Ich wohne eher Richtung Summertown«, schrie Nat gegen die Musik an. »Ich lebe noch bei meinen Eltern.«

»Schön«, erwiderte Eliza genauso laut. »Ich kenne ein paar Kommilitonen, die dort wohnen, aber die Mieten sind abartig, deshalb hab ich's gelassen.«

»Ja, die Mieten sind abartig.«

»Da, wo ich jetzt bin, ist es okay.«

»Wirklich?«

»Hmhm. Ich bin die einzige Mieterin – das ganze Gebäude wird gerade saniert, ich glaube, weil Asbest gefunden wurde. Es wird entkernt. Nur nicht mein Zimmer. Ich soll dafür sorgen, dass keine Hausbesetzer reinkommen.«

»Gefällt es dir?«

»Ja, das passt schon. Und bis ins Zentrum ist es auch nicht weit.« Sie führte Nats Finger an ihren Mund und knabberte zärtlich daran. Sie schmeckten salzig.

»Wecken dich die Bauarbeiter nicht ständig auf?«, fragte Nat.

»Manchmal«, gestand Eliza. »Ich versuch, ab acht weg zu sein.« Sie überlegte, ob sie noch hinzufügen sollte, dass es kein heißes Wasser gab. Dass sie im Fitnessraum der Universität duschte, zusammen mit der Polomannschaft, wenn die vom Training kam. Dass das Bewohnen eines Hauses, das mehr oder weniger eine einzige Baustelle war, bedeutete, mit tonnenweise Staub zu leben, und dass sie dazu übergegangen war, ihr schmales Bett in eine Abdeckplane zu hüllen, die sie ein paar Häuser weiter an einem Audi gefunden hatte. Auf diese Weise verhinderte sie, dass der Schmutz in ihr Kissen und ihre Decke eindrang. Dass sie jeden Morgen mit Halskratzen aufwachte und erst mal eine heiße Zitrone trinken musste, um es wieder loszuwerden. Aber sie wollte Nat nicht vergraulen, außerdem war sie froh, dass sie so wenig

Miete zahlen musste, und stolz darauf, wie sie das Zimmer gefunden hatte: Nick, ein einheimischer Projektentwickler, der durch den Oxforder Immobilienboom reich geworden war, hatte das Zimmer auf irgendeiner Facebook-Seite inseriert gehabt – eindeutig in der Hoffnung, dass die Behörden die Anzeige dort nicht entdecken würden. Eliza hatte sie gesehen und sofort angerufen, fünf Minuten später hatte sie das Zimmer.

»Meine Güte!«, brüllte Nat. »So früh? Um acht schlaf ich noch.«

Eliza grinste und zuckte nur mit den Schultern. Sie überlegte, so was wie »Der frühe Vogel fängt den Wurm« zu sagen, merkte aber gerade noch rechtzeitig, dass das wenig originell war, und schwieg. Nat begann damit, ihr über den kleinen Tisch hinweg den Nacken zu massieren. Aufgrund ihrer Sitzposition war es etwas umständlich, aber es fühlte sich gut an, was Eliza ihr auch sagte.

»Du promovierst, oder? In Italienischer Literatur?«, fragte Nat.

»Ja, ich hab gerade damit angefangen. Aus irgendeinem Grund heißt es nicht PhD, sondern DPhil. Aber es stimmt schon, ich bin eine von diesen gruseligen Doktorandinnen.«

Nat stieß einen gespielten Entsetzensschrei aus.

Sie lachten. Die Kluft zwischen Bachelor- und Promotionsstudenten war einfach riesig: Für Erstere waren die Promotions- und Masterstudenten Nerds mit fettigen Haaren, die sich von Linsenauflauf und Biowein ernährten und jeden Stadtrat kannten. Letztere hingegen hatten nichts als Mitleid mit den beschränkten Bachelorstudenten: wegen ihrer Cliquenbildung, ihrer Schulden, ihrer lahmen Sportclubs, ihrer lächerlichen Studienpläne und weil sie sich so selten aus ihren Kreisen hinauswagten, um das echte Oxford, seine Geschichte, seine Politik und seine weniger fotogenen Ecken kennenzulernen.

Doch Sex war ein großer Gleichmacher, *der* Schmierstoff, was die Verbrüderung zwischen Bachelor- und Promotionsstudenten anbelangte. Für einen Bachelorstudenten war es zum Beispiel durchaus akzeptabel, beim Ausgehen einen Promotionsstudenten aufzureißen, umgekehrt galt dasselbe. Es wurde sogar gern gesehen und galt als Zeichen von Offenheit. Hätte ein dreißigjähriger Physikforscher eine Erstsemesterstudentin angemacht, die noch von nichts eine Ahnung hat, wäre das vielleicht seltsam gewesen, aber Nat war kein Erstsemester, außerdem besaßen solche Codes in der queeren Community keine Gültigkeit, da sah man beim Alter nicht so genau hin, es spielte eine deutlich geringere Rolle.

»Und worüber promovierst du genau?«, fragte Nat. »Warte, das erzählst du mir, wenn ich vom Klo zurück bin.«

Sie stand auf und taumelte Richtung Toilette, schob ihre schlanke Figur zwischen den Leuten hindurch, die sich an der Bar drängten. Eliza verlor sie aus den Augen. Sie drehte sich um und warf einen Blick auf die Straße. Eine Laterne leuchtete weiß in der Dunkelheit. Sie ließ den Drink in ihrem Glas kreisen. Die Eiswürfel klirrten. Sie beschloss, dass sie aussah wie eine Frau auf einem Edward-Hopper-Gemälde. Ihr Rücken war gerade, ihre Miene undurchdringlich und ihre Figur in dem schwarzen Shiftkleid kaum zu erkennen. »Es gibt nichts, was ich nicht schon erlebt habe«, sagte Eliza mit einem amerikanischen Akzent leise vor sich hin. Gleich würde Nat mit zu ihr kommen wollen, bei Nat war es weniger ideal, weil sie noch bei den Eltern wohnte. Eliza stellte sich vor, wie sie ihre Zimmertür öffnen würde, während Nat dicht hinter ihr stehen und ihr den Nacken oder das Ohrläppchen massieren würde. Seit Ruby hatte Eliza mit niemandem mehr geschlafen. Obwohl anderthalb Jahre vergangen waren, wusste sie nicht recht, ob sie schon so weit war. Vielleicht fühlte sie sich aber auch nur von Zeitschriften und Fernsehsendungen zu der Frage genötigt, ob sie schon bereit für Sex war. Egal, Nat und sie würden in ihr Zimmer schlüpfen. Sie würden dann noch betrunkener sein und auf dem Bürgersteig geknutscht haben. Eliza würde auf die Plane über ihrem Bett zeigen, sich für den Sägemehlgeruch, die ungespülten Becher, die Elektroheizung und für das eine Fenster, das mit Pappe vernagelt war, entschuldigen. Nat würde sagen, dass ihr das nichts ausmache, und so etwas hinzufügen, wie dass ihr Elizas Bücher gefielen. Daraufhin würden sie weiterknutschen, versuchen, einander ihre erotische Bandbreite und ihr Verlangen zu beweisen, mal sanfter, mal brutaler – diesmal vielleicht an die Zimmertür gepresst.

Nein, nein, nicht heute Abend. Eliza stand auf. Energisch stellte sie ihr Glas zurück auf den Tisch, wo es einen glänzenden Ring auf dem Holz hinterlassen würde. Sie zog ihren Anorak an, steckte sich eine letzte Olive in den Mund und bahnte sich den Weg zur Tür.

3

DIE SWINBURNE ROAD war eine Art Stolperfalle von Iffley im Süden von Oxford, das sich an die Altstadt schmiegte und der ganzen Region ihren Namen gab. Die meisten Einwohner kannten die Straße nicht. Sogar solche, die in Oxford aufgewachsen waren und die Stadt nie verlassen hatten, taten sich schwer, sie richtig einzuordnen. Sie runzelten die Stirn, wenn Ada sagte, sie wohne dort, zogen die Brauen zusammen, als würde ihnen die Rente gestrichen, wenn sie die Koordinaten der Straße nicht korrekt benennen konnten … nur um sich dann letztlich doch geschlagen zu geben. Jeder kannte die Straßen, die von ihr abgingen – Fairacres und Donny Bridge, aber eben nicht die Swinburne Road.

Das lag auch an ihrem Verlauf, der aussah wie ein schlampiges »L«, mit einer Art halbmondförmigem Fortsatz, der die Zufahrt versteckte. Auch ihre unscheinbaren Häuser waren dafür verantwortlich, keine romantischen Ziegelbauten wie in den vornehmen Straßen Iffleys, sondern eine Mischung aus weißen und beigen Doppelhaushälften, wie man sie in jeder spießigen Vorstadt findet. Bäume gab es kaum. Die Straßenlaternen waren einst sehenswert gewesen: Nach Sonnenuntergang hatten sie ausgesehen wie glühende Kohlen und die Straße in goldenes Licht getaucht. Doch dann hatte die Stadt die warmen Glühbirnen durch grellweiße ersetzt, sodass ihr nächtlicher Zauber dahin war.

Aber es gab eindeutig schlimmere Viertel. In Fußweite lagen

mehrere Pubs, ein hervorragender Fish-and-Chips-Laden, ein Café und natürlich der Supermarkt, auch wenn sich Ada geschworen hatte, nie mehr dort einzukaufen. Wenige Tage nachdem sie an der Kasse in Tränen ausgebrochen war, zwang sie sich, ihn erneut zu betreten, um zu gucken, ob sie damit klarkam. Ihre Eltern hatten sie so erzogen, dass man nach einem Sturz vom Pferd gleich wieder aufsteigt. Aber es war einfach zu deprimierend. Kaum dass sie das Geschäft betreten hatte, eilte sie auch schon wieder hinaus und beschloss, von ihren Gefrierschrankvorräten zu leben, bis sie eine bessere Bezugsquelle für ihre Lebensmittel gefunden hätte.

Als sie vor zehn Jahren mit ihrem Mann nach Oxford gezogen war, hatten sie sich über die Adresse nicht groß Gedanken gemacht. Sie waren aus beruflichen Gründen hergezogen – wegen Michaels Job –, und schon damals schrieb Ada den ganzen Tag Gedichte – etwas, das so schlecht bezahlt war, als würde sie gar nicht arbeiten. Die Entscheidung, seine Professur in Manchester gegen eine in Oxford einzutauschen, war Michael nicht schwergefallen: Mit Anfang sechzig hatte er längst nicht mehr damit gerechnet, einen Ruf von der berühmten Italienischen Fakultät zu bekommen. Anders als viele seiner Manchester-Kollegen hatte er nie davon geträumt, es eines Tages nach Oxbridge, auf eine der britischen Eliteuniversitäten, zu schaffen. Er war ein eher genügsamer Typ, der nicht dazu neigte, irgendwelchen Schnapsideen oder Flausen hinterherzujagen. Dennoch fehlte es ihm weder an Fantasie noch an Ehrgeiz noch an Abenteuerlust, und als der Ruf kam, reizte ihn die Herausforderung sehr wohl.

Ada hingegen überraschte es gar nicht, dass Oxford sich meldete. Michael war der Liebling der Literaturwissenschaften in Manchester. Er schrieb alle zwei Jahre ein Buch, und sämtliche Publikationen wurden in der Fachpresse gut besprochen. Er verteidigte in Radiosendungen die Bedeutung von Literatur- und Sprachwissenschaften. Seine Seminare über Berühmtheiten wie

D'Annunzio, Croce, Pirandello und Moravia bekamen von den Studenten die besten Bewertungen. Seine Vorlesungen waren überfüllt. Manchmal setzte sich auch Ada hinein, denn genau so hatten sie sich kennengelernt. Sie war vor vielen Jahren auf einem Vortrag in Exeter gewesen und hatte das Gefühl gehabt, er spräche nur zu ihr. Wenn sie sich in Manchester in seine Vorlesungen setzte, sah sie, wie die Studenten förmlich an seinen Lippen hingen und wie wild auf ihre Tastaturen einhackten, um sicherzustellen, dass seine Worte unverändert in die Annalen ihrer Textverarbeitungssysteme Einzug hielten. Doch Michaels Segen oder Fluch war es schon immer gewesen, dass er sich seiner Stärken nicht bewusst war. Er war mehr oder weniger taub dafür: Man hätte ihm das Lob nur so ins Gesicht schreien können, und es wäre trotzdem nicht bei ihm angekommen. Daher war er der Einzige, den der Ruf nach Oxford völlig überraschte.

Ada zog gerne mit um. Sie mochte Manchester, aber in Oxford würde es ihr bestimmt auch gefallen. Sie hatte nichts dagegen, ihr altes Leben und ihre Freunde aufzugeben. Die Bücher, die Kunst und das Geschirr kamen mit, während sie die Möbel, die sie für einen Apfel und ein Ei in Gebrauchtwarenhäusern erstanden hatten, zurückließen. Sie verkauften Ivy Cottage samt dem angebauten Stall und fanden das Haus in der Swinburne Road über irgendjemanden von der Portugiesischen Fakultät in Oxford, der gerade an der University of California, Los Angeles lehrte. Sie hatten das Glück, es sich anschauen zu können, bevor es offiziell auf den Markt kam. Ada verkaufte ihre Aktien, Michael plünderte seine Ersparnisse, und so machten sie es irgendwie möglich.

Am Tag nach dem Einzug gingen sie in die Eisenwarenhandlung in der Magdalen Road und kauften ein wenig Farbe. Es war Michael, der sie aussuchte. Ada holte von irgendwo zwei Schürzen hervor, woraufhin sie ihren ersten Nachmittag in Oxford damit verbrachten, ihre Haustür knallgelb anzustreichen. Es war ein bedeckter, aber recht warmer Tag im August. Michael schaffte es, einen nierenförmigen Handballenabdruck neben dem Türklopfer zu hinterlassen.

»Liebling!«, ermahnte ihn Ada sanft. Man konnte seine Hautrillen in der Farbe erkennen, ein matter Fleck an der ansonsten nass glänzenden Tür.

»Wenn ich einmal nicht mehr bin, wird er dich an mich erinnern«, erwiderte Michael. Ada verdrehte die Augen, verzichtete aber darauf, die Stelle zu übermalen. Den restlichen Nachmittag verbrachten sie im Garten, pflückten Kirschen von dem Baum, den all die Akademiker, die vor ihnen hier gewohnt hatten, am Leben erhalten hatten. Sein Stamm war von Brennnesseln umwuchert. Ada schnitt sie zurück und legte die jungen Blätter für eine Suppe beiseite. An diesem Abend aßen und lasen sie im Wohnzimmer, umgeben von Umzugskartons wie von Tetris-Blöcken.

Jetzt lebte Ada allein in der Swinburne Road. Manchmal fiel ihr wieder ein, dass im Schrank unter der Treppe noch die Dose mit gelber Farbe stand, sie hatten sie nur zur Hälfte aufgebraucht. Nachdem sie die Tür fertig gestrichen hatten, hatte Ada vorgeschlagen, den Rest wegzuwerfen: Für die Innenräume kam die Farbe nicht infrage, das würde bloß Augenkrebs auslösen. Aber Michael bestand darauf, sie aufzuheben, man könne damit schließlich noch die Bank unter dem Kirschbaum aufhübschen.

Dazu kam es natürlich nie, sodass die Dose in den Schrank wanderte, wo sie bis heute stand. Ada fragte sich manchmal, ob die Flüssigkeit darin zu einer Art radioaktivem Ziegelstein erstarrt war. Auch nach Michaels Tod hatte sie die Farbe nicht angerührt. Sie hatte Angst vor ihrem unverkennbaren Geruch, vor ihrer Fröhlichkeit.

In den Monaten danach, als Ada nicht mehr ganz so stark das Gefühl hatte, man würde ihr das Herz bei lebendigem Leib herausreißen, war sie fast stolz darauf, dass ihr Mann eines so gewöhnlichen Todes gestorben war. Am Küchentisch. An einem beliebigen Morgen im März 2014, die Zeitung mit einem kniffligen, halb gelösten Sudoku vor sich auf dem Tisch und den Kuli noch in der Hand.

Als sein Herz aufhörte zu schlagen, lag Ada im Tiefschlaf im Obergeschoss. Der wurde leichter, als es langsam Tag wurde und ihre neue Situation heraufdämmerte. Um acht war sie dann richtig wach und setzte sich auf. Schon bald würde sie Michaels gedämpfte Schritte in der Küche hören, wenn er Milch in einen Krug goss und Kaffee kochte, um ihr beides heraufzubringen. An diesem Tag blieben die Geräusche aus, aber auch das kam vor: Manchmal machte Michael einen Morgenspaziergang zum Fluss, um zuzuschauen, wie die Ruderboote auf dem Wasser vorbeizogen. Am liebsten beobachtete er den Steuermann, der winzig klein zusammengefaltet vorn im Bug lag und dessen Stimme – oder deren Stimme, denn oft war es eine Steuer*frau* – die Morgenluft durchschnitt.

Ada fand ihre Lesebrille und schüttelte eine zwei Wochen alte Ausgabe der *London Review of Books* aus. Sie las dort weiter, wo sie am Vorabend aufgehört hatte, in Spalte drei eines Artikels über die weiteren Entwicklungen des Arabischen Frühlings. Eine Weile versuchte sie, den Faden wiederaufzunehmen, aber es half nichts, sie musste noch mal ganz von vorne anfangen; sie brachte sogar die Namen der Anführer durcheinander, verstand nicht mehr, wer sich da gegen wen erhob. Irgendwann legte sie die Zeitung weg und kam sich begriffsstutzig vor. Sie schlüpfte in ihren Morgenmantel und ging nach unten. An den Tagen, an denen Michael zum Fluss ging, kochte sie für jeden von ihnen ein Ei. Nach seiner Rückkehr würden sie gemeinsam im Garten essen, mit schweren Decken auf dem Schoß, die sie neben der Hintertür stapelten.

Aber an diesem Morgen war alles anders. Ada betrat die Küche und fand einen sitzenden Michael vor, der weder den Wasserkessel aufsetzte noch Kaffeebohnen verschüttete. Seine Stirn ruhte auf dem Holz des Küchentischs – ganz so, als wäre er von einem russischen Spion aus dem Hinterhalt ermordet worden, wie Ada seltsamerweise in diesem Moment dachte. Er rührte sich nicht. Sein Kaffee war noch warm. Ein Herzinfarkt, wie sie später erfahren sollte. Er war auf der Stelle tot gewesen. Mit fünfundsiebzig, jünger als viele, aber auch nicht mehr so jung, dass Ada fand, sich beschweren zu dürfen.

Ada blieb eine Stunde neben seiner Leiche sitzen und rief anschließend ihre Schwester an. Sie staunte, wie sachlich sie blieb. Sie nannte die Fakten, ohne in Tränen auszubrechen. Eve nahm den nächsten Zug nach Oxford. Sie wohnte in Brighton, zusammen mit ihrer Tochter Gwen, die anderthalb Jahre zuvor von ihrem Mann verlassen worden war. Es gab Enkel: Ali und Tom, sechs und sieben, wunderschöne Wesen mit weißblondem Haar. Sie wuchsen wie verrückt, erzählte Eve.

Sie stellte sich als Riesenhilfe heraus: Sie mailte den Behörden von Michaels altem Computer aus, kaufte Schlaftabletten und Brot und gab die Todesanzeige auf. Ada spürte vage, dass sie ihrer Schwester eines Tages dankbar dafür sein würde. Sie mochte Eve, auch wenn sie sich nicht sehr nahestanden: Als Kinder hatten sie unterschiedliche Schulen besucht – Ada hatte es aufs örtliche Gymnasium geschafft, während Eve am Übertritt gescheitert und auf die Gesamtschule gekommen war. Dadurch, dass sich ihre Lebenswege getrennt hatten, hatte die Vertrautheit der Kindheit immer mehr nachgelassen. Früher hatten sie sich so ähnlich gesehen, dass man sie für Zwillinge hielt, und sie verhielten sich auch so, gaben sich als die jeweils andere aus und malten sich die gleichen Muttermale auf die Wange.

»Schon seltsam«, sagte Ada beim Gedenkgottesdienst zu ihrer Schwester.

Michael war so rücksichtsvoll gewesen, in den Semesterferien zu sterben, sodass es nicht weiter schwer gewesen war, seinen Kollegen Balliol zu bitten, eine Rede zu halten. Es kamen hundert Leute.

»Was ist seltsam?«, fragte Eve, die Ada stützte.

Sie verließen gerade die Kirche und gingen durch Fellow's Garden. Die Sonne schien, und die von den College-Gärtnern gepflegten Blumenbeete leuchteten um die Wette.

»Der Tod«, erwiderte Ada. »Er ist wirklich seltsam.«

Sie hatten fast schon das Buttery Hotel erreicht, als sie ihr Gespräch fortsetzten.

»Seltsam, weil du jeden Moment erwartest, Michael um die Ecke biegen zu sehen?«, fragte Eve behutsam. »Gerade eben war er noch da, und jetzt ...«

»Ich denke schon.« Ada lachte. »Ja, das stimmt, man rechnet jeden Moment damit, ihn zu sehen. Aber ich tue mich auch schwer damit zu begreifen, was ich da gerade verloren habe.«

Beim Gedenkgottesdienst hatte ein Orgelpedal geklemmt und einen Ton aufheulen lassen, der klang wie ein Nebelhorn. Alle waren mitten in »How Great Thou Art« verstummt und zum Organisten herumgefahren. Die paar Kinder in der Kirche hielten sich die Ohren zu und starrten vorwurfsvoll nach oben. Der Ton verklang erst, als der Propst zur Orgel hinaufeilte und auf das betreffende Pedal trat, um es zu befreien.

Michael wäre begeistert von dieser Störung gewesen, da war sich Ada ganz sicher. Er war nicht gläubig, aber in Dublin aufgewachsen und akzeptierte, dass die Religion ihn wie tief liegende Wasseradern durchzog, wie eine dieser verborgenen Quellen unter der Stadt. Es brachte nichts, sich dagegen zu wehren: Wenn er nicht regelmäßig in die Kirche ging, wurde er unruhig. Er sprach seine Gebete, inhalierte den Weihrauch der Kathedralen und kniete auf ihrem Steinboden. Aber neben dieser Zuneigung empfand er auch tiefen Hass, sodass er Bonbons mit in die Messe nahm und sie bewusst dann aus der Goldfolie wickelte, wenn es gerade besonders leise war. Eine verrücktspielende Orgel war genau die Art von leiser Rebellion, die ihm gefiel. Er hätte es geliebt, auf seiner eigenen Beerdigung so einem Schnitzer beiwohnen zu können.

»Blitzartig fällt es mir immer wieder ein«, sagte Ada. »Wie in dem Moment, als die Orgel kaputtging. Da konnte ich mir seine Reaktion genau vorstellen und wusste eine Sekunde lang wieder, was für ein Mensch er war. Aber ansonsten …«

Sie zuckte mit den Schultern. Eve drückte ihr die Hand. Ada spürte, wie sich ihr die Nägel der Schwester halbmondförmig in die Handfläche bohrten.

Durch den Rest des Tages glitt Ada wie in ihre eigene Smogwolke gehüllt. Hin und wieder drangen Menschen oder Worte bis zu ihr vor: »Ein wunderbarer Mann«, »Ich kann Ihnen gar nicht sagen, wie leid es mir …«, »Ein ganz reizender …« Als sie aufsah, um die Laute den jeweiligen Mündern zuzuordnen, waren sie längst wieder von der Menge verschluckt worden, und sie hielt ihre Worte vorsichtig in der Hand wie verletzte Vögel.

Doch über eines war sie froh: Dass sie den Weitblick gehabt hatte, die Trauergäste in den im ganzen Land verschickten Einladungen zu bitten, Gelb zu tragen. Die meisten hielten sich daran, aber die Tradition war hartnäckig, und sie trugen ihr Rechnung, indem sie ihre fröhliche Kleidung mit Schwarz kombinierten. Während des Gottesdienstes und auch bei dem trostlosen kleinen Empfang danach glaubte Ada, sich in einer Art Bienenkorb zu befinden, dessen Bienen auf sie zutaumelten, um ihr ihr Beileid ins Ohr zu summen. Auch die Narzissen blühten, und an jede Brust waren Blumen geheftet, deren leuchtende Köpfe in der drückenden Luft bedächtig nickten.

Am Tag nach Michaels Beerdigung fuhr Eve zum Bahnhof. Noch während das Taxi draußen auf sie wartete, fragte sie Ada, ob sie nicht mitkommen und eine Weile bei ihr und ihrer Familie in Brighton wohnen wolle, umgeben von Trubel und jungen Menschen. Sie habe Platz genug, Ali und Tom bräuchten sowieso ständig Aufmerksamkeit, sodass sie nicht allein bleiben müsse, wenn sie das nicht wolle.

Ada ließ sich ihr Angebot durch den Kopf gehen. Mit neunzehn hatte sie erfahren, dass sie niemals Kinder haben würde, und wenn sie länger mit welchen zusammen war, machte sie das immer noch nervös. Sie wusste nicht, wie sie sich in ihrer Gegenwart verhalten, was sie mit ihren neugierigen Blicken und plötzlichen Bedürfnissen anfangen sollte. Sie mochte Eve, Gwen und die Kinder, merkte aber auch, dass sie Michael viel zu sehr vermisste, um ihr Leben in Oxford, ihr Haus mit den genauestens aufeinander abgestimmten Lampen und Kunstgegenständen aufzugeben. Bisher hatte sie sich noch zusammenreißen können – nicht zuletzt aus Respekt vor Eve und ihrer Zuwendung. Doch jetzt wollte sie sich ihrer Trauer hingeben. Sie bleibe lieber hier, sagte sie, sie müsse jetzt allein noch mal neu anfangen, falls so etwas überhaupt möglich sei. Sie lehnte das Angebot ab.

Eve nickte, küsste die Schwester auf die Wange, strich ihr übers Haar und ging. Bald darauf, als die Kirschzweige knospten, telefonierten sie, bis Ali auf den Schoß ihrer Oma kletterte und das Telefon hinunterfiel. Ada legte auf, noch bevor Eve den Hörer aufheben konnte.

4

ELIZA HATTE SICH noch nie einfach so aus dem Staub gemacht. Nachdem sie beschlossen hatte, die Bar zu verlassen, während Nat auf dem Klo war, merkte sie plötzlich, wie sehr sie sich dafür hasste, so etwas auch nur in Erwägung zu ziehen. Es wäre peinlich und melodramatisch abzuhauen, während Nat mal kurz Pipi machte. Also ging sie wieder hinein, setzte sich und schlug die Beine übereinander, als wäre nichts gewesen. Nat kam von der Toilette. Ihr Lippenstift glänzte, und ihr fiel gar nicht auf, dass Elizas Haar feucht war, weil es draußen regnete.

Der Abend endete anders, als Eliza das erwartet hatte. Nat und sie knutschten ein wenig an ihrem Tisch, aber das war nicht die Art Bar, in der man rummachen konnte, weshalb es ihnen bald etwas seltsam vorkam und sie es wieder sein ließen. Eliza gab weitere Drinks aus. Sie hörte damit auf, Nat mit Ruby zu vergleichen, und dachte nicht mehr darüber nach, ob Nat mit in die Swinburne Road kommen würde, geschweige denn an die Konsequenzen. Stattdessen hörte sie Nat aufmerksam zu. Alles, was sie sagte, war interessant, das meiste sogar lustig. Nat studierte im zweiten Jahr Geschichte und stand einer Gruppe vor, die sich für die Abschaffung von Hochschulprüfungen einsetzte. Denn die würden nur »pfaueneitle Denker« bevorzugen, Menschen dazu drillen, unter Druck Höchstleistungen zu bringen. Privilegierte weiße Männer schnitten unter Zeitdruck besser ab als Frauen, so ihr Argument, obwohl sie deutlich weniger wussten. Und trotzdem kamen sie seit Jahrtausenden damit durch, verdammt noch mal! Sie waren regelrecht besessen von ihren Prüfungen, Schluss damit!

Eliza sah das anders, aber ihr gefiel der Begriff »pfaueneitle Denker«, was sie Nat auch sagte. Daher wiederholten sie ihn abwechselnd laut in verschiedenen Akzenten, lachten und prosteten sich zu.

Danach meinte Nat, sie gehe jetzt lieber mal nach Hause. Eliza war ebenso überrascht wie erleichtert. Sie wartete mit ihr an der Bushaltestelle – nie hätte sie gedacht, dass Nat öffentliche Verkehrsmittel benutzte – und ging dann heim. Es regnete immer noch, aber nicht mehr so schlimm. Sie zog so lange an der Kapuzenkordel ihres Anoraks, bis nur noch ein schmaler Augenschlitz offen war. Darunter blieb sie trocken und warm. Als sie nach Hause kam, waren die Häuser der Swinburne Road in vollkommene Dunkelheit getaucht. Es war zwei Uhr früh und fühlte sich an wie vermutlich überall auf der Welt. Nur im Haus gegenüber, dem mit der Tür, die bei Tag knallgelb leuchtete, schien noch jemand wach zu sein. Im Obergeschoss brannte Licht. Eliza konnte die Umrisse einer Gestalt am Fenster erkennen, trotz der zugezogenen Vorhänge. Sie beobachtete sie kurz vom Bürgersteig aus und fischte dann ihren Schlüssel aus dem Rucksack. Sie schob sich an den Zementsäcken im Vorgarten vorbei und sperrte die Hintertür auf, den einzigen Zugang zum Haus. Sie ging in ihr Zimmer, der Hals kratzig von der staubigen Luft, und rollte sich auf ihrem Bett zusammen.

Als Eliza am nächsten Morgen aufwachte, wusste sie wegen der Plane unter ihr, die raschelte wie eine Chipstüte, zunächst nicht, wo sie war. Ihr Handyakku war alle. Sie brauchte eine Weile, bis ihr einfiel, dass sie das Rad vor dem Cellar stehen gelassen hatte, dem Club, in dem sie Nat kennengelernt hatte. Bilder der vergangenen Nacht blitzten vor ihrem inneren Auge auf, begleitet von der entsprechenden Geräuschkulisse. Sie trug immer noch ihr Kleid. Sie stand auf und betrachtete sich im Spiegel, lud dann ihr Handy.

Ihre Wimperntusche war verklumpt, aber egal. Sie kippte den Teerest hinunter, der sich noch in einem Becher befand, und zog ihre Nikes an. Das New College, an dem sie studierte, lag eine halbe Stunde zu Fuß entfernt. Wenn sie sich vor ihrem Treffen mit dem Quästor noch einen Kaffee kaufen wollte, musste sie sich beeilen. Sie stopfte sich einen Minimuffin aus der Packung auf der Fensterbank in den Mund und brach auf.

Draußen musterte sie neugierig das Haus gegenüber. Sie wusste nicht, wer dort wohnte. Eliza kannte keinen ihrer Nachbarn, erinnerte sich aber, wie gespenstisch das Haus letzte Nacht mit seinen Schatten gewirkt hatte, mit dem erhellten Zimmer im Obergeschoss und der Gestalt hinter den Vorhängen. Jetzt sah es ganz alltäglich und normal aus. Sie schulterte ihren Rucksack und eilte lustlos Richtung Altstadt.

Zum ersten Mal angeschaut hatte sich Eliza das New College zusammen mit Rich, ihrem Dad, mehrere Monate bevor sie die Zusage erhalten hatte. Sie waren um fünf aufgestanden und mit dem Volvo die A6 runtergebrettert. Elizas Mutter Flora war nicht mitgekommen – Rich und sie hatten nicht mehr viel miteinander zu tun, und das letzte Mal, als Eliza mit ihrer Mutter gesprochen hatte, hatten sie gestritten: Flora hatte erfahren, dass Eliza fünfhundert Pfund bei einem Essay-Wettbewerb gewonnen hatte und etwas davon abhaben wollen. Eliza hatte das nicht eingesehen, und seitdem hatten sie keinen Kontakt mehr gehabt.

Oxford war ungefähr fünf Stunden mit dem Auto von Carlisle entfernt. Eliza wurde zwar nicht reisekrank, aber reisemüde. Nach mehr als zwanzig Minuten im Auto fühlte sie sich völlig schlapp, als hätte sie Blut gespendet. Rich wollte die ganze Fahrt über reden, bei McDonald's und an Tankstellen einkehren, damit es ein richtiger Ausflug würde. Eliza wusste, dass sie sich das eigentlich auch wünschen sollte, dass es unheimlich nett von Rich war, sie extra zu fahren, dass Benzin teuer war und er genauso gut den Garten der Kanes hätte fertigstellen können. Trotzdem schaffte sie es einfach nicht, herzlich und gesprächig zu sein, schon gar nicht so früh am Morgen.

»Crash Test Dummies oder Meat Loaf?«, fragte Rich irgendwann und hielt zwei verkratzte CDs hoch, während seine andere Hand auf dem Lenkrad ruhte.

Elisa überlegte. »Dummies, bitte.« Sie schaute aus dem Fenster. Sie fand es deutlich schöner, die Landschaft am Autofenster an sich vorbeiziehen zu lassen, als sich selbst darin aufzuhalten. Sie hielt nach Spaziergängern Ausschau, die durch die Felder streiften: Sie liebte es, sich deren idyllisches Leben auszumalen, ihre alten Kohlenherde und hübschen Hunde, die nach Shakespearefiguren benannt waren.

In Oxford versuchten sie, sich in knapp sechs Stunden fünfzehn Colleges anzusehen. Rich hatte die Schule schon mit sechzehn verlassen und war begeistert, Eliza weniger. Sie wollte zwar auf diese Universität, die Italienischfakultät besaß einen ausgezeichneten Ruf. Wenn sie dort promovierte, konnte sie vielleicht an der Uni Karriere machen. Trotzdem wurde sie den Knoten im Magen nicht los, wenn sie an dieses ganze Oxford-Gewese dachte, an die Parks, die blöden Cellokonzerte, für die überall geworben wurde, an die Säulen und Statuen mit ihren toten Augen und die mit Rudern dekorierten College-Bars. Das Ganze war genau wie in Bath, bloß hundert Mal schlimmer. Rich wollte mit jedem Pförtner plaudern, jede Eiche bewundern und in jedem kitschigen Tearoom in der Altstadt Earl Grey trinken und Scones essen. Er hörte nicht auf, begeistert Elizas Schulter zu drücken, wenn sie unter Torbögen durchgingen und Kirchen besichtigten. Schon bald verschwammen die Colleges und Fakultäten zu einem einzigen großen Scheiterhaufen aus Mahagoni, Geld und honiggelbem Sandstein.

»Wieso bist du nicht aufgeregt?«, fragte Rich immer wieder. »Wir sind in Hogwarts! Du *liebst* Hogwarts!«

Er hatte recht, Eliza hatte einen Großteil ihrer Kindheit in Rowlings Schloss verbracht, zugeschaut, wie Ron sich in der Großen Halle mit Spiegelei vollstopfte und Hagrid im Wald auf den Pelz rückte. »Aber das hier ist wie eine Disney-Version von Hogwarts«, setzte sie zu einer Erklärung an. »So als wäre Hogwarts das Original und das die Kopie. Keines der Gebäude wirkt echt. Sogar die Radfahrer sehen aus, als wären sie einem Kostümschinken entsprungen.« Noch während sie das sagte, sauste gerade ein Eddie-Redmayne-Doppelgänger auf einem Hollandrad vorbei, einen Blumenstrauß im Lenkradkorb.

Rich schüttelte grinsend den Kopf. Er versuchte gar nicht erst, sie zu verstehen. Wie anders sein einziges Kind war, hatte sich bereits abgezeichnet, als Eliza vier war, und die Kluft war von Jahr zu Jahr nur noch größer geworden. Er war pragmatisch, optimistisch, robust, Eliza hingegen nachdenklich und verletzlich. Sie neigte zu emotionalen Krisen, aus denen Rich ihr nicht heraushelfen konnte. Als Eliza mit dreizehn ein Stipendium für ein Internat in Surrey bekam, wurde ihm die junge Frau, zu der sie da gerade heranwuchs, noch fremder. In den Ferien kehrte sie vom St. Antonia's heim, und dann kam sie ihm jedes Mal noch rätselhafter, distanzierter und unwilliger vor, ihm zu verraten, welch vornehme Freunde sie hatte, wie die Schule war und ob es nervte, täglich zum Gottesdienst zu müssen. Bald verlor sich ihr Akzent, und eines Weihnachtens zog Rich sie damit auf und sagte, sie rede wie Prinzessin Margaret, woraufhin Eliza den ganzen nächsten Tag kein Wort mehr von sich gab. An einem Elternwochenende im darauffolgenden Schuljahr erfuhr er, dass Eliza wegen ihres Akzents gehänselt wurde: Andere Mädchen versteckten ihre Sachen und zwangen sie, Ausdrücke wie *»ow do«* statt *»how do you do«* und *»butter«* mit U statt mit A zu sagen, wenn sie ihre Habseligkeiten zurückhaben wollte. Rich versuchte Eliza zu überreden, in den Norden zurückzukommen und an einer nicht so renommierten Schule zu glänzen, den Snobs den Rücken zuzukehren. Doch sie weigerte sich, der Unterricht sei einfach zu gut. Sie wusste, dass ihr Vater sie über alles liebte, dass er stolz auf ihr Anderssein war, auf ihre Zielstrebigkeit und ihren Intellekt. Dass er, wenn er sie anschaute und sich fragte, was um Himmels willen gerade in ihr vorging, innerlich jubelte, an der Zeugung eines so rätselhaften Wesens beteiligt gewesen zu sein.

Als sie nach Oxford fuhren, waren gerade Semesterferien. Die meisten Studenten, denen sie begegneten, waren Bachelorstudenten. Ein paar waren geblieben, um Führungen zu geben oder Fundraising zu machen: Sie wurden dafür bezahlt, ehemalige Absolventen anzurufen und um Spenden zu bitten. Die beste Führung bekamen sie im Trinity College, wo eine irische Studentin namens Saoirse ihnen zehn Minuten lang die Bibliotheken, Musikzimmer und ein paar »Sets« zeigte (Schlafzimmer mit angeschlossenem Wohnzimmer, wie sie erklärte). Sie schien sich bei ihrer eigenen Führung dermaßen zu langweilen, dass Eliza nicht umhinkam, sie zu bewundern. Die dauerfröhlichen Studenten in College-Uniformen, die vom schnellen WLAN schwärmten, waren irgendwie gruselig.

Nach einem Sandwich vor Radcliffe Camera besuchten sie das New College. Dort machte niemand Führungen, und es wartete auch niemand auf zukünftige Studenten, um ihnen alles zu zeigen, sodass Eliza und Rich das College auf eigene Faust besichtigten. Rich las laut aus einer Broschüre vor, die in der Kirche ausgelegen hatte. Inzwischen nieselte es, der Regen saß ihnen sozusagen im Nacken, und der Rasen in den Innenhöfen glänzte, als wäre jeder Halm einzeln abgeleckt worden.

»New College wurde 1379 von William von Wykeham gegründet«, las Rich unter seinem Schirm vor. »Häufig führt es die Norrington-Tabelle an. Wow, das bedeutet, dass es akademisch spitze ist – genau da gehörst du hin!«

Sie nahmen irgendwelche Treppen. Die Türen waren schwer und alt. Einmal fanden sie sich in einem unverschlossenen Studentenzimmer wieder. Überall lagen Kleider herum, und in einem Terrarium hatte sich eine Schlange zusammengeringelt. Rich und Eliza sahen sich gerade neugierig um, als der nur in ein Handtuch gehüllte Bewohner auftauchte. Sein blasser Oberkörper glänzte noch nass vom Duschen. Sie entschuldigten sich und zogen sich ins zweite Geviert zurück, um den Leiter der Italienischen Fakultät am New College zu treffen. Er hieß Davide Baleotti, war um die vierzig und hatte eine jungenhafte schwarze Strubbelfrisur. Er war unter anderem im Kongo aufgewachsen und hatte Kinderlähmung gehabt. Inzwischen ging er am Stock. Baleotti war in der kleinen Welt der italienischen Literatur des 20. Jahrhunderts ein Begriff. Eliza bewunderte ihn sehr, sodass sie hoch nervös war, ihn leibhaftig vor sich zu sehen. Genau wie sie war er ein Riesenfan von Elsa Morante, und wenn Eliza las, wie er Autoren analysierte, die sie in- und auswendig kannte, war ihr, als spazierte sie einen geliebten Waldweg entlang, um plötzlich mitzuerleben, wie die Sonne zwischen den Zweigen hindurchfiel und sämtliche Staubteilchen zum Tanzen brachte.

Baleotti bat sie, auf dem Sofa am Kamin Platz zu nehmen. »Und Sie heißen?«, fragte er und legte den Stock in den Schoß.

»Eliza Fender«, sagte Eliza.

Sie erzählte ihm, dass sie mit seiner Arbeit vertraut sei, dass sie in Bath Italienisch studiert habe und gern im Herbst in Oxford mit ihrer Promotion beginnen würde. Hoffentlich redete sie keinen Blödsinn! Rich rügte sie oft wegen ihres »Millennial-Gequatsches«, außerdem hatten die meisten Italiener Schwierigkeiten mit jedem Akzent nördlich von London.

Aber Baleotti schien sie zu verstehen. In einem gefährlichen

Manöver kam er zum Stehen und begann, in den Unterlagen auf seinem Schreibtisch zu wühlen.

»Da ist ja Ihre Arbeit!«, rief er. »Sind Sie die Eliza Fender, die das geschrieben hat?«

Eliza blinzelte. Dann strahlte sie. Der Professor wedelte mit der neuesten Ausgabe der *Italian Literary Review:* Vor zwei Monaten hatte die Zeitschrift ihren Essay über Primo Levi gedruckt.

»Ja«, gestand sie, weil sie nicht wusste, was sie sonst sagen sollte.

Baleotti fuchtelte dermaßen damit herum, dass er fast wütend wirkte.

»Der ist brillant!«, rief er, ja schrie es förmlich. »Seit Erscheinen der Ausgabe ist er mir nicht mehr aus dem Kopf gegangen.«

Eliza spürte, wie ihr bei seinen Worten ganz warm wurde. Sie nickte, lächelte und bedankte sich, während Rich ihnen völlig aufgeregt zusah. Baleotti sagte, dass er im Herbst fest mit ihr rechne – »komme, was wolle!«

Sie versuchten zu gehen. Baleotti versperrte ihnen den Weg und sagte Eliza, er habe da ein paar Bücher, die ihr sicherlich gefallen würden. Er verrenkte sich akrobatisch nach den sich turmhoch stapelnden Büchern auf seinem Beistelltisch und seiner Kommode. Schon bald konnte Eliza kaum noch etwas sehen, so viele Bücher und DVDs hatte er ihr in die Hände gedrückt. Sie legte ihr Kinn aufs oberste Exemplar, eine ökofeministische Interpretation von Svevos *Zenos Gewissen*, dankte dem Professor, dass er sich Zeit für sie genommen hatte, und ging, wobei ihr Rich nur widerwillig folgte.

»Er hält dich für brillant«, staunte er, als sie erneut den Innenhof durchquerten.

Eliza schwieg. Der Essay, an den sich Baleotti erinnert hatte, war die Interpretation einer Interpretation von Primo Levi – eine Untersuchung der Bücher, die ihn als Autor geprägt hatten. Sie wollte sich während ihrer Promotion weiter mit Levi beschäftigen. Das schien auf einmal möglich, ja sogar wünschenswert zu sein, und zum ersten Mal seit Monaten war sie stolz auf ihr Talent. Vielleicht hatte sie ja doch noch eine Zukunft?

Sie gingen zum Volvo. Rich musste am nächsten Morgen wieder mit dem Garten der Kanes weitermachen. Auf der Rückfahrt hielt Eliza erneut nach Spaziergängern Ausschau, nach deren Haustieren, deren leisen Gesprächen, die sie fast zu hören meinte, sich aber auch so bestens vorstellen konnte – über die russischen Romane, die sie gerade lasen, und den heißen Fischauflauf, den es zum Abendessen geben sollte.

5

EINES MORGENS IM Oktober fiel Ada auf, dass sich am Haus gegenüber etwas verändert hatte. Die vorherigen Besitzer hatten es verkauft, das Gebäude war entkernt worden, doch jetzt schien jemand in das Zimmer im Obergeschoss gezogen zu sein. Ada fragte sich, ob der neue Bewohner ein Hausbesetzer war. Ihr Interesse an der Straße, das einmal größer gewesen war, als sie das zugegeben hätte, war inzwischen kaum noch vorhanden. Ohne Michael fehlte der Swinburne Road einfach das Herz.

Sie saß gerade in ihrem Sessel und las, als sie aufschaute und sah, dass sich im Haus gegenüber wieder etwas tat. Auch wenn sie sich dafür genierte, eilte sie neugierig ans Fenster. Eine junge Frau betrat das Anwesen durch eine verbeulte Nebentür, von der Ada vermutete, dass sie in den Garten führte. Sie sah gebannt zu und versuchte zu ergründen, ob die junge Frau das irgendwie verstohlen tat. Ihr pinkfarbenes Haar ließ sie tatsächlich aussehen wie einen Eindringling. Aber nein, sie schien einen Schlüssel zu haben. Ada schämte sich ein wenig. Kurz darauf war die junge Frau im Haus. Ada widmete sich wieder ihrer Lektüre und freute sich, dass etwas passiert war, dass sie es ausnahmsweise mitbekommen hatte, und fragte sich, warum sich junge Leute das Haar so gern in solch schrecklich unnatürlichen Farben tönten.

An diesem Nachmittag konnte sie sich seit Monaten zum ersten Mal wieder dazu aufraffen, Brot zu backen. Früher hatte sie viel gebacken, Michael zu verköstigen war fast so etwas wie ein eigener Job gewesen. Außerdem hatte er Brot geliebt, vor allem wenn es frisch aus dem Ofen kam. Während es im Ofen war, setzte sie Briefe auf, die sie schon seit Wochen hatte schreiben wollen: einen an Eve, ihre Schwester in Brighton, und welche an Freunde, die weit weg von Oxford lebten. Sie war außer Übung: Inzwischen bekam sie nur noch wenig Briefe. In den Wochen nach Michaels Tod war sie förmlich von Post überschwemmt worden. So war das anscheinend, wenn man frisch verwitwet war. Die Leute nehmen das zum Anlass, ihre nur noch selten benutzten Füller aufzuschrauben und die noch von Weihnachten übrigen Briefmarken zu verbrauchen.

In dem Monat nach Michaels Tod hatte sie insgesamt zweiundsechzig Karten erhalten. Damals wollte sie wissen, ob das eine angemessene Zahl war, aber sie kannte niemanden in einer vergleichbaren Situation, den sie fragen konnte. Sie verteilte die Karten auf die Kaminsimse im Haus und stellte sie geduldig wieder auf, wenn Zugluft sie umwehte. Und es kamen nicht nur Briefe: Alessandra, die Sekretärin der Italienischen Fakultät, schaute fünf Wochen nach dem Trauergottesdienst vorbei, um den Papierkram mit ihr zu erledigen. Sie brachte Wein und einen Stapel ausgedruckte Mails mit. »Die sind mir und Fakultätskollegen zugeschickt worden«, sagte sie, nachdem sie den schlimmsten Bürokratiewust erledigt hatten. »Es geht darin um Mike. Es sind überwiegend Mails von seinen Studenten. Ich dachte, Sie haben das lieber als Ausdruck.«

»Die jungen Leute schreiben weniger Briefe.« Ada nickte.

»Ganz genau«, erwiderte Alessandra. Sie war um die dreißig und stammte aus Córdoba, eine freundliche Frau mit hellbraunen Augen und klimpernden Armreifen. Bestimmt hatte Michael schon mal von ihr erzählt. Sie warf einen Blick auf die DIN-A4-Blätter. Viel machten sie nicht her.

»Sind das schöne Mails?«, fragte sie.

»Sie sind wunderbar«, sagte Alessandra.

Sie unterhielten sich noch eine Weile über andere Dinge, über Finanzierungsprobleme, die Fakultät, die nahe gelegene Baustelle. Ada fand das Gespräch ziemlich anstrengend. Alessandra bot an wiederzukommen, wenn Ada das wünsche. Hastig fragte sie, wie sie zurechtkomme, ob sie auf ein »Helfernetzwerk« zurückgreifen könne. Ob sie noch Gedichte schreibe (Adas letzte Anthologie, *Betrachtungen*, war wenige Monate vor Michaels Tod erschienen). Ada beruhigte sie und sagte, es gehe ihr gut, sie gehe regelmäßig aus, habe aber noch nicht wieder begonnen zu schreiben. Das werde aber bestimmt noch kommen, außerdem sei es ein Segen, den Fluss vor der Haustür zu haben. Die Ruderer. Die Hausboote. Die flauschigen Schwanenküken.

»Haben Sie vor wegzuziehen?«, fragte Alessandra im Gehen.

Ada sah sie verwirrt an. Ihr wurde kalt. »Wieso sollte ich?«, fragte sie.

Alessandra machte einen betretenen Eindruck. Sie standen in der Küche, und Alessandras Blick huschte zum Tisch. Sie schien zu wissen, dass sie dort gesessen hatten, wo Michael gestorben war.

»Na ja …«, murmelte sie. »Ich dachte nur … Es ist ein großes Haus und …«

»Danke, aber ich werde bleiben«, sagte Ada schroff.

Alessandra nickte verlegen. Sie gingen zur Haustür, und Ada gab ihr die Hand. Alessandra zog sie in eine Umarmung. Sie war als Entschuldigung gedacht und fiel kurz aus, eine eckige Angelegenheit aus Ellbogen und Wangenknochen. Ada fühlte sich bedrängt, ihr wäre lieber gewesen, man hätte sie nicht angefasst. Nachdem Alessandra ein letztes Mal gelächelt hatte, ging sie. Ada blieb noch kurz mit geschlossenen Augen im Flur stehen. Alessandras Armreifen klirrten die Swinburne Road hinunter, während sie zu ihrem Wagen ging. Ada schloss zweimal hinter ihr ab und ging zurück ins Wohnzimmer. Die Gardinen mussten vorgezogen und die Lampen angemacht werden.

Sobald die Beleuchtung stimmte, nahm sie in ihrem Sessel Platz, um die Mails zu lesen. Es wäre kindisch, sie zu ignorieren. Um nicht zusammenzubrechen, versuchte sie, es mit Humor zu nehmen. Sie hielt nach Mails Ausschau, die nachts abgeschickt worden waren, suchte darin nach möglichen Fehlern wegen der späten Uhrzeit. Als sie eine entdeckte, die Professor Macdougall aus Dundee geschickt hatte, trug sie sie mit schottischem Akzent laut vor. Sie lachte herzhaft über eine Mail, die aus Versehen – oder mit Absicht? – im Versmaß eines jambischen Fünfhebers formuliert war. Doch die wohlmeinenden Botschaften begannen schon bald miteinander zu verschwimmen. Mit Kondolenzschreiben verhielt es sich genauso wie mit Mitgefühl – es war ausnahmslos aufrichtig und tief empfunden. Viele Leute nannten Michael Mike, was sie ärgerte. Sie schrieben dermaßen seltsame Dinge über sein Wesen, dass die Worte nichts mit dem Mann zu tun zu haben schienen, nach dem Ada in den Mails suchte. Und keine der Nachrichten konnte etwas daran ändern, dass Michael in diesem Moment nicht in der Küche war, um die Tortilla von gestern aufzuwärmen oder die Basilikumpflanze zu gießen. Zum ersten Mal seit den Sommern ihrer Kindheit, an die sie sich nur noch vage erinnern konnte und in denen sich die Wochen endlos hingezogen hatten, wusste sie wieder, wie es war, der Zeit beim Verstreichen zuzuschauen. Sie gewissermaßen dabei zu ertappen. Sie fühlte sich wie am letzten Schultag, wenn man es kaum erwarten kann, die Heimat und das verschlafene Nest zu verlassen, aber nicht weiß, wohin man gehen oder wer man werden soll. Wenn das ganze Leben plötzlich vor einem liegt – genauso endlos wie rätselhaft.

✦

Das Brot war fertig. Sie legte den Brief weg, den sie gerade Angus, einem Freund aus Unizeiten, schrieb, der inzwischen mit seiner Familie in Liverpool lebte, und ging dann in die Küche, um es aus dem Ofen zu holen. Das ganze Haus duftete danach. Genau so roch Zufriedenheit, wusste Ada, Behaglichkeit. Sie legte das Brot auf die Arbeitsfläche, setzte sich an den Küchentisch und weinte. Es war absurd, nur für sich selbst Brot zu backen. Was sollte sie damit? Es Scheibe für Scheibe aufessen, bis es irgendwann hart wurde? Sie ging ins Bad, um sich Wasser ins Gesicht zu spritzen. Neben dem Klo stapelten sich Michaels Nonsensbücher, ihre Einbände waren von der Feuchtigkeit ganz gewellt.

»Kopf hoch, junge Dame!«, ermahnte sich Ada streng, während sie ihr triefendes Gesicht im Spiegel betrachtete. Seit sie sechzig waren, hatten sich Michael und sie mit »junger Mann« beziehungsweise mit »junge Dame« angeredet: Je dünner und faltiger ihre Haut wurde, desto lustiger wurde der Witz. »Schluss mit dem Selbstmitleid«, fuhr Ada fort und gab sich eine feuchte Ohrfeige. Die Haut brannte. Die Stille im Haus hatte etwas Bedrückendes. Sie ging nach oben und bewegte die Finger, um etwas gegen die Arthritis darin zu unternehmen, fand ihre Bürste und fuhr sich damit grob durchs grau gewellte Haar. Sie sah, dass die junge Frau, die vor Kurzem in das Haus gegenüber gezogen war, ebenfalls in ihrem Zimmer war und am Fenster ein Buch las. Ihr Anblick tröstete Ada kurz. Obwohl diese Frau jung war, war auch sie allein. Nachdem Ada ihre Frisur in Ordnung gebracht hatte, überlegte sie, was sie jetzt tun sollte. Was tat man eigentlich so? Es wäre absurd, jetzt ein Gedicht zu schreiben, worüber? Sie trug ihr Nachthemd, trotzdem gab es keinen Grund, sich umzuziehen. Sie setzte sich an den Schminktisch und sah sich dabei zu, wie sie sich zusah. Ihre blauen Augen wirkten grauer als sonst, und sie hatte nicht mehr so dichte Wimpern wie früher. Gut möglich, dass ihre Wangen in den letzten Wochen hohler geworden waren, egal.

Früher wäre jetzt Michael hinter sie getreten und hätte seine warmen Hände unter den Baumwollstoff ihres Nachthemds geschoben. Sie zog es aus und zwang sich, ihren nackten Oberkörper im Spiegel zu betrachten, ihn ohne Verachtung anzusehen. Ihre Brüste waren von Falten schraffiert, ihre Schlüsselbeine standen extrem hervor. Sie wusste nicht, wie sie einen Körper lieben sollte, an den sie schon seit Jahren keinen Gedanken mehr verschwendete – das war nämlich *sein Job* gewesen. Sie hatte noch nie nennenswerte Brüste besessen, doch ihm hatte das nichts ausgemacht. Vermutlich konnte sie froh sein, dass sie schlank geblieben war. Aber als sie sich stumm im Spiegel anstarrte, wünschte sie sich, dass es darin mehr von ihr zu sehen gäbe, gewissermaßen als zusätzlichen Beweis dafür, dass sie nach wie vor Raum beanspruchte. Das Bett hinter ihr sah riesig aus, nachts schlief sie zusammengerollt am linken Rand wie seit Beginn ihrer Ehe, so als könnten Michaels Beine noch von der anderen Seite her nach ihr treten. Sie griff nach dem Nachthemd und faltete es zusammen, fand die Hose, die sie gewöhnlich zur Gartenarbeit trug, und zog sie an. Sie würde den Tag am Fluss verbringen und zusehen, wie die Ruderboote vorbeiglitten.

Ada war nicht immer so einsam gewesen. In den ersten Monaten nach Michaels Tod war sie sogar erstaunlich beschäftigt. Kaum war der Trauergottesdienst vorbei, glaubten die Leute, man müsse sie ermutigen, unter Menschen zu gehen. Das erste Mal verließ sie das Haus zu einer Einladung von Thomas Thomson, dem gefeierten Statistiker. Er hatte zum Abendessen in sein Landhaus gebeten. Er war ein Freund von Michael gewesen, liebte Tabak und Portwein, war aber auf seine Art sehr sympathisch. Ada wurde zwischen einem Physikprofessor und einem präpubertären Gesangsstipendiaten platziert. Alle Gäste waren offensichtlich über ihren Verlust informiert worden, sodass man ihr keine einzige persönliche Frage stellte. Bald wusste sie nicht mehr, was sie sagen sollte, und suchte nach Gesprächsthemen, indem sie das Alphabet durchging. Vermutlich keine besonders geschickte Strategie. Als sie nach dem Essen darauf wartete, dass Thomas' Frau sie nach Iffley zurückfuhr, merkte Ada, wie erschöpft sie war, so als hätte sie den ganzen Abend Gymnastik gemacht. Sie war nicht mehr im Training, was ihr Sozialleben betraf, so viel stand eindeutig fest. Aber als sie den Abend Revue passieren ließ und tat, was Michael und sie immer die »Spielanalyse« genannt hatten, merkte sie, dass sie sich die ganze Zeit über furchtbar gequält hatte.

Weitere Einladungen folgten. Will Grodz, ein Petrarca-Spezialist, informierte Ada über Universitätsveranstaltungen. Dozenten vergaßen nicht, ihr Einladungen in die Swinburne Road zu schicken. Ada sah, dass sich alle bemühten, Mitgefühl zu zeigen. Sie war verblüfft, ja fast ein wenig amüsiert. Sie stellte fest, dass es möglich, ja sogar angenehm war, sich mit ihrem uralten Clinique-Lippenstift den Mund anzumalen und an einem Dienstagabend ein Taxi in die Altstadt zu nehmen. Wenn sie eine Veranstaltung besuchte, ließ sich der Tag leichter als Erfolg verbuchen – egal ob sie sich dabei amüsierte oder nicht. Dann stand sie allein in irgendeinem College-Lichthof oder Vorlesungssaal und trank warmen Weißwein, während sich die Schälchen mit den Gemüsechips leerten. Der Raum füllte sich mit dem Gemurmel höflicher Konversation. Manchmal gab es Kanapees. Ada stand dann am Tisch mit den Drinks und sah zu, wie die Kellner in ihrem Begräbnisschwarz herumwirbelten. Sie bewegten sich elegant, waren jung und stammten häufig aus Portugal. Die Muster, die die Gläser auf den Tisch warfen, besaßen ihre ganz eigene Schönheit.

Nach dem Aperitif gab es einen Vortrag oder eine Diskussion über irgendein winziges, abseitiges Interessengebiet des abendländischen Kanons. Viele der Redner kamen von anderen Universitäten, einige sogar aus dem fernen Neuseeland. Einmal war ein

Lockenkopf da, der einen unerwartet unterhaltsamen Vortrag darüber hielt, dass eine »Politik der Liebe« vonnöten sei. Ada setzte sich stets in die erste Reihe, die Handtasche auf dem Schoß, damit sie auch alles gut mitbekam. Doch in der Regel war es bloß ein Haufen Mist, zumindest ihrer Meinung nach. Anfangs noch verständliche Sprache wich zunehmend Fachchinesisch. Sie wurde einfach nicht schlau daraus. Alle schienen völlig von dieser Genderthematik besessen zu sein – warum, war ihr ein Rätsel. Die Redner sprachen endlos über den Männlichen Blick, über Cis- und Transmänner. Sie kam da nicht mehr mit. Kunst, die in Adas Augen plump wirkte, galt als erotisch oder ästhetisch; alle betreffenden Schriftsteller oder Bildhauer wurden als einsame Streiter gefeiert, die ihrer Zeit weit voraus seien.

So langsam befürchtete sie, eine uralte Zynikerin, eine freudlose Pragmatikerin geworden zu sein. Michael war allergisch gegen den akademischen Jargon gewesen – sein innerer irischer Bilderstürmer ging immer wieder mit ihm durch, und Ada und er pflegten während solcher Vorträge Händchen zu halten und einander die Finger zu drücken, wenn sie wieder so ein verhasstes Modewort hörten. »Schwellenwert«, »Framing«, »Praxis«. Ada ging dazu über, mit sich selbst Händchen zu halten, und drückte ihre eigenen Finger, wenn sie sonst Michaels gedrückt hätte. Sie fand ihr Verhalten erbärmlich, aber auch komisch. Fantastisches Material für ein Gedicht – vorausgesetzt sie würde je wieder die Kraft finden, eines zu schreiben. Außerdem war es bequem und angenehm, mit sich selbst Händchen zu halten. Das war ihr vor Michaels Tod nie bewusst gewesen.

In all den Jahren hatte Ada viele Oxford-Dozenten kennengelernt, und manche machten sich die Mühe, nach dem Vortrag auf sie zuzugehen. Sie beantwortete ihre Fragen so kompetent, wie ihr das möglich war, und nachdem die Leute ihre Pflicht erfüllt hatten, suchten sie ausnahmslos nach einer Ausrede, um die Flucht ergreifen zu können: Sie holten sich noch was zu trinken oder sagten, sie müssten den Babysitter ablösen. In solchen Momenten wurde Ada ihre Einsamkeit schmerzlich bewusst. Sie staunte, wie hartnäckig sie war, und fragte sich, ob sie je wieder dazu in der Lage sein würde, ein Gespräch in Gang zu halten. Vielleicht sollte sie doch mal einen Blick in Michaels Nonsensbücher werfen und mit Wortspielen neue Freunde gewinnen.

Als sie langsam damit begann, Einladungen abzulehnen, rückte die Trauer eines Kollegen von Michael in den Mittelpunkt: Charlie Lanes, der Baudelaire-Kritiker, hatte seine vierzigjährige Frau an Gebärmutterhalskrebs verloren. Eine tragische, schreckliche Sache. Er hatte drei Kinder unter sechs Jahren, und angesichts einer solchen Ungerechtigkeit biblischen Ausmaßes vergaßen die Leute die Witwe des irischen Professors und deren deutlich plausibleren Verlust. Man ging davon aus, dass Ada Freunde hatte, die nach ihr schauten, Kinder mit einem Garten und Enkel, um die sie sich kümmern konnte. Die Leute zuckten zusammen, wenn sie merkten, dass sie Ada anrufen sollten (hatte die noch eine Festnetznummer?), oder schlimmer noch, sie schauten unangekündigt vorbei, um so etwas Grässliches zu tun wie »nach dem Rechten zu sehen«.

Frauen ihrer Generation hassten Sentimentalitäten, redeten sie sich ein: Besser, man konzentrierte sich auf Charlie und sein Drama und überließ Mrs. Robertson sich selbst. Sie war alt. Ihr Mann war alt gewesen. Der Tod war das Los der Alten.

6

»ICH BIN ELIZA, hallo.«

»Hi, ich bin Eliza.«

»New College, und du?«

»Ich bin Angelica. Nein, tut mir leid, du bist Angelica. Das hast du gerade gesagt, haha. Tut mir leid. *Ich* bin Eliza.«

»Du. Eliza? Ich meine – Eliza. Du?«

Eliza hatte das Gefühl, an Vorstellungsfatigue zu leiden oder an einer Menschenallergie. Sie hatte gerade erst eine Woche Promotionsstudium in Oxford hinter sich und war schon völlig am Ende. Nach einem Vortrag zum Thema Studienfinanzierung war sie nach Hause geflohen, um sich in der Swinburne Road aufs Bett fallen zu lassen. Die Versuchung, einfach auf dem Bauch liegen zu bleiben und das Gesicht im Kissen zu vergraben, war riesengroß. Sogar jetzt, in ihrem leeren Zimmer, hatte sie das Gefühl, dass es von Menschen nur so wimmelte, dass sie sich bloß auf den Rücken zu drehen brauchte, um zu sehen, wie sich scharenweise Studenten und Tutoren in weißen Kitteln bedrohlich über sie beugten, sich Notizen über ihren Zustand machten oder Spritzen aufzogen, die sie gleich in sie hineinrammen würden. Ihre Verabredung mit Nat schien Monate her zu sein. Seit sie ihr an der Bushaltestelle nachgewinkt hatte, hatte Eliza nichts mehr von ihr gehört. Sollte sie ihr als Erste eine SMS schicken? Sie war die Ältere, aber das musste nichts heißen. Sie kannte die Regeln nicht. In Bath hatte stets Ruby die Initiative ergriffen. Sie war diejenige gewesen, die Eliza zuerst um ein Rendezvous gebeten und dann Ton und Duktus ihrer weiteren Kommunikation bestimmt hatte. Eliza bemühte sich, nicht verletzt zu sein, weil Nat sich nicht gemeldet hatte, war es aber trotzdem und staunte fast ein wenig, dass es ihr überhaupt etwas ausmachte. Dass sie immer wieder versuchte, sich den Klang von Nats Stimme ins Gedächtnis zu rufen, die Themen, über die sie geredet hatten, die Form ihrer Fingernägel, als sie sich damit durchs Haar gefahren war.

Wenigstens gab es jede Menge Ablenkung: Seit der Begegnung mit Nat hatte sie fast jede wache Minute mit Bibliothekseinführungen, Fakultätstouren, Workshops zu Sexualität und Einvernehmlichkeit und zur Registrierung der Leistungsnachweise verbracht. Und jedes Mal gab es neue Gesichter zu verarbeiten, so als machte die Menschenfabrik Überstunden und lade Lagerüberschüsse in Oxford ab. Das Schwierigste war, sich zu merken, welcher Name zu welcher Person gehörte und woher sie sie kannte: War diese Brünette Sarah, die Vulkanologin, oder vielmehr Sheera, die Psychogeografin aus Wisconsin?

Doch es gab einen Silberstreif am Horizont: Eliza vermutete, dass es den anderen genauso ging – was ihr ein Sozialpädagoge bestätigte, der sie bei einem Empfang zulaberte. Es sei »völlig normal«, dass einen das Promotionsstudium am Anfang etwas »überwältige«. Noch besser war die Entdeckung, dass eine Unterhaltung über die Schwierigkeit, sich neue Namen zu merken, eine todsichere Methode war, miteinander ins Gespräch zu kommen. »Ich werde mir vermutlich nicht merken können, wie du heißt«, pflegte Eliza zu sagen, woraufhin die Augen ihres jeweiligen Gegenübers manisch aufleuchteten. »Oh, aber ich werde deinen Namen auch nicht behalten!« Und schon stand einem aufrichtigeren Austausch nichts mehr im Wege. Das Problem war nur, dass sich solche Wortwechsel manchmal zu einem perversen Amnesiewettbewerb steigerten: Zum Beispiel wenn Eliza sagte, sie sei ein

Meister darin, neue Namen gleich wieder zu vergessen, und ihre neue Bekanntschaft die Herausforderung annahm und sagte: »Neeeeeeeiiiiin, *ich* bin absolut unfähig, mir Namen zu merken!« So versuchte man sich gegenseitig zu überbieten, bis jemand so was zischte wie: »Ich hab den Namen meiner eigenen Mutter vergessen und weiß nicht mal mehr, wo ich wohne!« Daraufhin entspannten sich beide Gesprächspartner wieder und staunten selbst über ihre jeweilige Inkompetenz, völlig erschöpft von ihrer Konversation.

Eliza war das einfach alles zu viel, sie wollte allein sein. Sie wollte ein Pistazieneclair, sie wollte nach Sizilien, Zitronen an einem Baum sehen. Sie wollte ihren Dad. Sie griff nach dem Handy auf dem Beistelltisch. Sie hatte Rich versprochen, sich zu melden. Die Haribo-bunten Apps schenkten ihr neue Energie. Sie öffnete Whatsapp, um Rich eine Sprachnachricht zu schicken. Sie hatte es geschafft, ihn dafür zu begeistern: Das sei eine Art Voicemail und habe den Vorteil, dass der Empfänger sie anhören könne, wann es ihm passe, sodass man sich nicht extra zum Telefonieren verabreden müsse.

Updates von Ellie und Jess – Freundinnen aus ihrem Masterstudiengang – lenkten sie ab. Beide arbeiteten inzwischen in London, Ellie als Firmenanwältin und Jess in der Kommunikationsbranche. Ellie hatte ein Foto von einem Burger geschickt, sie war an ihrem Arbeitsplatz, aber die Kollegen hatten was von Deliveroo liefern lassen. Eliza wischte auf ihrem Display herum, bis sie das Burger-Emoji fand, und tippte gleich mehrmals darauf, wobei sie es mit dem Zungen-Emoji abwechselte. Sie wusste nicht, was sie noch hinzufügen sollte. Jess hatte ein Foto von einer romantischen Oxford-Turmspitze bearbeitet und ein Bild von Eliza obendrauf eingefügt, es sah aus wie Godzilla auf dem Empire State Building. »Hahaha«, schrieb Eliza zurück. Dann konzentrierte sie sich wieder auf Rich.

»Huhu, ich bin's«, hob sie an und nahm ihre Stimme auf. »Ich liege in Oxford auf meinem Bett ...« Sie verstummte und versuchte, etwas energischer zu klingen. »Du fehlst mir!«, sagte sie fröhlich. Doch es half nichts, sie klang geisteskrank. Sie nahm noch einen Anlauf. »Ich bin müde und fühle mich ein bisschen ... fertig. Ich habe ein billiges Zimmer gefunden, das ist schon mal gut. Alle hier sind interessant, aber ... Ich hab Angst, dass ich mich nicht richtig ...«

Sie geriet ins Stocken, kam sich irgendwie blöd vor und sah zu, wie ihr Schweigen aufgenommen wurde. Rich wollte, dass sie in Oxford eine wunderschöne Zeit hatte. Er wünschte sich nichts sehnlicher, als dass sie diese Phase einmal als die beste ihres Lebens bezeichnen würde. Er wusste, dass es in Bath nicht optimal für sie gelaufen war, und setzte all seine Hoffnungen auf Oxford. Sie durfte ihn nicht enttäuschen. Sie brauchte mehr Zeit. Noch eine Woche, dann würden die glücklichen Tage beginnen, die er sich wünschte. Es wäre falsch, ihn vom Bett aus an einem beschissenen Depri-Tagebuch teilhaben zu lassen.

Beim Gedanken an das letzte Abendessen mit ihrem Vater, am Tag bevor er sie zum Studienbeginn nach Oxford gefahren hatte, zog sich Elizas Brust schmerzhaft zusammen. Traditionsgemäß waren sie in The Fryery gegangen: Draußen war es mild, gelbe Wolken standen tief am Himmel, und als sie zu dem Lokal liefen, sahen sie Gänse in einer V-Formation über sich hinwegfliegen. Sie setzten sich nach draußen an einen der Alutische. Keiner von ihnen wäre auf die Idee gekommen, Elizas Mutter dazuzubitten. Irgendwann während des Essens wühlte Rich in seinen Jeanstaschen und legte einen verknitterten Briefumschlag auf den Tisch.

»Da drin sind fünfhundert Pfund.« Rich starrte auf seinen Schellfisch, dessen Schwanzflosse sich durch das Frittieren zusammengerollt hatte.

Eliza öffnete den Umschlag. Sie kannte die finanzielle Situation ihres Vaters und wusste, dass er für dieses Geschenk monatelang gespart, Nebenjobs angenommen und sonst was getan hatte, um so eine Summe zusammenzukriegen. Das meiste waren Zwanzigpfundnoten, aber es waren auch Zehner und Zweipfundmünzen darunter. Sobald er etwas zur Seite hatte legen können, musste er an sie gedacht haben.

Eliza wusste nicht, was sie sagen sollte. Ein dicker Kloß saß ihr in der Kehle. Sie versuchte, ihn wegzuräuspern, hatte auf einmal das dringende Bedürfnis zu husten. Sie wollte sich zwingen, die Hand ihres Vaters zu nehmen, die direkt neben der Ketchupflasche lag. Aber wenn sie sie anfasste, würde sie bestimmt von Gefühlen überwältigt, mit denen sie nicht umgehen konnte. Und er würde sicherlich auch nicht damit umgehen können (seine Augen waren feucht, und seine Unterlippe zitterte wie die eines kleinen Kindes). Während Eliza noch überlegte, wie sie ihm ihre Dankbarkeit zeigen konnte, legte Rich plötzlich seine große Hand auf ihre. Erleichterung durchströmte sie beide. Sie sahen sich an und schauten dann rasch wieder weg. Eliza versuchte gar nicht erst, das Geld abzulehnen – Rich hätte ohnehin Nein gesagt. Deshalb nahm sie den Umschlag irgendwann und legte ihn in ihren Schoß.

»Danke.« Sie griff nach ihren Pommes.

Eliza fuhr mit dem Daumen über ihr Handy, um die Sprachnachricht an Rich zu löschen. Die taugte nichts: Ihre Stimme verriet Panik und Erschöpfung. Er sollte nicht glauben, sie käme nicht zurecht. Sie wischte durch ihre Fotos vom Vorabend: Sie war mit anderen vom New College ausgegangen, diesmal hatte die Party das ausgelutschte Motto »Orwells Tiere« gehabt. Eliza entdeckte ein Foto von sich, auf dem sie mit knallrosa Rüssel zu sehen war – passend zu ihrer Haarfarbe. Sie war von ähnlich kostümierten Leuten umgeben, die zum Clubfotografen schauten.

Sie waren aus einer seltsamen Perspektive aufgenommen worden und sahen aus, als wären sie auf einem Schiff oder so. Als müssten sie aneinander Halt suchen oder Nähe simulieren. Sie zoomte das Bild größer, um zu kontrollieren, ob sie auch glücklich aussah. Ja, sie lächelte. Offen gestanden sah sie besoffen aus. Prima. Sie drückte auf Senden.

Nachdem sie ihre Pflicht getan hatte, drehte sie sich wieder auf den Bauch und hoffte, sich aufraffen zu können, erneut in die Schlacht zu ziehen. Doch ihre Willenskraft wurde zusehends schwächer. Ihr großes weißes Kissen duftete frisch nach Waschmittel. Das Gefühl, dass ihr Zimmer von Fremden belagert wurde, ließ langsam nach. Sie redete sich ein, dass sie ein bisschen allein sein müsse, nachdem sie so viel Zeit in chaotischen Menschenmassen verbracht habe. Während sich ihr Puls wieder beruhigte, beruhigte sich auch ihr Gedankenkarussell. Draußen stimmte ein Vogel in das Gebell eines Hundes ein und wiegte sie in den Schlaf.

Nachdem Ruby ihr das Herz gebrochen hatte, kehrte Eliza nach Hause zurück, um sich davon zu erholen. Die meiste Zeit verbrachte sie mit ihrem Dad auf seiner Arbeit. Sie erzählte ihm nicht, was vorgefallen war – er hatte Ruby nie kennengelernt und wusste nicht mal, dass es sie gab –, doch Eliza fand Trost in der gemeinsamen Arbeit. Sie fuhren durch ganz Cumbria, von einem Projekt zum nächsten, während der Wagen von Unmengen von Erdsäcken beschwert wurde. Eliza ließ sich von ihrem Vater anleiten und schuftete schwer. Sie trug Töpfe von Schubkarren zu Beeten, entfernte vertrocknete Rosenblüten und sammelte Eukalyptusrinde, um diese zu verbrennen. Sie verlegte Pflastersteine, wieder und wieder, so routiniert, als wäre sie die Queen und würde in Endlosschleife Rathäuser einweihen. Sie standen noch vor Tagesanbruch oder kurz danach auf, wenn der Mond sich blass von der aufgehenden Sonne abhob. Normalerweise gärtnerten sie stumm, manchmal lief leise BBC5Live im Hintergrund. Etwas an den Moderatoren war unheimlich beruhigend, fand Eliza. Ihre unkomplizierte Männlichkeit hatte etwas Tröstliches. Eliza war wie hypnotisiert von den Bädern, Vorratskammern und Spülküchen, die sie zu Gesicht bekam, wenn sie durch die riesigen Häuser der Kunden in deren Gärten gingen. Dieses wohlhabende Cumbria, wo Kupfertöpfe in der Küche glänzten, Gärten mit Pools, Quittenbäumen und efeuumrankten Toren bestückt waren, war eine völlig fremde Welt für sie. Sie berauschte sich förmlich daran.

Rich arbeitete noch nicht lange als Gärtner. Bis Anfang der 2000er-Jahre war er bei Cavaghan & Gray in der London Road gewesen, als Teil des Hygieneteams der Lebensmittelfabrik. Eliza wusste noch, wie sie als Kind dort gewesen war – bei dem roten Ziegelbau, der etwas Düsteres, Erdrückendes hatte, obwohl es in seiner Nähe stets nach Essen roch. Sie trieb sich vor dem Tor herum und las, während sie darauf wartete, dass Rich sie nach seiner Schicht einsammelte. In ihrer unmittelbaren Umgebung spielten die anderen Cavaghan-Kinder Fußball oder »Himmel und Hölle«. Die Älteren rauchten gelangweilt auf dem Parkplatz und ließen Neunjährige ziehen – im Tausch gegen ein Toffeebonbon. Nach Einbruch der Dunkelheit konnte man die Teenager an ihren glühenden Zigarettenenden erkennen. Doch irgendwann wurde Cavaghan umstrukturiert, und Rich verlor seinen Job. Das tat weh. Der Rest des Landes schien zu boomen. In der Ferne tobte der Irakkrieg, aber so weit weg, dass man in Cumbria kaum etwas davon mitbekam. Die einzigen Inlandsnachrichten, die bis dorthin vordrangen, waren die ewigen Streitereien zwischen Gordon Brown und Tony Blair. Schon vor der Finanzkrise sah es in Carlisle so aus, als ginge alles den Bach runter. Läden schlossen, und in den Heimen wimmelte es nur so von Kranken, Alten und Dementen. Wer jung und motiviert war, war schon immer nach

Newcastle oder Leeds weggezogen, doch jetzt flohen alle Jugendlichen, sobald sie konnten.

Auch Flora, Elizas Mutter, verlor ihren Job. Sie hatte an der Rezeption eines Hotels gearbeitet, wurde aber wegen sinkender Übernachtungszahlen entlassen. Eine Weile bemühte sich Rich allein, den Laden am Laufen zu halten. Er hatte etwas Puritanisches, das Eliza geerbt hatte, und pflegte sich nur sonntagnachmittags auszuruhen. Sein größter Luxus bestand darin, mit einem Chips-and-Pickle-Sandwich fernzuschauen. An dem Tag, als Flora für immer fortging, ein Sonntag – Eliza war damals acht –, kam Eliza gerade vom Spielplatz zurück, um ihren Vater auf dem Sofa vorzufinden, wo er völlig fanatisch auf den Fernseher starrte. Eliza wurde klar, dass etwas nicht stimmte, als sie sah, dass der Fernseher gar nicht angeschaltet war. Von Flora fehlte jede Spur. Eliza ging zum Fernseher und drückte auf einen Knopf, woraufhin der Bildschirm in den schillerndsten Farben aufleuchtete.

Elizas Kindheit war auch nicht turbulenter als die vieler Altersgenossen in Carlisle, und Rich und sie hatten auch schöne Momente. Sie waren arm, aber nicht hungrig, frustriert, aber nicht verzweifelt. Sie hatten ein Auto, wenn auch manchmal kein Geld für Benzin. Elizas früheste Erinnerung reichte bis zu ihrem fünften Lebensjahr zurück, als sie noch in der Turnpie Road wohnten. Damals war Flora noch da, auch wenn sie manchmal so lange ausging, dass sie erst am nächsten Morgen nach Hause kam – wenn überhaupt. Wenn Eliza sich richtig erinnerte, hatte ihre Mutter sie auf dem Weg zur Toilette angehalten. Es war Sommer. Bienen donnerten gegen die Fensterscheiben, taumelten zurück, um erneut dagegenzudonnern. Während Flora in die Hocke ging, um Eliza in die Augen schauen zu können, erklärte sie ihr, dass sie sparen müssten. Die ganze Familie. Ihnen gehe das Geld aus.

»Also nimm nur zwei Blatt Klopapier, wenn du Pipi gemacht hast«, mahnte sie. »Und drei Blatt nach Kacka, kein Blatt mehr!« Eliza machte große Augen und nickte.

Flora war neunzehn gewesen, als sie Eliza bekommen hatte, es war ein Unfall gewesen. An eine Abtreibung hatte sie gar nicht erst gedacht, damals waren Teenagerschwangerschaften an der Tagesordnung. Für ein paar Wochen freute sie sich darauf, für so etwas Weiches, Schutzbedürftiges wie ein Baby verantwortlich zu sein. Rich und sie hatten keine feste Beziehung, aber er verhielt sich anständig, als er von der Schwangerschaft erfuhr: Er sagte seinen Eltern Bescheid, die damals weit über siebzig waren, und baute eine Wiege aus Holz. In den nächsten Jahren führten Flora und er eine Art On-Off-Beziehung, dann kamen auch andere Männer und Frauen ins Spiel, die sich als Mummys oder Daddys »neuer Freund«/»neue Freundin« vorstellten. Die Besten dachten daran, Eliza kleine Geschenke mitzubringen: Schlüsselanhänger mit einem Elefanten dran, Schachteln mit Glitzerperlen und Geldbeutel mit Knipsverschluss, die sie mit Ohrclips füllte.

Während sie heranwuchs, wünschte sich Eliza eine schöne Mutter. Eine wie die Frauen, von denen sie in Büchern las. Jemand Duftendes, Blondes mit Perlen und Pfingstrosen im Ankleidezimmer. Sie wollte, dass Flora besser aussah, sich besser fühlte, sich das schreckliche braune Haar kämmte, mit ihr zu Pizza Hut oder zum Eislaufplatz in Lockerbie ging. Es wäre auch nett gewesen, gemeinsam Cupcakes zu backen wie Verity mit ihrer Mutter an den Wochenenden, um dann montags mit Tupperwaredosen voller trockener Fairy Cakes zur Schule zu kommen. Diese wurden an Freunde verteilt, blieben aber Feinden vorenthalten. Schon bevor sie fortging, war Flora nicht wirklich warmherzig. Nach Eliza wollte sie keine weiteren Kinder mehr und betrachtete ihre Tochter eher als logistisches Problem und weniger als kleinen Menschen, den man lieben und fördern muss.

Was Flora dagegen sehr wohl regelmäßig tat, bevor sie endgültig fortging, war, mit Eliza in die Stadtbücherei in der Globe Lane zu gehen, weil man sie dort nicht mehr im Auge behalten musste. Es handelte sich um einen Zweckbau, der nach Buntstiften und Plastikeinbänden roch. An der Ausleihe wechselten sich grauhaarige Damen ab, die Elizas Haarband bewunderten, ihr Schokokekse zusteckten und sich erkundigten, wie es in der Schule lief. Eliza beantwortete ihre Fragen, um dann zu den Büchern zu eilen. Sie hielt sich nicht lange in der Kinderecke auf, wo es Unmengen von Lego und brabbelnde Babys gab, sondern ging stattdessen weiter in die Jugendbuchabteilung. Seit Eliza sechs war, war sie dort anzutreffen. Wenn sie las, kamen manchmal Mrs. Butterfield oder Mrs. Allen zu ihr, um sie zu ermahnen, dass sie in der Jugendbuchabteilung saß, und sie zu fragen, welches Buch sie denn da gerade lese. *Wilbur und Charlotte,* sagte Eliza dann oder *Der Hobbit* oder *Der Windsänger* oder *Das Kofferkind* oder *Die wilden Schwäne* oder, oder, oder. Nur einmal machte sie Bekanntschaft mit etwas, das ihr weniger gefiel: Eines Samstags, kurz vor Schließungszeit, als Eliza gerade einen Internatsroman verschlang, hörte sie ein seltsames Grunzen aus einem der Gänge nebenan. Es klang nach einem kleinen Ferkel, das im Laub schnuppert.

Elisa klappte ihr Buch zu und sprang neugierig auf. Sie spähte um die Regale herum und sah einen Mann im schummrigen Neonlicht der Biologieabteilung. Er trug eine rote Jacke und Wanderstiefel.

Der Mann starrte das dünne, ernste Mädchen an, das keine drei Meter von ihm entfernt stand, und das Mädchen starrte zurück. Dann schauten beide nach unten: Er auf den Penis in seiner Hand – blauviolett, groß, geädert – und Eliza auf den gelockerten Gürtel des Mannes und das Stück Fleisch, das da aus seiner Hose ragte.

»Hallo«, sagte sie höflich.

Der Mann brachte ein Stöhnen hervor und versuchte, sich abzuwenden. Er hält seinen Penis in der Hand, begriff Eliza. Zufrieden, dass sie die Ursache des Geräusches gefunden hatte, kehrte sie zu ihrem Sitzsack zurück. Jess und Elizabeth, die beiden Internatszwillinge, hatten Liebeskummer, und sie wollte wissen, wie sie damit umgehen würden. Nach fünf Minuten glaubte sie, aus dem Augenwinkel etwas Rotes wahrzunehmen. Der Mann ging Richtung Ausgang. Sie hörte, wie eine der Damen an der Ausleihe ihm »Gute Nacht« wünschte, woraufhin er etwas erwiderte.

7

ADA WAR NOCH nie einsam gewesen. Das war etwas, worunter nur andere Leute litten, wie Fettleibigkeit oder Aids. Aus ihrer täglichen Zeitungslektüre wusste sie, dass es ein verhältnismäßig modernes Phänomen war, das zunahm. Dass Männer und alte Leute besonders davon betroffen waren. Aber als der November die Bäume um ihr grünes Laub brachte, merkte sie, dass auch sie von diesem Schreckgespenst eingeholt wurde. Vor allem ein Gedanke quälte sie: Sollte sie an einem Dienstag im Schlaf sterben, konnte es gut sein, dass man sie erst am Freitag finden würde. Eine schreckliche Vorstellung. Das Gefühl, völlig bedeutungslos zu sein, beschlich sie Abend für Abend, wenn sie versuchte einzuschlafen. Bis sie dann gegen zwei die Nachttischlampe anmachte und von der Helligkeit, die das Zimmer erfüllte, gerettet wurde. Sie zog die Knie so fest an den Körper, wie es nur ging, und stand dann auf, stellte sich steif und verfroren hinter den Vorhang und bemühte sich ruhiger zu atmen, zu tun, was sie konnte, um die Schrecken der Nacht nicht an sich heranzulassen – das riesige Bett, die viel zu warme Decke, diese allumfassende Einsamkeit.

Tagsüber war sie sehr wohl in der Lage zu erkennen, dass sie nicht vollständig isoliert war. Eigentlich konnte sie noch von Glück sagen: Obwohl sie nicht mehr regelmäßig unter Menschen ging, hielt sie Kontakt zu einer Handvoll Leute – nicht zuletzt zu ihrem Literaturagenten James. Er war fast so alt wie Ada, kahl wie eine Billardkugel und besaß Brauen, die ständig staunend hochgezogen zu sein schienen. Er hatte ein kleines schäbiges Büro an der Gray's Inn Road in London und rief Ada zwei Wochen nach ihrem Zusammenbruch im Supermarkt mit der Neuigkeit an, dass ihre letzte Anthologie *Betrachtungen* auf die Shortlist eines Lyrikpreises in Salisbury gesetzt worden war.

»Das ist ein alberner, unbedeutender Preis«, sagte er. »Du bist also nicht verpflichtet, zur Shortlist-Feier zu gehen, die vermutlich in einer Pizzakette oder so stattfinden wird. Du wirst das Rennen sowieso nicht machen, dafür bist du viel zu alt.«

»Oh«, sagte Ada.

»Der Gewinner bekommt gerade mal hundert Pfund«, fuhr James fort.

»In welcher Kategorie trete ich denn an?«

»›Beste Anthologie‹.«

»Nicht ›Vielversprechendes neues Talent‹? ›Beste Debütantin‹?«

James lachte. »Ich hab die Jury-Bewertungen da«, sagte er. Ada sah förmlich vor sich, wie er an seinem Schreibtisch saß, eingepfercht von den Manuskripten, die ihm täglich zugestellt wurden. »Ich habe dir gar nicht erst gesagt, dass ich dein Buch für den Preis eingereicht habe, weil ich offen gestanden nicht damit gerechnet habe, dass du auf die Liste kommst. Aber die Juroren haben geschrieben, dass ihnen vor allem deine Gedichte über Irland gefallen haben. Sie bezeichnen sie als ›knapp‹ und ›lyrisch‹. Und jetzt haben wir den Salat.«

Ada überlegte. »Knapp und lyrisch ist eigentlich ein Widerspruch«, sagte sie.

James kicherte. Dann wurde es still, wie Ada es bereits erwartet hatte: eine klug eingesetzte, vielsagende Pause, die einen Themenwechsel vorbereiten sollte.

»Und, wie geht's dir so?«, fragte er ernst. »Ich habe das Gefühl, ich sollte immer mal wieder nachhaken.«

»Es geht mir gut«, sagte Ada.

»Er war ein wunderbarer Kerl, Ade.«

»Ich weiß.«

»Einfach hinreißend. Das hab ich erst neulich wieder gedacht.«

»Du brauchst nicht sentimental zu werden, James, dafür kennen wir uns schon viel zu lange.«

»Ich bin nicht sentimental. Ich versuche bloß nett zu sein.«

»Es geht mir gut.«

»Bald dürften es zwei Jahre her sein, nicht wahr?«

»Noch nicht. Im März nächsten Jahres.«

»Ach ja, stimmt. Letzte Woche habe ich Miranda getroffen. Sie hat mich gefragt, wie es dir geht, und da wurde mir klar, dass ich nicht mal weiß, woran der Mistkerl eigentlich gestorben ist.«

»Herzprobleme. Sein Herz hat einfach den Geist aufgegeben.«

»Ah. Wusstest du davon?«

»Ja, das hatte er schon seit Jahren.«

»Das ist mir neu.«

»Nun, ich wusste davon. Wir beide haben gewusst, dass das ein Problem sein könnte. Ich glaube, er hat einfach zu gern Sahne gegessen.«

Sie konnte hören, wie James lächelte. Michael war immer auf eine sympathische Art dick gewesen, er konnte seine Scheibe Toast mit einem Viertelpfund Butter bestreichen, ohne es zu merken.

»Nun, wenn du … Du bist herzlich eingeladen, nach London zu kommen und bei uns zu übernachten«, sagte James. »Wir wohnen immer noch in Ladbroke Grove, der Garten wurde neu angelegt. Die Kinder sind Gott sei Dank ausgezogen. Jan meinte, sie habe dich schon seit zehn Jahren nicht mehr gesehen, und das könnte glatt hinkommen.«

»Ich geb dir Bescheid, wenn du irgendwas für mich tun kannst. Und bis es so weit ist, sag den Salisbury-Leuten bitte, dass ich bedauerlicherweise nicht in der Lage bin, an der Shortlist-Feier teilzunehmen. In letzter Zeit kann ich andere Leute nur schwer ertragen und bin keine besonders unterhaltsame Gesprächspartnerin. Richte ihnen aus, dass es einen Todesfall gab. Lass sie zusammenzucken.«

»Das kann ich gerne für dich tun.«

»Und vergiss nicht, mir den Scheck zu schicken, falls ich gewinnen sollte.«

»Natürlich.«

Ada konnte eine Spur von Erleichterung in seiner Stimme hören: Er hatte seine Pflicht getan und ein paar tröstende Worte gesagt; Jan würde noch mal darum herumkommen, das Gästezimmer vorzubereiten. Trotzdem rührte sie seine Besorgnis. Als sie später in einer Ecke des Gartens das Herbstlaub zusammenrechte und zu einem großen gelb-braunen Haufen auftürmte, der nach Moder und Regen roch, dachte sie wieder daran zurück.

James war seit mehr als dreißig Jahren Adas Literaturagent. Er hatte sie ein Jahr vor der Veröffentlichung ihres ersten Gedichtbands, *Quantum*, unter Vertrag genommen. Im Lauf der Jahre hatte sich eine gute Beziehung entwickelt. James war hervorragend vernetzt und äußerst clever, aber auch faul und vergesslich. Ada war eine gute Autorin, wenn auch nicht zuverlässig oder produktiv. Sie wachte morgens nicht mit Versen im Kopf auf, die nur noch zu Papier gebracht werden mussten. Manchmal dauerte es nur ein halbes Jahr, und sie hatte Material für drei Anthologien. Dann schrieb sie wieder zwei Jahre lang gar nichts. Sobald sie genügend Gedichte beisammenhatte, schickte sie die besten an Zeitschriften: *Magma, Granta, Ambit.* Sie hatte den Eindruck, dass die Redakteure ihre Arbeiten zunehmend aus Mitleid annahmen – ihr Stil war nicht mehr zeitgemäß, sie besaß kein attraktives Autorenfoto und schrieb oft Verse, die sich reimten. Sie hasste »formlose Lyrik«, wie sie es nannte, bei der man Worte einfach so über die Seite verteilte wie Scherben. Ein Ada-Robertson-Gedicht verstand man schon bei der ersten Lektüre, auch wenn es nach zwei-, drei- und viermaligem Lesen dazugewann.

Früher hingegen hatte sie durchaus Ruhm und Ehre gekannt. In den Neunzigern hatte es eine Phase gegeben, in der alles danach aussah, dass Ada richtig groß rauskommen würde. Ein paar Gedichte wie »Abwasch« und »Burley Park« wurden sogar in den Englisch-Lehrplan aufgenommen, nachdem der Ruf nach mehr Autor*innen* laut geworden war. Sie erlebte ein turbulentes Jahr, in dem sie mit Lyrikgrößen wie Wendy Cope auf Literaturfestivals sprach, Radiointerviews gab und kokett abstritt, als Nächstes vom Premierminister zum *Poet Laureate* ernannt zu werden. James, der sich lukrativeren Kunden widmete, drängte sie nicht dazu, die öffentliche Figur zu werden, zu der sie sich gut hätte entwickeln können.

Dann ließ das Interesse nach. Ihre nächste Anthologie, *Käfer*, wurde von den Kritikern mit höflichem Befremden aufgenommen. *The Times Literary Supplement* bezeichnete sie als »chaotisch, aber nicht ohne Charme«, ein kluger junger Autor des *Guardian* beschwerte sich, die Beschreibungen des Ehelebens seien zu »eingefleischt«, und *The White Review* suchte nach einer »originellen« Beschreibung von Käfern und fand »keine einzige«. Die Anthologie verkaufte sich recht gut für einen Lyrikband, aber es gab keine Anfragen von BBC-Moderatoren mehr, die wollten, dass sie in einer ihrer Sendungen auftrat, keine Briefe von Privatschullehrern, die Ada einluden, »ein Seminar für unsere wunderbaren jungen Frauen zu geben«. Sie trug hin und wieder etwas auf einem Festival vor, aber in kleineren Sälen vor stets weißhaarigeren Damen. Ada gab vor, sich kein bisschen davon entmutigen zu lassen, aber natürlich war dem so. Es hatte Spaß gemacht, in der Literaturszene jemand zu sein, dadurch bekam man jede Menge Anregungen und Material für weitere Gedichte.

Nachdem das vorbei war und sie mit all den anderen halb prominenten Lyrikern wieder in der Versenkung verschwunden war, gewöhnte sie sich an, ihre Ruhmphase nur noch ihr *annus horribilis* zu nennen. Sie hielt das so lange durch, bis alle außer Michael fest davon überzeugt waren, dass Ada es gehasst habe, eine erfolgreiche Dichterin zu sein. Dass sie es furchtbar gefunden habe, im Rampenlicht zu stehen. Dass sie viel zu sensibel, viel zu literarisch sei, um mit ihrer Dichtung Geld verdienen (wie schäbig war das denn?) oder die meckernden Kritiker zufriedenstellen zu wollen. Sie behauptete, es habe sie völlig demoralisiert, von einem schwermütigen Oberstufenschüler zu erfahren, dass eines ihrer Gedichte im Unterricht durchgenommen worden sei. Dabei war genau das Gegenteil der Fall: Wenn sie so etwas hörte, verspürte Ada fast so etwas wie Ehrfurcht und erzählte Michael brühwarm davon. Genau in der Zeit, als es mit ihrer Karriere als Dichterin bergab ging, hob Michaels an der Uni so richtig ab. Sein Fachgebiet waren das 20. Jahrhundert und die italienische Literatur, und beides wurde zu seinem großen Erstaunen gerade hip. Schicke amerikanische Universitäten zahlten ihm gutes Geld dafür, dass er von Dingen erzählte, an denen er jahrelang unbemerkt vor sich hin gearbeitet hatte. Auf diese Weise lernten Ada und er New Haven und Boston, Greenwich Village und Princeton kennen, die Pracht des Indian Summer und den penetranten Zimtgeruch in den Bäckereien der Vereinigten Staaten. Im Sommer fuhren sie nach Turin. Michael verliebte sich in die düstere kleine Stadt zwischen den Alpen und dem Hügel von Superga; er war ganz fasziniert von ihrem unlogischen Straßennetz und den breiten Prachtstraßen, von den dort zusammenfließenden Flüssen und der Star-Wars-Kuppel der Mole Antonelliana, die ursprünglich als Synagoge geplant gewesen war. Italiener aus Turin waren anders als Italiener aus anderen Landesteilen, sie waren eher so wie Engländer, ironisch und zurückhaltend. Sie schienen weniger Sex zu haben und weniger Olivenöl zu konsumieren als ihre südlichen Nachbarn.

In Turin lernte Michael auch Primo Levi kennen oder ihn vielmehr in den Bergen, die die Stadt umgaben, besser zu verstehen. Dort wanderten Ada und er durchs braungrüne Unterholz wie Levi als Kind – lange bevor er nach Auschwitz deportiert worden war. Bis dahin hatte Michael in Levi nur einen begnadeten Holocaust-Chronisten gesehen. In Turin erfuhr er hingegen, dass er auch ein Naturlyriker gewesen war, ein Abenteurer und Klatschmaul, ein Memoirenschreiber von Rang, ein großzügiger Mann, ein komplizierter Mann und ein renommierter Schriftsteller.

Ada besaß ein Foto, das Michael und sie auf einer ihrer Turin-Reisen zeigte. Es musste 2002 oder im Jahr darauf aufgenommen worden sein. Sie trugen ausgeblichene kurze Hosen und Wanderstiefel, wirkten sonnenverbrannt und glücklich und trugen die gleichen lila Baseballcaps. Auf dem Foto hielt Michael eine handgroße Eule aus Kupferdraht in der Hand, die er Carlo, dem Sohn eines engen Freundes von Primo Levi, abgekauft hatte. Ada hielt ebenfalls eine Eule aus Kupferdraht in der Hand. Ihre sah aus, als spitzte sie die Ohren, während die von Michael die Schwingen ausbreitete, als wollte sie gleich abheben. Beide Tiere bildeten ein Paar – der linke Flügel von Michaels Eule wölbte sich exakt um Adas kleineres Modell und verband sie miteinander, wenn sie nebeneinander platziert wurden. Der Industriedraht, aus dem die Tiere bestanden, war von Levi höchstpersönlich gebogen worden, Jahre bevor er gestorben war. Damals hatte er damit begonnen, viele solcher Skulpturen herzustellen und hatte sie überall in seinem Arbeitszimmer verteilt. Die Eulen waren das Teuerste, was Michael je gekauft hatte. Sie sahen gefährlich zerbrechlich aus, als genügte ein durchdringender Blick, um sie zu zerstören.

»Halt deine Eule in die Kamera«, hatte Michael Ada befohlen, als sie für einen deutschen Touristen gemeinsam posierten, der

Michaels Fotoapparat in die Hand gedrückt bekommen hatte. Der Drahtkörper der Tierfigur war warm in der Bergsonne.

Nachdem das Foto im Kasten war, machten sie auf einem der Felsen, die gerade noch am linken Bildrand zu erkennen waren, Brotzeit. Sie hatten Focaccia dabei, eine krümelige schwarze Wurst und Feigen, die sie mit Wein aus der Wasserflasche in Michaels Rucksack hinunterspülten. Während sie aßen, blieben die Eulen auf dem Felsen, ganz nah beieinander. Immer wieder jubelte Michael laut über seine neuen Schätze und lachte entzückt auf, wenn er in ihre Gesichter sah. Irgendwann fand Ada, es werde Zeit weiterzumarschieren, und da verstaute Michael die Eulen sorgfältig in seiner Tasche.

Vor Michaels Tod hatte das Foto in seinem Arbeitszimmer gestanden. Danach hatte Ada es auf ein kleines Tischchen im Wohnzimmer gestellt. Direkt vor das Bild hatte sie die Eule platziert, die aussah, als lauschte sie auf etwas. Die zweite Kupferfigur, diejenige, die Michael auf dem Foto in Händen hielt, fehlte. Sie war beim Umzug von Manchester nach Oxford abhandengekommen. Wenige Tage nachdem sie die Haustür gestrichen und auch die kleineren Gegenstände ausgepackt hatten, sagte Michael plötzlich, dass er die zweite Levi-Skulptur seitdem sie Manchester verlassen hatten nicht mehr gesehen habe. Er habe sie in einen der Kartons getan – ob Ada sie ausgepackt hätte?

»Nein«, sagte sie nur.

»Mist.« Michael runzelte die Stirn.

Sie begannen zu suchen, anfangs noch gelassen, dann wie von Sinnen. Die Umzugsleute hatten ein paar Kisten in irgendwelchen Schränken abgestellt, und bald hatten sie alle ausgepackt. Als sie anschließend in sich zusammengesunken im Wohnzimmer saßen, gingen Michael und Ada davon aus, dass die zweite Eule in irgendeine Ritze des Umzugswagens gefallen sein musste. Michael sah aus, als würde er gleich in Tränen ausbrechen, seine massige

Gestalt sah aus wie geschrumpft. In den Jahren danach fand er nie den Mut, Carlo zu gestehen, dass eine der Figuren verschwunden war. Ada lernte, sie nicht mehr zu erwähnen, und beide schmerzte der Gedanke, die zweite Kupfereule könnte irgendwo alleine herumstehen – mehr, als sie sich das selbst oder einander jemals eingestanden hätten.

Jetzt wirkte das kleine Geschöpf auf dem Tisch einsamer denn je. Das tat Ada so weh, dass sie es sich angewöhnt hatte, die Eule gar nicht mehr anzusehen. Sie ließ den Blick vom Teppich übergangslos zur Lampe auf dem Kaminsims huschen. Nie ruhte er auf dem gerahmten Foto von diesen beiden fröhlichen, sonnenverbrannten Menschen – geschweige denn auf dem Kupferrot der einsamen Drahteule direkt davor, die ihren Partner unwiederbringlich verloren hatte.

8

DER SEMESTERBEGINN WAR geschafft, und die Menschenflut, die gedroht hatte, Eliza unter sich zu begraben, war endlich verebbt, um sie erschöpft und algenverklebt zurückzulassen. Einige Studenten, die ihr sympathisch gewesen waren, schienen mit dem zurückweichenden Wasser verschwunden zu sein. Weg war Joseph Kay, der Doktor der Musik mit dem blondierten Haar, der ihr erzählt hatte, er verwende in seinen Kompositionen Geräusche von sich einringelnden Pflanzen und seufzenden Kühlschränken. Weg war auch Zelda, die französische Fotografin, die am Lady Margaret Hall College studiert hatte. Und wo war eigentlich Tommy, der promovierte Biologe, abgeblieben? Oxford hatte ihnen den Garaus gemacht.

Unterm Strich schien Elizas erstes Semester erstaunlich glatt zu laufen. Ihr Ausgehabend mit Nat war einer der letzten gewesen – das einzige Mal, dass sie zu Bett gegangen war, ohne sich abzuschminken. Und bis November hatte sie sich sämtliche Fähigkeiten angeeignet, die man in Oxford zum Überleben braucht: Sie wusste, wo man seine Sandwiches kauft, gegen welche der vielen Einbahnstraßenregelungen man am besten verstößt, wie man herausfindet, ob einem jemand deshalb bekannt vorkommt, weil man ihn schon mal getroffen hat oder weil sein Gesicht eine gruselige Mischung aus anderen ist, die man irgendwann mal im Leben gesehen und mehr oder weniger vergessen hat.

Es war gerade angesagt, Oxford nicht zu mögen, das galt vor allem für Bachelorstudenten, die ihm seine Kolonialvergangenheit vorwarfen, seine von alten weißen Männern dominierte Elite. Eliza nahm diese und andere Makel durchaus wahr und fand sie wenig erhebend. Doch auch sie ließ sich von dem goldgelben Licht verzaubern, das Busladungen Touristen anzog, von den kopfsteingepflasterten Gassen und der grässlichen Banalität der Shoppingmalls. Sie mochte sogar die Swinburne Road, selbst ihr zellenartiges Zimmer, und lernte die Angewohnheiten ihrer Nachbarn kennen: die der Sikh-Familie links von ihr, die des Jungen, der auf der Straße Fußball spielte, und die der zerbrechlichen alten Dame von gegenüber, die Eliza hin und wieder zu Gesicht bekam, wenn diese gerade ihre gelbe Haustür öffnete, um die Blumen auf den Fensterbänken zu gießen.

Baleotti, Elizas Tutor, lud sie einmal die Woche zu sich zum Abendessen ein. Er wohnte in Jericho, zusammen mit seiner Frau Cosima, die ebenfalls eine Hochschulprofessur innehatte. Nach jedem Besuch kam Eliza mit neuen Büchern nach Hause, die sich ihr durch den dünnen Stoff ihres Rucksacks in den Rücken bohrten. Es gab immer wieder einen Roman, den sie *»immediatamente«* lesen musste, oder einen verkannten ukrainischen Film, den es zu sehen galt. Sie unterhielten sich ausschließlich auf Italienisch. Sie sprach es immer fließender, lernte aufs Neue, die großzügig verteilten lateinischen Vokale zu formen. Das letzte Mal richtig Italienisch gesprochen hatte sie, als Ruby und sie gemeinsam im winzigen Dachgeschoss eines venezianischen Palazzo gewohnt hatten. Das war während Elizas Auslandsjahr gewesen. Zu Hause, wo vor allem Ruby das Wort geführt hatte, hatten sie Englisch gesprochen. Aber in den Kanälen der Stadt hatte Eliza das Sagen: Man musste Italienisch können, wenn man nicht wie ein x-beliebiger Tourist behandelt werden wollte, und Ruby brachte kein Wort heraus. Eliza fand es erstaunlich erhebend, das Sprachrohr zu sein, durch das Ruby ihren Willen kundtat, auch wenn sich Ruby – der das nicht entging und die es gar nicht mochte, dass ihre Macht draußen schwächer war als zu Hause – dafür rächte, sobald sie wieder allein waren. Sie verlangte, dass Eliza sich eine App herunterlud, die jeden ihrer Schritte protokollierte, und pflegte Elizas Rückweg von der Uni auf ihrem Smartphone-Display zu beobachten. Wenn Eliza zu lange trödelte oder die Einladung eines Kommilitonen auf ein *gelato* annahm, rief Ruby an.

Bei Baleotti kam ihr das Italienische ganz einfach und selbstverständlich vor. Der Professor pflegte Eliza zu fragen, wie ihr der letzte Schwung seiner skurrilen Bücher und Filme gefallen habe, anschließend verloren sie sich in einem kulturellen Spiegelkabinett. Es war anstrengend, da mitzuhalten, und nach einem intensiven Abend, nach dem Baleotti ihr einen Leinenbeutel für die Bände mitgeben musste, die nicht mehr in ihren Rucksack passten, fühlte sie sich beim Heimradeln wie Theo Torfkopp in *Matilda* von Roald Dahl, der Mund und Backen voll köstlicher Schokotorte hat, aber nie genug davon bekommen kann.

Kurz nachdem Eliza sich an ihr neues Leben in Oxford gewöhnt hatte, dämmerte ihr eine weniger angenehme Wahrheit. Sie begriff, dass sie in ihrem Universitätsleben bloß eine intellektuelle Hochstaplerin war. Gut, sie war schlau genug, um promovieren zu dürfen, aber ihr Stern leuchtete nicht besonders hell und würde bestimmt schon bald erlöschen. Sie hatte keine einzige Zeile von Dickens gelesen, auch nicht von Dickinson. Sie hatte keine schwierige Beziehung zu Judith Butler. Und alles, was sie über die Bürgerrechtsbewegung wusste, passte auf eine winzige Haftnotiz. Eine Professur an einer Eliteuniversität, Ringvorlesungen und Wikipedia-Einträge würden für sie nicht vorgesehen sein. Die Konkurrenz war einfach zu groß. Je mehr Promotionsstudenten Eliza kennenlernte, desto überzeugter war sie davon, bloßes Mittelmaß zu sein, ein langweiliger Flusskiesel inmitten von Diamanten. Fast alle britischen Studenten waren von hier, und viele nahmen automatisch an, dass die aus dem Norden stammende Eliza etwas entsprechend Langweiliges wie Maschinenbau oder Physik studierte. Wenn sie enthüllte, dass sie in Italienischer Literaturwissenschaft promovierte, wirkten sie fast schon gekränkt. Ganz so, als wäre es undenkbar, dass jemand aus dem Norden auch Romane lesen könne. Auf dem Internat war Eliza wegen ihrer Herkunft etwas Besonderes gewesen, wenn auch nicht im positiven Sinne. In Oxford dagegen stach sie damit nicht besonders hervor: Hier machten Leute ihren Doktor, die Geflüchtete waren, Leute, die nachts in ihrer Heimat, in der ein Bürgerkrieg tobte, gebüffelt und es trotzdem auf die Uni geschafft hatten. Im Vergleich dazu war Elizas Biografie extrem privilegiert.

Sie hatte genug gelesen, um zu wissen, dass es normal war, sich als Hochstaplerin zu fühlen. Aber auch das war ihr keine große Hilfe: Sie kam sich trotzdem wie eine Hochstaplerin vor. Genauso gut hätte ihr der Arzt erzählen können, die Migräne, die sie schier umbrachte, finde nur in ihrem Kopf statt, sei bloß ein Auswuchs ihrer schrägen Psyche: Vielen Dank, aber davon gingen die Symptome auch nicht weg!

»Ich habe noch keine richtige Vergangenheit, die mich als unabhängige, kluge Denkerin ausweist«, erzählte sie ihrer Freundin Judy beim Abendessen.

Judy studierte ebenfalls am New College, und zwar Englische Literatur. Sie sahen sich mehrmals die Woche, gingen gemeinsam in die Mensa oder zu Vorlesungen. Sie waren sich einfach sympathisch, meist schickten sie sich Links zu guten Artikeln im *Guardian*.

Judy sagte nichts darauf. Sie arbeitete sich durch einen Berg gekochter Möhren. Hinter ihr scherzten und johlten jüngere Semester und bewarfen sich gegenseitig mit Pommes. Die Porträts an den Wänden sahen missbilligend auf sie herunter.

Eliza sprach weiter. »Künstler, richtig gute, meine ich, haben alle irgendeine dysfunktionale Beziehung, die sie antreibt, sie psychologisch dazu befähigt, kreativ zu sein. Ich dagegen habe höchstens … Keine Ahnung … Meine Mutter und ich sind uns nie sehr nahegestanden.«

Judy fuhr damit fort, gedankenverloren zu kauen. Eliza versuchte zu ergründen, ob wenigstens dieses Argument zutraf: War es fair, ihre Beziehung zu Flora als unterkühlt zu bezeichnen? Vermutlich nicht: Flora hatte erst letzte Woche angerufen, und sie hatten sich fünf Minuten unterhalten. »Aber nicht einmal das ist wirklich katastrophal«, rief Eliza frustriert aus. »Meine Mum hat mir neulich erzählt, dass sie frisch verknallt ist – sie hat sich mir anvertraut! Leute mit eiskalten Müttern bekommen keine solchen Anrufe und erfahren nichts von neuen Lieben!«

Judy schnitt das Ende einer ihrer Möhren ab und schob es an den Tellerrand.

»Isst du das nicht?«, fragte Eliza zerstreut.

»Das hat so einen Fühler«, erwiderte Judy.

Sie spießte das Möhrenende auf die Gabel und hielt es in die Luft. Eliza sah genauer hin. Ein faseriger, ingwerfarbener Spross kam daraus hervor.

»So ein wuschliger Wichser!« Judy schnaubte verächtlich. Sie mussten laut lachen.

Als sie die Mensa verließen, sagte Judy, es sei bequem von Eliza, sich einzubilden, sie bräuchte eine traumatischere Vergangenheit, um in der Gegenwart klar oder kreativ denken zu können: Das Klischee vom leidenden Künstler sei so was von uralt, einfach nur zum Gähnen. Eliza gab ihr recht.

Doch mit der Zeit wurde ihre Nervosität nur noch größer, ja, es kamen sogar weitere Bedenken hinzu: Zum Beispiel dass es völlig sinnlos war weiterzustudieren. »Wenn ich promoviere …«, flüsterte sie Judy bei ihrem nächsten Treffen ins Ohr (diesmal im

Dezember im Ultimate Picture Palace, der Film sollte gleich losgehen), »… dann ist die Chance minimal, dass irgendjemand was damit anfangen kann – mich eingeschlossen.«

Judy schenkte Eliza ein vieldeutiges Lächeln. »Das ist bei mir auch nicht anders«, erwiderte sie. »Denn was wir machen, ist verdammt abstrakt. Im Grunde bauen wir Sandburgen an einem erfundenen Strand.«

»Findest du die Vorstellung nicht schrecklich, dass deine Doktorarbeit von gerade mal zwanzig Leuten gelesen werden wird und keinerlei praktischen Nutzen hat?«, fragte Eliza.

Judy zuckte nur mit den Schultern. »Das meiste, was Leute machen, hinterlässt so gut wie keine Spuren. Warum sollte es bei mir anders sein?«

Der Film fing an. Sie sahen *Ein Herz und eine Krone*, irgendeine restaurierte Fassung. Eine Luftaufnahme des Vatikans kam zitternd ins Bild. Eliza verstand, was Judy meinte. Ihre Doktorarbeiten würden definitiv nicht die ganze verdammte Welt in Ekstase versetzen. Was bildeten sie sich eigentlich ein, so viel Eindruck hinterlassen zu wollen? Wie kamen sie darauf, so etwas auch nur zu erwarten?

Als sie das Kino verließen, wurde Eliza von einer weiteren Sorge gepackt. »Findest du es arrogant und eingebildet von mir, dass ich befürchte, meine Arbeit könnte völlig sinnlos sein?«

Judy suchte nach einem Abfalleimer für ihre Popcorntüte. »Ja«, sagte sie. »Ist doch so, oder?«

Eliza überlegte. »Ja«, erwiderte sie. »Aber das hält mich trotzdem nicht davon ab, Existenzkrisen zu haben, sondern sorgt eher dafür, dass ich mich noch mehr hasse. Und dann gerate ich in einen regelrechten Teufelskreis aus Selbsthass wegen Selbsthass.«

»Das klingt anstrengend.«

Eliza nickte. Sie umarmten sich zum Abschied. Judy radelte

davon, und Eliza kehrte zu Fuß in die Swinburne Road zurück. Dort schickte sie Ellie eine SMS, die immer noch arbeitete und das bis in die frühen Morgenstunden tun würde: Ihre Freundin stand kurz davor, irgendeinen wichtigen Deal abzuschließen. Es war stockfinster, eine von den Nächten, auf die Mörder sehnsüchtig warten. Elizas Hände waren eiskalt. Noch im Gehen verdrängte sie die Angst, gleich wieder in ihrem Zimmer zu sein, umgeben von ungelesenen Büchern und dreckverkrusteten Fenstern – auch wenn sie Gänseblümchen- und Penis-Hieroglyphen in den Schmutz gezeichnet hatte.

In der ersten Woche nach den Weihnachtsfeiertagen war Eliza gerade bei Tesco, als sie spürte, wie sie jemand anstarrte. Dieser Jemand hieß Pandy und war ebenfalls auf dem St. Antonia's gewesen. In der elften Klasse hatten sie sich ein wenig angefreundet, doch die Beziehung war abgekühlt, als Eliza zur Zielscheibe scharfzüngiger Mitschülerinnen geworden war. Aus Selbstschutz hatte Pandy beschlossen, sich weniger peinliche Freundinnen zu suchen. Es war komisch und ein wenig unangenehm für beide, einander hier über den Weg zu laufen: Früher hatten sie sich einmal gut genug verstanden, um bis tief in die Nacht zu quatschen und erst dann zu verstummen, wenn die Hausmutter mit der Taschenlampe durch den Schlafsaal ging.

Offen gestanden begegnete Eliza dauernd früheren Mitschülerinnen vom St. Antonia's. Eltern schickten ihre Kinder schließlich mit der Vorstellung dorthin, dass aus ihren Küken einmal schöne Oxbridge-Schwäne würden, was der Schule immer wieder gelang. Eliza hasste es, wenn sie eine frühere Mitschülerin traf, ganz einfach weil sie das St. Antonia's gehasst hatte. Sobald sie eine seiner Pferdeschwanz-Missionarinnen sah, fror sie bis ins Mark. Sie konnte machen, was sie wollte – nichts würde ihr erlauben, die dunklen Schatten dieser Zeit ein für alle Mal hinter sich zu lassen. Leider hatte man den Schülerinnen des St. Antonia's eingebläut, immer schön freundlich zu sein. Als Pandy verzückt »Lize!« rief, reagierte Eliza ebenso überschwänglich.

»Pandy!«, jubelte sie.

Sie plauderten ein wenig. Pandy war der alten Clique nach wie vor eng verbunden. Tilly, Mia, Molly und sie würden am nächsten Tag für einen Gottesdienst an ihre einstige Schule zurückkehren – ob Eliza nicht mitwolle?

»Morgen?«, wiederholte Eliza überrascht.

»Ja, morgen ist Sonntag«, erwiderte Pandy.

»Oh.«

»Und, hast du Lust?«

»Klar«, hörte Eliza sich fröhlich sagen.

Der nächste Tag kam viel zu früh. Die »Clique«, die Pandy erwähnt hatte, wohnte ausnahmslos in Oxford, sodass sie alle zusammen losfahren konnten. Eliza sollte als Letzte eingesammelt werden. Um Punkt neun stand sie mitten auf der Swinburne Road und wartete auf Pandys Wagen. Sie glaubte, die Frau von gegenüber dabei zu ertappen, wie diese durch einen Vorhangspalt spähte. Das konnte sie ihr auch schlecht vorwerfen: Sie musste ein seltsames Bild abgeben, wie sie da so steif auf der Straße herumstand. Damit wollte Eliza vermeiden, ihre Wohnung herzeigen zu müssen. Die anderen wären bestimmt entsetzt über so viel Staub und Dreck, und die Neuigkeit, dass sie eine Art Hausbesetzerin war, würde sich in der St.-Antonia's-Community über Whatsapp in Windelseile herumsprechen.

Irgendwann tauchte die riesige Kühlerhaube von Pandys Land Rover am Ende der Straße auf. Tilly, Mia und Molly saßen hinten, eine Ansammlung attraktiver Blondinen. Eliza stieg vorne ein. Sofort bereute sie es, überhaupt zugesagt zu haben. Die Mädels hatten sie seit Schulzeiten nicht mehr gesehen, auch wenn sie ihren weiteren Werdegang auf Facebook und über die Gerüchteküche verfolgt hatten, die nach ihrem Schulabschluss munter weiterbrodelte. Sie waren nicht unnett, aber wahnsinnig neugierig. Diese Mädels kannten Eliza seit Teenagerzeiten, sie wussten um ihre Herkunft und ihre Schwächen, wussten, dass sie nur mit einem Stipendium aufs St. Antonia's gekommen war, dass ihre Mutter bei keiner einzigen Sportveranstaltung zugegen gewesen war, dass ihr Vater – das muss man sich mal vorstellen! – in einer Lebensmittelfabrik gearbeitet hatte, bevor er entlassen worden war (der arme Kerl!). Während Eliza inständig hoffte, dass die Fragen bald ein Ende haben würden, fiel ihr auf einmal wieder ein, wie Molly, die jetzt elegant und sympathisch wirkte, mit vierzehn einmal auf die »Ironie« des Namens von Elizas Vater hingewiesen hatte. »Er heißt Rich?«, hatte sie gekichert, während sie vor dem Mathesaal warteten. »Rich? Hahaha!«

Eliza wusste kaum noch, wer sie zu Schulzeiten gewesen war, wie sie damals ausgesehen und womit sie ihre Zeit verbracht hatte. Aber diese Orakel schienen alles zu wissen, sich noch an alles zu erinnern.

»Wie sich herausgestellt hat, bist du also bi!«, trompetete Mia laut heraus, als Eliza zu ihrem Liebesleben befragt wurde. »Das haben wir längst gewusst!«

Eliza lächelte gutmütig. Auf dem St. Antonia's war vieles erlaubt: Man durfte klauen und sich selbst verletzen, man durfte betrügen und mit Koks dealen, aber Mädchen lieben? *No way!* Das galt als ansteckend: Eine Lesbe auf dem Internat konnte die anderen infizieren, lautete ein ungeschriebenes Gesetz, weshalb sämtliche Schülerinnen stets nach abweichendem Verhalten Ausschau hielten.

»Hat sich deine Freundin aus Bath von dir getrennt?«, fragte Pandy wie nebenbei, den Blick auf die Straße gerichtet.

Eliza staunte. Sie hatte gar nicht gewusst, dass ihre Beziehung sich so weit herumgesprochen hatte. »Ja«, sagte sie. Sie spürte, wie die Atmosphäre im Wagen kippte, alle vier Frauen brannten regelrecht darauf, mehr zu erfahren.

»Warum?«, fragte Mia.

Eliza hätte sich am liebsten sofort aus dem Wagen geworfen, sich die Böschung hinunterrollen lassen wie ein Tom Cruise für Arme. »Das musst du sie schon selbst fragen«, erwiderte sie so ungerührt wie möglich. »Wir haben uns gleich in meiner ersten Woche in Bath kennengelernt. Ich hatte gerade angefangen zu studieren, und Ruby war schon im dritten Jahr. Wir sind zu Semesterbeginn zusammengekommen, und als ich meinen Master gemacht habe, war es aus.« Sie verstummte in der Hoffnung, dass das genügte.

»Und, bist du inzwischen drüber weg?«, fragte Mia.

»Mia, verdammt! Hör auf, sie so ins Kreuzverhör zu nehmen!«, sagte Tilly.

Eliza sah erstaunt auf. Sie kannte Tilly nicht besonders gut: Sie war in der Schule eher eine schüchterne Außenseiterin gewesen und hoch musikalisch – bis sie in der sechsten Klasse fast über Nacht zu einer echten Schönheit wurde und bald darauf zur Elite dieses Jahrgangs zählte. Doch immer wenn Eliza und sie sich unterhalten hatten, war Tilly echt nett gewesen, das wusste Eliza noch – auch nachdem sie zu den coolen Mädchen gehört hatte.

»Danke, Tilly«, sagte Eliza.

»Du musst uns nichts erzählen, das geht uns ehrlich gesagt gar nichts an«, erwiderte sie.

»Das passt schon. Ich sollte lernen, darüber zu reden. Und sei es nur, um euch zu warnen, damit ihr euch in Liebesdingen etwas schlauer anstellt, haha.«

Tilly lächelte nicht. Eliza dachte nach. »Das mit Ruby und mir war ziemlich ernst«, sagte sie.

»Wie ernst?«, fragte Molly.

»Na ja, ernst halt. Wir sind sehr jung zusammengekommen.

Mich hat das Studium anfangs ziemlich überwältigt, ich musste meinen Weg erst mal finden, die Arbeit hat sich immer mehr aufgetürmt. Ich hab nicht richtig geschnallt, wie die Stadt funktioniert, und bin bloß von der Uni zum Supermarkt, von dort in die Bibliothek und dann wieder zurück – das reinste Bermudadreieck! Ruby war meine Rettung. Wir waren eines von diesen Paaren, die … Na ja, ihr wisst schon, die völlig von der Bildfläche verschwinden.«

»Was soll das heißen? Hat sie dich zu Hause eingesperrt?«, fragte Mia.

Eliza schüttelte gelassen den Kopf. Diese scheiß Mia!

»Nichts dergleichen«, sagte sie. »Das war viel …« Sie wollte »unterschwelliger« sagen, konnte sich aber nicht dazu aufraffen. »Ruby hat einfach … Mit ihr an meiner Seite hatte ich kaum noch Lust auf andere Leute.« Sie verstummte. Sie fand es seltsam, das auszusprechen. Es war das erste Mal, dass sie das jemandem erzählte. Doch sie sprach weiter, konnte es kaum erwarten, die Sache hinter sich zu bringen. »Ruby hat mir Sachen eingeredet, die völlig daneben waren, wie ich heute weiß. Zum Beispiel, dass ich nie mehr jemanden finden werde. Dass ich gefühlskalt bin. Dass sie die Einzige ist, die mich ertragen kann. Dass ich schlecht darin bin, sie zu lecken und so. Dass ich nicht mit Geld umgehen kann. Sie hat mir mein Geld abgenommen und es mir dann nach und nach zugeteilt wie eine Art Taschengeld.«

Es wurde still im Wagen. Alle schienen zu bedauern, das Thema überhaupt angeschnitten zu haben, und versuchten, etwas Aufmunterndes zu sagen.

»Ich wette, du kannst sehr wohl gut lecken«, wagte sich Pandy vor.

»Keine Ahnung – darüber reden wir nachher noch mal«, erwiderte Eliza. Die anderen lachten.

»Und wie ist es ausgegangen?«, fragte Tilly.

»Ich habe angefangen, den Master zu machen, nach wie vor in Bath, wo ich mit Ruby zusammengewohnt habe. Mit der Zeit ist mir klar geworden, dass ich mich vielleicht ein bisschen zu abhängig von ihr gemacht habe. Dass ich ihretwegen nicht die typischen Studentenerfahrungen sammeln konnte, die man immer in Filmen sieht. Dass ich vielleicht auch mal Lust habe, auszugehen, mich zu betrinken, über die Stränge zu schlagen und so. Deshalb habe ich versucht, mich ein wenig zurückzuziehen, neue Leute kennenzulernen. Ich habe ein paar Freundschaften geschlossen, die bis heute halten. Aber das hat Ruby gar nicht gefallen.«

Und das war noch stark untertrieben! Eliza wusste noch genau, wie sie ihr am Ende ihres letzten gemeinsamen Wintersemesters gesagt hatte, dass sie den Gottesdienst in der Kathedrale von Bath besuchen wolle.

»Der findet bei Kerzenschein statt«, hatte Eliza verkündet.

Ruby kochte gerade ein veganes Curry. »Ein Weihnachtsgottesdienst?« Sie sah Eliza dermaßen verächtlich an, dass diese vor ihr zurückwich.

»Ich werde bestimmt keine Stunde meines Lebens dafür opfern, um zuzuhören, wie ein Gott gepriesen wird, den es gar nicht gibt, um eine Religion zu unterstützen, die die letzten zweitausend Jahre Frauen nur unterdrückt hat«, sagte Ruby: Das Christentum sei ein Jungfrauenkult, Anglikaner hätten schon immer was gegen Homosexuelle gehabt, auf keinen Fall dürften sie zu so einem beschissenen Gottesdient gehen, da lasse sie sich ja noch lieber beschneiden! Also waren sie nicht hingegangen. Daraufhin hatte sich Eliza ein Album mit Weihnachtsliedern aufs Handy geladen und diese angehört, wenn Ruby nicht da war.

»Irgendwann im zweiten Jahr meines Masterstudiengangs«, beendete Eliza ihre Geschichte, »hatte mich Ruby satt.«

»Wie bitte?«, sagte Molly.

»Aber warum denn?«, fragte Pandy.

»Keine Ahnung«, erwiderte Eliza, inzwischen erschöpft. »Sie wollte mit mir Schluss machen, aber ich war noch nicht so weit und wohnte noch mit ihr zusammen. Deshalb hab ich sie gebeten, bei mir zu bleiben. Dann hat sie irgendeinen Typen mit heimgebracht, als ich zu Hause war, um es im Wohnzimmer mit ihm zu treiben. Danach hat sie endgültig mit mir Schluss gemacht. Sehr witzig! Ich bin dann zurück nach Cumbria und habe meine Abschlussarbeit dort geschrieben, mich via Skype begleiten lassen und so.«

Eine kurze Pause entstand.

»Na ja, Mädels«, sagte Molly. »Ruby klingt echt kacke.«

Das war so eine blöde Bemerkung, so millennialmäßig unreif und albern, dass sich die Atmosphäre entspannte.

»Tut mir echt leid«, sagte Tilly, nachdem das Gelächter verebbt war.

Eliza drehte sich zu ihr um. Tilly saß am Fenster. Sie sah Eliza in die Augen, ihre Stimme klang aufrichtig. Etwas an ihrer Miene gab Eliza das Gefühl, dass sie wirklich mit ihr mitfühlte. »Danke, Tilly«, sagte Eliza. Die Fragestunde neigte sich ihrem Ende zu.

Der Rest des Tages war der reinste Albtraum. Bis auf einen brandneuen Anbau und ein paar neue Lehrer hatte sich im Internat nichts verändert. Der Haupttrakt war ein riesiges efeuumranktes Gebäude aus den 1830er-Jahren, das bald nach seinem Bau in eine protestantische Schule für neun Schwestern umgewandelt worden war. Mittlerweile konnten achthundert junge Internatsschülerinnen – für vierzigtausend Pfund im Jahr – zwei Seen, einen Reitstall, ein Fitnesscenter, Tennisplätze, einen Pool und einen Tanzsaal genießen, in den junge Männer aus Harrow und Eaton im Smoking zu monatlichen Discoabenden gebeten wurden. Dann bestand das Ziel der jungen Damen darin, sich auf der Tanzfläche begrapschen zu lassen, ohne vom vorbeipatrouillierenden Personal erwischt zu werden.

Ein Drittel von Elizas Jahrgang war zum Gottesdienst anlässlich des Klassentreffens gekommen. Sie füllten die vier letzten Reihen, während die anderen Bänke von jetzigen Schülerinnen in gestärkten Sonntagsuniformen eingenommen wurden. Eliza wusste, dass die Mädchen vor ihnen genauso aussahen wie sie früher, doch inzwischen kamen sie ihr unglaublich jung und zerbrechlich vor, ihre Handgelenke sahen aus wie die von Kleinkindern.

Die Zeremonie begann. Man betete für die »Ehemaligen«. Es gab eine Kollekte und eine Predigt zum Thema Mikroplastik. Der Organist begleitete die Gemeinde zu Liedern, die Eliza fünf Jahre lang angestimmt hatte, und als sich das Lob Gottes erhob, schaute sie sich ihre Reihe mit den der Schule entwachsenen Frauen, die inbrünstig mitsangen, genau an. Sie kam sich extrem einsam vor. Alle, bis auf Eliza, hatten nach der Schule Kontakt gehalten. Sie dagegen hatte sich schwer bemüht, sämtliche Erinnerungen an die Schulzeit zu verdrängen. Und natürlich schienen Elizas ehemalige Mitschülerinnen viel beeindruckendere Dinge zu machen als sie, nicht umsonst war das Internat sehr renommiert. Tilly arbeitete fürs Innenministerium, Mia war Menschenrechtsanwältin und Molly Künstlerin. Nachdem sie immer wieder gelöchert worden war, was sie so mache, hatte Eliza das Gefühl, dass ihre Antwort – »Ich promoviere über Primo Levi« – im Vergleich dazu immer mehr verblasste. Sie begann, sich für ihre Arbeit zu schämen, dafür, wie unbedeutend und nutzlos sie war. Was brachte es schon, eine Doktorarbeit über einen toten Autor zu schreiben? Was änderte das schon, welchen Nutzen hatte man davon? Sollte es Eliza gelingen, eine Unistelle zu ergattern – würde ihre Arbeit am Ende nicht bloß in die Ausbildung ebendieser privilegierten jungen Frauen einfließen? Dieser Frauen, die völlig selbstverständlich die besten Universitäten des Landes besuchten, mit dem Gefühl, ein Anrecht auf erstklassige Bildung zu haben – neben den sich noch mehr dazu berechtigt wähnenden jungen Männern? Ein oder zwei Ehemalige, mit denen sich Eliza unterhielt, hatten schon mal von Levi gehört, aber auch sie interessierten sich bloß für eines – dafür, wie er gestorben war. »Selbstmord, stimmt's?« – »Die Nazis haben ihn also am Ende doch noch gekriegt?« – »Ist er gesprungen oder geschubst worden?«

Nach einem Cellokonzert und einem Spendenaufruf vonseiten der Direktorin tranken die Ehemaligen noch einen Tee in Pankhurst Parlour. Anschließend stieg Eliza in Pandys Land Rover, und man kehrte nach Oxford zurück. Eliza versuchte, sich an dem fröhlichen Geplauder zu beteiligen, konnte aber den Namen irgendwann nicht mehr folgen und verlegte sich darauf, aus dem Fenster zu starren. Die Dunkelheit verschluckte die Landschaft. Auf der Gegenfahrbahn schwenkten weiße Scheinwerferlichter auf sie ein.

Es war neun, als sie in der Swinburne Road hielten. Eliza staunte, wie froh sie war, wieder daheim zu sein. Die Renovierungsarbeiten hatten eine neue Eskalationsstufe erreicht: Der gesamte erste Stock war entkernt worden, und überall türmten sich Kabel wie riesige Flusenhaufen. Der ideale Moment für LCD Soundsystem. Immer wenn sie sich ganz besonders einsam fühlte, hörte sie diese Band. Nach zwei Minuten musste sie sich die Kopfhörer rausreißen: Der Leadsänger sang von seinen vielen Freunden, davon, dass sie immer für ihn da waren – egal, was passierte. Dass sie gemeinsam jede Menge Mist redeten und sich betranken. Sie suchte nach einer Alternative. Auf Radio 4 lief eine vielversprechende Doku über Boko Haram, gefolgt von einer über IS-Bräute. Danach fühlte sich Eliza genauso teilnahmslos und benommen wie erhofft. Sie stand auf, um sich an der braun gewordenen Spüle am Fenster die Zähne zu putzen. Es war schon spät, drei vielleicht. Die Straße sah seltsam unwirklich aus im sterilen Licht der Laternen, und im Haus gegenüber entdeckte Eliza im ersten

Stock eine Gestalt hinter den dünnen Vorhängen – genau wie an dem Abend, als sie mit Nat geknutscht hatte. Es war, als würden sie einander spiegeln. Das musste die ältere Dame sein, die sie manchmal beim Blumengießen sah, aber vielleicht war es auch ihr Mann oder ihr Kind? Eliza starrte eine Weile auf die Silhouette. Am liebsten wäre sie rübergegangen und hätte geklingelt, geguckt, wer das war, um die Sorte Gespräch zu führen, die nur in so einer Dunkelheit möglich ist. Dann merkte sie, dass sie den Mund voller Zahnpasta hatte. Sie spülte ihn am Becken aus, wusch sich das Gesicht, schaute auf ihr Handy und ging ins Bett. Am nächsten Morgen merkte sie, dass eine extreme Trägheit von ihr Besitz ergriffen hatte, sie wollte einfach nur noch schlafen.

9

»ADE, STELL DICH nicht so an. Das ist doch lächerlich!«

Ada saß im Wohnzimmer und telefonierte mit ihrer Schwester Eve. Es war ein Sonntagvormittag. Sie presste den Hörer an die Wange und zog mit der anderen Hand die Spitzengardine ein wenig auf. Da stand eine junge Frau mit pinkfarbenem Haar auf der Swinburne Road, und zwar mitten auf der Straße, so als hoffte sie, vom Blitz erschlagen zu werden.

Ada hatte Eve vom Supermarkt-Zusammenbruch vor ein paar Monaten erzählt. Seitdem war sie in keinem anderen Geschäft mehr gewesen. Eve konnte kaum glauben, was sie da hörte: Wie hatte Ada nur so lange überleben können?

»Die Gefriertruhe«, sagte diese nur. »Der Bauernmarkt. H-Milch. Hochwertiges Kokain.«

»Geh in irgendeinen anderen verdammten Laden!«, rief Eve.

Ada überlegte. Im Grunde war das gar keine so schlechte Idee. Sie ließ die Gardine zurückfallen und riss sie erneut auf, als sie einen Wagen halten hörte. Ein Land Rover war aufgetaucht. Ada konnte drei plaudernde junge Frauen auf dem Rücksitz erkennen und begriff sofort, was da los war: Das waren fünf beste Freundinnen, die zu einem feministisch-sozialistischen Akupunktur-Retreat in den Cotsworlds aufbrachen oder so was. Die Glücklichen!

»Ali, nimm die Finger aus den Coco Pops«, sagte Eve. »Okay, Ada, ich muss auflegen. Bitte geh heute in einen Laden. Bitte!«

»Gut«, versprach Ada.

So kam es, dass sie erneut Lebensmittel einkaufte – nicht im Supermarkt, sondern ein paar Häuser weiter, in einem kleineren Laden, der bärtigen Männern – bestimmt Muslime – gehörte. Er war eine Art »Aladins Höhle«, in der man haufenweise Datteln und Feigen bekam, aber nicht unbedingt Grundnahrungsmittel wie Frühlingszwiebeln und Butter. Als sie das erste Mal hinging, informierte man Ada ungerührt, der Laden habe keine Milch bestellt, weshalb es die nächste Woche keine geben werde.

»Okay«, sagte Ada verblüfft. Sie kaufte stattdessen Sahne und rührte sie in den Tagen darauf in ihren Kaffee wie eine genesende Magersüchtige.

Adul und die anderen aus dem Supermarkt fehlten ihr, aber die neue Truppe war ihr sympathischer. Die Ladeninhaber waren sehr freundlich zu ihr. Sie nannten sie Miss Robertson, rissen Witze, die sie nicht verstand, lachten aber höflich. Außerdem verließ sie das Geschäft immer mit etwas Seltsamem in ihrem Jutebeutel: Tahini zum Beispiel oder noch feste, pralle Kumquats, die erst vor wenigen Tagen im Nahen Osten gepflückt worden waren. Ihre Schränke begannen sich erneut zu füllen, und hätte ein Fremder darin herumgestöbert, hätte er geglaubt, hier wohne ein Koch aus Bahrain. Sie wusste nicht, was sie mit ihren neuen Zutaten anfangen sollte, doch sie erfüllten die Küche mit einem Versprechen und weckten neuen Ehrgeiz. Außerdem kam sowieso nicht infrage, dass sie das kochte, was sie einst Michael vorgesetzt hatte – Shepherd's Pie, Lasagne und Kedgeree. Deshalb aß sie mit Appetit Fattoush und Hummus, in Granatapfelsirup geschmortes Lamm und Baklava.

Doch einsam war sie immer noch. Sie hatte Zeit und Geld im Überfluss, wusste aber nicht, was sie damit machen sollte, um glücklich zu werden. Am liebsten ließ sie die Tür zum Garten offen stehen, um frische Luft reinzulassen, auch wenn es dann in die Küche regnete. Das belebte sie, und der Geruch nach nasser Erde, nach Natur hielt Einzug. Der erste Schock, nun Witwe zu sein, war vorbei. Es gab nichts mehr zu regeln und auch kein dramatisches Geschluchze mehr. Aber sie vermisste ihren Mann und wünschte sich ihr altes Leben zurück. Einen kleinen Trost gab es allerdings: Vor Michaels Tod hatte sie sich nicht träumen lassen, dass es noch so viel über menschliche Charaktereigenschaften zu lernen gab. Doch seitdem hatte sie einiges erlebt, lauter bemerkenswerte Dinge: Erstens dass Freunde des eigenen Mannes nicht automatisch auch eigene Freunde sind. Zweitens dass Leute zu allem bereit sind, um bloß nicht über den Tod sprechen zu müssen. Für sie war das ausschließlich ein Hobby für Alte oder Kranke. Drittens dass Witwe werden etwas ist, das jeden Morgen aufs Neue geschieht. Dass es eine herrliche Zeit des Nichtwissens zwischen Aufwachen und Begreifen, zwischen Aufwachen und Erinnern gibt. Wenn Ada die Augen aufschlug (und das immer früher, so kam es ihr zumindest vor), ging es ihr eigentlich gut, ja, sie fühlte sich regelrecht quietschfidel. Doch dann setzte sich das schreckliche Puzzle wieder zusammen: Sie hatte ihre große Liebe verloren. An besonders schlechten Tagen wurde Ada gleich mehrfach Witwe: Beim Aufwachen und dann noch mal am Nachmittag, wenn sie von einer lachenden Familie draußen auf dem Bürgersteig mit ihrer Einsamkeit konfrontiert wurde. Sie versuchte, »sich mit Lyrik zu beschäftigen«, wie James ihr das bei ihrem letzten Telefonat geraten hatte. Aber schon die Vorstellung kam ihr albern vor, es war, als wollte sie einen rasenden Elefanten mit einer Laute zähmen. Sie war nicht dafür gemacht, der brutalen Realität von Michaels Tod etwas Schönes abzugewinnen – der Tatsache, dass er ihr früher vorausgegangen war als gewünscht, dass sie sich wünschte, das Ganze wäre nie passiert.

Es brachte nichts, sich zu sagen, dass es ihm gar nicht gefallen hätte, dass sie sich so gehen ließ. Er war nicht mehr da, um so etwas wie Zustimmung oder Missbilligung zu empfinden, das war es ja gerade! Doch als ihr zweiter Januar ohne Michael anbrach, begann Ada, sich für ihr Verhalten zu schämen. Andere Leute verloren ihre ganze Familie auf einen Schlag und kamen auch zurecht. Einer von ihnen hatte zwangsläufig als Erster sterben müssen, warum nicht er? Fünfundsiebzig war so alt auch wieder nicht, aber das war noch lange kein Grund, bloß noch Trübsal zu blasen und auf den eigenen Tod zu warten.

Als Ada sich eines Morgens nach dem Frühstück zum Fernschauen hinsetzte, hielt sie inne. Was tat sie da eigentlich? Entsetzt schlug sie die Hand vor den Mund. Aus ihr war einer von diesen Menschen geworden, die tagsüber fernsahen. Sie hatte eine Vorliebe für Holly Willoughby entwickelt. Vor Michaels Tod hatte sie nicht einmal gewusst, dass es diese Moderatorin überhaupt gab, doch jetzt musste sie immer wieder an Willoughbys glänzendes Haar und ihre schimmernden Lippen denken. Ja, schlimmer noch, an den meisten Abenden schaute sie sich eine verkratzte DVD von *Wedding Date* an, ein Film, bei dem sogar sie merkte, wie dämlich er war. Er handelte von einer lebhaften Amerikanerin, die einen Callboy mietet. Er soll sie zu einer Hochzeit nach England begleiten, damit ihre Verwandten sie nicht löchern, warum sie immer noch Single ist. Ada wusste selbst nicht, warum sie den Film immer wieder anschaute, mal ganz abgesehen davon, dass er sie zum Lachen und Weinen brachte (meistens zum Weinen, vor allem bei der verrückten Szene, in der der Schönling von Hauptdarsteller eine Sardelle isst, um der Hauptdarstellerin seine Liebe zu beweisen).

Die Sorte Mensch, für die Ada sich eigentlich hielt, hätte sich schwer verrenken müssen, um ihre seltsamen neuen Vorlieben verstehen zu können. Wenn sie so weitermachte, würde sie bald noch auf ihrem Dachboden nach Antiquitäten suchen. Dann würde sie sich vielleicht noch ganz andere Dinge anschauen als die braven kleinen Sendungen, die sie im Moment verschlang. Sie konnte – wie hieß das noch gleich? – Netflix-Abonnentin werden oder schlimmer noch Gamerin, sich in brutalen Ballerspielen verlieren, nach denen halbwüchsige Jungen ganz verrückt zu sein schienen. Es war wirklich fünf vor zwölf.

Ada schwor sich, frischen Wind in ihr langweiliges Leben zu bringen. Einen Tag nach ihrem Gespräch mit Eve zog sie die Vorhänge auf und ließ einen knallblauen Himmel auf sich wirken. Draußen herrschte Frost, das Gras war von silbernem Raureif überzogen. Als der Wasserkessel pfiff, horchte Ada wie gewohnt in sich hinein. Hatte sie von ihm geträumt, von ihrem nicht mehr existierenden gemeinsamen Leben? Wie gut würde sie sich heute ertragen können, angesichts des Nachmittags, der genauso fad und endlos vor ihr liegen würde wie der Vormittag? Doch sie stellte fest, dass sie sich heute ziemlich gut fühlte. Mit einer Tasse Tee in der Hand öffnete sie die Hintertür zum Garten. Die kalte Luft traf sie, als hätte man einen Kübel Eiswasser über ihr ausgeschüttet. Es war einer dieser Tagesanbrüche, die Michael selig hatten aufseufzen lassen, woraufhin er ihr vorzuschlagen pflegte, einen Morgenspaziergang zu machen. Nun, dachte sie, dann werde ich ihm eben einen Besuch abstatten.

Er lag auf dem viktorianischen Friedhof, zwanzig Minuten zu Fuß von der Swinburne Road entfernt. Das letzte Mal war sie am Grab gewesen, als sein Sarg eine Woche nach seinem Tod in die Erde hinabgelassen wurde. Ada hatte die Trauergäste durchaus wahrgenommen, viele davon irische Verwandte, die Michael schon seit Jahren nicht mehr gesehen hatte. Der Sarg war winziger, als es der Mann je gewesen war. Seit der Beerdigung hatte sie oft überlegt, auf den Friedhof zurückzukehren, es aber immer wieder verschoben – vielleicht weil Michael sich nie Gedanken darüber gemacht hatte, was einmal mit seinen sterblichen Überresten passieren sollte. Oder aber weil Ada Angst hatte, der Besuch dieses

Ortes würde sie auf eine bestimmte Rolle festlegen, die sie noch nicht einnehmen wollte.

Ada kaufte Lilien, am erstbesten Zeitungskiosk, an dem sie vorbeikam. Auf den Straßen war es merkwürdig ruhig. Irgendwann joggte ein Trupp Studenten in Lycra vorbei, so rasch und effizient, dass sie schon an eine Fata Morgana glaubte. Michaels Grab lag neben dem Gedenkgarten. Ada starrte lange auf seinen Grabstein aus Granit. Er war noch so neu, dass er fast kitschig aussah. Ada hatte das Gefühl, in einer Hollywoodkulisse zu stehen, in der nur die Fassaden echt sind, während der Rest aus Styropor besteht. Sie hatte kein Gefäß für ihre Blumen dabei, und ohne Wasser würden sie verwelken. Sie sah sich nach einem Einmachglas oder Kaffeebecher um – vergeblich. Sie war gekommen, um sich Michael nahe zu fühlen, aber dieser nichtssagende Grabstein ließ sie kalt. Sogar sein Name kam ihr fremd vor.

Sie versuchte, sich zu beschäftigen, jätete das Unkraut, das um den Grabstein herum wuchs. Der Boden war so kalt, dass ihr die Finger abfroren, also hörte sie wieder damit auf. Sie beschloss zu gehen. Als sie zurück zur Straße lief, kam sie an einer anderen Frau in ihrem Alter vorbei. Die kniete vor einem Grab, das kaum älter sein konnte als das von Michael. Die Frau trug Schwarz (Ada war gar nicht auf die Idee gekommen), Tränen rannen über ihre Wangen. Ihre Blicke trafen sich. Ada konnte dem der Frau nicht standhalten. Das Grab hinter der Fremden war von einem Blumengesteck bedeckt, das das Wort »Opa« bildete. Normalerweise hätte Ada das abgeschmackt gefunden, aber ihr war jeder Zynismus, jede Aggression abhandengekommen, sodass sie der Frau nur schüchtern zunickte und völlig erschüttert den Friedhof verließ. Sie fühlte sich alt und einsam, während die keinerlei Wärme spendende Wintersonne auf die Bürgersteige fiel und die Kühlerhauben der Autos aufglänzen ließ.

Zu Hause merkte sie, dass sie vergessen hatte, die Lilien vor

Michaels Grabstein abzulegen. Sie schnitt sie an, stellte sie in eine Vase und rührte einen Zuckerwürfel hinein. Ihre Finger zitterten, und sie konnte die sich überschlagenden Gedanken kaum ertragen. Sie sehnte sich danach, dass Ruhe in ihrem Kopf einkehrte, und wusste, dass sie dringend etwas ändern musste, sonst würde dieses Pseudoleben noch ihr Tod.

✦

Am nächsten Tag beschloss Ada, einen Lebenslauf zu schreiben. Es war ihr erster, auch wenn sie für ihre Lyrikanthologien schon eine kurze Autorenbiografie verfasst hatte. Inzwischen kannte sie sich ein wenig mit Google aus und stellte fest, dass es die reinste Schatztruhe war, wenn man sich Rat für das Schreiben von Lebensläufen holen wollte. Am frühen Nachmittag lag ihr erster Entwurf vor. Er umfasste zwei Seiten – JobSmart124, der Autor eines Jobforums, riet dazu, den Lebenslauf auf zwei DIN-A4-Seiten zu beschränken –, und Ada war mit dem Ergebnis sehr zufrieden. Sie setzte den Text mittig und wählte Comic Sans als Schrift, damit er freundlich wirkte und gut lesbar war. Den Einserabschluss, den sie vor vielen Jahren an der Exeter University gemacht hatte, fettete und unterstrich sie, außerdem vergrößerte sie ihn auf 14 Punkt. Einige Seiten empfahlen, ein Foto von sich einzufügen, also suchte sie nach einem, indem sie ihren Namen googelte. Zu ihrem Entsetzen fand sie ein grobkörniges Bild von sich. Es zeigte sie bei einer Lesung, die sie vor Jahren in Cheltenham gehalten hatte. Sie wusste nicht, wie sie das Bild zuschneiden sollte, also ließ sie es, wie es war – in der Hoffnung, dass derjenige, der ihren Lebenslauf lesen würde, schon wissen würde, dass sie die linke und nicht die rechte Lyrikerin auf dem Bild war. Sie druckte zwanzig Exemplare und drehte eine Runde durch den Ort, um sie zu verteilen.

Ihre erste Station war das Magdalen Arms an der Iffley Road. Die einzige Anwesende war eine Frau, die unweit der Tür einen Tisch abwischte. Sie reagierte erstaunt auf Adas Frage, ob der Pub vielleicht eine Barfrau suche, und wurde freundlicher, als Ada ihr einen ihrer Lebensläufe überreichte.

»Ich habe null Erfahrung als Barfrau«, sagte Ada, »aber ich trinke gern und bin bereit dazuzulernen.«

Die Frau bedankte sich und meinte, sie werde den Lebenslauf »zu ihren Unterlagen nehmen«.

»Prima«, sagte Ada energisch. »Meine Telefonnummer steht drauf. Ich bin immer zu Hause.«

Sie genoss ihre Arbeitssuche. Die Leute waren nett, obwohl es keine freien Stellen zu geben schien. Nicht einmal in der Snackbar, die einen Zettel mit der Aufschrift »Personal gesucht« ausgehängt hatte. Nachdem Ada in einem Café bei den Markthallen dem bärtigen jungen Mann hinterm Tresen ihren Lebenslauf gegeben hatte, war sie irritiert, dass er verzweifelt nach etwas zu suchen schien, das er ihr zurückgeben konnte. Sie nahm es entgegen und hielt es sich nah vors Gesicht, da sie ihre Lesebrille vergessen hatte. Es war die Broschüre einer Wohlfahrtsorganisation, die sich für die Rechte von älteren Menschen einsetzt. Darauf war ein Paar in Marks-&-Spencer-Pullis abgebildet, das künstlich lächelte und sich auf seine alten Tage königlich amüsierte. Noch bevor Ada etwas erwidern konnte, gab ihr der Barista eine »Tasse Tee und ein schönes Stück Kuchen« aus. Er strahlte sie mitfühlend an und hatte das Haar zu einem dämlichen Dutt hochgebunden. Ada hätte ihm am liebsten die Schildpattbrille aus dem Gesicht geschlagen. Sie riss ihren Lebenslauf an sich und ging.

Zum Schluss landete sie im Sylvie's in der Iffley Road, ein Café, in das sie immer mit Michael gegangen war. Kaum hatte sie es betreten, staunte sie: Die Einrichtung hatte sich komplett verändert. Eine Katze sprang auf und strich ihr um die Beine. Eine Kellnerin um die vierzig kam zu ihr an den Tisch. Ada bestellte einen Lapsang Souchong und sah, dass die junge Frau, die sie mitten auf der Straße hatte stehen sehen, ihr direkt gegenübersaß. Sie las in einem Buch, wobei ihr der pinkfarbene Pony tief ins Gesicht hing. Wie Ada dem Teebeuteletikett entnehmen konnte, tranken sie dieselbe Sorte. Sie stand abrupt auf und wollte Hallo sagen, als sie merkte, dass sie noch gar nicht auf die Idee gekommen war, sich hier zu bewerben.

»Haben Sie eine freie Stelle?«, erkundigte sie sich bei der Kellnerin.

»Ich fürchte nein«, erwiderte diese. »Fragen Sie für einen Ihrer Enkel?«

»Nein, für mich.«

»Oh!«

»Ich komme seit Jahren hierher und dachte, es wäre schön, hier zu arbeiten.«

»Eine tolle Idee. Ich bin Kate, die neue Besitzerin.«

Ada gab Kate ihren Lebenslauf und nippte anmutig an ihrem Tee, während diese ihn durchlas. Die Katze sprang auf ihren Schoß und begann wild zu schnurren. Ada war kein großer Tierfreund, aber dieser Bursche war ganz okay und fast schon unwirklich weich. Die arthritische Hüfte schmerzte nach ihrem Marsch durch den Ort, aber das heiße Getränk und die Verschnaufpause taten gut.

»Sie sind also Dichterin?«, sagte Kate.

»Ja.«

»Wieso suchen Sie dann nach einem Job?«

Ada überlegte. Diese Frage hatte ihr noch niemand gestellt. Sie entschied sich für die Wahrheit. »Mein Mann ist gestorben, ich hocke nur noch zu Hause rum und stelle fest, dass ich so ganz allein nicht unbedingt aufblühe.«

Kate sah sie an.

Ada fand, dass sie genauso gut weiterreden konnte. »Ich komme nicht mehr so oft unter Leute, wie ich sollte. Freunde, von denen ich dachte, dass sie Michaels und meine sind, haben sich entweder als totale Langweiler oder aber als keine echten Freunde entpuppt. Ich vermisse ihn sehr, gleichzeitig weiß ich, dass ich alleine klarkommen muss. Alle reden davon, dass man aktiv bleiben und seine Kontakte pflegen soll. Angeblich lebt man dann länger, auch wenn ich momentan gar nicht weiß, ob ich das überhaupt will.«

Kates Arm zuckte, als wollte sie ihre Hand nehmen, und Ada sah sie unbeirrt an. Kate schlug vor, dass Ada am nächsten Freitag mal zum Probearbeiten vorbeischaute.

»Aber gerne doch, danke!«, sagte Ada.

In der darauffolgenden Woche kam sie morgens um zehn ins Café, schwarz gekleidet wie gebeten. Außer Kate hatten noch zwei weitere Kellnerinnen Dienst, Sophie und Lucy, beide zwanzig. Man hatte sie offensichtlich über Ada informiert, und sie beäugten sie neugierig, als wäre sie ein Elch, der gerade einen Cappuccino bestellt hat. Anfangs machte Ada die Arbeit noch Spaß. Die anderen beiden Kellnerinnen schrieben sich die Bestellungen nicht auf, also hielt es Ada genauso, kam aber bald furchtbar durcheinander: Hatte das Paar eine heiße Schokolade und ein Müsli bestellt oder Tee und süße Hefebrötchen? Kaum hatte jemand etwas geordert, winkte sie schon ein anderer Gast herbei, wodurch sie die vorherige Bestellung vergaß. So langsam fiel ihr auf, dass die Gäste sie angestrengt anlächelten. Nach gefühlten Stunden floh Ada auf die Toilette, um sich eine Verschnaufpause zu gönnen. Sie stützte sich mit den Ellbogen auf den Oberschenkeln ab und sah auf die Uhr. Es war noch nicht mal Mittag, und alles tat ihr weh. Sie war so unfähig, sich zu rühren, so vollkommen k. o., dass sie sitzen blieb, bis das Automatiklicht auf der Toilette ausging und sie in völlige Dunkelheit getaucht wurde. Sie musste wie verrückt mit den Armen fuchteln, um es wieder anzukriegen.

Kate stand hinterm Tresen. Ada ging zu ihr und ignorierte die Gäste, die gerade versuchten, ihre Aufmerksamkeit zu erlangen. »Ich stell mich nicht besonders geschickt an«, sagte sie.

Kate nickte freundlich. Ada kam sich unglaublich blöd vor. »Es tut mir leid«, fuhr sie fort. »Ich finde es deutlich anstrengender als gedacht.«

»Es ist ermüdend, da haben Sie recht.«

»Danke, dass Sie es mit mir versucht haben, das war sehr aufgeschlossen von Ihnen.«

»Es war mir ein Vergnügen.«

Kate gab Lucy ein Zeichen, die Kasse zu übernehmen, anschließend setzten sie sich an einen freien Tisch. »Und was haben Sie jetzt vor?«, fragte Kate.

»Na ja, da ich mich nicht als Angestellte eigne, sollte ich mich vielleicht selbstständig machen und eine eigene Firma gründen«, überlegte Ada laut.

Kate strahlte. »Eine tolle Idee! Ich kann das nur empfehlen. Ich hab den Laden hier nach meiner Scheidung übernommen, und das war ganz schön hart, aber auch großartig!«

»Ich lese immer wieder von Start-ups«, sagte Ada. »Uber und so weiter. Die scheinen ausnahmslos von halbwüchsigen Jungs geführt zu werden. Vielleicht sollte ich einen Versuch wagen und den Markt aufmischen.«

»Warum nicht?«

»Ich habe nicht viel zu verlieren.«

Lächelnd versprach Ada, bald für einen weiteren Lapsang wiederzukommen. Kate meinte, der gehe dann aufs Haus. Ada kehrte in die Swinburne Road zurück und verbrachte den Nachmittag damit, ihre eigene Firma zu gründen.

Ada hatte inzwischen genug Filme und Fernsehsendungen gesehen, um zu wissen, dass man Sportklamotten tragen muss, wenn man ein erfolgreiches Start-up gründen will. In Manchester hatte sie vor vielen Jahren beschlossen, fit zu werden, und sich im Vorfeld bei John Lewis mit entsprechenden Klamotten eingedeckt. Sie hatte ihre Neuanschaffungen – neonpinke Leggins und ein neonpinkes Top – dreimal angehabt, als sie sich zum Joggen aus dem Cottage gequält hatte. Anschließend hatten ihre guten Vorsätze nachgelassen, und die Sachen waren nach ganz hinten in den Schrank verbannt worden. Als Ada sie jetzt näher ansah, freute sie sich, dass das Outfit noch gut in Schuss war. Es war seltsam, darüber nachzudenken, wozu sie die Sachen beim letzten Mal getragen hatte, darüber, wie sie sie jetzt verwenden wollte. Die Leggins schlabberten ihr um Waden und Schenkel, kniffen aber in der Taille. Auch ihr Körper hatte sich in den letzten Jahren verändert.

In Michaels Arbeitszimmer gab es DIN-A3-Papier. Ada nahm es mit in die Küche und setzte sich mit einem Leuchtmarker davor. Sie wusste nicht genau, wie man brainstormte, ging aber davon aus, dass es auf freien Assoziationen beruhte. Deshalb notierte sie alles, was ihr so in den Sinn kam, und zwar in großen schwarzen Lettern: Bäckerei – Technikfirma – PR-Agentur und so weiter. Anschließend schrieb sie die Pros und Kontras daneben.

Bald würde es dunkel werden. Draußen war der Himmel schwarz und düster; Wind rüttelte an den Küchenfenstern. Ada gelangte zu keiner eindeutigen Schlussfolgerung, sie brauchte dringend frische Luft. Sie zog eine von Michaels alten Jacken über, schlüpfte mit ihren dicken Socken in ein Paar Crocs und verließ das Haus. Die Swinburne Road war menschenleer, dafür sah Ada, wie Fernseher Wohnzimmer in blaues Licht tauchten. Das Haus gegenüber wurde immer noch renoviert. In einem Zimmer im Obergeschoss brannte Licht, sie konnte die junge Frau aus dem Sylvie's in ihr aufgeklapptes Notebook starren sehen.

In der Abingdon Road hörte Ada, wie sich zwei Leute stritten. Die Stimmen waren schrill. Sie folgte ihnen, bis sie sah, wie eine Frau mit einem etwa sechs- oder siebenjährigen Mädchen diskutierte, das wohl ihre Tochter war. Es schien nicht mehr weitergehen zu wollen.

»Ich will dich nicht«, weinte das Kind. »Ich will sie!«

Ada blieb in zehn Meter Entfernung stehen. So einen Aufruhr gab es in Iffley nicht und wenn, dann hinter verschlossenen Türen. Die Frau und das Mädchen schienen so in ihre Auseinandersetzung vertieft zu sein, dass sie Ada gar nicht bemerkten.

»Gran ist nicht mehr da, Kimbie«, sagte die Mutter immer wieder. »Sie ist nicht mehr da, Liebes. Sie kommt nicht mehr. Es tut mir leid, aber sie ist nicht mehr da.«

Das Mädchen schüttelte nur den Kopf und stampfte auf. Es weinte, sein kleiner Kopf war knallrot angelaufen, und das dünne braune Haar klebte ihm an den nassen Wangen. Auch die Frau hatte Tränen im Gesicht.

»Ich will sie sehen«, sagte das Mädchen immer wieder. »Ich komm nur mit, wenn Gran auch dabei ist.«

Die Unterhaltung drehte sich im Kreis. Die Januarkälte wurde immer schneidender. Ada machte einen Schritt nach vorn. Der Schein einer Straßenlaterne ließ die Reflektoren an ihren Leggins aufleuchten, und im selben Moment wurden die Frau und Kimbie auf sie aufmerksam.

»Kann ich Ihnen irgendwie helfen?«, fragte Ada mit zitternder Stimme. Noch während sie das sagte, merkte sie, dass sie keine Ahnung hatte, wie. »Bitte entschuldigen Sie die Störung.«

Die Mutter riss sich zusammen und setzte ein sozialkompatibles Gesicht auf. »Nein, danke«, sagte sie gefasst. »Meine Tochter Kimbie vermisst ihre Oma, die mit uns zusammengelebt hat.«

Ada entnahm ihren Worten, dass die Großmutter, wer auch

immer das gewesen war, gestorben war. Sie sah Kimbie an. Das Kind wirkte misstrauisch, hatte aber angesichts dieser seltsamen Erscheinung aufgehört zu weinen: Was war das für eine verrückte Alte in neonpinken Klamotten, die dicke Socken in Crocs und eine riesige Barbour-Jacke trug?

»Es tut mir sehr leid, dass deine Oma gestorben ist«, sagte Ada sanft. Kimbie starrte sie an. Dann bekam sie einen Schluckauf und wischte sich mit dem Handrücken über die Augen. »Es ist schrecklich, wenn uns Menschen, die wir lieben, genommen werden«, schickte Ada hinterher. »Das ist so ungerecht!«

Kimbie nickte.

»Hast du sie gemocht?«, fragte Ada.

»Ja«, erwiderte Kimbie. »Ich hab sie wahnsinnig lieb gehabt, und jetzt werd ich sie nie mehr wiedersehen. Das hasse ich.«

»Ja.«

Kimbie schien sich ein wenig zu fangen. Sie atmete tief durch, ihr kleiner Oberkörper zitterte vom vielen Schluchzen noch nach, aber sie weinte nicht mehr. Ada wies darauf hin, dass es draußen ziemlich frisch war: Angenommen, ihre Oma wisse, dass ihre Mum und sie an so einem Abend noch draußen waren, würde ihr das bestimmt nicht gefallen. Kimbie nickte.

»Ich wär so gern wieder in ihrer Nähe«, sagte sie. »Das würd mir schon reichen.«

»Das verstehe ich gut«, sagte Ada.

Kimbies Mutter machte einen Schritt nach vorn. Sie bedankte sich bei Ada und nahm ihre Tochter an der Hand. Gemeinsam gingen sie die Straße hinunter zu ihrem Haus, wobei sich das Mädchen immer wieder nach der Dame auf dem Bürgersteig umsah. Die behielt wiederum das Kind im Auge, bis Kimbies Mutter es ins Haus zog und beide darin verschwanden.

Als Ada wieder in der Swinburne Road war, wusste sie, wie ihr Start-up aussehen würde. Sie schenkte sich ein großes Glas Sherry ein, griff zu einem neuen großen Blatt Papier und schrieb in riesigen Druckbuchstaben »RENT-A-GRAN« in die Mitte.

Sie würde sich als Leihoma verdingen. Sie hatte zwar keine Enkel, die sie dafür qualifizierten, aber das musste ja niemand wissen. Wer auch immer das Gefühl hatte, eine liebevolle ältere Frau in seinem Leben haben zu wollen, konnte das haben: Sie würde sich als eine Art Mischung aus Mrs. Doubtfire und Mary Poppins verkaufen, hinzu kam die Maria Trapp aus *Meine Lieder – meine Träume*, nur singen würde sie nicht. Die Leute würden sie dafür bezahlen, dass sie sich wie ihre Oma benahm. Vielleicht würde ihr dieses Start-up völlig unerwartet zu neuen Kontakten verhelfen, genau wie in *Wedding Date*, wo die Frau, die sich einen Freund gemietet hat, sich letztlich in ihn verliebt und umgekehrt. Gut möglich, dass Ada auf diese Art richtig heimisch in Oxford wurde und wieder unverzichtbar für einen anderen Menschen. Jetzt, wo sie es für niemanden mehr war, wusste sie, dass es kein schöneres Gefühl gibt. Gab es nicht ganze japanische Familien, die sich vermieteten wie eine Theatertruppe? Damit einsame City-Angestellte, die in den Ferien in ihre abgelegenen Dörfer zurückkehrten, das Gesicht wahren und eine anständige Frau vorweisen konnten?

Um Mitternacht stand sie auf und begutachtete, was sie geschafft hatte. Sie staunte, wie ihre Küche aussah: Der ganze Tisch war von Blättern und leeren Cheddar-Chips-Tüten bedeckt (sie war einfach zu beschäftigt gewesen, um sich etwas Anständiges zum Abendessen zu kochen). An Michaels Notebook rief sie Microsoft Word auf und entwarf ein Plakat für ihre neue Firma. Überall in Oxford hatte sie ganz ähnliche Aushänge gesehen – von Doktoranden, die für Experimente nach Versuchskaninchen suchten, von Linguistikprofessoren, die für Interviews bezahlten: Die meisten hatten unten diese Streifen mit einer Telefonnummer drauf, damit interessierte Passanten sie gleich abreißen konnten und so alle relevanten Kontaktdaten besaßen. Ada wusste nicht, wie sie die Zahlen und Buchstaben senkrecht anordnen sollte, weshalb sie sich schließlich dazu durchrang, ihre Adresse, E-Mail und Festnetznummer unten auf die Seite zu schreiben. »Wer Interesse hat«, tippte sie im Adler-Such-System, »meldet sich am besten direkt bei mir.« Man konnte sich ihre Daten schließlich abschreiben, wenn man aufrichtig an ihr interessiert war.

Sie beschloss, den Aushang nicht mit einem Bild von sich zu versehen, sondern gab stattdessen »Oma« in die Bildersuche von Google ein. Auf diese Weise stieß sie auf das Foto von einer hinreißenden weißhaarigen Schönheit im cremefarbenen Rollkragenpullover. Das Model und sie besaßen keinerlei Ähnlichkeit, doch das würde den Leuten hoffentlich nichts ausmachen, wenn sie ihr wahres Ich kennenlernten. Mit ihrem Charme würde sie das bestimmt wieder wettmachen. Sie druckte hundert Exemplare aus und trug den Stapel nach oben. Das Papier war warm, wog so viel wie der Kopf eines Babys und roch angenehm. Sie legte den Stapel auf das Kissen neben ihrem. Kaum hatte sie sich ins Bett gelegt, war sie auch schon eingeschlafen – mitten auf der Matratze und immer noch in ihrem neonpinken Sportoutfit.

10

IN DER WOCHE nach dem Schulgottesdienst schlief Eliza an fünf Abenden hintereinander mit fünf verschiedenen Leuten. Das hatte sie noch nie getan, und ein Teil von ihr hätte es am liebsten laut hinausposaunt, um sich an der Fülle ihrer Erfahrungen zu berauschen. Sie wusste genau, was sie da tat, das war das Verhalten einer kaputten Frau, wie aus dem Lehrbuch, völlig uninteressant und vorhersehbar, aber sie konnte sich nicht dazu aufraffen, beunruhigt zu sein. Seit dem Besuch des Internats hatte sich eine schwere Last, eine totale Freudlosigkeit über sie gelegt, und sie versuchte, sie loszuwerden. Solange sie keine sexuell übertragbare Krankheit bekam oder schwanger wurde, sollte das eigentlich kein Problem sein. An vier der fünf Abende war sie betrunken, am fünften mehr oder weniger high. Eine junge Frau in der Schlange vor dem Plush hatte ihr ein bisschen Ecstasy angeboten, und Eliza nahm die halbmondförmige Pille dankbar entgegen und spülte sie mit etwas Cherry Coke hinunter. Sie fühlte sich nicht so, als hätte sie die Kontrolle verloren, sie hatte bloß keine Lust, die Abende staubhustend in ihrem Zimmer in der Swinburne Road zuzubringen.

In der darauffolgenden Woche tat Eliza es erneut. Der Sex war so lala, aber jede Begegnung schenkte ihr erstaunliche, unvergessliche Momente, die Eliza hütete wie einen Schatz. Der Eton-College-Absolvent, mit dem sie am ersten Abend über Tinder zusammenfand, besaß ausgerechnet einen Gecko, den er aufrichtig zu lieben schien. Am nächsten Abend kam der Typ, der sie im Chester angemacht hatte. Er hieß Stu und wohnte auf einem Hausboot. Er drückte sie aufs Bett, während er sie vögelte, presste ihren Hals ins Kissen, aber nicht so fest, dass sie Angst gehabt hätte. Danach gab er ihr eine Führung, zeigte ihr, wie geschickt er die kleinen Räumlichkeiten genutzt hatte. Sogar die Bücherregale waren maßgeschreinert, und der Wasserkessel glänzte, als wäre er soeben von Heinzelmännchen poliert worden. Sie aßen Kekse und machten den winzigen Kohleofen an, lasen in seinem Schein Zeitung.

»Bist du müde?«, fragte er. Es war nach zwei.

Eliza sah ihn an. Etwas in seiner Stimme legte nahe, dass er mit müde mehr als nur »schläfrig« meinte.

»Ja, ich bin müde«, sagte sie.

Sie hörte die Erleichterung in ihrer Stimme. Darüber, darauf angesprochen worden zu sein.

Schweigen. Eliza überlegte, was Stu wohl als Nächstes sagen würde, ob er ihre Einladung zu einem offenen Gespräch über sie beide annehmen würde oder nicht.

»Nun, dann sollten wir ins Bett gehen«, meinte er, stand auf und reckte sich.

Eliza nickte. Er lieh ihr Boxershorts als Pyjama. Nach vielen unruhigen Nächten schlief sie tief und fest, während das Boot sie hin und her wiegte. Als es am nächsten Morgen hell wurde und eine Schar Gänse auf dem Wasser schnatterte, musterte sie Stus Gesicht. Es war seltsam, mit jemandem im Bett zu liegen, zuzusehen, wie sich seine Brust neben ihr hob und senkte. Stu wachte auf, und Eliza wandte den Blick ab. Nach dem Frühstück bot er an, sie flussabwärts zu einem verfallenen Nonnenkloster zu bringen. Sie meinte, sie breche lieber auf. Stu nickte gelassen und lächelte, als sie versprach wiederzukommen. Sie wussten beide, dass das gelogen war.

Sex mit Männern war weniger gut als der mit Frauen, fand Eliza, aber er war sicherer, weil sie dabei nicht riskierte, an Ruby denken zu müssen. Die Erfahrungen mit Frauen waren sinnlicher und kommunikativer, es ging mehr darum, eine gemeinsame Basis zu finden und dafür zu sorgen, dass beide es genossen. Bei Männern hatte sie das Gefühl, man würde ihr den Körper wegnehmen, ihn auf seinen Nutzen reduzieren und davon Gebrauch machen. Ihr gefiel, wie vorhersehbar die sexuelle Dynamik bei einem Mann sein konnte. Er wollte dies oder das, und sie konnte es ihm geben. Sie begann ihren Körper mit anderen Augen zu sehen, liebevoller, da er trotz all seiner Schwächen in der Lage war, andere Menschen glücklich zu machen, sie aus sich herausgehen zu lassen und ihnen eine Verschnaufpause von sich selbst zu gönnen, nach der sie sich ebenfalls sehnte.

Das einzige Mal, dass sie eine Frau mit in die Swinburne Road genommen hatte, war eine Katastrophe gewesen. Sie hieß Todd und studierte Politik am St. Catherine's College, eine Freundin ihrer Freundin Jess. Eliza wusste, dass Jess sich in London Sorgen um sie machte. Dass sie es sich in den Kopf gesetzt hatte, dass Eliza in Oxford jemanden brauchte – am besten eine feste Freundin. Todd war lesbisch. Eliza war nicht scharf darauf, Todd zu treffen, es war ihr peinlich, verkuppelt zu werden. Im Moment wollte sie definitiv nichts Ernstes. Aber dann fand sie Todd durchaus interessant. Sie gingen in mehrere Bars und landeten bei Eliza. Sie küssten sich auf ihrem Bett. Todd begann, die Hände an Elizas Strumpfhosen hochwandern zu lassen, versuchte, sie ihr auszuziehen. Eliza wackelte mit den Hüften und bemühte sich mechanisch, Todd ebenfalls auszuziehen, obwohl sie eigentlich viel zu müde für Sex war. Außerdem konnte sie ihre Verzweiflung nur mit Mühe unterdrücken. Bald waren sie nackt. Zu Elizas Entsetzen war Todds Körper von Muttermalen bedeckt, genau wie Rubys. Sie sahen sich ziemlich ähnlich, und da begriff sie, warum sie Todd überhaupt attraktiv gefunden hatte. Die beiden Frauen hatten sogar die gleiche Figur: groß und kräftig, blass, mit kleinen Brüsten und strammen Schenkeln. Eliza wurde schlecht. Sie hatte zu viel getrunken. Sie musste wieder daran denken, wie Ruby und sie das letzte Mal Sex gehabt hatten – zwei Wochen bevor endgültig Schluss war, hatten sie Stunden in ihrem Zimmer in Bath verbracht, während Eliza immer wieder gekommen war.

»Das wirst du vermissen«, hatte Ruby ihr prophezeit. Ihre Lippen und ihr Kinn waren feucht gewesen. »Du wirst es nie mehr so gut haben wie jetzt.«

Eliza wusste nicht, was sie Todd sagen sollte.

»Tut mir leid«, meinte sie und versuchte mit der Bettdecke ihre Blöße zu bedecken. »Tut mir leid.«

Todds Lippen umschlossen Elizas linke Brustwarze. Kurz trafen sich ihre Blicke. Dann löste sich Todd von ihr.

»Was ist?«, fragte sie.

»Ich glaube, ich will das nicht«, erwiderte Eliza und drängte sich gegen die Schlafzimmerwand. »Ich weiß, das klingt blöd. Sorry.«

»Ach, mach dir keine Sorgen.«

Todd stellte keine weiteren Fragen. Eliza war ihr dankbar dafür. Es war weit nach Mitternacht, draußen vor dem Fenster war es stockfinster. Es schien nichts zu geben, worüber man reden konnte. Todd zog sich schnell wieder an und ging. Eliza war froh, wieder angezogen und keinen fremden Blicken ausgeliefert zu sein, auch wenn sie ein schlechtes Gewissen hatte. Sie schenkte sich etwas Erkältungssirup ein, das knallgrüne, dickflüssige Zeug sah aus wie ein Zaubertrank. Sie ließ sich davon in den Schlaf schicken.

Mitte Januar erzählte Eliza Judy von ihrer promiskuitiven Phase. Die Tage waren dunkel und kurz. Judy lachte und bezeichnete Elizas Abschleppaktionen als »Rachefeldzug«. Sie war gerade seit ein paar Monaten mit einem Postdoc aus Jamaica namens Sam zusammen. Er war nett. Er begann, auch zu den Abendessen von Judy und ihr zu kommen, gemeinsam mit Elizas Freund George, einem Studenten, den diese zufällig vor der Bibliothek kennengelernt hatte, da er wie sie unter einem blattlosen Blauregen zu rauchen pflegte. Ein paar Mal die Woche schaffte es Eliza so, ihr Unbehagen hinter sich zu lassen: Wenn sie bei Georges Witzen die Augen verdrehte und zusah, wie Sam und Judy sich angeregt unterhielten, unter dem langen Tisch Händchen hielten.

Ein-, zweimal versuchte sie den dreien etwas von ihrer Arbeit zu erzählen: Auch sie promovierten und wussten besser als jeder andere, was das bedeutete. Aber Eliza lernte schnell, ihre Forschung nicht mehr zu erwähnen. Sie wollte sich eigentlich mit dem Konzept der Unreinheit in Levis Büchern beschäftigen, doch all ihre Ideen kamen ihr viel zu banal vor: Anfängerkram, der es nicht wert war, notiert zu werden. Immer wenn sie versuchte zu erklären, womit sie sich gerade befasste, tauchte ein Bild vor ihrem inneren Auge auf: Levi an seinem Schreibtisch in der Wohnung am Corso Re Umberto in Turin, die Hände zusammengelegt, das Gesicht undurchdringlich. Sie vermisste etwas; der Mann, den sie zu kennen glaubte, kam ihr fremd vor, so als würden sie sich unterhalten und sie könnte auf einmal kein Italienisch mehr.

»Kannst du mit deinem Tutor darüber reden?«, fragte George eines Nachmittags, als sie erneut versuchte, ihre Blockade in Worte zu fassen. Sie saßen in der Bibliothek des New College.

Eliza runzelte die Stirn. »Das sollte ich vermutlich.« Doch sie konnte die Vorstellung, vor ihrem Treffen eine weitere Ladung Bücher und Filme sichten zu müssen, einfach nicht ertragen. Sie hatte Baleotti lange vor Weihnachten zum letzten Mal gesehen, obwohl er sie ständig zum Tee, zu Vorlesungen und Uni-Meetings einlud. Eliza schämte sich vor Baleotti, da er zu glauben schien, sie sei schlau genug, um sich mit ihr zu befassen. Wenn ihn ihre sich abkühlende Beziehung verletzte, ließ er es sich zumindest nicht anmerken. Eines Nachmittags erkundigte er sich per Mail, ob sie vielleicht Interesse habe, eine Konferenz über die Turiner Literaturszene der Siebzigerjahre mit zu organisieren. Eliza sagte widerwillig zu und wurde das Gefühl nicht los, dass sie bloß ihre Zeit verschwendete, dass sie einfach nicht für eine akademische Karriere gemacht war, dass Baleotti sie in Kürze entlarven und aufhören würde, ihr Einladungen zu schicken beziehungsweise sie um Feedback zu diesem/r oder jenem/r Roman/Oper/Gedicht zu bitten.

Eliza wusste, dass sie wohl etwas tun sollte, wie sich »auszusprechen«, deshalb gab sie sich Mühe. Sie schickte endlose Whatsapp-Nahrichten an Ellie und Jess, ihre Freundinnen aus Bath. Sie waren mitfühlend, aber mit den Gedanken woanders und beide viel zu sehr in ihrem Londoner Leben verhaftet: Brunch, die Dating-App Bumble, Galerien, vegane Märkte. Aus einer Laune heraus gestand Eliza Judy und Sam, dass sie eine »kleine Depri-Phase« durchmache. Sie saßen gerade im Spice Roots, einem karibischen Restaurant in Cowley. Die Musik war laut, und die Bedienungen tanzten beim Cocktailmixen ausgelassen hinter der Bar. Die Tische waren so eng platziert, dass Eliza vom Teller des Sitznachbarn hätte essen können.

»Inwiefern bist du deprimiert?«, fragte Judy sanft.

»Ich weiß auch nicht.« Eliza grinste. »Ich fürchte, mir fehlt ein konkretes Ziel, ein Sinn, Lebensfreude – das Übliche. Das ist wahrscheinlich nur die Quarterlife-Crisis. Außerdem bin ich pleite, weshalb ich auch bloß eine Beilage bestellt habe.«

Judy und Sam musterten sie stumm, beide mit der gleichen mitfühlenden Miene.

»Wir können dich heute Abend einladen«, sagte Sam.

»Nein, nein«, erwiderte Eliza. Sie zerdrückte das letzte Stück Kochbanane mit dem Gabelrücken. Der karamellisierte Brei quoll zwischen den Zinken hervor. Sie ärgerte sich, das sie so viel von ihren Ersparnissen ausgegeben hatte, aber Oxford war deutlich teurer als Bath – die Bücher, die Miete, das WLAN, die kleinen Anschaffungen für ihr Zimmer, die Pubbesuche, die das Budget anderer Studenten kaum zu belasten schienen, aber ihres aufzehrten.

»Hast du gerade engeren Kontakt zu deinem Dad? Vielleicht solltest du mal für ein Wochenende nach Hause fahren«, schlug Judy vor. Zu Beginn ihrer Freundschaft hatte Eliza ihr kurz ihr Verhältnis zur Mutter erklärt. Judy wusste, dass sie sich nicht sehr nahestanden.

»Vielleicht«, sagte Eliza. Um dann mit Überwindung hinzuzufügen: »Er ist gerade eher distanziert.«

Sie wusste auch nicht, was los war. Rich reagierte nicht mehr so schnell auf ihre Nachrichten wie sonst. Es sah ihm so gar nicht ähnlich, nicht gleich mit ihr reden zu wollen. Normalerweise musste eher sie ihn abwimmeln. Irgendwann einmal hatte er am Telefon was gemurmelt, es gebe da Stress mit Flora. Aber als Eliza nachgehakt hatte, war er nicht weiter darauf eingegangen. Außerdem war es ohnehin Jahre her, dass Flora und Rich ein Paar gewesen waren. Sie sahen sich kaum noch. Im Dezember hatte Rich noch einen guten Eindruck gemacht – Eliza und er hatten Weihnachten mit Tony, einem alten Kumpel von Cavaghan, verbracht, jede Menge Tiefkühl-Kanapees von Iceland gekauft und es sich damit vor dem Fernseher gemütlich gemacht. Aber jetzt bereitete ihm irgendetwas Sorgen.

Sam schlug vor, Eliza könnte ihm helfen, Sandwiches an Obdachlose in Oxford auszugeben. So käme sie vielleicht aus ihrer »Blase« heraus und sähe wieder einen Sinn in dem, was sie tue. Eliza blieb nichts anderes übrig, als zuzusagen: Natürlich habe sie Zeit dafür, natürlich sei das eine super Sache.

Sie staunte, dass das Sandwich-Ausgeben tatsächlich half.

Zweimal die Woche hatte sie für ein paar Stunden das Gefühl, etwas Sinnvolles zu tun. Es ging weniger darum, Obdachlose mit Sandwiches zu versorgen, als darum, mit ihnen ins Gespräch zu kommen. Die Studenten, die mehrmals am Tag an ihnen vorbeiliefen, nahmen sie gar nicht wahr. Touristen waren ein wenig besser, sie hatten eher etwas Kleingeld für sie übrig. Als Eliza das zweite Mal mitmachte und einem Mann namens Daz vor dem Worcester College ein Sandwich gab, fuhr gerade ein Taxi mit Studenten in Abendkleidung vorbei. Einer von ihnen lehnte sich aus dem Fenster und rief: »Corbynista-Schlampe!« Sein Gesicht war wutverzerrt, während er zusah, wie Eliza sich mit Daz unterhielt. Der Wagen war so schnell verschwunden, dass sie keine Zeit hatte, mit dem ausgestreckten Mittelfinger auf seinen zu reagieren. Schockiert wandte sie sich wieder Daz zu. Dessen Miene war unverändert. »Das kommt schon mal vor.« Er zuckte mit den Schultern.

Sie setzte sich neben ihn und lehnte sich an den goldenen Sandstein. Sie versuchte, ihre Wut zu besänftigen, als die College-Uhr elf schlug. Eine alte Dame ging vorbei und warf Eliza ein paar Pfundnoten in den Schoß. Das brachte Daz zum Lachen. Seine Stimme war ganz heiser. »Dafür hast du hart gearbeitet«, sagte er. Eliza musste ebenfalls lachen. Ihr Atem bildete weiße Wölkchen in der Kälte. Sie blieb eine Stunde und unterhielt sich mit Daz über die IT-Firma, die er Anfang der 2000er-Jahre gegründet hatte. Dann sagte sie, sie müsse jetzt weiter. Er nickte und hob die Hand, als sie ging. Sie fragte sich, ob sie etwas Gutes tat, wenn sie bei dieser Obdachlosen-Sache mitmachte, oder sie nur benutzte, um sich selbst als guter Mensch zu fühlen. Aber spielte es überhaupt eine Rolle, warum Menschen Gutes taten – Hauptsache, sie taten es? Es begann zu regnen, ein Regen, der bald in nassen Schnee überging. Irgendwann wurden hummeldicke, fantastische Flocken daraus. Eliza sah zu, wie sie im Schein der Laternen zu Boden fielen. Sie kehrte in die Swinburne Road zurück und hoffte, der Schnee würde liegen bleiben, was aber nicht der Fall war. Er schmolz beim ersten Bodenkontakt und hinterließ nasse schwarze Flecken auf dem Asphalt.

Einige Wochen später stand Eliza gerade vor der Buchhandelskette Waterstones, als sie von einem Aktivistenpärchen ein Flugblatt in die Hand gedrückt bekam. Er war ein dünner, ungefähr achtzehnjähriger dunkelhäutiger Mann, sie eine weiße Frau von Ende zwanzig. Sie hatte eine EU-Flagge über ihren Rucksack drapiert, die sie aussehen ließ wie eine fanatische, proeuropäische Schnecke. Die beiden engagierten sich eindeutig für den Verbleib Großbritanniens in der EU, jetzt, wo das Mitgliedschaftsreferendum kurz bevorstand. Eliza brauchte man davon nicht erst zu überzeugen, aber sie blieb trotzdem stehen. Sie war gerade auf dem Weg zu einem Treffen wegen Baleottis Konferenz und hatte Lust zu trödeln.

»Werden Sie für ein starkes Großbritannien stimmen?«, fragte der junge Mann schüchtern. Er war einer von der extrem introvertierten Sorte, der aber eine Mission gefunden hatte, die ihm so wichtig war, dass er Fremde dafür ansprach.

Die Frau begann, Eliza nach ihrer Haltung zur EU auszufragen. Ihrem Akzent entnahm Eliza, dass sie vermutlich Spanierin war. »Ich bin für den Verbleib in der EU«, sagte Eliza. »Mich müsst ihr gar nicht erst überzeugen.«

Die Frau lachte. Sie trug eine dicke Brille und hatte eine angenehme Stimme, tief, heiser und erprobt, so als wäre sie in jungen Jahren viel ausgegangen, hätte nun aber eine Kehrtwende gemacht, um Cellistin zu werden oder so. Eliza fiel auf, dass sie jadegrüne Augen hatte, die Iris wies einen dunkelgrauen oder blauen Ring auf. Eliza wurde ganz warm.

»Ich bin Paola«, sagte die Frau.

»Eliza«, gab Eliza zurück und lachte.

»Was ist daran so komisch?«

»Oh, keine Ahnung, meinen Namen zu sagen, nehme ich an.« Sie grinste leicht irre und versuchte dann, die Wattzahl ihres Lächelns etwas herunterzudimmen: nicht, dass sie völlig durchgeknallt rüberkam. Sie machten Anstalten, sich die Hand zu geben, hoben dann aber die Arme zu einem moderneren Winken. Total peinlich! Vermutlich sahen sie aus wie Lindsay Lohan in *Ein Zwilling kommt selten allein,* wenn Zwilling Nummer eins und Zwilling Nummer zwei sich am See synchron die Hand geben. Sie fragte, wie gut sie mit ihrer Remain-Kampagne vorankämen.

»Ganz okay«, sagte Paola. »Zumindest auf Oxford ist Verlass.« Eliza meinte, sie wäre gern ähnlich optimistisch, aber in Cumbria sähen die Dinge anders aus. Sogar ihr Vater hatte an Weihnachten davon geredet, dass das Land »die Kontrolle wiedererlangen müsse«, und als Eliza empört hochgefahren war (sie schauten sich gerade die Serie *Ruf des Lebens* an) und wissen wollte, was zum Teufel er damit meine, erwiderte er beleidigt, sie solle nicht gleich so millennialmäßig hysterisch werden. Danach blieben sie stumm, umgeben von Fernsehlärm. Ein Kind kam zur Welt, bei dem sich die Nabelschnur um den Hals gelegt hatte. Rich war selten so grob zu seiner Tochter, und beide waren geschockt, noch viel zu sehr damit beschäftigt, die Worte auf sich wirken zu lassen, sie sich wieder und wieder vorzusagen, sie mal so und mal so zu interpretieren, um noch etwas herausbringen zu können.

Schließlich entschuldigte sich Rich, meinte, sie könnten ja beide ihre Meinung haben, vielleicht sei Eliza sogar im Recht. Andererseits habe Brüssel einen Scheiß getan, um Carlisle zu helfen, ihm sei es einfach lieber, die Entscheidungen würden auf der Insel getroffen und nicht in irgendeiner ausländischen Stadt, die er ganz bestimmt nie besuchen werde. Eliza hörte ihm zu, hoffte, ihn richtig zu verstehen, und zerbrach sich erst später den Kopf darüber, was es wohl zu bedeuten hatte, sollte sie ihn doch nicht richtig verstanden haben.

Sie versuchte, Paola all das begreiflich zu machen – als Warnung, dass sich die Stimmung in manchen Landesteilen kein bisschen so entwickelte wie im Süden Englands. Aber sie war nicht besonders gut darin, Geschichten zu erzählen: Am Ende erwarteten die Leute einen Höhepunkt, einen echten Clou. Sie verstummte und sah, dass Paola sie gespannt anlächelte, wartete, dass noch was kam. Eliza sah auch, dass sie volle dunkle Lippen hatte, so rot wie eine angebissene Kirsche.

»Willst du bei unserer Kampagne mitmachen?«, fragte Paola. »Wir suchen noch Leute.«

»Gern!«, hörte sich Eliza begeistert sagen.

Der junge Mann stellte sich schüchtern als Leslie vor, er studierte Biochemie in Tooting. Paola sagte, sie sei aus Madrid und mache gerade ihren Master in Internationale Beziehungen. Sie arbeiteten nicht für die offizielle Kampagne, sondern für irgendeine Bewegung in Oxford. Paola fragte, wo Eliza wohne, und freute sich, als sich herausstellte, dass sie in dieser Straße noch keine Flugblätter verteilt hatten.

»Die Swinburne Road kennt niemand«, sagt Eliza.

»Oxford ist voll von solchen Orten«, bemerkte Paola. »Geheime Orte, von denen man nicht mal weiß, dass es sie gibt.«

Sofort wünschte sich Eliza inständig, dass Paola ihr jeden geheimen Ort von Oxford zeigte, den sie kannte. Vielleicht konnten sie ja mit dem Rad zu jedem einzelnen hinfahren, täglich oder einmal die Woche, um das Vergnügen zu verlängern.

»Passt dir Samstag?«, fragte Paola.

»Ja.«

Sie tauschten Telefonnummern aus. Anschließend winkte Eliza Paola und Leslie zum Abschied, wobei sie die Finger wie in *Star Trek* zu einem skurrilen Vulkanischen Gruß spreizte. Leslie grinste, weil er sofort begriff, was gemeint war, doch Paola wirkte verwirrt, so als wüsste sie nicht, was das sollte, weshalb Eliza die Finger wieder normal hielt. Paola hatte anscheinend noch nie *Star Trek* gesehen. Das traf sich gut, dann konnten sie es sich gemeinsam anschauen.

Leicht beschwingt und leicht fröstelnd ging sie weiter. Als sie sich zwischen den Touristen hindurchschlängelte, fiel ihr ein, dass sie das Konferenz-Vorbereitungstreffen völlig vergessen hatte. Das hatte inzwischen längst begonnen. Baleotti war bestimmt enttäuscht. Aber im Moment gab es nur noch Paola, Paola und die Schmetterlinge in Elizas Bauch sowie die strahlende Sonne am klaren Himmel, die den Asphalt zum Leuchten brachte.

Als sie wieder zu Hause war, klappte sie ihr Notebook auf und fand eine enttäuschte Mail von Baleotti vor. Sie war höflich formuliert, aber auch besorgt und enthielt die Befürchtung, sie »könne sich bei ihrer Promotion etwas verloren fühlen«. Warum sie nicht zum Konferenz-Vorbereitungstreffen gekommen sei? Werde ihr das neben ihrer Doktorarbeit alles zu viel? Komme sie zurecht? Eliza wusste nicht, was sie darauf antworten sollte, deshalb verschob sie die Mail in einen mit einem Sternchen markierten Ordner in ihrem Posteingang und versuchte, die Angelegenheit zu verdrängen. Doch Baleotti hatte instinktiv ins Schwarze getroffen: In dieser Woche hatte sie täglich das Gefühl, dass ihr das Studium entglitt. Sie saß stundenlang in der Bibliothek, konnte sich aber nicht konzentrieren. Immer wieder schaute sie aufs Handy und wischte sich durch die Fotos von früher, die Ruby und sie zeigten. Sie verschlang die endlosen Instagram-Storys, die Stunde für Stunde von den St.-Antonia's-Mädels hochgeladen wurden, aktualisierte Twitter und die BBC-Nachrichtenseite, als würde sie daran mitverdienen oder dadurch irgendwas bewirken können. Inzwischen verfolgte sie das Bild von Levi, der mit undurchdringlicher Miene in seinem Arbeitszimmer saß, bis in ihre Träume und in den Graubereich zwischen Schlafen und Wachen, wenn Eliza das erste Tageslicht ins Zimmer fallen sah, aber noch nicht bereit war, sich ihm auszusetzen, seiner Einladung zu folgen. Am Freitag hatte Eliza Baleotti immer noch nicht geantwortet und kaum etwas gearbeitet. Sie beschloss, die Hotspots zu meiden, an denen sich Leute von der Italienischen Fakultät aufhielten – das Fakultätsgebäude, die Bibliothek und das Eccola-Café an der Trumpington Street.

Dann kam der Samstag und damit der Tag, an dem sie sich mit Paola treffen würde. Die Minusgrade waren vorbei, in den letzten beiden Tagen hatte es in Oxford geschüttet. Einige Dörfer weiter auf dem Land bereiteten sich auf Überschwemmungen vor. Felder standen unter Wasser, und überall in der Grafschaft verwandelten sich Flüsse in reinstes Wildwasser. Eliza traf sich vor dem Supermarkt an der Iffley Road mit Paola. Es hatte aufgehört zu regnen, aber es standen dicke dunkle Wolken am Himmel.

»Wo ist deine Flagge?«, fragte Eliza.

»Ich dachte, die wird mir zu schwer, wenn es regnet und sie sich mit Wasser vollsaugt«, erklärte Paola.

Während sie sprach, fiel Eliza wieder ihre Mimik auf: Sie gehörte zu den Menschen, die beim Reden beinahe lächeln. Erleichtert stellte sie fest, dass sie echt auf sie stand. Sie hatte sich das Jadegrün ihrer Augen nicht nur eingebildet.

An der Ecke Swinburne/Donny Bridge Road begannen sie damit, bei den Leuten anzuklopfen. Es fühlte sich ziemlich toll an, selbstbewusst und heldenhaft. Eliza war davon ausgegangen, dass sie die Flugblätter einfach bloß in Briefkästen einwerfen würden. Die Leute öffneten ihnen misstrauisch, wenn überhaupt. Doch wenn sie feststellten, dass sie für den Verbleib in der EU waren, wurden sie freundlich: Zumindest mussten sie sich nicht gegen zwei Zeugen Jehovas wehren. Alle behaupteten, ebenfalls für den

Verbleib in der EU zu sein, woraufhin Paola sie drängte, am großen Tag »wirklich wählen zu gehen«, und sie erwiderten, sie hätten es fest vor. Es fühlte sich an, als wäre man ein beliebter Abgeordneter, der gerade durch seinen Wahlkreis tourt.

Zehn Häuser weiter kamen sie zu einem Haushalt, der für den Brexit war. Eliza sagte irgendwas davon, dass Großbritannien als EU-Mitglied deutlich mehr Einfluss habe, und noch während sie sprach, sah sie, wie der Blick des Ehepaars vor ihren Augen trüb und dann wieder klar wurde, mal gelangweilt, mal engagiert. Sie ging nicht davon aus, sie überzeugt zu haben. »Na ja«, sagte Paola, als sie weiterzogen, und drückte ihr die Hand. Danach fuhren sie damit fort, Händchen zu halten.

Irgendwann erreichte Eliza das Ende der Straße. Es begann zu schütten. Schwarze Pfützen standen auf dem Asphalt wie Öllachen. Sie blieben vor dem Haus mit der gelben Tür stehen. Eine Frau machte ihnen auf. Sie war zierlich, Ende sechzig vermutlich, mit grauem Haar, das sie sich mit einer Spange hochgesteckt hatte. Ihre Haut war dünn und fleckig, strahlte allerdings, als würde sie von einer Glühbirne erhellt. Der Anblick der beiden durchnässten jungen Frauen vor ihrer Haustür schien sie zu erschrecken. Paolas Brille war voller Regentropfen. Eliza hätte gern einen Blick in das Haus geworfen, gesehen, mit wem die Dame zusammenlebte, welchen Lebensstil sie pflegte. Aber am liebsten wollte sie das Zimmer im Obergeschoss sehen, in dem sie spätnachts die Gestalt hinter dem Vorhang wahrgenommen hatte. Handelte es sich dabei um die Frau, die jetzt vor ihr stand, oder um eine andere mysteriöse Person?

Noch bevor Paola loslegen konnte, ergriff die Frau das Wort. »Es geht nicht um hilfsbedürftige Senioren, oder?«, sagte sie misstrauisch. »Danke, aber ich komme wunderbar zurecht.«

»Nein!«, rief Eliza. Paola zückte ein Flugblatt.

»Oh, Sie sind gekommen, um über den Brexit zu sprechen«,

murmelte die Frau. Sofort war sie etwas weniger abweisend. »Na ja«, sagte sie. »Ich habe mich noch nicht entschieden. Ich fürchte, mich sollte man dazu eher nicht befragen.«

»Aber jetzt, wo Sie nun mal gefragt werden …«, sagte Paola, »wäre es da nicht sinnvoll, sich zu engagieren?«

»Natürlich, Sie haben recht«, erwiderte die Frau. Sie wirkte verlegen und hielt die Tür fest, als könnte sie ein plötzlicher Windstoß weit aufreißen. Eliza hatte den Eindruck, dass sie schon lange keinen Besuch mehr gehabt hatte.

»Danke, dass Sie vorbeigeschaut haben«, fuhr die Frau fort. »Ich finde es gut, dass Sie sich da einbringen, wirklich, aber ich muss jetzt weitermachen.«

Das passierte oft. Eliza und Paola bedankten sich und wandten sich zum Gehen. Da bat sie die Frau, kurz zu warten. Sie wolle ihnen »im Gegenzug« etwas mitgeben. Aufregung schwang in ihrer Stimme mit. Sie warteten, bis sie geholt hatte, was auch immer sie da holen wollte. Wie sich herausstellte, war es ein Zettel mit einem fantastisch aussehenden Seniorenmodel drauf, das eindeutig nicht die Frau war, die ihnen gerade gegenüberstand.

Sie erklärte, es handle sich um Werbung für ihre Firma. »Falten Sie es sorgfältig zusammen, damit es nicht nass wird«, wies sie die beiden an. Verblüfft taten sie wie befohlen. Die Dame bedankte sich, dass sie vorbeigeschaut hatten, und zog sich dann wieder in ihr Haus zurück. Sie hörten, wie sie von innen abschloss. Während sie sich seelisch darauf vorbereiteten, im strömenden Regen die Straße zu überqueren, spähte Eliza durchs Wohnzimmerfenster der Frau. Sie glaubte, einen dunklen Fleck hinter der Spitzengardine zu erkennen, eine Gestalt oder einen Schatten, Finger, die den Stoff beiseitezogen, um zu gucken, ob sie auch wirklich wieder gingen. Es regnete und regnete.

11

»SIE WOLLEN SICH als Oma verdingen?«, wiederholte Kate entgeistert.

»Ja«, sagte Ada ungerührt. Sie war im Sylvie's.

»Ist das nicht ein bisschen … gaga?«

»Das finde ich nicht.«

»Was ist mit Ihren eigenen Enkeln? Was sagen die dazu?«

»Ich habe keine.«

»Oh, Entschuldigung. Leute, die eine Oma brauchen, damit sie bei ihrer Taufe dabei ist oder so, sollen also Sie anrufen?«

»Das will ich doch hoffen. Oder aber sie mailen oder schreiben mir. Ich habe inzwischen sogar ein Handy, ein Prepaidmodell. Die Kunden können mir SMS schicken, wenn sie das wollen.«

»Warum um alles in der Welt machen Sie das?«

»Weil ich Lust darauf habe. Die Leute nehmen mich kaum noch wahr, wenn ich vorbeigehe. Warten Sie zwanzig Jahre, dann wissen Sie, was ich meine. Ich will mehr Freude in mein Leben holen und glaube, dass mir das mithilfe der Firma gelingen wird.«

»Was, wenn die Leute glauben, Sie wären eine …« – Kate senkte ihre Stimme und sah sich um – »… eine Prostituierte?«

Ada richtete sich empört auf. »Dann werde ich ihnen eben klarmachen, dass ich das nicht bin. Sie werden das sicherlich überleben.«

Kate trommelte Sophie und Lucy, die beiden Bedienungen, zusammen, mit denen Ada bei ihrer Schicht zusammengearbeitet hatte. »Ladys!«, sagte Kate flehend. »Hört euch mal an, was Ada da vorhat.«

Ada erklärte es. Lucy riss die Augen auf. Sophie klatschte. »Geiler Scheiß!«, rief sie.

Ada begriff intuitiv, dass das neuerdings so was wie cool heißen sollte. Sie sah Kate stirnrunzelnd an. »Sehen Sie?«

Kate wirkte nicht sehr überzeugt.

»Wenn's schiefgeht«, fuhr Ada leicht gereizt fort, »dann hör ich einfach wieder auf. Ich habe Rent-a-Gran gegründet und kann es auch wieder aufgeben.«

Kate verdrehte die Augen. »Außerdem«, sagte Ada noch, »bin ich schon seit Wochen dabei, meine Zettel in ganz Oxford auszuhängen, habe aber noch keinen einzigen Anruf, Brief oder sonst was erhalten. Vielleicht wird das ein Start-up, das nie richtig abhebt. Ein Riesenflop. Davon gibt es viele, wie ich gelesen habe, und trotzdem wird in sie investiert.«

Als sie vom Teetrinken nach Hause kam, fand Ada drei Sprachnachrichten auf ihrem Anrufbeantworter vor. Die erste stammte von einem Journalisten von BBC Radio Oxford, der sie zu der »spannenden Geschäftsidee, die in ganz Oxford beworben wird«, befragen wollte. Sie löschte die Nachricht. Die zweite hörte sich nach einem Telefonstreich von einem Haufen betrunkener Teenager an. Auch die löschte sie. Die dritte war von einer Frau, die sich atemlos als Valerie Edgcombe vorstellte. Sie wohnte in der Warwick Street und sagte, sie wolle »so bald wie möglich eine Oma mieten«. Ihre Stimme klang, als müsste sie jeden Moment laut lachen, als könnte sie selbst nicht glauben, dass sie so einen Anruf machte. Ada riss eine Packung frittierte Schweineschwarte auf, um ihre erste potenzielle Kundin zu feiern, und sammelte genügend Mut für einen Rückruf. Valerie ging nach dem dritten Klingeln dran. Da räusperte sich Ada und stellte sich vor.

»Oh!«, sagte Valerie atemlos. »Sie! Oh, wow!«

»Ich habe Ihre Nachricht erhalten«, fuhr Ada freundlich fort und versuchte, professionell zu klingen. »Ich freue mich, Ihnen zu Diensten sein zu können.«

»Gut!«, sagte Valerie. »Gut. Wow!«

Sie versuchte, sich wieder zu fangen. »Es geht nicht um mich, sondern um meinen Sohn. Kann ich offen mit Ihnen sprechen?«

»Aber natürlich.«

»Er wohnt immer noch bei uns, ist aber vierunddreißig. Er heißt Little Hen, also eigentlich Henry. Er ist ein wunderbarer Kerl, aber mein Mann Simon und ich haben Angst, er könnte niemals ausziehen. Der arme Bursche ist leider völlig unfähig. Ich habe versucht, ihm Kochen und so etwas beizubringen, aber wir streiten nur, und dann haut er ab.«

»Wie schrecklich«, sagte Ada mitfühlend. »Das muss eine ziemliche Belastung sein.«

»Oh, das ist es auch«, erwiderte Valerie.

»Arbeitet er?«

»Um Himmels willen, nein!«

»Hat er irgendwelche Interessen?«

»Ich traue mich nicht, ihn zu fragen.«

Ada hatte so eine Ahnung, warum Little Hen sich schwertat, das heimische Nest zu verlassen. »Und wie kann ich Ihnen da behilflich sein?«, fragte sie vorsichtig.

»Ich habe die vage Hoffnung, dass Sie ihm vielleicht ein paar Basiskenntnisse vermitteln«, sagte Valerie. »Und sei es nur, ein Ei zu kochen. Was Sie eben für sinnvoll halten. Damit er auf diese Art eventuell eine Freundin findet und unabhängig wird.«

Ada überlegte. Vielleicht musste der Typ ja vor seiner Mutter gerettet werden. »Einverstanden«, sagte sie.

Sie besprachen das Organisatorische – die Bezahlung, die Arbeitszeiten und so weiter. Ada beschloss, zehn Pfund pro Stunde zu verlangen. Vermutlich verstieß sie gegen das Gesetz, wenn sie ihre Einnahmen nicht versteuerte, aber das war ihr egal. Es war ohnehin unwahrscheinlich, dass sie genug einnehmen würde, um die Verdienstschwelle zu überschreiten, außerdem würde man sie sowieso nicht erwischen. Wenn der Laden erst mal richtig lief, wollte sie ihre Einnahmen für etwas richtig Absurdes ausgeben, für ein Cabrio zum Beispiel.

»Noch etwas«, sagte Valerie. »Würde es Ihnen was ausmachen, so zu tun, als wären Sie eine Freundin?«

Das war schon komplizierter. Ada wollte niemanden belügen. Sie wollte helfen, nicht hereinlegen. »Glauben Sie, dass Henry mich nicht treffen will, wenn er weiß, dass Sie dafür bezahlen?«, fragte sie.

»Oh, nein, nein, nein!«, sagte Valerie entsetzt. »Dann würde er niemals einwilligen. Er würde sich erniedrigt fühlen, sagen, dass er ›sich in Grund und Boden schämt‹. Aber wenn er Sie für eine Freundin von mir hält, die ich damit betraut habe, wird er sich ein wenig mehr zusammenreißen.«

»Und wenn er die Zettel gesehen hat, die ich überall ausgehängt habe?«

»Er verlässt nur selten das Haus. Ich fahre ihn zu Cineworld, aber das ist auch schon alles. Ich wage doch sehr zu bezweifeln, dass er schon mal was von Rent-a-Gran gehört hat. Wie sehr ähneln Sie dem Bild auf dem Aushang?«

Ada schluckte. Sie verspürte den Drang, laut zu kichern.

»Nicht so sehr«, sagte sie. »Für wen soll ich mich ausgeben? Wenigstens meinen Vornamen würde ich gern behalten.«

»Kein Problem. Tun wir so, als hätten wir uns im Literaturkreis kennengelernt. Henny weiß, dass ich da jede Woche hingehe. Neulich haben wir was Gewagtes gelesen. Aber sagen wir, wir hätten *Abbitte* gelesen. Falls er danach fragen sollte. Er ist kein sehr sexuelles Wesen, und wir wollen ihn ja nicht traumatisieren.«

»Also gut. Ich bin Ada, Ihre Freundin aus dem Literaturkreis. Ich bin ein Riesenfan von Ian McEwan.«

So kam es, dass Ada zwei Tage später am ersten Freitag im Februar in die Warwick Street ging, um Valerie und ihren Sohn kennenzulernen. Sie hatte zwei Schürzen mitgenommen, wegen des Kochunterrichts. Sie wiesen gelbe Farbflecken auf: Sie musste sie das letzte Mal benutzt haben, als Michael und sie vor zehn Jahren die Haustür neu gestrichen hatten. Der Stoff roch noch nach Farbe, außerdem muffig nach Mottenkugeln aus dem Schrank, in dem sie die Schürzen aufzubewahren pflegte. Ada brauchte ihre gesamte Willenskraft, um das Haus zu verlassen und nicht in der Küche zu bleiben, die albernen Schürzen an sich gepresst.

Aber wenn sie jetzt sentimental wurde, half ihr das auch nicht weiter. Sie zwang sich aufzubrechen, vermied es, die Kupferdrahteule im Wohnzimmer und das gerahmte Foto dahinter anzusehen. Draußen war die Luft kühl und klar, nach dem Regen am Vormittag war alles wie frisch gewaschen. Ada lief die lange Warwick Street entlang und zählte die Hausnummern, bis die Nummer sechzehn vor ihr auftauchte, ein vornehmer Ziegelbau. Sie sah auf die Uhr und wartete eine Minute, bis es Punkt vier war. Dann klingelte sie. Sie kam sich extrem unvorbereitet vor, wie eine junge Hauslehrerin im gestärkten Kleid, die mit ihrer ganzen Habe vor einem unheimlichen Herrenhaus steht, ein Leben voller Latein und klösterlicher Abgeschiedenheit vor sich.

Eine Frau, die etwa zehn Jahre jünger war als Ada, machte ihr auf. Sie trug einen rot gefärbten Bob und eine geblümte Bluse zu einem Wollrock. Auf den Wangen prangte dick aufgetragenes, rostrotes Rouge. Ada fand ihren Kopf auf eine interessante Art quadratisch. Die Frau lächelte. Sie roch nach Buntstiften.

»Hallo«, sagte Ada.

»Sind Sie die Leihoma?«, flüsterte die Frau.

»Ja«, bestätigte Ada. Sie spürte den unbezähmbaren Drang, die Hacken zusammenzuschlagen.

»Ach du meine Güte, ich bin ja so froh, dass Sie da sind. Ich bin Valerie.« Die Frau sprach noch schneller als schon am Telefon, doppelt so schnell wie Ada. »Wie gut, dass Sie gekommen sind, das Ganze ist natürlich völlig verrückt, aber ich freue mich so, Sie kennenzulernen, meine Güte, wie reizend Sie aussehen in diesem reizenden Mantel, es ist schon lustig, ich war nervös, aber jetzt bin ich es nicht mehr. Jetzt, wo ich Sie vor mir sehe, genau so, wie ich mir das vorgestellt habe. Ist es nicht frisch draußen? Oh, Little Hen wird begeistert von Ihnen sein, da bin ich mir sicher. Wie nett, dass Sie den weiten Weg bis hierher gemacht haben.«

»Keine Ursache.«

Valerie bat sie ins Haus. Alles hier war bedruckt, gemustert, mit Spitzendeckchen oder Häubchen versehen. Allein im Wohnzimmer standen zwölf Lampen, ein jeder Schirm war mit Perlenbehang oder Fransen verziert. Valeries Mann Simon sei in der Arbeit, erklärte sie. Er sei Landvermesser und gegen acht zurück. Little Hen sei oben.

»Henny?«, rief Valerie zu ihm hinauf. »Meine Freundin ist da, wegen deinem Kochunterricht. Komm runter, Liebling, wenn du so weit bist.«

Ada hörte einen unartikulierten Schrei. Sie gingen in die Küche. Ada fragte sich, ob sich so wohl sexuell aufgeschlossene Menschen fühlten, wenn sie an ihrer ersten Orgie teilnahmen: schrecklich verlegen und ziemlich aufgeregt, neugierig, wie sich alles fügen würde.

Ada hatte beschlossen, Henry die Zubereitung eines Omeletts, einer Blätterteigpastete und einer Mousse au Chocolat beizubringen. Sie ging die Zutaten durch, die Valerie für sie bereitgestellt hatte. Valerie machte keine Anstalten zu gehen und starrte sie an, wischte nervös diese Arbeitsfläche und jenen Wasserhahn ab, fragte Ada immer wieder, ob sie auch alles habe, was sie brauche, ob sie »Lust auf eine Tasse Tee« oder »ein paar süße Knabbereien« habe. Ada verging der Drang zu kichern. Stattdessen begann sie sich regelrecht Sorgen wegen der Frau zu machen. Irgendwann wurden Schritte auf der Treppe laut, und Valerie zuckte zusammen. »Ich geh dann mal«, säuselte sie.

Sie hatten sich geeinigt, dass sie während des Unterrichts nicht zu Hause sein würde: Ada hatte ihr erklärt, dass sie auf ihre Art mit ihrem Sohn umgehen wolle. Jetzt, wo er auf dem Weg nach unten war, machte Valerie mehrere Versuche, die Küche zu verlassen, kam aber immer wieder zurück, um Ada noch etwas zu fragen – ob sie auch wirklich alles habe, vielleicht nicht noch einen Orangensaft wolle … bis Ada Valeries Sohn im Flur »Muuuuum, hau einfach aaaab!« sagen hörte. Daraufhin verließ Valerie winkend und weiter vor sich hin murmelnd das Haus.

Little Henry betrat die Küche. Er war kein Kind mehr, sondern ein bärtiger Riese mit wikingerrotem Haar und einem uralten Nokia-T-Shirt, das über seiner Brust spannte. Sein restlicher Körper wurde von einem türkisfarbenen Sarong verhüllt.

»Hi«, grunzte er.

Ada sah, dass seine Augen lila umrandet waren. Seine Haut war extrem blass, so als wäre er schon seit Jahren nicht mehr an der frischen Luft gewesen.

»Hallo, ich bin Ada«, sagte sie.

Höflich reichte sie ihm die Hand. Henry schlug ein, ohne ihr Lächeln zu erwidern. Er stapfte zu einem Schrank, holte eine Schale heraus und füllte sie mit Coco Pops. Er wollte gerade Milch darüber gießen, als Ada streng sagte: »Moment mal, ich bin extra gekommen, um Ihnen Kochunterricht zu geben, also jetzt bitte nichts essen.«

Henry machte einen erstaunten Eindruck. Er stellte die Milch zurück in den Kühlschrank und bekam knallrote Ohren. Ada sah, dass er handgestrickte Hüttenschuhe trug, in einen war »Little« eingestrickt, in den anderen »Hen«. Er tat ihr leid. »Würde es Ihnen etwas ausmachen, wenn wir uns kurz unterhalten, bevor wir anfangen?«, fragte sie freundlich.

»Nein«, erwiderte Henry.

»Wir machen es kurz.«

»Okay.«

»Soll ich Sie Henry oder Little Hen nennen?«

»Henry.«

»Wer kocht in diesem Haushalt?«

»Mum.«

»Helfen Sie ihr?«

»Ich decke den Tisch.«

»Aber helfen Sie ihr auch beim Kochen?«

»Nein.«

»Ihr Vater?«

»Manchmal grillt er irgendwas, im Sommer. Würstchen.«

»Finden Sie es nicht unfair, dass Ihre Mutter das Kochen ganz allein übernimmt?«

Henry überlegte. »Vermutlich ist es das.«

»Können Ihre Freunde kochen?«

»Manche schon.«

»Würden Sie gerne für sie kochen?«

»Äh … ja.«

»Fänden Sie es nett, auch mal Ihre Mutter zu bekochen?«

»Ja, wenn sie mich lässt.«

»Na gut. Wollen wir uns an die Arbeit machen?«

»Okay.«

Henry schien Adas direkte Art inspirierend zu finden. Ada erklärte ihm, dass man für ein Omelett am besten erst mal ein paar Eier in eine Schüssel schlägt. Wie sich herausstellte, wusste er sehr wohl, wie man ein Omelett brät: Er hatte vier Jahre in Nottingham studiert und dort allein klarkommen müssen. Seine Mutter weigerte sich schlichtweg anzuerkennen, dass er auch nur das kleinste bisschen unabhängig war. Ada fragte, ob er schon mal ein Soufflé gemacht habe, und Henry verneinte. Also begannen sie damit und unterhielten sich stockend. Ada stellte fest, dass er reizend war, auch wenn er keinerlei Selbstbewusstsein hatte. Als sie ihm zeigte, wie man das Eiweiß mit einem Quirl schaumig schlägt, bot er ihr an, sie abzulösen. Dann fiel ihm ein, dass es in der Küche auch ein elektrisches Rührgerät geben musste. Er begann die Schränke zu durchsuchen wie ein neugieriger Alien, der zum ersten Mal eine menschliche Behausung betreten hat. Irgendwann gab er es auf und schlug das Eiweiß mit der Hand, bis sich Spitzen bildeten. Er staunte, wie lange es dauerte, bis es steif wurde.

Sie verbrachten ein paar angenehme Stunden. Henry konnte durchaus charmant und interessant sein, solange er glaubte, er stehe nicht im Zentrum der Aufmerksamkeit. Daher sorgte Ada dafür, dass er beschäftigt blieb, und über den Lärm des Hackens und Rührens hinweg unterhielten sie sich gut. Das war psychisch sehr anstrengend, man musste stets auf der Hut sein, damit er sich nicht wieder in sein Schneckenhaus zurückzog. Aber wie Ada erstaunt feststellte, war sie der Aufgabe gewachsen.

»Leben Sie gern bei Ihren Eltern?«, fragte sie, während sie ihm zeigte, wie man Tomaten häutet, indem man ihre glänzende Schale mit kochendem Wasser überbrüht.

»Nein«, sagte er. »Ich bin hier auf dem totalen Abstellgleis.«

Er erzählte ihr, dass er schon seit Kindertagen Schauspieler werden wolle und ein paar Jahre versucht habe, in London durchzustarten, bis ihn sein Agent fallen gelassen habe, genauso wie seine Freundin. Anschließend sei er wieder zu seinen Eltern gezogen. Das sei jetzt vier Jahre her, und er wisse einfach nicht, was er jetzt machen solle. Er finde keinen Job interessant genug, um sich darauf zu bewerben. Sein Leben liege brach, während das seiner Freunde gerade so richtig Fahrt aufnehme – »Heiraten, Kinder kriegen und so.«

»Welches Leben wünschen Sie sich denn?«, fragte Ada.

Henry überlegte. »Ein ganz normales«, sagte er schließlich. »Ich wäre gerne unabhängig.«

»Und eine Freundin hätten Sie auch gern?«, erkundigte sich Ada.

Henry sah sie schüchtern an und schlug die Augen mit den hellen Wimpern nieder. »Ja, ich denke schon.«

»Reden Sie mit Ihrer Mutter über solche Dinge?«

»Nein.«

Das Soufflé war fertig. Henry konnte gar nicht fassen, wie toll es aufgegangen war. Er nahm es aus dem Ofen und stellte es stolz auf den Tisch. Sie aßen es auf der Stelle.

Um sieben kam Valerie zurück. Ada hatte Henry aufgefordert, den Abwasch zu machen. Seine Mutter fragte, ob alles »gut gelaufen« sei, ihre Hände flatterten nervös zu ihrem Hals. Er nickte und sagte, er habe eine gute Zeit gehabt, erzählte, was sie gekocht hatten und dass fürs Abendessen eine Quiche bereitstehe.

»Es wäre schön, noch mehr Unterricht zu haben«, murmelte Henry Ada zu, jetzt wieder ganz schüchtern, weil seine Mutter zurück war.

Ada strahlte und sagte, sie komme gerne wieder. Valerie lauschte gebannt. Als sie sah, dass Henry Wasser aufsetzte, um die Souffléform einzuweichen, schlug sie die Hand vor den Mund. Ada zückte ihren Kalender und fragte, ob sie am nächsten Freitag wiederkommen solle. Henry sagte Ja. Als Ada ihren Mantel holte, steckte ihr Valerie ein paar Scheine zu. Ada hatte irgendwie ein schlechtes Gewissen, nahm das Geld aber an. Sie hatte schließlich dafür gearbeitet. Dann trat Henry mit Spülhandschuhen in den Flur, um sich zu verabschieden.

»Sie kommen also nächste Woche wieder?« Er starrte auf Adas Schuhe.

»Ja«, sagte Ada.

Hinter ihm musterte Valerie sie fasziniert.

»Überlegen Sie schon mal, was Sie am liebsten kochen wollen«, sagte Ada.

»Ich will schon seit Langem eine Bolognese kochen können.«

»Die hab ich immer für meinen Mann gemacht, ich bringe es Ihnen gerne bei.«

Ada schenkte Henry ein strahlendes Lächeln. Er lächelte zurück. Valerie küsste Ada zum Abschied und tätschelte ihr die Wangen, als dankte sie Mutter Teresa dafür, vorbeigeschaut zu haben. Ada ging. Sie war amüsiert, gerührt und stand kurz davor, laut zu lachen. Ihr wurde ganz warm ums Herz, und ihre Augen füllten sich immer wieder mit Tränen, die sie ungeduldig wegblinzelte, sobald sie an Henry mit seinen Spülhandschuhen und den Drink denken musste, den er seiner Mutter jetzt mixte, weil Ada ihn dazu ermutigt hatte.

12

DER FRÜHLING WAR gerade dabei, den Winter zu verjagen. Die Frühblüher um Oxford trieben weiße Blüten aus. Es gab da einen Baum an der Portman Close, dessen Zweige derart schwer an rosa Blütenblättern trugen, dass Eliza sich gar nicht an ihm sattsehen konnte. Bis sie eines Morgens extra einen Umweg machte, um den Baum zu bewundern, und eine Gruppe junger Mädchen sah, die ihm auf die einzige Art huldigten, die sie kannten, nämlich, indem sie mit schräg gelegten Köpfen vor seinem Stamm posierten, die Zweige nach unten zogen und die Blüten küssten, während sie sich reihum mit dem Smartphone fotografierten. Daraufhin stellte Eliza ihre Besuche bei dem Baum ein, um sich anschließend Arroganz vorzuwerfen und sich zu zwingen, erst recht daran vorbeizumarschieren. Irgendwann fielen die Blütenblätter.

Das war eine Woche nachdem Eliza und Paola zum ersten Mal zusammen Flugblätter verteilt hatten. Paola kam in die Swinburne Road, um Eliza zu einem Spaziergang abzuholen, aber es regnete so heftig, dass Fontänen vom Asphalt aufspritzten. Da beschlossen sie, lieber in Elizas Zimmer zu bleiben.

Eliza schämte sich ein wenig für den Zustand des Hauses, aber zumindest in ihrem Zimmer war es warm und gemütlich. Sie standen eine Weile am Fenster, starrten in den Platzregen hinaus und sagten, was man bei so einem Regen so sagt. Dann setzten sie sich aufs Bett. Während sie sich unterhielten, näherten sie sich einander immer mehr an, indem sie sich flüchtig berührten, aufeinander zurutschten und ihre Position heimlich, still und leise anpassten wie landende Vögel. Paola begann, die Innenseite von Elizas Handgelenk zu streicheln. Eliza zitterte vor Entzücken. Sie konnte nur zusehen, wie ihr Handgelenk berührt wurde und die grünblaue Ader leise pochte. Sie wollte Paolas Haut streicheln, die Wärme ihres Körpers spüren. Paola hatte ihren Mantel ausgezogen, darunter trug sie ein schwarzes T-Shirt und eine Jeans mit hohem Bund. Sie war flachbrüstig und hatte einen leicht karamellfarbenen Teint. Eliza ertappte sich dabei, nach Paolas linker Hand zu greifen und ihre locker geballte Faust zu umschließen. Unter Elizas Berührung öffnete sie sich wie eine Koralle. Sie saßen in einem merkwürdigen Winkel zueinander, beide an die Wand gelehnt. Eliza wünschte sich nichts sehnlicher, als sich hinzulegen und geküsst zu werden. Keine von beiden wusste, worüber sie gerade redeten, es hätte alles Mögliche sein können, und irgendwann beugte sich Paola vor, strich Eliza eine Strähne hinters Ohr und streifte ihren Mund mit ihren kirschroten Lippen. Der Kuss war weich und sanft. Paola schmeckte nach Croissants. Eliza musste an Ruby und ihren letzten Kuss denken. Hatte er sich genauso federleicht angefühlt wie dieser hier, genauso zart?

Am Ende blieb Paola den ganzen Nachmittag. Draußen herrschte eine derartige Apokalypse, dass man ihrer Meinung nach sowieso nichts anderes machen könne als »abhängen und netflixen«. Eliza lachte über ihre beschönigenden Worte. Sie lieh Paola einen Pyjama, dann setzten sie eine Kanne Lapsang Souchong auf, und Eliza ließ sich die Haare schneiden. Paola sammelte die pinkfarbenen Büschel vom Boden auf und formte einen Ball daraus, um ihn aus dem Fenster auf die Swinburne Road zu werfen. Ein Windstoß riss ihn mit sich. Sie unterhielten sich lange über die Leihoma-Anzeige, die Elizas Nachbarin ihnen mitgegeben hatte. Darauf prangte das Foto einer älteren Frau, wie man sie sich gar nicht schöner vorstellen konnte. »Fehlt eine Oma in Ihrem Leben?«, hieß es flott. »Von nun an können Sie sich eine ausleihen!«

Paola hielt das für einen Scherz, doch Eliza war fest davon überzeugt, dass es ernst gemeint war. »Aber wer sollte jemanden dafür bezahlen, dass er die Oma spielt?«, fragte Paola. »Das müssen unvorstellbar einsame Leute sein.«

Eliza erwiderte nichts darauf. Die Vorhänge im Haus gegenüber waren zugezogen, doch weil sie apricotfarben leuchteten, schien jemand zu Hause zu sein. »Wahrscheinlich ist sie diejenige, die einsam ist«, sagte Eliza.

Bei Einbruch der Dunkelheit fuhren sie Elizas Notebook hoch und sahen sich ein paar Folgen von *Gossip Girl* an, wiederholten Blairs beste Sprüche mit übertriebenem amerikanischem Akzent. Um acht meinte Paola, sie habe Hunger.

»Ich hab Chips da«, bot Eliza an.

Paola, typisch Spanierin, schüttelte sich angewidert. Sie griff über Elizas nackte Beine hinweg nach ihrem Handy und verkündete, sie werde jetzt was bei Deliveroo bestellen. Begeistert suchten sie sich was aus. Eliza hoffte, dass sie nicht zahlen musste – sie hatte bloß noch zweihundert Pfund auf dem Konto, und Rich fände es bestimmt nicht gut, wenn sie die für Take-away raushaute. Doch als sie anbot, halbe-halbe zu machen, bestand Paola darauf, dass sie eingeladen war, und Eliza gab nach.

Das Essen kam. Sie packten Ramen und Gyoza aus und sahen sich einen Film über Haiattacken an. Die Schauspieler waren durchtrainiert und sahen super aus mit ihren im Dunkeln leuchtenden Zähnen und kurzen Hosen. Doch wenn die Haie zuschnappten, kreischten sie wie verrückt. Paola und Eliza sahen hin und wieder weg, küssten sich, berührten sich und plauderten entspannt. Paolas Duft konnte einen süchtig machen, sie roch so süß und grasig wie eine Wiese im Spätsommer. Als Eliza versuchte, ihr das zu erklären, bekam Paola einen Lachkrampf und sagte, eine Ex habe ihr mal erzählt, sie rieche nach Ponys. Um Mitternacht nahm sie ein Taxi nach Hause. Die Trennung tat weh. Eliza faltete den Pyjama zusammen, den Paola zurückgelassen hatte, zerknüllte den Take-away-Verpackungsmüll und ging ins Bett. Die Laken waren noch warm von ihren Körpern, das Leinen weicher als sonst. Sie schlief sofort ein.

Sie verabredeten sich fürs nächste Wochenende. Es folgten unendlich lange Tage mit genauestens kalibrierten Whatsapp-Nachrichten. Eliza konnte sich kaum konzentrieren. Sie hatte sich immer noch nicht bei Baleotti für ihr Fehlen entschuldigt und die sonstigen Veranstaltungen an der Italienischen Fakultät ebenfalls geschwänzt. Sie begann, Paola auf Instagram zu folgen, und bereute es sofort: Auf ihren Fotos waren lauter gut aussehende Leute zu sehen, die Eliza nicht kannte, an Orten, die ihr fremd waren. Die Bilder zeugten von einem derart spannenden, ausgelassenen Sozialleben, dass sie befürchtete, mit ihrer ruhigen Art gar nicht dazu zu passen. Paola folgte auch ihr, was wirklich großzügig war, wenn man berücksichtigte, dass Eliza insgesamt bloß drei Fotos gepostet hatte. Eines Morgens wachte Eliza auf und stellte fest, dass Paola alle drei gelikt hatte, sogar eines von Ruby, die sie vor Jahren liegend auf einem Steg in Venedig fotografiert hatte. Eliza wusste, dass es blöd war, sich über diese Bestätigung zu freuen, erlaubte es sich aber trotzdem. Es war wie Weihnachten und Ostern zusammen.

Am Freitag schlug Paola vor, am nächsten Morgen schwimmen zu gehen. Eliza war wenig begeistert: Bikinis waren der totale Horror, sie hatte eine Pilzinfektion und das Gefühl, ständig zu frieren, außerdem wurde sie nicht gerne nass. Paola ließ nicht locker und behauptete, sie würden Spaß haben. Weil Eliza zeigen wollte, dass sie zu allem bereit war, willigte sie ein.

Am nächsten Morgen nannte ihr Paola einen Treffpunkt. Der

Himmel war wolkenlos und knallblau. Eliza fuhr mit ihrem Fahrrad am Fluss entlang und sah, wie die Ruderer an ihr vorbeizogen, während sich die Steuermänner im Bug in ihre Jacken wickelten. Es gab Schwäne, die ebenfalls flussaufwärts glitten, und Spaziergänger auf dem holprigen Uferweg. Alle schienen einen Partner zu haben. Eliza hinterließ ihrem Vater eine Sprachnachricht und geriet gefährlich ins Schwanken, als sie versuchte, mit einer Hand den Lenker und mit der anderen das Handy zu halten. Rich machte sich immer rarer, er verhielt sich höchst ungewöhnlich – unzuverlässig, rätselhaft –, ohne dass Eliza gewusst hätte, warum. Sie hatte ihn mehrmals um einen Rückruf gebeten, doch er schien keine Lust dazu zu haben. Er schob Verpflichtungen oder Vergesslichkeit vor. Eliza vermutete, dass er nicht mit ihr reden wollte, weil ihn sonst seine Stimme verraten würde: Hinter Textnachrichten konnte man seine Gefühle besser verstecken.

Nach zehn Minuten erreichte sie den vereinbarten Ort. Sie sah sich nach einem Gebäude um, das ein öffentliches Schwimmbad beherbergen konnte, sah aber keines. Dafür stand Paola neben einer Rollstuhlrampe, die zu einem roten Ziegelbau führte. Nervös schloss Eliza ihr Fahrrad ab. Paola sah hinreißend aus, sogar aus der Ferne.

»Wir müssen noch ein kleines Stück laufen, sind aber gleich da!«, rief Paola.

Sie umarmten sich – eine Berührung, die durch ihre dicken Jacken gedämpft wurde. Eliza wollte sie küssen, aber vielleicht war das zu aufdringlich? Sie hatten rumgemacht, bevor Paola letzten Samstag ein Taxi genommen hatte. Aber das war nachts gewesen, und tagsüber galten andere Regeln.

Sie durchquerten ein Feld. Soweit Eliza das beurteilen konnte, liefen sie ins Nirgendwo. Ihre Turnschuhe waren im Nu durchweicht, das Gras war taunass. Nach ein paar Minuten verkündete Paola, sie seien da. Eliza brauchte einen Moment, um zu begreifen, was sie da sah. Sie schienen einfach nur vor einem breiteren Abschnitt des Flusses zu stehen.

»Das ist ein Schwimmbecken!«, sagte Paola.

Da dämmerte es Eliza. Die beiden Ufer waren befestigt und ungewöhnlich gerade. Zwei Metallleitern führten in den Fluss. Das Schwimmbecken war menschengemacht und wurde von der Themse gespeist. Die Wasseroberfläche glitzerte in der Sonne.

Paola erklärte, das sei ein Badeplatz aus viktorianischer Zeit, der Anfang des 19. Jahrhunderts geschaffen worden und irgendwann in den Sechzigern aufgegeben worden sei. Eliza erkannte langsam, wie schön er war. Die Natur hatte den Platz zur Hälfte zurückerobert, denn Schilf und andere Pflanzen hatten das Schwimmbecken besiedelt. Nach tagelangem Regen war die Strömung ziemlich stark, und ein Stück weiter flussabwärts rauschte das Wasser in eine Art Wehr. Bis auf sie war niemand zu sehen.

»Das Wasser ändert täglich seine Farbe«, sagte Paola.

Heute war es blausilbern. Es sah sehr kalt aus. Eliza merkte, dass sie das hier nicht fortsetzen wollte: Ausgeschlossen, dass sie in den Fluss stieg, sie würde sich bloß erkälten! Sie stellten ihre Taschen auf ein Stück Wiese, das von Brombeerhecken umgeben war. Eliza suchte krampfhaft nach einem Vorwand, nicht schwimmen zu müssen, ohne feige zu wirken. Paola zog einen Badeanzug aus ihrem Rucksack und redete fröhlich vor sich hin.

»Ich weiß nicht, ob ich das packe«, sagte Eliza.

Paola lachte. »Das schaffst du schon.«

»Nein, im Ernst! Ich weiß nicht, ob ich das kann. Ich bin keine besonders gute Schwimmerin.«

»Es ist nicht so kalt, wie es aussieht.«

Eliza spürte Panik in sich aufsteigen. »Ich werde ertrinken! Du wirst meine Leiche rausfischen müssen.«

Paola grinste. »Wenn du ersäufst, hau ich einfach ab. Niemand weiß, dass ich dich hierhergebracht habe.«

Eliza lächelte gequält. Paola begann sich umzuziehen. Eliza fand ihre in der Morgensonne leuchtende Nacktheit beruhigend.

»Danach wirst du froh sein, es gemacht zu haben«, ließ Paola nicht locker und zwängte sich in einen dunkelroten Badeanzug.

Eliza nickte unschlüssig. Sie zwang sich, sich ebenfalls umzuziehen und in den schrecklichen schwarzen Bikini zu schlüpfen, den sie sich mit sechzehn bei Primark gekauft hatte. Sie schaute an sich herunter und staunte, wie bleich und fett sie darin aussah. Sie gingen zum Rand des Schwimmbeckens. Die Leiter, die hineinführte, sah uralt aus, völlig verrostet, so als könnte sie jeden Moment laut patschend in den Fluss fallen. Paola legte ihr Handtuch weg und ging die Stufen ohne zu zögern hinunter. Doch sogar sie biss die Zähne zusammen, als sie sich dem Wasser überließ. Die Strömung zog sie mit, doch sie schwamm mit kräftigen Zügen dagegen an und kehrte bald darauf zu Eliza zurück.

Alles in Eliza sträubte sich dagegen, trotzdem kletterte sie langsam die Leiter hinunter. Das Wasser war sogar noch eisiger als gedacht, von einer teuflischen Kälte, die ihr das Gefühl gab, sie würde gehäutet. »Scheiße noch mal!«, brüllte sie.

»Spring einfach von der Leiter«, sagte Paola. »Nicht langsam reingehen, so ist es einfacher.«

Eliza tat wie geheißen. Sie ließ los, warf sich ins Wasser und tauchte mit dem Kopf unter. Als sie wieder hochkam, rang sie mühsam nach Luft und spürte, wie sie flussabwärts gezogen wurde, wie ein Stück Holz von einer Flutwelle.

»Schwimm auf die Leiter zu!«, rief Paola.

Eliza versuchte flussaufwärts zu schwimmen, es war harte Arbeit. Das Wasser besaß infernalische Kräfte und versuchte unermüdlich, sie zum Wehr zu ziehen. Keine Ahnung, was sie dort erwarten würde, vielleicht würde sie ja von Turbinen zerfetzt? Ihr fiel wieder ein, dass das eigentlich eine romantische Verabredung sein sollte. Sie fand die Kraft, etwas Begeistertes zu kreischen. Sie klang völlig irre. Paola schwamm zu ihr und küsste sie fest auf den Mund. Ihre Lippen waren kalt, aber ihre Zunge war warm. Mit nassem Haar sah sie ganz anders aus, ihre Wimpern waren schwarz vom Wasser. Sie schwammen noch ein paar Minuten und gingen dann wieder raus, um sich ins Gras zu legen.

»Mir ist eiskalt«, krächzte Eliza, nachdem sie nicht mehr ganz so sehr bibberte.

»Denk an vierzig Grad in Portugal«, erwiderte Paola. »Du sehnst dich inständig nach einem Eis, es ist so brüllend heiß, dass du keinen klaren Gedanken mehr fassen kannst.«

»Wir sind hier aber nicht in Portugal, und es hat keine vierzig Grad. Ich will kein Eis.«

»Es ist heiß. Es ist herrlich. Du suchst nach deiner Sonnenbrille.«

»Ich weiß genau, wo die ist. In meinem Schrank in der Swinburne Road. Weil es nämlich eiskalt ist und ich sie nicht brauche.«

Paola lachte. »Fühlt sich deine Haut jetzt nicht gut an? Meine prickelt.«

»Ich spür sie gar nicht mehr.«

»O doch!«

Eliza musste zugeben, dass sie sie noch spürte. Sie prickelte, es war, als hätte sie sich verbrannt. Endorphine rauschten ihr durch die Adern. Sie wusste, dass sie dümmlich grinste. Paola legte sich auf Elizas ausgestreckten Körper. Sie war leicht und kalt, ihr Badeanzug hatte einen tiefen Rückenausschnitt. Letzten Samstag hatte Paola endlos gewartet, bis sie sich vorbeugte, um sie zu küssen. Das tat sie jetzt wieder, und genau in dem Moment, als Paolas Mund gerade Elizas Lippen streifen wollte, hörten sie ganz in der Nähe ein Handy klingeln. Paola rollte von ihr herunter und wühlte in Elizas Tasche nach dem Handy. Sie nahm den Anruf entgegen, flüsterte »Jemand namens Flora« und warf Eliza das Handy zu.

»Lize?«, hörte man Floras Stimme am anderen Ende der Leitung.

»Hi«, erwiderte Eliza. Sie wunderte sich, dass ihre Mutter anrief. Sie sprachen sich nur selten und wenn, ging es meist um organisatorische Dinge.

Eliza hörte sofort, wie blechern die Stimme ihrer Mutter klang, ängstlich. Sie setzte sich auf. »Wie geht es dir?«, fragte sie. »Meine Mutter«, flüsterte sie Paola zu. »Nur eine Sekunde.« Paola reckte den Daumen und begann sich mit dem Handtuch abzurubbeln.

»Lize, ich stecke ein wenig in der Klemme«, sagte Flora. »Ich stecke ein wenig in der Klemme, in der Klemme, in der …« Sie klang panisch.

»Was ist denn los?«, fragte Eliza. So schlimm hatte sich ihre Mutter schon seit Jahren nicht mehr angehört.

»Ich stecke in der Klemme, Eliza, ich könnte deine Hilfe gebrauchen, Schätzchen, ich könnte deine Hilfe gebrauchen.«

»Was ist das Problem?«

»Hast du ein bisschen Geld?«

Aha, dachte Eliza. Klaro. Eine andere Art Kälte begann sich in ihr auszubreiten. »Äh, warum denn?«, fragte Eliza. Sie befanden sich auf vertrautem Gelände – Flora hatte schon seit Langem die Angewohnheit, Rich, Kollegen oder wen sie für einen möglichen Spender hielt, um die eine oder andere Überweisung zu bitten. Auch Eliza war gefragt worden, als sie nach Bath gezogen war. Flora hatte herausgefunden, dass sie ein Stipendium bekommen hatte, und etwas davon abhaben wollen. Und dann noch mal und noch mal.

»Es spielt keine Rolle, warum, das spielt keine Rolle. Hast du welches?«, fragte Flora.

»Ich hab noch um die hundertfünfzig Pfund«, sagte Eliza ergeben.

»Macht's dir was aus, mir ein wenig zu leihen?«

»Äh, ja schon«, entgegnete Eliza. Sie wollte nicht mehr sagen, damit Paola nicht mitbekam, worauf sie sich einließ.

»Nicht viel, nur ein bisschen.«

»Äh, auf jeden Fall nicht wirklich viel.«

»Du wirst es mir also noch heute überweisen?«

»Mit meiner Bank-App.«

»Wie lange dauert es, bis ich es auf dem Konto habe?«

»Nicht lange.«

»Bitte Rich nichts davon sagen, okay?«

»Warum nicht?«

Eliza glaubte den Grund zu kennen: Flora musste ihn bereits um Geld gebeten haben. Sie war erschöpft. Traurigkeit entfaltete sich in ihr wie eine dunkle Blüte.

»Behalt es einfach für dich«, sagte Flora. Sie klang angespannt. »Sonst nehm ich das Geld nicht an.«

»Okay, okay. Aber warum brauchst du Geld? Ich dachte, du arbeitest im Anchor?«

»Nicht mehr.«

»Oh.«

»Überweist du mir das Geld?«

»Ja. Geht's dir gut?«

»Es geht mir gut, es geht mir gut. Und dir? Wie ist Bath?«

»Oxford.«

»Oxford, Oxford. Es ist schön dort, oder?«

»Prima.«

»Prima. Gut. Überweist du mir noch heute das Geld?«

»Ja, wie bereits gesagt. Ich mach es sofort, dann dürftest du es bald haben.«

»Danke. Okay, prima. Du überweist es mir noch heute. Gut, wunderbar. Tschüss.«

»Tschüss.«

Eliza verstaute das Handy in ihrer Tasche. Sie legte sich auf den Rücken, spürte das eiskalte Gras auf ihrer Haut und genoss regelrecht, wie kalt ihr war, wie sehr ihr Körper litt. Paola musterte sie zufrieden. Für sie war alles so wie vorher. Sie wollte Eliza erneut küssen, doch die setzte sich auf und sagte mechanisch, sie müsse ihrer Mutter einen Gefallen tun, es dauere nicht lange. Sie wollte Paola nicht in die Augen schauen, ihr nicht sagen, was los war. Bestimmt hatte sie eine Mutter, die nicht mit solchen Bitten kam. Paola stand auf und schlüpfte in ihre Jeans. Eliza tippte auf ihrem Handy herum, während das Wasser vorbeirauschte, unter der Brücke hindurch und in das ohrenbetäubend brausende Wehr.

13

EINEN TAG NACHDEM Ada Henry Kochunterricht gegeben hatte, bekam sie weitere geschäftliche Anrufe. Es fühlte sich an wie ein Monsun nach monatelanger Dürre. Die erste Nachricht klang ein wenig geschmacklos – ein Mann namens Sir Julian sprach ihr auf den Anrufbeantworter, während sie im Garten war. Er räusperte sich laut und nannte seinen Namen in einem Ton, als bekäme er selbst Gänsehaut davon. »Ich suche nach Gesellschaft«, säuselte er. »Ich bin wohlhabend und fest davon überzeugt, dass Sie meine Bezahlung zufriedenstellend und Ihre Pflichten angenehm finden werden. Bisher hat sich noch keine beschwert.«

Ada musste lachen. Sir Julian machte eine nachdenkliche Pause. »Das Foto in Ihrer Leihoma-Anzeige ist hinreißend. Ich möchte Sie sozusagen unbedingt ›ausleihen‹. Ich verfüge über erotisches Kapital. Ich bin siebzig, aber fit. Ich bin Stammgast beim Glyndebourne-Opernfestival. Es wäre mir ein Vergnügen, Sie einzuladen. Wir beide könnten leidenschaftliche Widersacher sein, gern *Biss zum Ende der Nacht* …«

Adas Zehennägel rollten sich auf, und sie stoppte das Band. Ihr nächster potenzieller Kunde klang weniger anstößig. Sie hatte eine Mail von einem gewissen Dr. Akhi Bajwa erhalten, der sich als Architekt mit einem Projekt in Thrupp vorstellte. Er sei Sikh und stehe kurz davor, »eine hübsche junge Frau aus einer alteingesessenen Familie zu heiraten«, und brauche Unterricht, »wie man sich in England anständig benimmt«, damit er sich gut in die

Dynastie einfüge. Es gebe natürlich auch Benimmkurse in London, bei Debrett's und ähnlichen Anbietern, aber die kämen ihm so firmenmäßig steif vor. Eine echte englische Großmutter beherrsche das sicherlich besser. Ada rief sofort zurück.

»Ich würde mich freuen, Ihre Umgangsformen zu verbessern«, sagte sie. »Auch wenn ich mir sicher bin, dass sie ohnehin untadelig sind.«

»Da täuschen Sie sich«, erwiderte er ernst. »Ich bin unmöglich. Ich bin dafür bekannt, den Leuten, die das Pech haben, mir beim Essen gegenüberzusitzen, den Inhalt meines Mundes vorzuführen.«

»Das machen wir doch alle!«

»Ich möchte das in Zukunft vermeiden. Ich brauche Ihre Hilfe – und das dringend, fürchte ich!«

Sie vereinbarten, in der kommenden Woche im Randolph Hotel Tee zu trinken. »Wird Ihre Verlobte auch dabei sein?«, erkundigte sich Ada behutsam.

»Nein«, erwiderte Akhi. »Tamara ist übers Wochenende bei ihren Eltern in Gloucestershire.«

Ada nickte. Noch so ein Heimlichtuer. »Sagen wir um vier?«

»Perfekt. Ich werde eine zitronengelbe Fliege tragen, an der können Sie mich erkennen.«

Ada war ein wenig zu früh im Randolph Hotel und fand einen Fensterplatz mit Blick aufs Ashmolean Museum. Sie war nervös und strich unablässig den Stoff ihres Kleides glatt, ein altes Etuikleid von Jaeger, das sie in den Achtzigern gekauft und zweimal getragen hatte.

»Sind Sie Ada Robertson?«

»Ja«, sagte sie und sah sich um. Ihr zweiter Rent-a-Gran-Kunde war da.

»Bitte nennen Sie mich Akhi.«

Ada gab dem Mann die Hand. Er war klein, hatte eine gerade

Nase, einen hellbraunen Teint und einen blauen Turban. Er trug einen altrosa Anzug und ein mintgrün gestreiftes Hemd mit einer ziemlich tollen gelben Fliege. Er bewegte sich dermaßen anmutig, dass Ada sofort spürte, dass ein anderes Problem dahintersteckte: Er besaß tadellose Umgangsformen; der Mann war Eleganz pur. Er roch sogar gut – nach Salbei und Bergamotte.

Ein Kellner kam, um ihre Bestellung aufzunehmen. Akhis Hand beschrieb eine verschnörkelte Geste, mit der er Ada bedeutete, dass sie zuerst bestellen sollte. »High Tea für zwei, bitte«, sagte sie und versuchte, die vornehme Lady Catherine de Bourgh aus Jane Austens *Stolz und Vorurteil* nachzuahmen.

»Damit bin ich sehr einverstanden«, sagte Akhi. »Und eine Flasche Champagner, bitte.«

Sie begannen zu reden. Es fühlte sich an wie ein romantisches Date, bemerkte Ada aufgeregt. Sie hätte verlegen reagieren können, stattdessen gab sie sich bewusst ganz dieser herrlichen Fantasie hin und spürte, wie sie in ihrer Rolle aufging. Sie war eine Benimmlehrerin und sollte sich auch dementsprechend verhalten. Sie richtete sich kerzengerade auf, ordnete ihre Frisur, stellte sich vor, ihre mittleren Namen wären Eleanor und Genevieve und dass sie in Blenheim Palace aufgewachsen wäre, sprich absolut qualifiziert, einem gebildeten Mann zu erklären, wie man sich noch höflicher benimmt, als er es ohnehin schon tat.

»Leben Sie schon lange in England?«, erkundigte sich Ada.

»Seit drei Jahren«, erwiderte Akhi und entfaltete seine Serviette. »Ich stamme aus Kalkutta.«

Ada wollte fragen, woher er solch tadellose Manieren hatte, wusste aber nicht recht, wie sie das machen sollte, ohne herablassend zu wirken. Solche Dinge waren heute schwer zu beurteilen.

»Mein Vater war vom Vereinigten Königreich fasziniert«, sagte Akhi. »Ich bin in einem Haus voller Bücher von Wodehouse, Waugh, Saki und Delafield aufgewachsen. Er hat mich wie einen

Briten erzogen, und jetzt, wo ich hier bin, merke ich langsam, wie sehr sich meine Vorstellung von diesem Land von der Realität unterscheidet.«

»Aha«, sagte Ada. »Ja, unterm Strich sind wir ein enttäuschendes Völkchen.«

»Die Bücher haben mir nur bis zu einem gewissen Punkt Benimm beigebracht. Ich habe Angst, die Fassade könnte Risse bekommen.«

»Sie meinen, Sie könnten einen *My-Fair-Lady*-Moment haben und bei einem Pferderennen aus der Rolle fallen?«

Akhi lächelte. »Ganz genau.«

Ada tat, was sie konnte. Ihre Priorität war, seine steifen Manieren etwas aufzulockern, denn Lässigkeit sei im Moment der letzte Schrei. Gurkensandwiches esse man nicht mehr mit Messer und Gabel, sondern genüsslich mit der Hand. Milch komme erst nach dem Tee in die Tasse, egal, wie durchsichtig das Porzellan sei. Es sei ratsam, die eigene Serviette zu beflecken – nur Nahrung dürfe nicht zwischen den Zähnen stecken bleiben. Leitungswasser sei dem aus der Flasche vorzuziehen – Letzteres sei der Horror für den verarmten Adel. Es empfehle sich stets zu sagen, man hole den Wein bei Lidl, auch wenn man höchstens zu Waitrose gehe.

Nach und nach verlagerte sich das Gespräch von Manieren auf Akhi selbst: auf seine Ausbildung in Indien, seine Arbeit, sein Staunen über englische Bräuche. Er war entzückt, dass Ada Dichterin war.

»Na ja«, ruderte Ada zurück. »Ich habe schon seit einer Ewigkeit nichts mehr geschrieben.«

»Was hält Sie davon ab?«

Ada überlegte. »Ich habe nichts zu sagen.«

Akhi halbierte einen Scone. »Erst Sahne und dann Marmelade?«, fragte er.

»Das ist höchst umstritten.« Ada lächelte. »Ich gebe zuerst

Marmelade darauf und etwas Butter, aber es ist beides möglich. Es ist allerdings wichtig, eine dezidierte Meinung dazu zu haben.«

Akhi schüttelte den Kopf und bestrich seinen Scone mit etwas Marmelade. »Sie glauben also, nichts zu sagen zu haben«, bemerkte er nachdenklich.

»Ja«, erwiderte Ada. »Mittlerweile erlebe ich keine interessanten Dinge mehr. Andere Dichter veröffentlichen mehr, sind geistreicher und schreiben besser. Ich glaube nicht, dass die Leser auf so alte Tanten wie mich gewartet haben. Sie wünschen sich fotogene Uniabsolventen aus East Anglia mit Tattoos, die Haltung beziehen und über – keine Ahnung –, über Fast Food, Multikulti und sexuelle Übergriffe schreiben. Nichts davon liegt mir. Natürlich bin auch ich begrapscht worden, aber ich kann mich einfach nicht dazu durchringen, das besonders schlimm zu finden. Ist das denn so schrecklich? Ich schreibe lieber in Versform über Themen, die jetzt als hoffnungslos altmodisch gelten – über Vögel und Flüsse, über Oxford. Über meinen Mann, unser gemeinsames Leben.«

Akhi biss in seinen Scone.

»Mehr drauftun!«, korrigierte Ada ihn streng. »Eine gewisse Gier beim Sconesessen ist unerlässlich.«

Akhi gab noch mehr Sahne darauf. »Haben Sie schon mal versucht, über Dinge zu schreiben, über die Sie bisher nie geschrieben haben?«, fragte er.

Ada dachte nach. »Nein. Ich habe immer über das geschrieben, was mir spontan in den Sinn kam.«

»Warum versuchen Sie es nicht mal mit neuen Themen?«

Ada zuckte mit den Schultern. Warum sollte sie sich eigentlich nicht bemühen, zur Abwechslung andere Themen auszuloten? Sie wusste nicht recht, ob sie das überhaupt konnte. Man schrieb keine Gedichte zu bestimmten Themen. Das war nicht so wie in der Schule, wo man bestimmte Fächer belegte, und los ging's. Lyrik war komplizierter, etwas viel Rätselhafteres. Sie war drauf und dran, ihm das zu erklären, merkte aber, wie vermessen das klänge. Jetzt, wo das Gespräch um sie kreiste, was ihr gar nicht behagte, fühlte sie sich erschöpft. Der Mann kannte sie gar nicht, und sie kannte ihn nicht. Der Versuch, eine gemeinsame Ebene zu finden, einander zu helfen, obwohl sie so gut wie nichts von sich wussten, kam ihr auf einmal einfach nur traurig und verzweifelt vor.

Der Champagner wurde gebracht. Ada bemühte sich, ihre gute Laune wiederzufinden. Sie begann Akhi mögliche Situationen aufzuzählen. Wie würde er sich bei einer Beerdigung, bei einer Galerieeröffnung, bei einem Weihnachtsessen benehmen? Nichts davon brachte ihn in Verlegenheit, nicht einmal Liftetikette: Er wusste, dass man auf die Tür starrte, Bemerkungen übers Wetter oder das Warten auf den Lift machte. Ada begriff, dass Akhi wusste, wie tadellos sein Benehmen war, er aber nach Ermutigung und Freundschaft suchte. Er hatte eine Riesenangst vor der Hochzeit, davor, sich an ein Land zu binden, über das er so viel gelesen hatte, das aber so ganz anders war als das Idyll, das er sich vorgestellt hatte. Er hatte Angst, seine Ehe könnte für ihn ein Leben als exotisches Tier bedeuten, mit endlosen Fragen nach seiner Herkunft, nach seinem Akzent, nach seinem Turban. Ada tat, was sie konnte. Sie mochte ihn und lernte viel. Die Zeit verging. Sie leerten den Champagner und aßen alles, was sich auf ihrer Etagere befand. Ein Kellner kam, um ihnen zu sagen, dass der Tisch fürs Abendessen reserviert sei. Ada merkte, dass sie sich jetzt danach sehnte, wieder allein zu sein, nach Stille, nach ihrem Zimmer und dem bernsteinfarbenen Schein der Nachttischlampe.

»Ihr Benehmen ist perfekt«, erklärte sie Akhi. »Es war mir eine Freude, Sie kennenzulernen.«

Er gab ihr die Hand. »Ganz meinerseits. Und bitte schicken Sie mir Ihre neuen Gedichte, sollten Sie je wieder welche schreiben.«

Ada lächelte ein wenig angestrengt und ging. Akhi blieb noch sitzen und wartete auf das Kreditkartenlesegerät. Vom Bürgersteig aus konnte Ada ihn gut erkennen, er war wie in Scheinwerferlicht getaucht. Sie fragte sich, was er wohl mit dem angebrochenen Abend anfing, mit all der Zeit, die jetzt vor ihm lag. Doch das würde sie wahrscheinlich nie erfahren. Das war ihr Schicksal, kurz Einzug in das Leben anderer Leute zu halten und nie zu erfahren, wie sie sich weiterentwickelten, welche Abzweigungen sie noch auf ihrem Lebensweg nahmen.

Weil nirgendwo ein Taxi zu sehen war, ging sie zur Bushaltestelle. Ada kam sich ziemlich deplatziert vor in ihrem vornehmen Aufzug. Hätte sie doch nur einen Schal oder vernünftige Schuhe mitgenommen! Der Bus kam, so grell beleuchtet wie ein Supermarkt. Das beruhigte sie. Als sie eine Viertelstunde später in der Swinburne Road war, schenkte sie sich einen Sherry ein und saß mit einem linierten Block auf dem Schoß im Wohnzimmer. Sie spürte eine vertraute Regung, eine Art verdrängte Vorfreude. Es handelte sich um ein Gedicht im Embryonalzustand. Sie suchte nach einem Stift und bemühte sich, nicht nervös zu werden: Sie wusste, dass man in dieser Phase nicht zu viel wollen durfte, denn das konnte ein Gedicht im Keim ersticken. Sie begann zu schreiben, erst nur ein paar Worte, dann mehr. Sie strich alles durch und schrieb weitere Zeilen. Die Kupfereule vor dem Foto von Michael und ihr schien ihr dabei zuzusehen. Ihr goldenes Drahtgeflecht wirkte unheimlich zart im Lampenschein, während sie die Ohren gespitzt hatte, als wartete sie auf Musik.

14

ELIZA WUSSTE NICHT genau, warum sie Paola nach dem Ausflug zum viktorianischen Badeplatz mit anderen Augen sah, aber irgendwie war nichts mehr so wie vorher. Nachdem Flora sie um Geld gebeten hatte, waren Paola und sie in einem Café unweit von Tumbling Bay frühstücken gewesen. Eliza hatte keinen Hunger, sie war nervös und hätte das theoretisch auch erklären können, aber es kam irgendwie nie der richtige Moment. Außerdem spürte sie eine grundsätzliche Unvereinbarkeit zwischen sich und Paola, nämlich dass sie selbst ein Mensch war, der die Dämmerung mochte, ihre Farben waren Dunkelblau und Indigo, sie war verhalten, liebte Zwischentöne. Paola dagegen war eher geradlinig, jemand, der sofort offen auf Menschen zuging, gesunde Freizeitaktivitäten mochte und viel Zeit draußen verbrachte. Sie hatte eher die Persönlichkeit eines Menschen, der gegen Mittag oder um zehn Uhr morgens zur Hochform aufläuft, sie war wie eine Primärfarbe, eindeutig und klar. Was auch immer da zwischen ihnen war – es würde nicht funktionieren. Eliza hatte Angst, Paola aus Herablassung oder Dünkel als eindimensional abzutun – vielleicht war Paolas Persönlichkeit wesentlich vielschichtiger, was sie übersah, weil sie im Moment viel zu sehr mit sich selbst beschäftigt war. Vielleicht hielt sie sich ja für was Besseres, weil sie sich für so anders hielt. Was auch immer der Grund dafür war – das Ergebnis war ein und dasselbe: Soweit Eliza das beurteilen konnte, war ihr Paola zu oberflächlich, sodass sie regelrecht zusehen konnte, wie ihre Begeisterung für die Affäre nachließ.

Sie tranken warmen Milchkaffee aus Schalen und teilten sich ein Stück Zitronen-Polenta-Kuchen. Paolas Lippen waren so voll und dunkel wie eh und je. Sie war noch genauso hübsch wie vorher. Sie hatten beide nasse Haare. Das hätte romantisch sein können, aufregend, schön. Die Rechnung kam und damit der Moment, sich zu entscheiden, ob man den Tag zusammen verbringen wollte oder nicht. Eliza sagte, dass bergeweise Arbeit auf sie warte, sie gehe lieber nach Hause. Paola, die den wahren Grund spürte, meinte nur leichthin, bei ihr sei es genauso, sie müsse zurück nach Trumpington und ein paar Bücher abholen.

Vor der Rollstuhlrampe umarmten sie sich zum Abschied. In den nächsten Tagen schickten sie sich ein paar Textnachrichten, hörten aber bald damit auf, sich die Fragen zu stellen, die eine Konversation aufrechterhalten. Eliza merkte, dass Paola bestürzt war, weil sie ihr gar keine Chance gab, weil sie nicht wusste, woran genau das Ganze gescheitert war, und dann noch so lautlos. Eliza wusste es auch nicht. Wenn sie sich in Oxford über den Weg liefen, unterhielten sie sich angeregt über das bevorstehende Referendum. Gleichzeitig führte ihre missglückte Romanze dazu, dass sie sich vor dem Moment fürchteten, in dem sie miteinander allein wären, und weckte in ihnen den Wunsch, einander nie kennengelernt zu haben, und die Frage, warum der Lack so schnell ab gewesen war, ob es richtig gewesen war, das zuzulassen.

Wenige Tage nach dem Ausflug nach Tumbling Bay beschloss Eliza, nach Carlisle zu fahren. Sie ahnte, dass Flora sich wundern, ja es sogar lächerlich finden würde, dass ihre Tochter extra kam, um herauszufinden, was genau das Problem war. Das setzte nämlich eine Vertrautheit voraus, die es gar nicht gab. Aber Eliza musste immer wieder an die Angst in der Stimme ihrer Mutter am Telefon denken. Und dann war da auch noch Rich: Eliza hatte schon seit Wochen nicht mehr richtig mit ihm geredet. Die Zugfahrt würde ihr Konto erst recht leer räumen, aber sie musste einfach wissen, was los war.

Die Fahrt verging wie im Flug. Die Landschaft vor dem Fenster sah düster und feindlich aus, die Felder waren grau vor Kälte, auch wenn ab und zu ein blühender Baum aufblitzte wie ein Feuerwerk. In der zweiten Klasse gab es keine freien Sitzplätze mehr, sodass Eliza beschloss, sich in die erste zu setzen. Sie kam sich lächerlich reich vor, ihr Ledersitz war so groß und butterweich, dass sie nicht aufhören konnte, darauf herumzurutschen. Es gab jede Menge Männer in Anzügen, Unternehmensberater, ihrem Äußeren nach zu urteilen, die auf ihre Notebooks einhackten, als müssten sie wahnsinnig wichtige Aufgaben erledigen. Wenn sie ihren Computer dabeigehabt hätte, hätte sie an ihrer Promotion arbeiten können. Schon seit zwei Wochen hatte sie sich kaum noch damit beschäftigt. Sie redete sich ein, dass sie nur eine wohlverdiente Pause einlegte, wusste aber, dass sie diese mitnichten verdient hatte. In regelmäßigen Abständen hatte sie Levis Gesicht vor Augen, das ihre Gedanken störte. Sein Blick hinter der Nickelbrille war nicht zu deuten. Seit Neuestem suchte sie noch ein Bild heim, das den Autor als Teenager auf seinem Rad zeigte, wie er ganz nah am Abgrund eine Bergstraße entlangsaust – Jahre bevor er nach Auschwitz deportiert worden war.

Gegen Mittag erreichte der Zug sein Ziel. Eliza liebte den Bahnhof von Carlisle, ein großes Gebäude im Tudorstil, dessen Pracht so gar nicht zu der schmuddeligen Stadt passen wollte. Der Bahnhof war nicht weit von dem Haus in der Buchanan Road entfernt, in das Rich und sie vor vier Jahren gezogen waren, in eine Zweizimmermietwohnung mit einer Terrasse nach hinten raus. Eliza hatte beschlossen, Rich ihren Besuch nicht anzukündigen – er rechnete erst an Ostern mit ihr. Es sollte eine Überraschung sein. Er nahm sich meist montags frei, weil seine Kunden wollten, dass er das Wochenende durcharbeitete. Die Wahrscheinlichkeit war also groß, dass er zu Hause war. Als Eliza dorthin lief, staunte sie, wie nervös sie wegen ihres plötzlichen Auftauchens war, so als wäre sie ein Showgirl, das gleich aus der Torte springt. Normalerweise war sie viel zu zynisch für solche Sachen. Wenn Rich und sie dann gemeinsam zu Mittag gegessen und Neuigkeiten ausgetauscht hätten, würde sie zu Flora gehen.

Die Straße schien sich nicht verändert zu haben, seit sie an Weihnachten daheim gewesen war. Sogar die parkenden Autos sahen aus, als ob sie noch genauso dastünden wie damals. Es tat ehrlich gesagt gut, wieder an diesen ruhigen Ort zurückzukehren. Er schien tief in der Geschichte verwurzelt, darin verankert zu sein. Sie klingelte bei Hausnummer neunundvierzig und lächelte trotz ihres Hungers. Sie hörte nichts und klingelte erneut, überlegte, ob ihr Vater wohl im Laden war. Dann hörte sie, wie sich etwas im Haus rührte, und stellte sich vor, wie Rich die Küche durchschritt, sich dabei mit weit ausholenden Bewegungen am Kopf kratzte.

Die Tür ging auf. Doch da stand nicht Rich, sondern ihre Mutter.

Sie starrten sich an.

Eliza war völlig verwirrt. Es gab keinerlei Grund, warum Flora hier in der Tür stehen sollte, also konnte dem eigentlich nicht so sein. Flora wohnte meilenweit weg, irgendwo zur Untermiete. Rich und sie hatten kaum Kontakt, vor allem jetzt, wo Eliza viel zu alt für so etwas wie gemeinsame Elternschaft war.

Geduldig wartete Eliza darauf, dass sich Körper und Gesicht ihrer Mutter zu einer anderen Person zusammensetzen würden. Flora erholte sich schneller von dem Schrecken und merkte, wie dünn ihre Tochter aussah, wie verhärmt, so ganz anders, als sie sie in Erinnerung hatte.

»Neues Kleid«, sagte Flora. »Neuer Pulli.«

Eliza sah an sich herab wie an einer Fremden. Sie trug ein weites schwarzes Kleid, darüber ein Oberteil mit Polokragen und eine kamelhaarfarbene Cordjacke.

»Beides nicht neu«, hörte sie sich sagen.

Sie fuhr damit fort, Flora anzustarren. Es war unverwechselbar ihre Mutter. Sie trug ein übergroßes T-Shirt und sonst nichts, obwohl es längst Mittag war. Das braune Haar hing ihr ungekämmt ums Gesicht, und die Wangen waren rosig, als hätte sie Sport getrieben.

Während Eliza zu ergründen versuchte, was da los war, huschte ihr Blick über den Körper ihrer Mutter, der irgendwie anders aussah.

Da wusste sie, was los war. Flora hielt sich mit einer Hand den Bauch. Sie war schwanger.

Eliza starrte auf den Bauch ihrer Mutter. Sie konnte nichts mehr spüren und nichts mehr hören, sie schaute einfach nur. Eine gefühlte Ewigkeit standen sich die beiden Frauen so gegenüber.

Langsam fügte sich alles zu einem so klaren Bild, dass Eliza fast schon erleichtert aufseufzte. Ja, natürlich, logisch! Ihre Mutter erwartete ein Baby. Richs Baby. Die beiden waren zusammen, waren wieder zusammengekommen. Gut möglich, dass Eliza das laut aussprach. Banale Sätze schossen ihr durch den Kopf wie Bahnhofsdurchsagen: Baby an Bord. Braten in der Röhre. Gefülltes Törtchen. Flora rührte sich nicht von der Stelle, sah aber ebenfalls an sich herab und nickte kaum merklich. Insgeheim war Eliza hochzufrieden, dass ihre Mutter nervös wirkte.

Eliza hörte Schritte im gefliesten Flur, die näher kamen. Dann tauchte Rich neben Flora auf, mit glänzendem Oberkörper und nur einem Handtuch um die Hüften. Er rief Elizas Namen, der ihm jedoch im Halse stecken blieb, sodass er ihn mehr oder weniger röchelte. Eliza fuhr instinktiv zurück. Rich sah entsetzt aus, sein Gesicht war ganz verzerrt vor Kummer und Scham. Er lief an Flora vorbei, um Eliza zu umarmen. Sie ließ es über sich ergehen. Er war feucht – Schweiß, kein Wasser. Sie versuchte, sich weich zu machen, vergeblich. Das war etwas, das sonst nur in Filmen über Heranwachsende passierte: Die Eltern trennen sich, was traumatisierend ist, aber letztlich eine positive Erfahrung für den Jugendlichen, weil er merkt, dass die beiden Erwachsenen, zu denen er aufsieht, auch bloß Menschen sind und genauso kaputt wie er selbst. Anschließend wird er mit einem geschärften Blick auf die Wirklichkeit ins Leben entlassen.

»Lass uns reingehen«, sagte Rich.

Eliza war froh, dass seine Stimme fest war. Sie überlegte, gleich wieder kehrtzumachen und zum Bahnhof zu gehen, diese Leute mit ihren schlechten Entscheidungen sich selbst zu überlassen. Doch ihr Körper gehorchte ihr nicht, und sie nahm fast schon belustigt zur Kenntnis, wie er ihren Eltern brav ins Wohnzimmer folgte. Wenigstens war Steve, der Goldfisch, noch am Leben und zog seine Bahnen in dem veralgten grünen Wasser seines Aquariums. Es war dasselbe Zimmer, in dem Rich, Tony und sie es sich an Weihnachten zusammen gemütlich gemacht, Kanapees gegessen und einen Film nach dem anderen geschaut hatten, während Steve um sein Unterwasserschloss patrouillierte.

Eliza setzte sich vor dem Fernseher auf den Boden und machte sich so klein wie möglich, ohne sich zusammenzurollen. Sie wollte, dass sich jemand neben sie kniete und ihr übers Haar strich. Jemand sollte ihr mit der tiefen, verständnisvollen Stimme von Aslan, dem Löwen aus den Narnia-Chroniken, sagen, dass alles gut werde. Dabei musste sie seltsamerweise an Ruby denken, daran, wie willensstark sie war und wie sie die Situation stets selbst in die Hand nahm. Sie sehnte sich nach ihr, nach der Passivität, die ihr diese Beziehung gewährt hatte.

Flora ließ sich aufs Sofa fallen. Währenddessen starrte Eliza ihr hungrig auf den Bauch. Er war nicht extrem prall, nur ein bisschen voller als sonst, fast niedlich. Eliza wurde ganz schlecht von den in ihr tobenden Gefühlen, die sie noch nicht richtig einordnen konnte. Sie wusste nur, dass sie extrem intensiv waren. Rich nahm neben Flora Platz, nach wie vor nur mit einem Handtuch um die Hüften. Sie sahen aus wie ein Liebespaar. Ihre Hände lagen dicht nebeneinander, als sehnten sie sich nach Berührung. Nachdem sich die beiden, als Eliza acht war, endgültig getrennt hatten, hatte sie sie noch häufig zusammen gesehen. Aber so hatten sie noch nie gewirkt – so verdammt unzertrennlich.

Das unvermeidliche Gespräch begann. Vor einem halben Jahr, so erklärten Flora und Rich, hätten sie sich wieder öfter gesehen. Die gemeinsame Vergangenheit, die Zeit bei Cavaghan, Eliza großzuziehen, das alles habe dazu geführt, dass sie sich wohler miteinander fühlten als mit jedem anderen Menschen. Sie hätten wieder einen Draht zueinander gefunden, dann hätte sich das eben so ergeben. Wann? Oh, vor vier Monaten. Sie hätten nicht verhütet, da Flora im Traum nicht auf die Idee gekommen sei, jetzt noch schwanger werden zu können. (An diesem Punkt zwang sich Eliza, nicht die Augen zu verdrehen, nicht »Seid ihr wahnsinnig« zu sagen oder eine spöttische Bemerkung zu machen.)

Vor sechs Wochen habe Flora dann festgestellt, dass sie ein Kind erwarte. Das Geschlecht wüssten sie nicht. Sie sei arbeitslos und pleite und schäme sich dafür, weshalb sie Eliza um eine Überweisung gebeten habe. Es tue ihr leid, wieder in alte Gewohnheiten zurückgefallen zu sein, die sie eigentlich ein für alle Mal habe aufgeben wollen. Sie sei wieder bei Rich eingezogen, ursprünglich nur vorübergehend, doch jetzt, wo es so gut zwischen ihnen laufe ... An diesem Punkt sah Flora zu Rich hinüber, der ihre Hand nahm und zittrig lächelte. Eliza fand, dass er aussah wie ein zahnloser Greis.

»Ihr wollt das Baby also tatsächlich behalten?«, fragte sie.

Flora nickte so zärtlich, so mütterlich verträumt, dass Eliza sich schwer zusammenreißen musste, nicht laut loszubrüllen.

»Du bist sechsundvierzig«, sagte sie.

»Auf dich war ich nicht vorbereitet«, erwiderte Flora. »Das hätte nie passieren dürfen. Aber auf dieses Kind bin ich vorbereitet.«

Eliza hörte, wie ihr Vater sich einmischte, versuchte, Floras Worten die Schärfe zu nehmen. Vermutlich erzählte er die Geschichte, die sie schon tausend Mal gehört hatte, nämlich dass Flora selbst noch ein Kind gewesen sei, als sie Eliza bekommen habe, und dass jegliche Gefühlskälte oder Aggression, mit der sie ihrer Tochter begegnet sei, daher rühre. Später fragte sich Eliza, ob sie an diesem Punkt darauf verwiesen hatte, wie oft die beiden schon als Paar versagt hatten. Darauf, dass sie, wenn sie es jetzt noch mal versuchten, bloß wieder streiten, es bereuen und beinahe aufeinander losgehen würden wie in Elizas ersten acht Lebensjahren. Aber als Eliza am nächsten Tag Resümee zog, wusste sie nicht mehr so genau, was sie bloß gedacht und was laut gesagt hatte.

Wie sich herausstellte, fiel es ihr leichter, ihre Mutter anzuschauen. An Verrat von ihrer Seite war sie gewohnt. Aber Rich konnte sie einfach nicht in die Augen sehen. Sein Blick ruhte auf ihr, seine Besorgtheit um sie war mit Händen zu greifen. Sie spürte, wie sehr er sich nach einem Liebesbeweis von ihr sehnte, sich mit dem kleinsten Krümel zufriedengegeben hätte, doch sie war einfach nicht bereit dazu. Selbst Weihnachten war eine einzige Lüge gewesen. Schon damals hatte er wieder mit Flora geschlafen und nicht den Mut gehabt, es ihr zu sagen.

Gegen sechs konnte Eliza nicht mehr. Ihre Eltern hörten nicht auf, sich zu rechtfertigen. Rich versuchte zweimal, sie zu umarmen. Flora warf Eliza vor, sie wegen ihres Alters zu diskriminieren, und forderte sie auf, wenigstens ein Minimum an Freude für das aufzubringen, was sie da gerade »als Familie« erlebten. Eliza erwiderte, sie habe bis zum heutigen Tag nie etwas davon bemerkt, dass Flora sie drei als Familie betrachte. Soweit sie das beurteilen könne, seien Rich und sie ein Duo – ganz einfach deshalb, weil Rich sich ganz im Gegensatz zu Flora bemüht habe, sie zu erziehen. Außerdem sei sie nicht prinzipiell dagegen, dass eine Sechsundvierzigjährige noch ein Kind bekomme. Es spreche nur wenig dafür, dass Flora diesmal eine bessere Mutter abgeben werde. Flora sagte nichts darauf. Elizas Schock ließ nach und wich etwas Verhaltenerem, Verhärteterem, bis sie irgendwann verkündete, wieder nach Oxford zu fahren. Rich sah verletzt aus. Flora nickte ungerührt. Eliza ging in die Küche, um sich eine Banane für die Reise zu holen. Sie steckte eine Packung Müsli und Hühnerbrust aus dem Kühlschrank ein. Sie wusste selbst nicht so genau warum. Rich bot ihr an, sie zum Bahnhof zu bringen. Sie war erschöpft und hatte keine Kraft mehr, sich zu wehren, also willigte sie ein.

»Es tut mir leid, dass ich es dir nicht gesagt habe«, meinte Rich, als sie die Buchanan Road hinunterfuhren.

»Ja«, erwiderte Eliza.

»Aber ich hatte es fest vor, Lize.«

»Ja.«

Das Dumme war, dass sie anfing, sich für ihre pubertäre Reaktion zu schämen. Sie hätte deutlich besser mit diesem Fiasko umgehen können.

»Ich weiß, dass du verletzt bist«, fuhr Rich fort.

Eliza wollte nicht weinen, deshalb biss sie sich fest auf den Daumen. »Alles gut«, sagte sie.

»Ich weiß, dass es schwer sein muss, dass … Keine Ahnung, dass wir die Familie gründen, die wir damals nicht gründen konnten, als du zur Welt kamst.«

»Hahaha«, erwiderte Eliza. Ihr fiel einfach nichts Besseres ein. Sie wollte ins Bett gebracht werden, wollte, dass sich jemand um sie kümmerte, dass sich die Leute besser benahmen, besser verhielten. Sie biss sich noch fester auf den Daumen und hoffte, dass die Haut blau werden oder aufplatzen würde.

Sie erreichten den Bahnhof. Eliza küsste ihren Vater auf die Wange. Seine Augen leuchteten kurz auf, doch als sie sich von ihm löste, sah er ihren Gesichtsausdruck.

»Ich liebe dich«, sagte er, als sie ausstieg. Das »dich« wurde vom Zuschlagen der Autotür übertönt. Mechanisch betrat Eliza den Bahnhof. In zehn Minuten sollte ein Zug fahren. Sie setzte ihre Kopfhörer auf und wartete. Sie schaute in ihre Tasche und sah, dass ihr Dad ihr vierzig Pfund zugesteckt hatte. Sie setzte sich erneut in die erste Klasse, obwohl sie keine gültige Fahrkarte dafür hatte, und zog dann in die zweite um, als ein Kontrolleur sie dazu aufforderte. Sie starrte in die Nacht hinaus, die in regelmäßigen Abständen von Supermärkten und Städten unterbrochen wurde, von sirrendem Licht wie von einer Synapsenaktivität in einem riesigen, finsteren Hirn. Von Birmingham nahm sie den Bus nach Oxford. Um ein Uhr früh war sie in der Swinburne Road, ihr Handyakku war leer. Die Pappe, die sie in ihr kaputtes Schlafzimmerfenster geklemmt hatte, war runtergefallen, Regenwasser hatte die Bücher aus der Bibliothek auf ihrem Schreibtisch durchweicht, und linierte Blätter waren vom Wind zu Boden geweht worden. Sie ging ins Bett. Unter ihren Lidern waren die Augen weit aufgerissen, während es von draußen hereinwehte und das grelle Licht der Straßenlaternen ins Zimmer schien.

15

WÄHREND DER FRÜHLING weitere Bäume an der Swinburne Road erblühen ließ, füllte sich Adas Kalender immer mehr. Da war Henry, mit dem sie jede Woche kochte, aber schon bald mailte ihr Akhi, um ihr zu schreiben, dass er sie ebenfalls gern wiedersähe. Täglich erreichten sie weitere Anfragen. Sie machte die Erfahrung, dass ungefähr eine von vier Anfragen zu einem tatsächlichen Auftrag führte. Großes Interesse an ihrem Service hatten Männer, die sie – wie Kate ihr bereits prophezeit hatte – offensichtlich für eine Art Sexarbeiterin im Rentenalter hielten. Ada war nicht empört darüber. Im Grunde tat es richtig gut zu merken, dass vielen Männern die Vorstellung gefiel, mit einer älteren Frau ins Bett zu gehen. Trotzdem war sie kein bisschen versucht, auf ihre Wünsche einzugehen, und antwortete einem jeden höflich, indem sie schrieb, dass sie keinen Sex anbiete, ihnen aber für die Zukunft alles Gute wünsche. Ein paar Tage nach ihrer ersten Verabredung zum Tee mit Akhi schrieb ihr eine Frau namens Camille, die angab, Hilfe mit ihren Kindern zu brauchen. Ob die Leihoma mit dem Aushang in der Iffley Road Interesse daran habe?

Ada überlegte lange, ob sie Ja sagen sollte. Ihr Leben war überwiegend kinderlos verlaufen: Sie hatte Michael, kurz nachdem sie ein Paar geworden waren, von ihrer Unfruchtbarkeit erzählt. Daraufhin hatte er erwidert, dass er in Dublin als Ältester von sechs Geschwistern genug Kinder gehütet habe.

Später, als sich ihre Beziehung stabilisiert hatte, hatten sie ein-, zweimal mit der Kinderlosigkeit gehadert: Michael war von einem Dokumentarfilm über Vaterschaft zu Tränen gerührt gewesen, und mit dreißig bekam Ada mit, wie ihre Freundinnen von der Mutterschaft mit Beschlag belegt wurden und für die nächsten zwei Jahrzehnte in der Versenkung verschwanden. Sollte sie es ihnen gleichtun, ein Kind adoptieren oder in Pflege nehmen? Die Antwort war Nein, natürlich nicht, denn seit ihr ein Arzt gesagt hatte, dass sie niemals Kinder bekommen werde (barsch, so als würde man einem Teenager sagen, wie er Messer und Gabel zu halten hat), hatte sich Ada mit dieser Vorstellung abgefunden. Das einzige Leben, das sie sich von da an vorstellen konnte, war eines ohne Kinder, ein absolut selbstbestimmtes. Daher waren Michael und sie standhaft geblieben und über die Jahre ein-, zweimal Taufpaten geworden, hatten Nichten und Neffen beherbergt, wenn diese am Tag der offenen Tür nach Oxford kamen, und Geburtstagskarten verschickt, wenn Ada daran dachte, in den Kalender zu schauen. Keine Kinder zu haben hatte sich positiv auf Michaels Karriere ausgewirkt: Die Entscheidung, das Land zu Forschungsreisen zu verlassen, war ihm stets leichtgefallen, und auch Ada hatte das Spaß gemacht. Es fühlte sich gut, ja fast radikal an. Doch mit der Zeit war ihr aufgefallen, dass andere Menschen an ihrer Kinderlosigkeit schwer zu knabbern hatten: Sollten sie dieser unfruchtbaren Frau nun mit Mitgefühl begegnen und fragen, was »schiefgelaufen« sei? Oder sollten sie ihr die eigenen gruseligen Erfahrungen mit Kindererziehung unter die Nase reiben, um ihr klarzumachen, was sie da alles nicht mitzumachen brauchte?

Jetzt, wo sie mit etwas konfrontiert war, das sich leicht als Suche nach einer günstigen Babysitterin interpretieren ließ, beschloss Ada, das Risiko einzugehen. »Helfe gern«, schrieb sie zurück. Camille schickte ihr ihre Adresse. Sie wohnte in einer Straße in Rose Hill, die Ada nicht kannte. Kurz überlegte sie, Camille zu bitten, lieber zu ihr zu kommen: Rose Hill war für seine Sozialwohnungen und für seinen heruntergekommenen Zustand berüchtigt, ein Ort, der stets angeführt wurde, wenn es um die Gentrifizierung von Oxford ging – als Gegenargument.

Wie sich herausstellte, waren die Kinder reizend. Mame, die Dreijährige, war unglaublich niedlich und klammerte sich schon an Adas Waden, kaum dass diese die Wohnung betreten hatte. Außerdem gab es noch zwei Jungen, die sich fast schon gruselig höflich als Milton und Daniel vorstellten und von ihrer Begeisterung für Kühlschrankmagneten berichteten.

Camille verhörte Ada kurz zu ihrer Person, wo sie wohne, warum sie ihre Zeit gegen Geld zur Verfügung stelle, beschloss dann aber, ihr zu vertrauen, und wurde freundlicher. Ada ertappte sich bei der Frage, was wohl mit dem Vater der Kinder los war – er war wahrscheinlich abgetaucht, saß hinter Gittern oder so was, die übliche Geschichte.

»Ihr Dad ist auf Geschäftsreise und müsste heute Abend zurückkommen«, sagte Camille, während sie sich den Mantel zuknöpfte.

»Prima«, erwiderte Ada rasch. »Haben Sie ihn vorgewarnt, dass ich hier bin?«

»Ja, er findet das völlig verrückt.« Camille strahlte und küsste ihre Kinder zum Abschied, erklärte ihnen, was geschehen werde. Sie gab Ada ein Exemplar von Roald Dahls *Die Zwicks stehen kopf* und ging, wobei sie versprach, bald mit Einkäufen für den Rest der Woche zurückzukehren.

Sobald die Mutter aus der Tür war, kletterten die Kinder aufs Sofa. Ada begann vorzulesen. Immer wieder musste sie über die seltsame Situation grinsen. Schon merkwürdig! Sie hatte ihr Leben doch tatsächlich so eingerichtet, dass sie jetzt in einer Wohnung in Rose Hill saß und Kindern vorlas, die nicht ihre eigenen waren! Milton konnte schon ziemlich gut lesen, und Ada überredete ihn, kürzere Dialogteile zu übernehmen, eine Frauenstimme für Frau Zwick und eine Monsterstimme für Herrn Zwick zu wählen. Schon bald spielte das Kind die Unsinn treibenden Figuren mitten im Wohnzimmer nach, bis Daniel und er sich kaum noch halten konnten vor Lachen und sich mit ihren kleinen Körpern auf dem Boden herumwälzten. Auch Mame musste kichern, obwohl Ada nicht davon ausging, dass sie bereits begriff, was los war.

»Jetzt musst du mit uns spielen«, befahl Daniel Ada, nachdem sie das Buch ausgelesen hatten.

»Äh, einverstanden«, sagte Ada. »Aber ihr wisst schon, dass ich bereits sehr alt und gebrechlich bin. Ich habe schon seit – oh, bestimmt schon seit Jahrzehnten nicht mehr gespielt.«

Daniel starrte sie an. »Das ist gaaaaanz einfach«, stöhnte er und erklärte ihr, dass sein Bruder und er an einer supergeheimen Mission beteiligt seien. Es gelte, das Schloss zurückzuerobern, in dem sie aufgewachsen seien, welches jetzt unrechtmäßigerweise von toten Soldaten besetzt sei, die Aliens zu neuem Leben erweckt hätten. Mame spielte das hilflose Mädchen, dessen Rolle in der Schlacht entsprechend klein ausfiel. Sein Bruder und er kümmerten sich um alles, sie waren die rebellischen Prinzen des Spiels. Wenn Ada Lust habe, könne sie ihr Knappe oder Diener sein.

Die Mission begann. Schon bald kletterte Ada mit den Jungen durch die Gegend und schrie Dinge wie »Pass auf – Bogenschützen!«, während Mame mit Spielzeuglastern in der Ecke saß und das alberne Treiben ignorierte. Adas Rücken meldete sich in regelmäßigen Abständen, und sie kam sich plump und ungeschickt vor neben diesen kleinen Kriegern. Gleichzeitig genoss sie es und bemühte sich zunehmend, die Zombies abzuwehren.

Kurz bevor die Mission vollendet war, kehrte Camille mit ihrem Partner in die Wohnung zurück. Er war ein ruhiger, bebrillter

Mann multiethnischer Abstammung. Milton und Daniel vergaßen ihr Spiel und stürzten sich auf ihn. Camille bedankte sich herzlich bei Ada, gab ihr ihr Geld, fragte, wie es gelaufen sei.

»Toll!«, rief Milton.

»Sie ist eine große Frau Zwick!«, quietschte Mame, die mit ihren Armen wedelte wie eine Lumpenpuppe. Ada runzelte milde die Stirn, versicherte Camille, dass alles gut gelaufen sei, und verabschiedete sich von den Kindern. Sie kam sich vor wie in *Eine zauberhafte Nanny*.

Draußen war es dunkel. Ada fühlte sich völlig zerschlagen, so als wäre sie zehn Kilometer gejoggt. Auf den Treppen des Wohnblocks saßen Teenager, allesamt in Sportklamotten, ihre Turnschuhe schimmerten mondweiß im Schein einer Neonröhre. Keine zwei Stunden zuvor hätte sich Ada noch von ihrem Anblick eingeschüchtert gefühlt; jetzt bemerkte sie ihre schüchternen Blicke und ihre Unsicherheit, die Grübchen, die sich in ihren Wangen bildeten und wieder verschwanden, wenn sie redeten und lächelten.

»Guten Abend«, sagte sie freundlich, während sie die Treppe hinunterging.

Die Teenager grüßten leise zurück und machten ihr Platz, damit sie die Stufen hinuntergehen konnte. Die Arme eng um den Oberkörper geschlungen, um sich zu wärmen, marschierte Ada nach Hause zurück.

Mitte März hatte Ada fast mehr Rent-a-Gran-Kunden, als sie annehmen konnte. Da war der Neunzigjährige, der Ada dafür bezahlte, dass er ihr von seiner Jugend erzählen konnte; Dom, der hyperaktive Junge, mit dem sie Schiffe versenken spielte; ein relativ unsympathischer Professor aus Oxford Brookes, der Ada bat, seine Wissenschaftstexte zu lesen, um sicherzustellen, dass sie auch von den »üblichen Torfnasen« verstanden würden; Zwillinge, die Stricken lernen wollten (Ada verbrachte den Tag vor dem Unterricht damit, es sich selbst beizubringen). Und schließlich die neunzehnjährige Alice, deren Mutter Florence Ada damit beauftragt hatte, der Tochter das Autofahren beizubringen. Alice, so Florence, nehme schon seit einem Jahr Fahrstunden und ramme nach wie vor Bäume. Kein normaler Fahrlehrer im näheren Umkreis scheine ihr helfen zu können. Man müsse täglich befürchten, dass sie einen Fußgänger niedermähe. Nun müssten drastischere Maßnahmen ergriffen werden. Sie könne in der näheren Umgebung der Siedlung üben. Ada ging davon aus, dass es sich um die Siedlung handelte, in der auch Camille wohnte, aber als sie die angegebene Adresse tief in den Hügeln von Buckinghamshire aufsuchte, begriff sie, dass es sich um ein Mr.-Darcy-artiges Anwesen mit einer kilometerlangen Auffahrt und herbeieilendem Personal handelte. Hinter dem Haus lag eine Wiese, auf der vereinzelte Buchen standen und Alpakas grasten. Alice war ein nettes Mädchen, lebhaft und mitfühlend, aber eine wirklich hoffnungslose Autofahrerin. Ada verbrachte zweimal die Woche zwei angenehme Stunden damit, auf dem Beifahrersitz herumkutschiert zu werden. Dabei wünschte sie sich inständig, eine Notbremse zur Verfügung zu haben, während die Alpakas, die längst daran gewöhnt waren, fast über den Haufen gefahren zu werden, dem Wagen träge auswichen.

Ehe Ada sichs versah, war der Tag, vor dem sie sich so sehr gefürchtet hatte, gekommen: Michaels zweiter Todestag. Sie wachte mit einem unguten Gefühl auf. Sie schlief in der Mitte des Bettes wie bereits seit Wochen, war jedoch nachts nach links gewandert. Lange starrte sie auf den Platz, den sonst sein Körper eingenommen hatte, und dachte darüber nach, wie seltsam die plötzlichen Verluste im Leben doch waren, wie schleichend grausam.

Der Himmel war eintönig grau. Im Haus gegenüber konnte sie die junge Frau mit den pinkfarbenen Haaren sehen, die einmal bei ihr geklopft hatte. Sie schaute aus dem Fenster, als wäre sie gerade erst aufgewacht. Ada hob die Hand, um ihrer Nachbarin zuzuwinken, wobei sie fest davon ausging, dass die junge Frau sie gar nicht bemerken würde. Doch sie winkte zurück.

Das heutige Problem bestand weniger darin, dass Ada Jahrestagen eine besondere Bedeutung beimaß. Stattdessen hatte sie eher Angst, stillschweigend die Erlaubnis erhalten zu haben, in Selbstmitleid zu baden, und diese nutzen zu wollen. Sie dachte ohnehin täglich, ja stündlich an Michael, aber der heutige Tag konnte noch ganz andere Gedankengänge auslösen. Es war seltsam, fast so, als fürchtete sie sich vor sich selbst. Doch sie hatte seit seinem Tod gelernt, dass Trauer die Macht hat, einen von der Person abzuspalten, für die man sich hält, aber auch von der, die man gerne wäre. Es war nicht einfach, all diese Persönlichkeitsanteile wieder zu einem stimmigen Ganzen zu vereinen.

Sie machte sich ein Frühstück, wie Michael es zubereitet hätte. Dann setzte sie sich hinaus in den Garten, so wie sie es immer getan hatten. Sie las Zeitung, soweit sie die Lektüre ertragen konnte. Die EU-Kampagne ging weiter und wurde von Tag zu Tag absurder. Sie weinte. Es war der erste Weinkrampf seit Monaten, der ihr sehr guttat. Danach war sie in warme, zähe Erschöpfung gehüllt, wie früher, als sie noch klein gewesen war.

Sie versuchte, ihre tatsächliche Lage zu verdrängen, denn trotz ihrer zahlreichen Leihoma-Aufträge, trotz der vielen Menschen, die jetzt Teil ihres Lebens waren, war sie vor zwei Jahren deutlich glücklicher gewesen, als sie ihre Zeit mehr oder weniger damit verbracht hatte, zusammen mit Michael so gut wie gar nichts zu tun, außer zu töpfern, zu essen und die Witze abzuwandeln, die sie schon seit Jahrzehnten machten. Sie vermisste ihn schrecklich.

Als es zu kalt wurde, um sich weiter im Freien aufzuhalten, kehrte Ada ins Wohnzimmer zurück. Auf einmal empfand sie das Zimmer als unerträglich, sein Schnitt und sein Zweck kamen ihr unglaublich banal vor. Sogar Primo Levis Drahteule wirkte dämlich. Sie musste sich schwer zusammenreißen, das zusammengewickelte Geschöpf nicht aus dem Fenster zu werfen. Stattdessen beruhigte sie sich damit, dass sie das gerahmte Foto von Michael und ihr umdrehte, um nicht länger von diesem naiven Grinsen gequält zu werden. Alles hier schien wertlos zu sein, langweilig und trivial. Sie wollte dieses Leben nicht mehr und auch keine fade Alternative. Sie wollte überhaupt nicht mehr leben. Sie lag lange auf dem Boden und lauschte auf die Geräusche von draußen.

Irgendwann rührte sie sich wieder. Noch lebe ich, rief sie sich in Erinnerung. Am besten, ich gehe einen Tag nach dem anderen an. Sie reckte sich und wusch sich das Gesicht, sah dann im Arbeitszimmer nach ihren Mails und sortierte die üblichen Sex- oder Interviewanfragen aus. Danach blieb noch eine Mail von einem Mann namens Peter übrig. Er gab an, aus Oxford zu stammen, zweiunddreißig zu sein und in Kürze seinen Lebensgefährten Yannis, mit dem er seit fünf Jahren zusammen sei, zu heiraten. Er habe durch die Oxforder Gerüchteküche von Ada erfahren und wolle fragen, ob sie bereit sei, zu seiner Hochzeit zu kommen. Seine Eltern seien »sture Anglikaner«, die nichts von dieser Ehe hielten und schon gar nichts davon, dass Peter Männer Frauen vorziehe. Sie hätten nicht vor, der Zeremonie beizuwohnen. Ebenso wenig wie seine Großeltern. Er wolle an diesem Tag eine ältere, angesehene Person an seiner Seite haben. Yannis bringe Griechenland beinahe um seinen gesamten Seniorenanteil, so viele Verwandte hätten sich angesagt – ob sie sich treffen könnten, um das Ganze zu besprechen?

Ada verstörte diese Anfrage. Vor noch gar nicht langer Zeit hatte sie die Vorstellung, ein schwules Paar könnte heiraten, völlig exotisch, ja lächerlich gefunden. Sie wusste noch, wie sie sich deswegen vor der entsprechenden Volksabstimmung mit Michael gestritten hatte. »Aber warum müssen sie unbedingt heiraten?«, hatte sie gesagt. »Warum reicht nicht auch eine eingetragene Partnerschaft oder so?«

»Weil sie es sich wünschen, außerdem sind sie genau wie wir!«, hatte er gebrüllt und mit der Faust auf den Tisch gehauen.

Sie stellte sich diesen Mann vor, Peter, der sich auf den Tag vorbereitete, der hoffentlich der schönste seines Lebens sein würde, ein wichtiger Anlass für die gesamte Familie, nur dass er ihn jetzt alleine begehen musste. »Würde mich sehr freuen, Sie zu treffen«, schrieb sie zurück. »Vielleicht möchten Sie mit Ihrem Verlobten ja heute Nachmittag zum Kaffee kommen?«

Wenige Stunden später waren die beiden Männer da. Ada war schwer beeindruckt, wie glamourös sie aussahen. Sie waren beide riesig. Peter war blond und hatte blaue Augen mit langen Wimpern, Yannis war hochgewachsen und gut gebaut. Soweit sie sich erinnern konnte, hatte sie noch nie Homosexuelle bei sich zu Hause gehabt, und plötzlich war es ihr peinlich, als könnten ihre vier Wände das Geheimnis verraten.

Yannis und Peter betraten händchenhaltend die Küche. Ada hatte einen Pistazien-Orangenblüten-Kuchen für sie gebacken, nach einem Rezept, das ihr jemand aus dem Lebensmittelladen in Iffley zugesteckt hatte. Die Männer staunten über ihren Kuchen, so als hätten sie fest damit gerechnet, dass sie ihnen einen altmodischen Victoria-Sponge-Cake auftischen würde. Als sie ihnen erzählte, warum sie damit begonnen hatte, in diesen Laden statt in den Supermarkt zu gehen, sahen sich Peter und Yannis an. Sie waren gerührt, wie isoliert sie war. Ada sah sich mit ihren Augen und war kurz den Tränen nahe, so wie damals kurz nach Michaels Tod, als sie schon ein zufälliger Blick in den Spiegel zum Weinen gebracht hatte, weil sie dann sah, wie einsam sie aussah, wie sehr ihr der Spiegel die Wahrheit zeigte.

»Freuen Sie sich auf eine jahrzehntelange Ehe?«, frage sie.

»Auf gar keinen Fall!«, riefen beide gleichzeitig und grinsten.

Ada grinste ebenfalls und ließ sich von ihrem Charme und ihrer guten Laune anstecken. Ihre Liebe zueinander war ganz natürlich und selbstverständlich, ein strahlendes Etwas, das Ada schier umhaute. Schon bald brachten sie sie zum Lachen, erzählten ihr, wie sie sich kennengelernt hatten (über eine Handy-App namens Grindr – Peter hatte nach Sex gesucht und Yannis nach einem Konversationspartner, um sein Englisch zu verbessern). Ada, der regelrecht schwindelig war von so viel Aufmerksamkeit, schlug vor, ihnen das Haus zu zeigen. Peter und Yannis sprangen auf und folgten ihr, bewunderten alles, machten den ein oder anderen Vorschlag und bemerkten Dinge, deren Existenz Ada längst vergessen hatte. Im Schlafzimmer fragten sie, ob sie einen Freund habe, und sie spürte, wie sie erstarrte. Sie sagte, sie sei verwitwet. Die Männer nickten. Weil sie ihnen vertraute und weil die beiden verliebt waren, fügte sie noch hinzu, dass Michael auf den Tag genau vor zwei Jahren gestorben sei. Sie nickten erneut. Sie war ihnen dankbar, dass sie keine weiteren Fragen stellten. Als sie wieder hinuntergingen, legte Peter sanft die Hände auf Adas Schultern. Das hätte sich kitschig und übergriffig anfühlen müssen, war aber nicht so. Am frühen Abend gingen die beiden wieder, nachdem sie gemeinsam eine Flasche Wein geleert hatten. Nachdem die Männer weg waren, saß Ada zufrieden im Wohnzimmer und spürte, wie das Haus geradezu summte vor Freude.

Am nächsten Tag brachte Yannis eine Einladung zur Hochzeit vorbei. Er hatte es eilig und sagte atemlos auf der Schwelle, seine Familie sei eingeweiht und freue sich schon, Ada in die Arme zu schließen.

»Ich kann es kaum erwarten«, sagte Ada.

Beschwingt kehrte sie in die Küche zurück. Sie schrieb ein Gedicht fertig, mit dem sie am Vorabend begonnen hatte. Seit Wochen schrieb sie jetzt schon Gedichte, die ganz anders waren als alle bisherigen – sie reimten sich noch, aber nicht so vorhersehbar, nicht so streng wie die davor. Viele handelten von Michael, andere jedoch von ihrer Kindheit – ein Thema, das sie in ihren vorherigen Anthologien kaum berührt hatte – und von ihrer Mutter, die vor fünfzehn Jahren gestorben war. Sie schickte ihre Arbeiten fast täglich an James, und noch nie war ihr Agent so begeistert gewesen. Es war von einer Lesung die Rede, irgendwann im Sommer, und offensichtlich hatten Lyrikverleger bereits Interesse bekundet.

Der Rest der Woche verging mit allen möglichen Kundenterminen. Ada begann sie auf einen Tag zu beschränken, damit sie sich nicht zu sehr verausgabte. Am Dienstag bat sie ein John aus Milton Keynes, ihr dabei zu helfen, den Nachlass seiner verstorbenen Großmutter durchzugehen. Am Donnerstag traf sie sich mit einem Pärchen bei Pizza Express. Es ließ sich scheiden, wollte aber keinen Anwalt bezahlen: Ob Ada bereit sei, zuzuhören, wenn sie darüber diskutierten, wer was bekommen solle? Es war spannend. Als die Pizza kam, weinte Samantha, und Chris, ihr Ex, schaute sich um, ob jemand im Restaurant etwas davon bemerkt hatte. Ada tat, was sie konnte, für die beiden, und verstand anschließend besser, welch kleine Gemeinheiten sich Männer und Frauen gegenseitig antun konnten, wenn sie verletzt und enttäuscht von dem waren, was das Leben ihnen geschenkt hatte.

Ehe sie sichs versah, war es Samstag, und damit stieg auch der Druck, vorzeigbar auszusehen. Die Verlobten machten sich getrennt voneinander zurecht, Yannis im Kreis seiner Familie und Peter mit Freunden in einer Suite des Hôtel du Vin. Ada war pünktlich um acht vor Ort. Sie hatte ihre älteste Reisetasche hervorgeholt und sie mit Oma-Kram gefüllt: Haarspray, Haferkekse, Sicherheitsnadeln, Sandkuchen, Blasenpflaster, dazu einen zerlesenen Barbara-Cartland-Roman, ein makelloses Gesangbuch, Gin und Champagner.

Ada verbrachte einen erstaunlichen Vormittag. Sie hatte nie

recht verstanden, was es bedeutete, sich zu verwöhnen oder sich verwöhnen zu lassen, bekam jetzt aber einen stundenlangen Crashkurs in »Selbstfürsorge«, wie Peter es nannte. Sie ließ ihm ein Bad ein und wartete nebenan, sagte beruhigende Oma-Dinge, sobald er es zu brauchen schien. Sie kontrollierte seinen Frack. Sie fand eine Methode, eine eher feste Gesichtsmaske flüssiger zu machen, die Peter sich für seine »T-Zone« wünschte, indem sie die Packung zehn Minuten zwischen die Schenkel klemmte und dabei ein Pfefferminzbonbon lutschte. Sie ließ sich sogar dazu überreden, selbst eine Gesichtsmaske aufzulegen, und begutachtete anschließend ihre Haut: Nichts hatte sich verändert.

»Sie müssen ein aufregendes Leben führen«, sagte Peter, während er seine Schuhe auf Hochglanz brachte. »Finden Sie das hier nicht seltsam?«

»Ein bisschen«, gestand sie. »Und Sie?«

»Ein bisschen.«

Ada wollte ihn fragen, ob sie die Großmutter war, die er sich wünschte. Ob sie ein angemessener Ersatz sei. »Sie machen das fantastisch«, sagte sie stattdessen.

»Danke«, erwiderte Peter. Um dann leise hinzuzufügen: »Ich wünschte, meine Eltern wären hier.« Er sah so gut aus in seinem hellen Anzug mit der weißen Rose am Revers, dass es fast wehtat, und das sagte Ada ihm auch. Er blinzelte heftig, und seine Augen glänzten.

»Wissen Sie, selbst ich fand noch vor Kurzem, dass Homosexuelle nicht heiraten sollten«, sagte Ada sanft. »Ich kann keine Religion als Entschuldigung anführen. Nur … Faulheit, verkrustetes Denken.«

Peter sah sie an.

»Menschen ändern sich«, sagte Ada. »Auch noch im hohen Alter. Vielleicht lassen sich Ihre Eltern ja doch noch umstimmen.«

Sie setzte sich neben ihn aufs Sofa und legte ihre Hand auf

seine. Seine Haut war weich, die Fingernägel glänzten, da er sie zuvor poliert hatte. Er drückte Adas Hand und wischte sich über die Augen.

Den ganzen Tag tat sie ihr Bestes, um sowohl für Peter als auch für Yannis da zu sein. Sie sang laut die Kirchenlieder mit, achtete darauf, dass die Redner nicht umkamen vor Nervosität, und beschäftigte die Kinder, die deren angetrunkene Eltern sich selbst überlassen hatten.

»Und was ist mit Ihnen?«, fragte Peter irgendwann nach dem Abendessen. Er war beschwipst.

»Was soll mit mir sein?«, erwiderte Ada. Auch sie war ein wenig angeheitert.

»Na ja, möchten Sie sich denn nicht wieder mal verlieben?«

Ada überlegte. Sie hatte sich diese Frage nach Michaels Tod natürlich auch schon gestellt. Aber nach ihrer dezidierten Meinung dazu gefragt zu werden war noch mal etwas ganz anderes. Außerdem stellte Peter die Frage in einem Ton, der sie abwehrend reagieren ließ: »Möchten Sie sich denn nicht« – so als legte ihr Verhalten nahe, dass sie die Hoffnung darauf längst aufgegeben hatte.

»Ich würde gern wieder einen Menschen lieben«, sagte sie. »Aber ich kann mir nicht vorstellen, dass das so einfach ist. Es könnte unfair sein, dem anderen gegenüber. Vermutlich würde ich ihn ständig mit Michael vergleichen.«

»Das können Sie doch jetzt noch gar nicht wissen. Vielleicht muss es Ihnen einfach passieren, und dann sehen Sie weiter.«

»Vielleicht.« Sie lächelte. »Sie wollen also, dass Ihre Leihoma einen Leihopa findet.«

Peter machte ein ernstes Gesicht, wenn auch auf eine beschwipste Art. »Ich finde es schade, wenn die Leute die Hoffnung auf Liebe aufgeben«, sagte er. »Aber ehrlich gesagt kenne ich mich damit nicht aus. Ich weiß nicht, wie es ist, so etwas durchmachen zu müssen.«

Zu Adas Erstaunen gab es tatsächlich romantisches Interesse von einem anderen Gast – von Alek, einem von Yannis' Großonkeln. Er war ein sympathischer Mann in einem grauen Anzug. Sein dicker Schnurrbart erinnerte Ada an Stalin. Sie staunte, dass sie sich zu ihm hingezogen fühlte, und freute sich, wenn sie ihn zum Lachen brachte. Nach dem Dessert gingen sie in die Disco und sahen Yannis und Peter beim Tanzen zu. Sie ruhten viel zu sehr in sich, um sich unwohl zu fühlen. Ein Hit nach dem anderen wurde gespielt, dann kam ein langsameres Lied. Ada wusste nicht, von wem es war, aber es gefiel ihr – eine hauchende Frauenstimme und nicht viel mehr, dann und wann ein Saxofon-Tupfer. Rote und orangefarbene Lichter huschten über die Tanzfläche, wurden aber dann langsamer, auch die Discokugel drehte sich nicht mehr so wild. Alek fragte, ob sie tanzen wolle. Ada bejahte und musste wieder daran denken, wie ihr vor Jahrzehnten dieselbe Frage gestellt worden war – lange bevor Michael und sie ein Paar gewesen waren. Sie war zu einem Wohltätigkeitsball in ihrem Dorf gegangen, und ein junger Mann namens Alexander hatte ihr auf die Schulter getippt. Sie konnte ihn wegen der lauten Musik nicht verstehen, las ihm die Frage aber vom Gesicht ab und sagte Ja. Sie verbrachten zehn Minuten zusammen, eng aneinandergeschmiegt, wiegten und drehten sich im Takt. Adas Nase war tief in seinem weichen, nach jungem Mann riechenden Haar vergraben. Seine Ohrmuschel war unglaublich zart, ihr Rand kaum gewölbt. Seine Hand lag fest auf ihrem Steißbein, sie konnte ihre Wärme durch den Stoff ihres Rockes spüren wie auch seine Erektion an ihrer Hüfte. Anders als erwartet, ekelte es sie nicht an. Sie sah ihn nie wieder. Noch jahrelang fragte sie sich, wie seine Stimme wohl geklungen hatte, als er sie zum Tanz aufgefordert hatte. Ob sein Leben wohl so verlief, wie er es sich wünschte – wo immer er auch jetzt stecken mochte.

»Ich habe kein gutes Rhythmusgefühl«, sagte sie.

Alek lächelte. Sie hielten einander fest, drehten große Runden wie in einem Seniorenheim. Anfangs gefiel es Ada, sie mochte das Rebellische daran: Sie waren das einzige Paar, das zusammen tanzte, und bei Weitem die Ältesten auf der Tanzfläche. Dann merkte sie, dass ihre Füße nicht wussten, was sie machen sollten, und ihre Arme standen in einem seltsamen Winkel ab. Aleks Gesicht kam ihrem extrem nah, sie hatte nie gewollt, dass es ihr so nahe kam, sie konnte jedes weiße Haar seiner Brauen erkennen. Diskret musterte sie seine Figur, er war tatsächlich sehr attraktiv für sein Alter, gut gebaut und robust. Trotzdem wurde sie das Gefühl nicht los, dass er irgendwie nicht zu ihr passte, dass es ihr nicht gefiel, wie er sie hielt, auch nicht, dass seine Wange in Zungenreichweite war. Sie hatte keinerlei Bedürfnis, sich an ein neues Paar Beine zu gewöhnen, an einen neuen Penis, an neue Zehen, Muttermale und Narben, an eine neue Biografie, an Bücher, Filme und Musik, die ganz von vorne diskutiert werden oder deren Unkenntnis gestanden werden musste. Auf einmal war sie wieder in ihrer Küche in der Swinburne Road, und es waren Michaels Hände, die auf ihrem unteren Rücken lagen, sein warmer Bauch, der sich ihrem entgegenwölbte, da sein Umfang zunahm, je älter sie wurden und je mehr sie sich veränderten. Vor lauter Schmerz hätte sie beinahe laut aufgeschrien – weil er jetzt nicht bei ihr war, vor Bitterkeit, sich das jetzt seit über zwei Jahren zu wünschen, ohne dass dieser Wunsch in Erfüllung gegangen wäre.

Sie schloss die Augen und wartete darauf, dass sich dieses Gefühl wieder legte. Solche Momente kristallklarer Erinnerung wurden immer seltener, dafür umso schockierender. Wenn sie sich einstellten, litt Ada sehr und klammerte sich daran wie an ein unheilvolles Geschenk.

Das Lied verklang. Alek sah Ada tief in die Augen. Sie konnte seinen Gesichtsausdruck nicht recht deuten, kannte ihn nicht gut genug, um ihn richtig zu interpretieren, zu wissen, ob er glaubte, sie hätten gerade zu einer tollen erotischen Harmonie gefunden, oder ob er enttäuscht war, weil genau das nicht stattfand. Klangfetzen eines neuen Liedes durchdrangen das vorherige. Die jungen Leute um sie herum flippten aus, es war irgendein Hit aus den Neunzigern, den sie liebten. Ada bedankte sich bei Alek für diesen Tanz und ging zur Bar, um sich ein Glas Wasser zu holen.

Um Mitternacht suchte sie nach ihrer Tasche und ging. Der Tag schien eine ganze Woche gedauert zu haben. Das war ihr bisher anstrengendster Rent-a-Gran-Termin gewesen, nicht zuletzt weil sie die meiste Zeit auf den Beinen gewesen war. Außerdem hatte sie es mit einem dumpfen Verlangen erfüllt: Für Peter und Yannis fing gerade erst alles an, sie hatten noch Jahre vor sich, würden noch zahlreiche Wandlungen durchmachen. Sie beneidete sie darum und kam nicht umhin zu erkennen, wie zerbrechlich das alles war, so als wäre die kostbarste Tonschale überhaupt gebrannt und glasiert worden, um dann in ein schmales Regal gestellt zu werden, wo hastige Schritte sie jederzeit herausreißen konnten.

16

ES WAR JETZT zwei Wochen her, dass Eliza in Carlisle gewesen war, seitdem hatte sie ihre Eltern nicht mehr gesprochen.

Sie wollte gerade das Haus verlassen, als sie eine SMS bekam. Kaum jemand schickte noch SMS, und sie wischte gedankenlos auf ihrem Handy herum, weil sie davon ausging, dass es irgendeine automatische Mitteilung war, die sie an einen bevorstehenden Termin erinnern sollte.

Sie stammte von Nick, ihrem Vermieter.

»Renovieren demnächst Ihr Zimmer, bereiten Sie sich also schon mal auf den Auszug vor, danke.«

Eliza starrte auf die Nachricht. Eine schwere Last lag auf ihrer Brust. Mit zitternden Fingern schrieb sie zurück, fragte, wie viel Zeit ihr noch bleibe. Sie hatte nie auch nur ansatzweise so etwas wie einen Vertrag unterschrieben. Rein theoretisch konnte Nick sie schon in der nächsten Stunde rausschmeißen. Er reagierte aber nicht darauf und beantwortete auch Elizas darauf folgende Nachrichten und Anrufe nicht. Sie begann in einer fiebrigen Bereitschaft zu leben, hatte ihre Klamotten schon zusammengepackt neben der Tür stehen und ihre Bücher in Kartons geräumt.

Sie erzählte George, was passiert war, und er schleppte sie mit nach London, um sie abzulenken. Es gab dort irgendeine große Ausstellung, die er sich anschauen wollte. Er war ein mustergültiger Kunststudent und glaubte fest an die tröstende Wirkung von Bildern. Eliza war skeptisch, hatte aber keine Lust zu arbeiten, deshalb nahm sie den Bus nach Süden. Die Galerie war voller Leute, fast ausschließlich eloquente, reiche, ältere Menschen. George fiel in eine Art Trance, verharrte minutenlang vor den Bildern, ohne sonst noch irgendwas mitzubekommen. Eliza versuchte, es ihm gleichzutun. Das zentrale Ausstellungsstück war ein Van Gogh, der nur selten ausgeliehen wurde, eines von seinen Sonnenblumenbildern. Eliza stand lange davor, zusammen mit anderen Leuten, und beschwor das Bild, etwas in ihr auszulösen. Es war ihr genauso vertraut wie ein Laternenmast oder ein Lebensmitteletikett. Irgendwann gab sie es auf und ging in den Museumsshop. Dort fand George sie eine Stunde später, als sie gerade in einem Comic schmökerte. Seine Augen strahlten. Was er gesehen hatte, hatte ihn belebt. Sie sagte, die Kunst gefalle ihr, sie sei auch erst seit wenigen Minuten im Museumsshop.

Am nächsten Tag nannte ihr Baleotti mehrere offizielle Sprechstundentermine am College, damit sie sich über Elizas »Befinden« unterhalten konnten. Schon allein das Wort machte sie nervös. Sie hatte sich kaum noch an der Fakultät blicken lassen und war das ganze Semester zu keinem einzigen Treffen erschienen. Baleotti schrieb, dass er sich Sorgen um sie mache, und hatte den Link des Universitäts-Seelsorgers in seine Mail kopiert. Sie wurde das Gefühl nicht los, dass es sinnlos war, an ihrer Promotion weiterzuarbeiten. Dass sie bloß damit beschäftigt war, einen weiteren Kiesel auf Hochglanz zu polieren, der dann vom riesigen universitären Steinbruch verschluckt werden würde. Sie versuchte, ihre Beziehung zu Levi aufzufrischen, indem sie seine Bücher noch einmal las, sich die Traumata vor Augen rief, die er durchgemacht hatte, sich Videos über ihn anschaute – all das in dem Versuch, wieder einen Draht zu ihm zu bekommen. Doch nichts davon drang bis zu ihr durch. Er blieb ihr fremd und unerreichbar, ein kleiner Italiener, der vor Jahrzehnten Dinge erlebt hatte, die sich Eliza nur schwer vorstellen konnte.

Sie hatte nur noch fünfzig Pfund und fühlte sich wie gelähmt von ihrer drohenden Armut. In Oxford wurde Studenten von Nebenjobs abgeraten. Sie konnte für Notlagen eine finanzielle Unterstützung beim College beantragen, wollte aber nicht den Eindruck erwecken, vollständig den Überblick verloren zu haben. Sie dachte sich immer neue geniale Methoden aus, kein Geld auszugeben, bis es zu einer Art Selbstzweck wurde. Es gab eine Reihe großer Cafés im Zentrum, in denen es dermaßen von Touristen wimmelte, dass die Bedienungen nichts davon merkten, wenn sie sich hinsetzte, um deren Reste aufzuessen. Und abends konnte sie sich auf Oxfords unzähligen Vorträgen und Vorlesungen gratis mit Essen versorgen. Man brauchte nur die Veranstaltungshinweise am Schwarzen Brett durchzugehen und sich für die richtigen Facebook-Events anzumelden. Die christlichen Gruppierungen der Universität waren eine besonders verlässliche Nahrungsquelle: Sie hatten eine Hotline, bei der man sich melden konnte, wenn man einen Käsetoast geliefert haben wollte. Eliza machte mehrmals davon Gebrauch. Alles, was sie tun musste, wenn das Essen kam, war, einen Bekehrungsversuch über sich ergehen zu lassen und den Überbringer dann freundlich abzuwimmeln, damit sie in Ruhe essen konnte.

Auf Empfehlung ihres Colleges hin ging sie zu einer Therapeutin. Sie wusste nicht, ob ihr das helfen würde, wollte aber im Nachhinein sagen können, dass sie vernünftig gewesen war. Wie sich herausstellte, war es eine Erfahrung, die eher interessant war als heilsam. Die Therapeutin hieß Candida und sah aus, als bestellte sie ihre gesamte Garderobe bei Boden. In ihrer Stimme schwang so viel Mitgefühl mit, dass es einen fast erdrückte. Die meiste Zeit füllte Eliza Fragebögen zu ihrer seelischen Gesundheit aus oder redete über die Vergangenheit, was sie deprimierend fand, weil ihre Vergangenheit größtenteils deprimierend war. Candida ermutigte sie auszusprechen, was sie in letzter Zeit fühle, nämlich, ein Leben wie hinter Klarsichtfolie zu führen, sodass nichts mehr wirklich bis zu ihr durchdrang. Es war ihr völlig egal, wo sie gerade war oder was sie gerade machte. Alles fühlte sich gleich an, so als hätte sie bei der Google-Bildersuche bereits gesehen, wie ihr weiteres Leben aussehen würde. Und jetzt, wo sie es kannte, machte es so gut wie keinen Spaß mehr, es noch zu leben.

Manchmal saßen sie einfach da und schwiegen. Candida sagte gern, dass Schweigen guttue. In diesen Pausen zählte Eliza im Stillen ihre Lieblingsobstsorten auf und überlegte, wie es wohl Ländern wie Venezuela und Senegal gerade ging. Sie hatte schon seit einer ganzen Weile nichts mehr von diesen Staaten gehört. Vermutlich nutzte sie diese Schweigemomente nicht sehr produktiv, und als sie dieser Sorge Ausdruck verlieh, bestand Candida darauf, dass sie das sehr wohl tue. Dass es bei ihren gemeinsamen Sitzungen nicht darum gehe, die Zeit zu diesem oder jenem Zweck »zu nutzen«, Zeit sei schließlich kein Wirtschaftsgut. »Okay«, erwiderte Eliza dann. Sie hatte sowieso noch nie verstanden, was man sich unter einem Wirtschaftsgut vorzustellen hatte.

Sie begann zum täglichen Gottesdienst in der Kapelle des New College zu gehen. Sie wünschte sich, Rich und sie hätten sie bei ihrer Universitätsführung besichtigt: Er wäre ganz überwältigt gewesen von ihrer Pracht, von den Holzschnitzereien und Steinreliefs, von dem Buntglasfenster, dessen unglaubliche Schönheit sogar Eliza erkennen konnte. Der Chor sang gut, und am besten gefiel es Eliza, wenn er sich nach dem Singen wieder hinsetzte. Dann sahen sich die Chormitglieder an, als hätten sie gerade etwas Lustiges gesehen. Eliza fühlte sich von diesen Blicken nicht ausgeschlossen, sie amüsierte sich vielmehr darüber, so als würde sie die Sänger gut kennen und wissen, worüber sie scherzten. Auch die Lesungen aus der Heiligen Schrift genoss sie, es war tröstlich, Dinge zu hören wie »Selig sind die Sanftmütigen; denn sie werden das Erdreich besitzen«, selbst wenn sie kein einziges

Wort davon glaubte: Schon allein so etwas gesagt zu bekommen tat gut. Sie gab ihr Bestes, ein kurzes religiöses Erlebnis zu haben, indem sie auf das Kreuz über dem Altar starrte, doch nichts durchdrang ihren Schutzpanzer. Sie blieb eine überzeugte Atheistin und hätte genauso gut an die Existenz von Nymphen glauben können.

17

NACH DER HOCHZEIT bot Ada den Leuten, die sich meldeten, nach wie vor ihre Dienste an, allerdings zunehmend widerwillig. Sie brauchte das Geld nicht. Sie war es leid, die Schmuddelnachrichten verzweifelter Männer auszusortieren, die es eigentlich besser wissen sollten. Sie hatte keine Lust mehr, in ganz Oxfordshire herumzufahren. Ihre liebsten Stammkunden begannen sie nicht mehr zu brauchen: Alice gab das Autofahren auf, nachdem sie beinahe rückwärts ein kleines Kind überfahren hätte. Und Henry bekam eine Stelle beim Fernsehen in Birmingham. Der Job gab Ada immer mehr das Gefühl, überflüssig zu sein, so unecht wie eine Pop-up-Karte: anfangs noch unterhaltsam, aber letztlich irgendwie unwichtig, was für den Müll. Viele Kunden wollten auf Rent-a-Gran zurückgreifen, weil sie einfach bloß neugierig waren, wie das funktionierte. Ein paar wollten anschließend bloß eine lustige Anekdote erzählen können: »Und dann hab ich mir eine Oma gemietet!« Andere waren scharf auf das Machtspielchen, eine Frau dafür zu bezahlen, dass sie für sie irgendwelche nicht sexuellen Handlungen verrichtete, die sie sich im Vorfeld für sie ausgedacht hatten. Handlungen, die jedoch nicht immer asexueller Natur waren: Eines Tages bekam Ada einen Schock, als sie von einem vierzigjährigen Rechtsanwalt in sein Haus in Abingdon bestellte wurde, damit sie ihm dort einen Kuchen backte. Nur dass er dann, als sie gerade bei ihm die Zutaten auspackte, in einem Bademantel die Küche betrat und diesen öffnete.

Seine Erektion war bräunlich und riesig. Sie bebte wie ein Hund, wenn es Zeit zum Fressen wurde, und sie starrten beide darauf, während Ada der Gedanke durch den Kopf schoss, sie könnte vergewaltigt und umgebracht werden. Diese Möglichkeit machte ihr keine Angst, sondern weckte eher ihre Neugier, auch wenn sie hoffte, dass sich dieser Nachmittag anders entwickeln würde. Sie sagte dem Anwalt, dass sie gekommen sei, um einen Kuchen zu backen, und dass er das gerade etwas verkompliziere.

»Oh«, sagte er nur. »Verstehe.«

»Es tut mir furchtbar leid«, meinte Ada.

»Kein Problem.«

Der Anwalt ging wieder nach oben und zog sich etwas an. Ada verrührte Puderzucker mit Butter. Eine Stunde später war der Kuchen fertig, und sie verabschiedete sich.

Sie hatte Rent-a-Gran gegründet, um ein anregendes Sozialleben zu haben, vermutlich auch, um etwas gegen ihre Einsamkeit zu unternehmen. Entgegen allen Erwartungen lief das Geschäft prächtig, und sie konnte durchaus wahrnehmen, dass sie sich ein reges Sozialleben aufgebaut hatte. Gleichzeitig spürte sie auch, dass die Einsamkeit blieb wie ein ungebetener Gast. Dadurch, dass sie nur kurz in das Leben der Menschen trat, sah, was diese miteinander verband, und half, deren Beziehungen untereinander zu stärken, wurde Ada ihre eigene Vereinsamung erst recht bewusst: Sie war diejenige, die sich verdammt noch mal eine Oma leihen müsste! Sie war diejenige, die besucht, verhätschelt und gehütet werden wollte. Die ganze Sache war doch pervers: Die Kunden bezahlten sie dafür, dass sie ihnen half, weshalb sie sich nur selten nach ihrem Befinden erkundigten: Man fragt nicht nach der Lebensgeschichte des eigenen Therapeuten oder Kellners. Doch je mehr Menschen sie kennenlernte, die sie nicht als eine der Ihren behandelten, desto stärker wurde ihr Drang, von sich zu erzählen. Es war, als müsste sie sich selbst dabei zuhören, wie sie ihre Geschichte erzählte, weil sie sich sonst nicht real anfühlte und ihre Vergangenheit dahinschmelzen würde wie Eis in der Sonne. Sie schrieb und schrieb, schickte James unzählige Gedichte nach London, der schließlich anrief und meinte, er habe jetzt genug Material für eine Anthologie zusammen und werde eine Lesetour organisieren, um ihre triumphierende Rückkehr zu verkünden. »Das sind brillante Gedichte«, schwärmte er. »Die besten, die du je geschrieben hast.« Immerhin!

Eines Morgens rief Camille, die Mutter von Milton und seinen Geschwistern, an und fragte, ob Ada bei ihrer Freundin Cathy einspringen könne. Ada willigte ein. Cathy wohnte ebenfalls in Rose Hill, sie war Krankenhaussekretärin und hatte vier Kinder unter acht Jahren. Als Ada dort ankam, verkündete Cathy fast schon im selben Moment, dass sie ein paar Einkäufe machen werde. Sie war eine klapperdürre Frau mit tiefen Ringen unter den Augen. Kaum war die Mutter weg, drehten die Kinder durch und verkündeten, ebenfalls gehen zu wollen, und zwar alle vier, um Chicken McNuggets bei McDonald's zu essen. Der Älteste schaffte es irgendwie, die Haustür zu öffnen, und zehn schreckliche Minuten lang flohen sie aus der Maisonettewohnung und rannten in die umliegenden Straßen – mit Ausnahme der einjährigen Cora, die von ihrem Bruder in einen Tontopf neben der Haustür abgelegt worden war und ein enttäuschtes Gurgeln ausstieß.

Mühsam scheuchte Ada sie zurück ins Haus. Sie wollte ihnen etwas vorlesen, aber es gab keinerlei Bücher. Dann fand eines der Kinder ein Exemplar von *Henry der Schreckliche* in seinem Schulranzen, und sie bat sie, sich zu setzen und ihr zuzuhören. Ada forderte den Ältesten, Hara, dazu auf, das Umblättern zu übernehmen. Nach einer halben Stunde griff er so nach der Blattecke, dass sein Ärmel hochrutschte. Und da sah Ada etwas Merkwürdiges.

Die Haut um sein schmales Handgelenk war rotviolett. Sein ganzer Arm war voller Flecken. Diese Flecken hatten unterschiedliche Farben und Größen, manche sahen aus wie Muttermale, so stark hoben sie sich von seiner milchweißen Haut ab.

Ada erstarrte einen Moment. Freundlich bat sie Hara, ihr seinen anderen Arm zu zeigen, und er hielt ihn ihr hin. Auch dieser Arm wies Flecken auf, in Blau, Lila und schillerndem Gelbgrün. Bald darauf stellte Ada fest, dass auch die anderen Kinder blaue Flecken hatten, sogar Cora, die Kleinste, die lächelte und in die Hände klatschte, während sie ihren Rücken, ihre Arme und knubbeligen Beinchen kontrollierte. Ihr war übel, so angewidert war sie. Sie war so wütend, dass sie kaum noch klar sehen konnte.

»Wisst ihr, woher ihr all die blauen Flecken habt?«, fragte sie Hara. Ihre Stimme klang dünn und heiser.

Er schüttelte den Kopf. Seine Augen waren riesig. Ständig zerrte er den Ärmel bis über die Fingerspitzen. Keines der anderen Kinder sagte auch nur ein Wort, als sie sie nacheinander befragte. Ingrid, die vier war, starrte auf den Fernseher, als liefe gerade ihre Lieblingssendung.

»Hat man euch befohlen, nicht über eure Flecken zu reden?«, fragte Ada niemanden im Besonderen.

Schweigen. Das Buch fiel zu Boden. Ada bekam kein Wort aus ihnen heraus und spürte, wie etwas Dunkles in ihr aufwallte, sie ganz ausfüllte, bis sie sich am liebsten nur noch mit dem Spielzeug und den DVDs in einer Ecke verkrochen hätte. Noch bevor sie sich eine Strategie ausdenken konnte, kam Cathy zurück. Ada zitterte so sehr, dass sie Angst hatte, noch an Ort und Stelle in Ohnmacht zu fallen. Sie bat Cathy um ein Gespräch in der Küche und fühlte sich komplett überfordert, so als wäre sie in ein Parallelleben als Sozialarbeiterin gestolpert. Nur dass sie gar nicht für diesen Job qualifiziert war und unter Umständen alles bloß noch schlimmer machen würde.

»Die Kinder sind geschlagen worden«, sagte sie, sobald die Tür hinter ihnen geschlossen war.

Schweigen.

»Die spielen so wild«, sagte Cathy.

Sie sprach wie ein Roboter. Ihre Augen waren hellblau wie Swimmingpools. Ada konnte sehen, wie die Knöchel der Frau weiß hervortraten, während diese sich an den Tisch klammerte.

Ada erwiderte mit ruhiger Stimme, dass das nicht alles sei: Man erkenne Abdrücke von Fingern, Muster, die sich nicht durch wildes Toben erklären ließen. Ob es da irgendeinen Mann gebe? Wer sei dafür verantwortlich? Cathy strich ihre Jeans glatt und bat Ada, das Haus zu verlassen. Ada rührte sich nicht von der Stelle. Cathy wiederholte ihre Aufforderung. Ada stand auf, ihr war schwindelig, so unwirklich fühlte sich das alles an. Dann ging sie ins Wohnzimmer, um ihre Sachen zu holen. Cathy kam ihr nach und versuchte, ihr eine Zwanzigpfundnote in die Hand zu drücken. Ada weigerte sich, sie anzunehmen. Cathy kehrte in die Küche zurück. Die Kinder sahen Ada wortlos an. Der kamen ihre Mantelknöpfe ganz fragil vor, so als wäre das Garn, mit dem sie angenäht waren, völlig zerfranst. Während sie zur Tür ging, fuhr sie Hara durchs Haar. Der Junge zuckte unter ihrer Berührung zusammen. Sein Mund verzerrte sich zu einer ängstlichen Grimasse, so als könnte Ada ihm etwas antun. Sie wollte nicht, dass er ihren Gesichtsausdruck sah, deshalb eilte sie so schnell sie konnte nach draußen.

Zu Hause saß sie noch lange im Wohnzimmer, eine brennende Lampe hinter sich. Sie konnte weder schreiben noch etwas essen. Immer wieder ging sie in die Küche, um sich einen Tee zu machen, vergaß dann ihre Tasse dort und war gezwungen, die lauwarme Flüssigkeit in die Spüle zu gießen.

18

NACHDEM ELIZA MIT Judy im College zu Abend gegessen hatte, leuchtete eine Nachricht auf ihrer Facebook-Seite auf. Sie lag gerade mit dem aufgeklappten Notebook auf dem Bett und klickte träge auf die Nachricht. Sie war von Ruby. Sie las genug, um zu wissen, dass sie mit »Huhuuu, was treibst du so ...« begann.

Eliza sprang auf und riss eines der Fenster auf, rang verzweifelt nach Luft. Das Herz schlug ihr bis zum Hals, und sie war ganz wackelig auf den Beinen. Als sie später daran zurückdachte, schämte sie sich, wie körperlich sie darauf reagiert hatte, ganz so, als wäre ihr schon von einem Schluck Wein schlecht geworden. Das Timing der Nachricht war denkbar beschissen. Sie hatte in den letzten Wochen immer öfter an Ruby denken müssen und sich die letzten SMS noch mal durchgelesen, die sie sich geschrieben hatten. Sie hatte über Geburtstagskarten und Briefen gebrütet, Sprachnachrichten von ihr abgehört, die sie immer noch auf dem Handy gespeichert hatte. Das war eine Form von Selbstverletzung, und das wusste sie auch. Doch sie sehnte sich dermaßen danach, dass sie dem Ganzen keinerlei Einhalt gebot, so, wie wenn sie das dringende Bedürfnis hatte, sich an einem Mückenstich zu kratzen, und der Versuchung stets nachgab, obwohl es anschließend umso stärker juckte. Sie hatte auch von Ruby geträumt: lebhafte Träume voller Sex und Gespräche. Wenn sie anschließend aufwachte, warf sie ihrem Unterbewusstsein Verrat vor. Ihr waches Ich hatte hart daran gearbeitet, diese Beziehung hinter sich zu lassen, doch es gab da einen aufsässigen Teil von ihr, der fest entschlossen zu sein schien, sie wieder runterzuziehen. Warum konnten ihre einzelnen Persönlichkeitsanteile nicht an einem Strang ziehen? Warum musste der eine dem anderen in den Rücken fallen?

Eliza kehrte zum Bett zurück und klappte das Notebook wieder auf. Sie drückte die Tastenkombination Command-T, woraufhin sich Tabs von Webseiten wie *The New Yorker* und *Reddit* öffneten, falls sie gleich dringend eine Ablenkung bräuchte. Sie öffnete die Nachricht.

»Huhuuuu, was treibst du so?«, lautete der Anfang. »Lange her. Hoffentlich geht's dir gut … Ich vermiss dich total und hab eine deiner Freundinnen (LOL) vom St. Antonia's getroffen, die mir erzählt hat, dass du jetzt in Oxford bist. Gut gemacht, Babe. Ich wohn grad in Marlow und mach nicht viel, gib Bescheid, wenn wir mal mittagessen gehen sollen.« Die Nachricht endete mit einem Herz-Emoji, nicht mit dem roten, sondern mit dem orangefarbenen, das weniger romantisch wirkte. Eliza las sich die Nachricht immer wieder durch. Sie tat sich schwer, den Tonfall wiederzuerkennen, er war so banal und geschwätzig, ganz so, als hätte Ruby bei ihrer letzten Begegnung nicht irgendeinen Typen im Erdgeschoss des Hauses gefickt, das sich Eliza monatelang mit ihr geteilt hatte. Sie spürte vage, dass das eine boshafte Nachricht war, konnte es aber im Text nicht verorten. Vielleicht lag es an dem Wort »Babe«, denn so hatten sie sich zärtlich genannt. Vielleicht auch an Rubys Entscheidung, kein bisschen auf die katastrophalen Umstände einzugehen, unter denen sie sich getrennt hatten.

Egal! Eliza stand auf, fuhr sich durch die Haare und versuchte, sich ganz normal zu fühlen. Sie startete einen Podcast über Missbrauch in der katholischen Kirche und sammelte verstreute Kleidungsstücke ein. Sie trank ein Glas Wasser. Sie kaute Nägel und zupfte an ihrer Nagelhaut herum, bis ihre Fingerspitzen knallrot waren. Eine Art Liebeskummer erfüllte ihre Brust, nicht die extreme Verzweiflung, die sie direkt nach ihrer Trennung von Ruby gequält hatte, sondern die tief sitzende, körperliche Trauer, die sich in den Wochen danach eingestellt hatte. Es war seltsam, sie wieder zu spüren, so, wie wenn man vergessen hat, wie es ist, sich zu übergeben, bis man es plötzlich tut und denkt: »Ach ja, so fühlt sich das an.« Eliza hatte versucht, ihrem Liebeskummer den Garaus zu machen, doch er rührte sich erneut. Gefühle, die sie für längst überwunden gehalten hatte, hatten offensichtlich die ganze Zeit versteckt in ihr geschlummert und auf den richtigen Moment gewartet, wieder hochzukommen, wobei sie an Wucht gewonnen hatten. Sie hatte noch nicht so gründlich damit abgeschlossen wie gedacht.

Viel zu rasch war das Zimmer makellos aufgeräumt. Es gab keine Klamotten mehr, die man hätte zusammenfalten können, ja, sie hatte sogar ihren winzigen Kühlschrank geputzt. Vom Podcast hatte sie nicht das Geringste mitbekommen, auch nicht von dem danach. Sie legte sich aufs Bett, die Arme vor der Brust verschränkt, und starrte auf die Dinge, die sie bei ihrer Aufräumaktion zutage gefördert hatte – eine Fünfpfundnote aus einer Jeanstasche, eine abgestempelte Treuekarte vom Sylvie's, den Rent-a-Gran-Aushang, den die Frau von gegenüber ihr gegeben hatte, als sie im Rahmen der Remain-Kampagne mit Paola von Haus zu Haus gegangen war. Eliza entfaltete den Zettel und las sich noch mal alles durch. Ohne Paola, die darüber gelacht hatte, besaßen die fröhlichen Worte etwas Trauriges. Eine stille Verzweiflung schlug ihr entgegen: »Buchen Sie mich, damit wir gemeinsam Plätzchen backen können wie in der guten alten Zeit«, stand da. »Brauchen Sie Gesellschaft? Ich bin eine kurzweilige Gesprächspartnerin … mit über sechzig Jahren Erfahrung!«

Aus einer Laune heraus beschloss Eliza, der Sache nachzugehen. Sie konnte keine Sekunde länger in ihrem Zimmer bleiben – jetzt, wo Rubys Nachricht in ihrem Computer lauerte wie ein heimtückischer Skorpion. Sie musste etwas tun, egal was, alles war besser als dieses Gelähmtsein. Sie sprang auf, schlüpfte in ihre Schuhe und ging nach unten, wobei sie den zusammengefalteten Zettel fest umklammerte.

Draußen war es kalt. Eliza marschierte auf das Haus mit der gelben Tür zu. Eine Weile stand sie ein wenig eingeschüchtert vor dem Türklopfer. Die Tür wies einen matten Fleck auf, so als hätte jemand die Stirn dagegengelehnt, als die Farbe noch nass war. Es gab auch eine Klingel. Eliza spähte durch den Briefkastenschlitz. Alles, was sie erkennen konnte, war eine schwarz glänzende Bürstendichtung, wie sie Leute einbauen, die nicht möchten, dass Diebe oder Nachbarn einen neugierigen Blick in ihren Flur werfen. Dann klingelte Eliza abrupt, ohne darüber nachgedacht zu haben, was sie sagen sollte, falls man ihr aufmachte.

Sie hörte, wie sich im Haus etwas rührte, und trat einen Schritt zurück. Am liebsten wäre sie davongerannt, aber irgendein höflicher Instinkt ließ sie wie angewurzelt stehen bleiben. Die Tür ging auf.

Eine Frau stand im Flur, im Schein einer Lampe hinter ihr. An den Wänden hingen Bilder. Alles wirkte so warm und gemütlich, dass es Eliza schier den Atem verschlug.

»Ja?«, sagte die Dame. Eliza war sich sicher, dass es dieselbe Frau war, die sie mit Paola kennengelernt hatte. Sie lächelte, trug eine Art weites, viktorianisches Nachthemd und dazu Crocs, sah aber nicht so aus, als ob sie bereits zu Bett gegangen wäre.

»Äh, hallo«, hob Eliza an. Sie wusste nicht genau, wie sie fortfahren sollte, daher nannte sie der Frau einfach ihren Namen und zeigte ihr den Aushang. Auf einmal schämte sie sich ihrer Anwesenheit, es war ihr unglaublich peinlich, so dringend Gesellschaft gebraucht zu haben, dass sie sich zu diesem Schritt herabgelassen hatte.

»Aha«, sagte die Frau.

Fragend. Aber ihr Blick war auf Elizas Gesicht gerichtet und schien ihr ganzes Wesen zu erfassen. Dann sagte sie die Worte, die in Eliza den Wunsch weckten, die Hände vor die Brust zu schlagen, damit sich ihr nichts entrang.

»Wieso kommen Sie nicht rein? Draußen ist es kalt.«

Eliza sagte, dass sie das liebend gern täte. Ihr war zum Weinen zumute. Sie betrat das Haus. Die Frau nickte, als hätten sie dieses Treffen verabredet. Das wäre verstörend gewesen, wenn es sich nicht so natürlich angefühlt hätte. Sie gingen in die Küche.

»Sie mögen Lapsang Souchong«, sagte Ada, während sie Eliza voranging. Das war keine Frage, nicht wirklich. »Ich auch. Setzen wir eine Kanne Tee auf.«

19

SIE VERBRACHTEN IHREN ersten gemeinsamen Abend in der Küche. Ada legte ein altes Tom-Waits-Album auf und ließ Eliza im Lehnstuhl Platz nehmen, in dem Michael immer gesessen hatte. Er war mit verschlissenen Kissen und Bonbons gepolstert, die er in seinen Ritzen zu horten pflegte. Manchmal fielen sie jetzt noch heraus und landeten mit einem Zellophanrascheln auf dem Boden.

Ada gefiel, wie anders Eliza den Stuhl einnahm. Sie besaß gerade mal ein Drittel von Michaels Größe, trug eine zerfetzte Jeans, Turnschuhe und ein graues T-Shirt. Sie hatte die Beine unter sich gezogen, ihr pinkfarbenes Haar musste dringend nachgefärbt werden. Ada wusste, dass es sich um die junge Frau handelte, die sie mitten auf der Swinburne Road hatte stehen sehen, so als wartete sie darauf, vom Blitz getroffen zu werden. Bis der Wagen gekommen war und sie mitgenommen hatte.

Sie redeten nicht viel, während Ada Tee machte. Beide waren dankbar für das Bollern des Kessels, das ihnen jede Möglichkeit zu einem Gespräch nahm. Ada sah, dass Eliza, aus welchem Grund auch immer, völlig am Ende war. Ihr Kopf war nach vorn geneigt, als könnte der Hals sein Gewicht kaum noch tragen. Ihre Wangenknochen traten deutlich hervor, und ihr Teint war seltsam durchsichtig.

Eliza hingegen hatte nicht die Kraft, zu ergründen, wer Ada wirklich war, ob sie sich da freiwillig in eine Art großbürgerliche

Geiselhaft begeben hatte oder ob alles in bester Ordnung war. Sie hielt immer noch den Rent-a-Gran-Zettel in der Hand und war sich der Tatsache vage bewusst, dass ihr jede Minute, die sie hier verbrachte, unter Umständen später in Rechnung gestellt werden würde. Doch das war ihr egal. Ada strahlte eine Offenheit und Wärme aus, die sie regelrecht auftauen ließ. Im Moment tat es ihr einfach nur gut, in ihrer Nähe zu sein.

Irgendwann beruhigte sich das Wasser im Kessel. Ada ging nachsehen. Teeblätter, schwarze Krümel, die aussahen wie Satzzeichen. Eine Teekanne, Wasser.

»Nehmen Sie Zucker?«

»Nein, danke.«

»Wollen Sie Milch?«

»Gern.«

»Entschuldigen Sie, ich habe schon welche in Ihre Tasse gegeben, ohne Sie vorher zu fragen.«

»Ich wollte sowieso welche, danke.«

Am Küchentisch pusteten sie beide in ihren Tee. Ada sah, dass Eliza fror, die Härchen auf ihren schmalen weißen Unterarmen hatten sich aufgerichtet. Daher holte sie ihr eine alte gelbe Kaschmirdecke und legte sie ihr um die Schultern. Beide dachten im selben Moment, dass der Rauchtee nach alten Gewehren schmeckte. Nachdem Ada ihnen eine zweite Tasse eingeschenkt hatte, begannen sie zu reden. Eliza erzählte, dass sie die Rent-a-Gran-Werbung behalten habe, nachdem sie sich bei ihrer Remain-Kampagne kurz begegnet seien. Sie sei sich nicht sicher, ob die Anzeige ernst gemeint sei. Ada erwiderte, sie sei ernst gemeint, und auch, dass sie glaube, einmal gesehen zu haben, wie Eliza im Sylvie's an der Iffley Road Lapsang Souchong getrunken habe.

»Ach ja?«, sagte Eliza. »Das kann gut sein, wenn ich dort bin, bestelle ich immer Lapsang.«

»Ich wollte Sie schon ansprechen und sagen, dass er mir auch schmeckt, habe es dann aber bleiben lassen«, erwiderte Ada. »Keine Ahnung, warum.«

»Ich kann mich so gar nicht an Sie im Sylvie's erinnern, tut mir leid.«

»Vielleicht ist es ja besser so. Das hätte übergriffig wirken können. Ich wollte auf Sie zugehen und Ihnen sagen, dass Sie eine gute Wahl getroffen haben. Das hätte Sie verstören können.«

»Ich hätte Ihnen beigepflichtet: Lapsang ist der Beste.«

Ada lächelte. »Meine Großmutter hat mich damit vertraut gemacht«, erzählte sie.

»Bei mir war es genauso«, erwiderte Eliza.

Sie schilderte Ada, dass sie sie nachts mehrmals gesehen habe, ihre reglose Silhouette in einem Zimmer im Obergeschoss. Sie habe das ein wenig unheimlich gefunden. »Außer es war jemand anders, der auch in diesem Haus wohnt«, fügte sie noch hinzu, ohne zu wissen, ob das als Frage gemeint war.

»Ich lebe inzwischen allein«, sagte Ada. »Das muss ich gewesen sein.«

Eliza registrierte das Wort »inzwischen« und hoffte, dass es nicht bedeutete, was sie befürchtete. »Es war offen gestanden ziemlich gruselig«, sagte sie. »Zu sehen, wie Sie auf die Straße hinausstarren, ohne den Vorhang aufzuziehen, um wirklich etwas erkennen zu können.«

»Ja, ich kann nachvollziehen, dass das recht seltsam gewirkt haben muss. Ich schlafe schlecht. Aufstehen hilft.«

»Und ich bleibe zu lange auf.«

Sie sahen sich an. Die Vorstellung, dass sie nachts beide auf gegenüberliegenden Seiten der Straße wach waren, hatte etwas Tröstliches. Sie begannen sich zu erzählen, wie sie überhaupt in der Swinburne Road gelandet waren. In Adas Fall war das eine lange Geschichte, die einen Großteil ihres Lebens abdeckte, weil es etwas mit Michael und ihrem früheren Leben in Manchester zu tun hatte. Eliza erfuhr, dass Michael an der Universität gearbeitet hatte und gestorben war. Wann genau, war nicht ganz klar, und falls das ein heikles Thema war, wollte sie lieber nicht zu sehr nachhaken. Eliza war gerührt, wie Ada von ihrem Mann sprach. Meist sachlich, so, wie sehr alte Menschen Verwandte erwähnen, die schon vor Jahrzehnten gestorben sind. Aber manchmal ließ etwas Adas knappe Schilderungen ins Stocken geraten. Dann verweilte sie bei der Erinnerung, die sie gerade wiedergab, und erlebte den Moment noch mal, während sie ihn beschrieb. Schließlich enthüllte sie Eliza, dass ihr Mann in diesem Zimmer gestorben war, genauer gesagt in dem Lehnstuhl, in dem Eliza gerade saß.

Eliza starrte erstaunt auf die Kissen, begriff aber auch, dass es unhöflich gewesen wäre aufzuspringen, als wäre der Platz verwünscht. Angesichts ihres Gesichtsausdrucks brach Ada in lautes Gelächter aus. Eliza lachte ebenfalls, erst ertappt, dann befreit, weil sie sich ihre Miene bestens vorstellen konnte und wusste, wie lustig sie ausgesehen haben musste. Außerdem hatte es schon was Komisches, an einem Küchentisch zu sterben. Das wussten beide und wollten darüber lachen.

Bald darauf verstummten sie. Ada fand ein paar Vollkornkekse und verteilte sie auf einem Teller. Sie hatte immer noch nicht gefragt, warum Eliza vorbeigekommen war, und hatte es auch nicht vor – noch nicht. Sie wollte nicht, dass Eliza ihr Bedürfnis nach einem Gespräch, nach menschlicher Nähe, peinlich war. Eliza griff sofort nach einem Keks und merkte, wie ausgehungert sie war. Sie hatte nur ein paar Pommes mit Judy in der College-Mensa gegessen, weil diese weniger als ein Pfund kosteten. Sie tunkte den Keks in ihren Tee und ließ ihn darin einweichen, bis er beinahe zerfiel.

»Ich kam nach unten, und alles war genau so, wie es sein sollte – nur er nicht«, sagte Ada.

Eliza schaute auf. Sie steckte sich den Keks in den Mund. Er zerging ihr auf der Zunge.

»Er lag mit der Stirn auf dem Tisch.« Es war das erste Mal, dass Ada jemandem erzählte, wie sie ihn gefunden hatte.

Eliza sagte nichts darauf. Sie konnte sich nicht vorstellen, so lange, wie solche Ehen hielten, mit jemandem zusammen zu sein. Sie hatte keine Vorstellung davon, wie es war, so einen Menschen völlig abrupt zu verlieren.

»Schon komisch, wie das läuft«, sagte Ada.

Eliza nahm Adas Hand. Sie wollte sie nicht wirklich halten, denn das wäre dann doch etwas zu viel des Guten gewesen. Aber Ada sollte wissen, dass sie zur Verfügung stand, falls sie das Bedürfnis danach hatte.

»Das tut mir sehr leid«, sagte sie.

Ada lächelte schmallippig und stand auf. »Nun«, fuhr sie fort. »Sie studieren also in Oxford. Grundstudium oder Promotion? Ich fürchte, ich kann Sie altersmäßig nicht so genau einordnen.«

»Promotion«, erwiderte sie. »Ich bin an der Italienischen Fakultät eingeschrieben.«

»Ach ja? Mein Mann hat dort gearbeitet.«

»Tatsächlich?«

»Ja, Michael Robertson. Sein Spezialgebiet war das 20. Jahrhundert.«

Eliza ließ beinahe den angebissenen Keks fallen. »Michael Robertson?«, wiederholte sie.

Ada nickte. Eliza sagte, sie wisse ganz genau, wer ihr Mann gewesen sei – nämlich einer der Gründe, warum sie überhaupt nach Oxford gewollt habe. Er sei brillant gewesen, das Aushängeschild der Fakultät. Fast alle ihre Thesen zu Primo Levi beruhten auf Aufsätzen von ihm, die noch heute aktuell seien – und das teilweise fünfzehn Jahre nach ihrer Veröffentlichung.

Ada lächelte über Elizas Begeisterung. Von der Unbeholfenheit eines Millennials war nichts mehr zu spüren. Sie hatte im Lauf der Zeit viele von Michaels jugendlichen Anhängern kennengelernt – seit seiner Beerdigung allerdings nicht mehr, wie ihr gerade bewusst wurde. Während sie zuhörte, wie Eliza von ihm schwärmte, pochte Adas Körper vor Sehnsucht. Sie wurde von heftiger Trauer überwältigt, die sie regelrecht aufzuzehren schien. Michael hatte es stets geschafft, dass sich die Menschen in seiner Gegenwart wohlfühlten, ihre Hemmungen und lächerlichen Vorbehalte vergaßen, die sie sonst ausbremsten. Und genau das gelang ihm jetzt sogar noch aus dem Jenseits, als verbindendes Element zwischen Ada und dieser jungen Frau. Ada glaubte zu verstehen, wer Eliza wirklich war – jetzt, wo es impulsiv aus ihr herausbrach, aus tiefster Überzeugung.

»Tut mir leid«, sagte Eliza abrupt.

Sie verstummte und merkte, dass sie einen Monolog gehalten hatte, ohne dass Ada überhaupt noch zu Wort gekommen wäre, sich von deren Nicken zu weiteren Selbstgesprächen hatte hinreißen lassen. Doch sie merkte auch, dass Adas Blick lebhaft war und strahlte. Mit ihrer Rechten fasste sie sich an den Hals und zupfte an dessen erschlaffter Haut.

»Ich hätte Sie nicht so überfallen dürfen, so endlos über … Es tut mir leid«, sagte Eliza.

Ada räusperte sich. »Das ist schon in Ordnung.« Sie klopfte sich auf die Brust, um einen Kloß loszuwerden. »Offen gestanden: Es freut mich sehr, Sie über ihn sprechen zu hören. Ich vergesse immer, dass seine Arbeit weiterlebt. Mir ist natürlich bewusst, dass es Studenten gibt, die seine Bücher nach wie vor ausleihen und so weiter – aber eben nur theoretisch. Man kennt sie nicht, weiß nicht, was sie denken.«

Eliza nickte.

»Schade, dass er nicht mehr miterlebt hat, wie sie hier angeklopft haben.« Ada seufzte.

Eliza nickte. Sie schenkte sich Tee nach, nach wie vor verlegen, dass sie nur von ihm gesprochen hatte. Was, wenn Ada ein Leben lang darunter gelitten hatte, in zweiter Reihe zu stehen und gezwungen lächeln zu müssen, während andere Frauen ganz verrückt nach ihrem Mann waren und von seinem Genie schwärmten? Sie befürchtete, alles andere als eine gute Feministin gewesen zu sein und die Frau vor sich ignoriert zu haben, um stattdessen ihres toten Mannes zu gedenken.

Ada, die ihre Verlegenheit bemerkte, tätschelte Eliza die Hand.

Die beiden sahen sich an. Eliza versuchte nicht daran zu denken, wie Adas Mann wohl so gewesen war, ob es da oben eine ganze Bibliothek mit Büchern gab, die er gelesen und geschrieben hatte. Ada verstand immer mehr, während sie Elizas Gesicht musterte, sie erriet ihre Gedanken und das, was diese versuchte, für sich zu behalten.

Um Mitternacht dämmerte Eliza, dass sie die Gastfreundschaft dieser Frau schon seit Stunden strapazierte. Sie reckte sich und meinte, sie werde jetzt lieber den weiten Heimweg antreten. Als sie ihre Tasse in den Geschirrspüler stellte, war ihr überdeutlich bewusst, dass Ada Geld verlangen könnte.

»Wie viel schulde ich Ihnen?«, rang sie sich ab und verzog das Gesicht bei dieser unangenehmen Frage zu einer Grimasse. Gleichzeitig sah sie sich dabei zu, wie sie den Teelöffel in die Besteckschublade räumte.

Ada schaute sie kurz verständnislos an und schüttelte dann den Kopf.

»Oh, ich bitte Sie, Sie müssen mich doch nicht für einen netten Plauderabend bezahlen!«, sagte sie. »Ich hätte Ihnen schon Bescheid gesagt, wenn ich Geld dafür nehmen wollte.«

Eliza versuchte, sich ihre Erleichterung nicht anmerken zu lassen. »Wir haben nicht mal über Ihre Arbeit als Leihoma gesprochen«, sagte sie. »Ich würde gern mehr darüber wissen.«

»Ein andermal«, erwiderte Ada.

»Das wäre toll.«

Sie stritten kurz und entspannt darüber, wer die Teekanne ausspülen sollte, bis Eliza sie wusch. Dann gingen sie zur Haustür. Ada zeigte auf den matten Fleck in der gelben Farbe. Wenn man genau hinsah, konnte man Michaels Handlinien erkennen.

»Die sehen aus wie diese geschwungenen Linien auf Landkarten, die angeben, wie steil das Gelände ist«, sagte Eliza.

»Stimmt.« Ada lächelte. Daran hatte sie noch gar nicht gedacht, Eliza hatte vollkommen recht. Eliza betrachtete den Farbfleck noch ein wenig, um sich anschließend der Straße zuzuwenden. Sie wollte Ada umarmen, wusste aber nicht, was in dieser Situation angebracht war. Ada scheuchte sie davon.

»Kommen Sie morgen wieder«, sagte sie, als Eliza den Bürgersteig erreichte. »Falls Sie mögen, natürlich.«

Eliza rief etwas Bestätigendes. Von der anderen Straßenseite aus winkte sie ihrer Nachbarin zu, und Ada winkte zurück. Sie sah sehr zerbrechlich aus im bernsteinfarbenen Licht des Flurs.

20

AM NÄCHSTEN MORGEN wachte Eliza mit dem herrlichen Gefühl auf, tief, fest und traumlos geschlafen zu haben.

Sie genoss es noch eine Weile und reckte und streckte sich in ihrem Bett, wackelte mit den Zehen wie hübsche junge Frauen im Film. Sie ließ zu, dass sie schrittweise ins Hier und Jetzt zurückkehrte, überlegte, ob sie Durst hatte und wenn ja, ob sie sich dann die Mühe machen sollte, das Glas Wasser auf ihrem Schreibtisch zu holen.

Sie stand auf und zog die Vorhänge beiseite. Es war ein strahlender Frühlingsmorgen, und der Anblick des Hauses gegenüber weckte Erinnerungen an den gestrigen Abend. Fast stockte ihr der Atem, als alles wieder auf sie einstürmte. Die Vorstellung, gestern auf diese knallgelbe Tür zugesteuert zu sein und dort geklingelt zu haben, hereingebeten worden zu sein und sich mit der dort wohnenden Frau angefreundet zu haben, kam ihr in diesem Moment höchst merkwürdig vor. Wie wenn man von Verwandten, die man seit Jahrzehnten nicht mehr gesehen hat, erfährt, was man alles Schräges getan hat, als man noch klein war.

Mit der Erinnerung an Ada kehrte auch die an das zurück, was Eliza überhaupt erst aus dem Haus getrieben hatte: Rubys Nachricht und der Nervenzusammenbruch, der sie in einen Menschen zurückverwandelt hatte, von dem sie geglaubt hatte, dass es ihn längst nicht mehr gäbe. Hätte sie die Nachricht doch nur gleich gelöscht, statt sie zu lesen! Sie wünschte sich, seelisch stabiler zu sein, über einen ausgeprägteren Selbstschutz zu verfügen, ja, dass es ihr egal wäre, dass sie Ruby anscheinend nach wie vor nicht egal war. Es war schwach, sich die Nachricht einer Ex dermaßen zu Herzen zu nehmen: Das war so was von gewöhnlich und banal. Damit hatte sich Eliza jetzt auch in die Kategorie »Frauen mit einem gebrochenen Herzen« eingereiht. Sie putzte sich wütend die Zähne und packte ihr Notebook ein, fragte sich, ob es heute noch regnen würde und ob sie die wasserabweisende Jacke mit in die Bibliothek nehmen sollte. Im Gehen versuchte sie, nicht zum Haus gegenüber zu schauen. Aber als sie ihr Rad aufsperrte, wurde die Wohnzimmergardine beiseitegezogen, und Eliza sah, wie Ada ihr vom Sofa aus zuwinkte.

Zunächst beschloss Eliza, so zu tun, als sähe sie sie gar nicht. Sie konnte kaum glauben, wie lange sie geblieben war – fast so, als wäre sie neben jemandem aufgewacht, mit dem sie in betrunkenem Zustand Sex gehabt hätte, und wüsste nun nicht mehr, was sie alles von sich preisgegeben hatte. Ada hatte Eliza sogar eine Kanne mit ihrem Lieblingstee gemacht, verdammt noch mal! Sie war unglaublich freundlich gewesen. Eliza musste ihr vorgekommen sein wie ein hoffnungsloser Fall, der dringend Trost braucht.

Bestärkt in ihrem Entschluss, in die Stadt zu fahren, ohne mit der Nachbarin von gegenüber zu kommunizieren, zwängte Eliza den Kopf in ihren Fahrradhelm. Doch Ada hörte nicht auf zu winken. Die Geste hatte etwas so Optimistisches, Offenes und Verletzliches, dass es sich Eliza niemals verziehen hätte, nicht darauf zu reagieren. Sie winkte Ada zurück, und ihre Lippen formten die Worte »guten Morgen«.

Ada bedeutete Eliza herüberzukommen. Eliza ertappte sich dabei zu nicken und die Straße zu überqueren. Plötzlich stand die Haustür offen und Ada vor ihr, in ihren Crocs und dem Nachthemd. Eliza blinzelte ungläubig.

»Die Straße duftet nach Keksen!«, rief Ada.

»Äh, tatsächlich?«, stammelte Eliza.

»Ja!«

Eliza schnupperte. Es stimmte, die Straße duftete nach Keksen. »Warum?«, fragte sie.

»Keine Ahnung«, erwiderte Ada.

Eliza merkte, dass sie grinste. Es tat tatsächlich gut, diese exzentrische Frau wiederzusehen, auch wenn Eliza sich dabei sehr verletzlich und verlegen vorkam. Sie plauderten ein wenig, während Eliza linkisch neben den Mülltonnen stehen blieb, ihr Fahrradschloss umklammerte und ihren Fluchtinstinkt unterdrückte. Ada erkundigte sich, ob sie bereits gefrühstückt habe. Eliza verneinte. Ob Ada wohl polizeibekannt dafür war, Promotionsstudenten zu sich nach Hause zu locken und diese … ja was eigentlich? Zu zerstückeln, ihnen eine Gehirnwäsche zu verpassen? Vielleicht war sie Scientologin?

»Ich war gerade dabei, Porridge zu kochen«, sagte Ada.

»Das klingt toll.« Eliza liebte Porridge, es war also nicht gelogen.

Das Haus sah anders aus bei Tageslicht. Sein Anblick ließ sämtliche Bedenken, es könnte einer Psychopathin gehören, verfliegen. Es war eindeutig das Haus einer belesenen, allein lebenden Witwe. Überall standen Karten herum, auf Kaminsimsen, Hockern und Beistelltischchen. Eliza dachte erst, Ada hätte Geburtstag gehabt, begriff dann aber, dass es Beileidskarten mit Narzissen und Kondolenzsprüchen in silbernen, geschwungenen Buchstaben waren. Eliza zermarterte sich das Hirn, ob Ada ihr erzählt hatte, wann ihr Mann gestorben war – vielleicht erst vor wenigen Wochen?

»Ich sollte die endlich wegräumen«, sagte Ada, die Elizas Blick bemerkte. »Er ist vor zwei Jahren gestorben.«

Eliza schluckte. Am liebsten hätte sie sie umarmt. Sie gingen in die Küche, und Eliza hielt nach Katzen Ausschau: Das schien die

Art Haus zu sein, vor dessen Hintertür bei Einbruch der Dunkelheit ein Rudel Streuner wartet, um so lange zu kratzen und zu miauen, bis es mit Heringen ruhiggestellt wurde.

»Ein guter Porridge hat fünf geheime Zutaten«, plauderte Ada munter, während sie den Herd anmachte.

»Tatsächlich?«, sagte Eliza.

»Zunächst einmal Vollmilch. Dann anständige Haferflocken – feste mit einer klar erkennbaren Form, die was Schottisches haben sozusagen. Drittens wird der Hafer im Topf zuerst angeröstet, und viertens wird beim Kochen eine gute Prise Maldon-Meersalz dazugegeben. Außerdem schadet es nichts, ein bisschen Sahne zuzugießen – ganz am Schluss, wenn der Hafer aufgequollen ist.«

»Wie viel Sahne?«

»Oh, ein, zwei Esslöffel. Anschließend sollte der Porridge Zeit bekommen, sich zu sammeln.«

Eliza lachte. »Wie lange dauert das?«

»Eine Viertelstunde. Mindestens.«

Als er fertig war, erzählte Eliza, wie ihr Vater und sie ihren Porridge in Carlisle aßen: mit gerösteten Haselnüssen und einem gehäuften Löffel braunem Rohrzucker. Ada kramte ein paar Nüsse hervor und meinte, sie werde sich auch welche drüberstreuen. Sie bräunten die Nüsse in einer Pfanne, und sofort war die Küche von ihrem warmen Duft erfüllt. Sie beschlossen, draußen zu essen, auf Klappstühlen unter dem Kirschbaum. Ein roter Drachen stand ganz in der Nähe am Himmel, so reglos, als wäre er daran befestigt worden. Sie redeten nicht viel, sondern ließen nur ihre Löffel in den Schälchen klirren und sagten, wie gut der Porridge schmecke, denn es stimmte: Er war einfach köstlich.

✦

Eliza blieb den ganzen Tag. Sie arbeitete in der Küche, während Ada in ihrer Nähe vor sich hin werkelte. Sie kochte Tee, suchte nach dieser oder jener Anthologie, räumte auf und summte vor sich hin. Eliza spürte, wie sehr sich die Frau über ihre Gesellschaft freute. Sie musste in die Bibliothek, um ein Buch abzuholen, das sie bestellt hatte, konnte sich aber einfach nicht dazu aufraffen. Außerdem tat es erstaunlich gut, hier zu arbeiten, während Ada um sie herumwuselte.

Gegen zwei aßen sie eine Suppe, die Ada einer ausschließlich auf Arabisch beschrifteten Konservendose entnahm. Keine von ihnen wusste, was für eine Suppe das werden würde, und auch als sie sie verzehrten, waren sie sich nicht sicher. Aber sie war pikant und rauchig, also aßen sie sie mit etwas Pita-Brot, das Ada im Ofen aufbackte. Währenddessen erzählte Ada Eliza von ihrem Leihoma-Service, davon, wie sie ihn gegründet und mittlerweile gemerkt hatte, dass er nicht die Lösung war, die sie sich erhofft hatte.

»Können Sie nicht einfach damit aufhören?«, fragte Eliza. »Wenn es Ihnen keinen Spaß mehr macht?«

Ada überlegte. »Ich glaube, ich fühle mich verpflichtet weiterzumachen.«

»Warum?«

»Oh, das weiß ich selbst nicht so genau. Es hat eine Weile gedauert, genug Kunden zu gewinnen. Die Idee kam mir dermaßen absurd vor, dass ich es mir jetzt irgendwie schuldig bin weiterzumachen. Klingt das sehr schräg?«

»Schräg nicht, aber wirklich logisch auch nicht. Der Job sollte Sie doch eigentlich glücklich machen?«

»Ja, das schon.«

»Aber das tut er nicht. Lassen Sie ihn doch für eine Weile ruhen.«

»Das könnte ich versuchen.«

Während Ada sich vorstellte, einfach nicht mehr auf die mehrmals täglich gemailten und gesimsten Anfragen zu reagieren, spürte sie eine Welle der Erleichterung. Sie hatte gar nicht gemerkt, wie sehr sie die Aussicht auf endlose Rent-a-Gran-Buchungen erschöpfte, ja sogar belastete. Es war sehr erhellend, mit dieser intelligenten jungen Frau darüber zu sprechen. Eliza hörte ihr ebenso aufmerksam wie nüchtern zu, doch wenn Ada etwas sagte, das sie amüsierte, legte sie ihren Ernst ab und lachte lauthals. Ganz besonders faszinierte Eliza die Geschichte der beiden zerstrittenen Schwestern, denen Ada vor ein paar Wochen geholfen hatte. Sie hatten sie dafür bezahlt, dass sie ihren Streit über die Elfenbeinhaarbürsten-Sammlung ihrer verstorbenen Mutter schlichtete. Und als Ada Eliza von dem Anwalt erzählte, der seinen Bademantel geöffnet hatte, um ihr seinen Penis zu zeigen, lachte sich Eliza halb tot und sagte immer wieder: »Aber warum sind Sie geblieben, um den Kuchen fertig zu backen?«

Nach dem Mittagessen gingen sie ins Wohnzimmer. Eliza war fasziniert von Rent-a-Gran und all den schrägen Situationen, in die sich Ada begeben hatte. Die waren inspirierend und machten ihr Lust, das Leben wieder in die Hand zu nehmen, etwas zu verändern, statt nur seine Last zu schultern. Ehe die beiden sichs versahen, ging die Sonne unter. Der Himmel über der Swinburne Road verdunkelte sich. Bald war er von Streifen in Orange und Violett überzogen. Ada stickte. Nachdem sie den Zwillingen das Stricken beigebracht hatte, war ihr wieder eingefallen, wie gern sie stickte, und sie stürzte sich erneut mit Begeisterung darauf. Noch vor einem Jahr hätte sie sich geschämt, sich dermaßen alterskonform zu verhalten, doch jetzt war ihr das egal. Wenigstens das hatte Rent-a-Gran bewirkt: Es hatte ihr gezeigt, wie durchlässig angebliche Generationengrenzen waren, wie lächerlich es war, Vorurteile gegen das Altern zu pflegen. Während des Stickens musste sie an ihre Mutter denken. In den lebhaftesten Erinnerungen, die

Ada an Jane hatte, saß diese in ihrem mit Schottenkarostoff bezogenen Sessel in Christow, die Nähnadel in der Hand, einen Berg Stoff vor sich und den schwarzen Jack Russell auf dem Schoß, den sie damals hatten.

Nach einer Weile hörte Eliza auf zu lesen und reckte sich genüsslich. Sie begann die kleinen Schälchen, Bilder und Muscheln zu betrachten, die zwischen den Karten herumstanden. Jeder Gegenstand schien seine eigene Geschichte zu haben und mit unzähligen Erinnerungen behaftet zu sein. In regelmäßigen Abständen sah Ada in ihrem Sessel auf und erklärte, warum da ein großes Einmachglas voller Fingerhüte auf dem Fenstersims stand und von welchem italienischen Strand die glänzenden weißen Kiesel stammten. Eliza wollte gerade wieder aufs Sofa sinken und in ihrem Buch weiterlesen, als ihr Blick an etwas auf einem der kleinen Tischchen in der Ecke hängen blieb.

Darauf stand ein Objekt, das sie bisher übersehen hatte. Es war nicht größer als eine Männerhand und befand sich vor einem Bilderrahmen, der umgedreht worden war, sodass Eliza das Foto nicht erkennen konnte.

Sie ging darauf zu, und ihr Herz schlug schneller. Sie kniete sich hin, um es sich näher ansehen zu können. Es handelte sich um eine Skulptur aus rötlichem Draht. Sie begann eine Form zu erkennen, eine Eule mit einem kleinen Schnabel und einem gedrungenen Körper. Sie hatte die Drahtflügel auf dem Rücken zusammengefaltet und die fedrigen Ohren gespitzt, als hörte sie aufmerksam zu.

Sie war wirklich hübsch. Eliza schaute sie lange an und spürte, wie sich ein Glücksgefühl in ihrem Körper ausbreitete. Sie ahnte, wer die Skulptur gemacht hatte, und konnte kaum glauben, was sie da sah – in einem Haus, dem gegenüber sie monatelang gewohnt hatte, ohne auch nur zu ahnen, welchen Schatz es beherbergte. Auf keinen Fall konnte sie die Eule anfassen, dafür war sie viel zu kostbar. Also sah sie sie einfach nur unverwandt an, während Ada sie von ihrem Sessel aus beobachtete – wohl wissend, wie bewegt Eliza war, der sie das Gefühl gönnte, ohne sie durch ein Rascheln oder ein erklärendes Wort zu stören.

»Diese Figur …«, sagte Eliza schließlich. Sie räusperte sich und hatte Tränen in den Augen, wusste aber, dass sie sie zurückhalten konnte. »Wer hat die gemacht?«

Ada erhob sich. Sie nahm die Eule liebevoll in die Hand. Sie wirkte leicht, zerbrechlich, lebendig. »Ein Autor, den mein Mann sehr geliebt hat«, sagte sie, nicht mehr, zumindest vorerst.

Eliza nickte, ihr war, als würde sie von wärmendem Sonnenlicht umfangen.

»Möchten Sie sie mal halten?«

Eliza nickte. Sie streckte die Hände aus. Ada legte ihr die Kupferdrahtskulptur hinein, von wo aus die Eule Eliza mit so etwas wie lebhafter Neugier, wenn nicht sogar Ironie, zu mustern schien.

»Hat die Primo Levi gemacht?«, fragte Eliza, obwohl sie die Antwort längst kannte.

»Ganz genau«, erwiderte Ada.

Zunächst wollte sie es dabei belassen. Der Gedanke an die fehlende Eule war immer noch zu schmerzhaft, als dass Ada länger bei diesem Thema verweilen wollte. Immer wenn ihr wieder einfiel, dass die zweite kleine Figur vermutlich noch in Manchester verloren gegangen war und dass Michael gestorben war, ohne ihr weiteres Schicksal zu kennen, sammelte sich eine Schwärze in ihr wie Staub in einer Scheune. Das war natürlich lächerlich, zum Gähnen sentimental. Ada schalt sich immer wieder dafür, dass sie sich mit dem Gedanken so quälte. Die Drahtskulpturen waren einfach bloß Gegenstände und keine Menschen oder Haustiere. Doch diese Einstellung währte nur kurz, bis ihr die Trauer über die fehlende Eule erneut das Herz schwer werden ließ.

Als sie Eliza so sah, überlegte sie es sich anders.

»Es waren zwei«, sagte sie.

Sie sprach ganz leise. Nur das war in dem Zimmer zu hören – das und das Ticken der Uhr.

Eliza wartete darauf, dass Ada weitersprach. Sie spürte, dass Ada es vielleicht sonst nie mehr tun würde, wenn sie sich zu früh oder zu energisch einschaltete.

»Michael hatte ursprünglich ein Paar gekauft«, sagte Ada. »Zwei Figuren: eine für mich und eine für ihn. Sie haben sich ergänzt. Sie waren dafür gemacht nebeneinanderzustehen.«

»Wo hatte er sie her?«

»Aus Turin. Ich war dabei, als er sie gekauft hat. Sie wissen vielleicht, was für seltene Objekte das sind. Wir kannten einen Freund der Familie Levi, der sie nur an Leute verkaufen wollte, die sich gut um sie kümmern. Die sie zu schätzen wissen.«

»Ich habe mir schon gedacht, dass sie direkt aus Italien stammen. Ich wusste nicht mal, dass Levis Drahtskulpturen überhaupt käuflich zu erwerben sind, sie werden in der Forschung über ihn kaum erwähnt.«

»Ich glaube nicht, dass sie käuflich zu erwerben sind, zumindest nicht einfach so. Als Michael sie bekam, war das vermutlich der schönste Moment seines Lebens. Er hat immer im Scherz gesagt, dass das sogar noch unseren Hochzeitstag übertroffen hätte.«

Eliza lächelte. »Ich wäre auch überglücklich gewesen.«

Ada griff zu dem gerahmten Foto hinter dem Ort, an dem die Skulptur zu stehen pflegte. Seit einer ganzen Weile zeigte das Bild jetzt schon mit dem Gesicht zur Wand, damit sie es sich nicht ansehen musste. Sie zeigte Eliza das Foto.

»Das war wenige Stunden nachdem Michael die Eulen gekauft hatte«, sagte sie. »Es ist in den Alpen aufgenommen worden, auf einer Wanderung, die Levi gemocht haben soll. Wie Sie wissen, war er ein begeisterter Bergsteiger.«

Eliza nickte und starrte auf das Bild. Michael und Ada trugen lila Baseballkappen und standen auf einem von Büschen gesäumten Pfad. Im Hintergrund war ein großer Felsen zu sehen. Eliza konnte die Kupfereulen in ihren Händen gerade noch erkennen. Michael sah feist und fröhlich aus. Das Einzige, das darauf hinwies, dass er Literaturwissenschaftler war, war das Buch, das aus seiner Jackentasche ragte. Da fiel Eliza wieder ein, dass sich auch Primo Levis Vater spezielle Jacken hatte schneidern lassen, mit Taschen, die tief genug waren, um Romane darin zu verstauen. Sie musterte Michaels Outfit – auch seine Taschen schienen Spezialanfertigungen zu sein. Ada hingegen sah glücklich und erholt aus, ein glänzender Pagenkopf ragte unter der Kappe hervor. Irgendwie sah sie direkt anmutig aus, trotz der groben Wandersachen.

»Das ist ein tolles Foto«, sagte Eliza.

»Ja. Es war ein wunderbarer Urlaub, vielleicht sogar unser schönster. Ich habe das Haar damals kürzer getragen.«

»Normalerweise ist es genau andersrum: Ältere Frauen scheinen zu glauben, dass sie sich die Haare abschneiden müssen. Ich habe das schon immer seltsam gefunden.«

»Allerdings! Nicht zuletzt deswegen habe ich meine wachsen lassen.«

»Schön, jetzt weiß ich auch, wie Michael aussah. Ich glaube, ich hab das nie gewusst, obwohl ich so viele seiner Bücher gelesen habe.«

»Er ist gegen Ende seines Lebens immer dicker geworden.«

Beide lachten.

»Ich finde nicht, dass das Foto mit dem Gesicht zur Wand zeigen sollte«, sagte Eliza.

»Nein, da haben Sie vermutlich recht.«

»Warum haben Sie es umgedreht?«

»Oh, weil ich total melodramatisch war und regelrecht in Selbstmitleid versunken bin.«

»Vielleicht sollte es lieber zum Zimmer zeigen?«

»Ja, vermutlich ja.«

Ada stellte das gerahmte Foto wieder ab, diesmal so, dass es zum Wohnzimmer zeigte. Sie bewunderten das neue Arrangement eine Weile, bis Ada erzählte, wie die zweite Eule verloren gegangen war. Ihre Stimme war leiser als sonst, ihr Mund verkniffener und schmaler, aber weil Eliza Bescheid wissen sollte, überwand sie sich.

»Die andere Eule könnte das schönste Leben bei einem anderen Ehepaar führen«, warf Eliza sanft ein.

Ada verdrehte die Augen. »Das glaube ich nicht. Ich fürchte, beim Umzug ist nicht alles sorgfältig eingeladen worden, und die Eule ist in der Einfahrt stehen geblieben, bis die Müllmänner kamen.«

»Vielleicht ist sie ja bis nach China gereist«, gab Eliza zu bedenken. »Und vertieft sich jetzt in die dortige Kultur, lernt die Sprache, knüpft Kontakt zu Einheimischen.«

Ada lächelte und zuckte nur mit den Schultern.

»War die andere Eule in einer Schachtel oder so?«, fragte Eliza.

»Als wir hier alles ausgepackt haben, fanden wir diese Eule in ihrer ursprünglichen Verpackung. Ich gehe also davon aus, dass die andere ebenfalls verpackt war. Es war eine schwarze Samtschatulle, wie Juweliere sie verwenden.«

»Die Sorte kenne ich.«

Eine Pause entstand.

»Wir haben alles durchsucht«, sagte Ada. Es war wichtig, dass Eliza das wusste. »Wenn Sie wüssten, wie sehr wir alles auf den Kopf gestellt haben.«

»Das kann ich mir vorstellen.«

»Na ja, es sind natürlich schon wertvollere Dinge verschwunden. Man darf sich nicht beklagen.«

Sie sahen sich an, beide mit ein wenig wässrigen Augen. Dann kehrte Ada in ihren Sessel und Eliza aufs Sofa zurück, wo sie erneut zu lesen begann. Die Uhr machte weiterhin Geräusche. In regelmäßigen Abständen wurde die Stille von Leuten draußen auf dem Bürgersteig, die von der Arbeit zurückkamen, unterbrochen, oder aber von zugeworfenen Autotüren. Nach einer Weile setzte sich Ada zu Eliza aufs Sofa. In einer Lesepause spähte Eliza Ada über die Schulter und sah, was sie da auf ein weißes Stück Stoff stickte – zwei Eulen aus goldenem Faden, die in einem Baum saßen, umgeben von silbernem Faden: Das war der Mond, der seine Seide ins Geäst schickte.

21

ELIZA WUSSTE ZWAR nicht genau, warum die Entdeckung der Kupferdrahtskulptur in Adas Haus ihre Einstellung zur Promotion geändert hatte, aber so war es nun mal. »Es ist, als hätte er gerade erst das Zimmer verlassen«, sagte sie wenige Tage später zu Ada, als sie versuchte zu benennen, was auf einmal so anders war. »Als hätte Primo Levi die Eule aus irgendeinem übrig gebliebenen Draht fertiggestellt, kurz bevor ich kam.«

Zum ersten Mal seit Monaten fühlte sie sich ihm wieder nahe. Nicht so, wie wenn man das Gefühl hatte, jemanden zu kennen – dafür war ihr Levi viel zu rätselhaft –, sondern eher so, als würde sie von jemandem gekannt. Ihr fiel wieder ein, wie sie als Kind bei ihrem Opa gespielt hatte, bevor er gestorben war. Wie der alte Herr Eliza zufrieden im Auge behalten und ihr von seinem Schaukelstuhl aus zugezwinkert hatte. Wie sie sich dadurch beschützt, vergöttert und im Zentrum seiner Halbaufmerksamkeit gefühlt hatte. Genauso ging es ihr jetzt, so als wäre Levi ein wohlwollender Verwandter, von dem sie sich verstanden und geliebt fühlte. Thesen, um die sie seit Monaten mühsam gerungen hatte, standen ihr auf einmal klar und strahlend vor Augen. Und ihre Promotion kam ihr längst nicht mehr so überflüssig vor. Eines Abends ging sie zu einem literarischen Salon, den Kommilitonen an der Italienischen Fakultät organisiert hatten. Dort spürte sie die Blicke der anderen Studenten, die staunten, dass sie überhaupt gekommen war. Baleotti stand in einer Ecke und winkte ihr mit seinem Gehstock, kaum dass sie hereingekommen war. Dieser Salon fand jede Woche statt, es war eine Art Literaturkreis. Um mitmachen zu können, musste man einfach nur eine zeitgenössische italienische Kurzgeschichte lesen, die die Organisatoren ausgesucht hatten, und bereit sein, darüber zu diskutieren. Das war durchaus zu schaffen.

Sie nahm von jetzt an regelmäßig teil und ging zu Sprechstunden der Fakultätsangehörigen, um ihnen zu versichern, dass sie sich wieder auf einem guten Weg befand. »Das ist schon seltsam!«, erklärte sie Ada. »Ich habe jetzt wirklich Lust, meine Zeit der Promotion zu widmen.« Sie begann noch mal *Das periodische System* zu lesen, Levis autobiografisches Buch über seine exzentrischen Verwandten, und hatte es schon nach einem Tag durch. Danach machte sie gleich mit *Die Untergegangenen und die Geretteten* weiter und war erneut tief beeindruckt von seiner ungebremsten Wut, von seiner Weisheit, von der schlichten Anmut seiner Prosa. Sie überflog die kleinen Gedichte, die Levi geschrieben hatte. Sie handelten zum Großteil von Tieren, die er auf seinen Wanderungen in den Alpen beobachtet haben musste, und endlich konnte sie sich vorstellen, wie sich dieser Mann bewegt, wie er geredet und gelebt hatte. Bevor sie die Eule gesehen hatte, war Eliza sein Werk abstrakt vorgekommen, leblos, weil sie es schon so oft gelesen hatte. Jetzt entstaubten sich die Worte eines jeden Satzes wie von selbst und zeigten sich in ihrer ganzen Pracht.

Ohne dass sie das je verabredet oder ausgesprochen hätten, begann Eliza täglich bei Ada zu frühstücken. Es war seltsam für Eliza, auf einmal so viel Zeit im Haus von Michael Robertson zu verbringen, so einen persönlichen Zugang zum Werk des Literaturwissenschaftlers zu haben. Doch mit der Zeit stellte Eliza Ada immer mehr Fragen zu deren Werk, zu ihren Gedichten und Schreibstrategien. Sie las Adas Anthologien – viele waren es nicht, weshalb es nicht lange dauerte – und fand bei jeder Lektüre mehr

Gefallen daran: Adas Gedichte hatten etwas Konkretes, Tröstliches, das noch lange nachhallte.

»Es ist kein hohles Gelaber, das gefällt mir so daran«, sagte sie eines Freitags, als sie von *Quantum* aufsah, das sie zur Hälfte durchgelesen hatte.

Ada gab eine Art Quietschen von sich. Schwer zu sagen, ob sie geschmeichelt oder beleidigt war. »Danke, Eliza«, bemerkte sie trocken. Doch dann schmolz sie dahin: »Das bedeutet mir offen gestanden sehr viel.«

Seit ihren Glanzzeiten waren so viele Jahre vergangen, dass sie die Maske fallen ließ, die sie lange getragen hatte. Aufrichtig gestand sie Eliza, wie enttäuscht sie sei, dass sie keine richtige Karriere gemacht habe – weder als Autorin noch als sonst irgendwas.

»Ich will mich ja nicht mit Ted Hughes vergleichen oder so«, sagte sie. »Aber na ja, an dem Klischee, dass man nur einmal lebt, ist schon was dran. Ich habe das Gefühl, meine Chance nicht genutzt zu haben.«

»Wie meinst du das?«

»Ich habe mich nicht genug angestrengt. Mein sechzehnjähriges Ich wäre bestimmt enttäuscht von mir. Es war neugierig auf die Welt, hat sich nach Erfolg, Erfahrung, Anerkennung gesehnt. In gewisser Weise bin ich wie viele Frauen aus meiner Generation den konventionellen Weg gegangen: Ich hatte mehrere frustrierende Jobs, habe anschließend geheiratet und sonst nicht viel zustande gebracht.«

Eliza runzelte die Stirn. Sie waren im Garten, es wurde von Tag zu Tag wärmer. Wenn es nicht regnete, nahmen sie ihr Frühstück mit nach draußen und aßen es dort – zur Not auch mit einer Mütze auf dem Kopf.

»Mir gefällt nicht, wie du dich und dein Werk so kleinmachst«, sagte Eliza. »Andere Dichter haben in den letzten Jahrzehnten mehr veröffentlicht – na und? Es gibt immer irgendwelche Leute, die erfolgreicher, produktiver sind. Wenn man anfängt, das Leben nur nach Zahlen zu beurteilen – nach Leserzahlen, Anthologiezahlen –, manövriert man sich in eine Ecke, aus der man nie mehr rauskommt.«

Ada kicherte über Elizas Versuch, Perlen der Weisheit abzusondern. Aber es war ein liebevolles Lachen, das ihre aufrichtigen Bemühungen anerkannte.

»Ich fürchte, da hast du recht«, sagte sie. »Ich habe massenweise Artikel darüber gelesen, wie ihr Millennials euch ganz auf die Lebensqualität konzentriert statt auf Quantität. Auf Erfahrungen statt auf Besitz. Auf Avocados statt auf Hypothekenzahlungen. Vermutlich, weil ihr sie euch sowieso nicht leisten könnt.«

Eliza runzelte die Stirn.

»Ich hatte auf jeden Fall eine gute Zeit«, sagte Ada. »Ich war glücklich verheiratet. Und einige meiner Gedichte haben anderen Menschen etwas bedeutet. Das ist doch schon mal was.«

Sie kratzten ihre Schüsseln aus, während eine leichte Brise durch die sprießenden Kirschbaumblätter über ihren Köpfen strich.

Meist kam Eliza so gegen neun, außer sie hatte etwas in der Stadt zu erledigen. Während Ada den Porridge kochte, machte Eliza einen starken Kaffee, um die Kanne dann mit hinauszunehmen – zusammen mit der Milch, die sie vor der Schwelle aufgelesen und in der Mikrowelle erhitzt hatte. Sie konnte ja nicht wissen, dass die Pressstempelkanne seit Michaels Tod nicht mehr benutzt worden war. Das erste Mal, als Eliza sie aus dem Schrank nahm und entschlossen auf die Arbeitsfläche stellte, war Ada von dem Anblick der Glaskanne ganz traurig und geschockt. Sie musste sich setzen. Kurz sah sie vor sich, wie Michael in seinen lächerlichen irischen Wollsocken durch die Küche latschte, dabei laut sang und überall Kaffeepulver verstreute, während er Frühstück machte, um es ihr ans Bett zu bringen. Dann kehrte sie wieder ins Hier und Jetzt zurück, und Eliza goss Wasser in den Kessel. Sie hatte gar nichts davon bemerkt, dass Ada sich hatte setzen müssen, ebenso wenig die Trauer, die von ihr Besitz ergriffen hatte. Ada war froh darüber.

Draußen lasen sie die Zeitung, die Ada abonniert hatte. Für Eliza, die noch nie eine Zeitung abonniert hatte, war es ein seltsamer Luxus, sich auf eine so bewusste Art über die Nachrichten zu informieren. Normalerweise ging sie gleich nach dem Aufwachen einfach bloß auf die Webseite der BBC oder des *Guardian* und klickte sich durch, bis sie das Gefühl hatte, sich orientiert zu haben. Sie entwickelten ein unausgesprochenes System: Eliza nahm sich zuerst das Feuilleton, während Ada die Nachrichten und Kommentare las, empörte Laute von sich gab oder die Augen verdrehte. Anschließend tauschten sie und zwangen sich dann gegenseitig, den Wirtschafts- und Auslandsteil zu lesen. Manchmal trugen sie Sätze vor, die sie lustig fanden, oder Buchrezensionen, die besonders gehässig waren.

Ab und zu sprachen sie über Michael. Ada stellte erstaunt fest, wie gern sie über ihn redete. Dass Eliza ihn niemals kennengelernt hatte, hatte etwas Befreiendes: Ada konnte den Mann so schildern, wie er für sie gewesen war. Bei alten Freunden von früher musste sie ihre Erinnerungen immer gegen die der anderen verteidigen.

Eines Morgens überredete Ada Eliza, ihr das Haus gegenüber zu zeigen. Die Renovierungsarbeiten dauerten bereits so lange, dass Ada wissen wollte, was die Bauarbeiter da so trieben.

»Wirklich, da gibt es nicht viel zu sehen«, sagte Eliza immer wieder. »Es ist schrecklich ungemütlich, es wird dir nicht gefallen.«

»Ich bin eine neugierige Alte«, gab Ada zurück.

»Aber wozu?«, erwiderte Eliza. »Außerdem muss ich sowieso jeden Moment ausziehen. Der Vermieter hat mich wissen lassen, dass er bald auch mein Zimmer renovieren will.«

»Lass mich neugierig herumschnüffeln!«, beharrte Ada und versuchte, Elizas bevorstehenden Umzug zu verdrängen.

Kaum hatte sie das Gebäude betreten, fiel ihr die Kinnlade herunter. Sie begann leise zu husten, hielt sich den Seidenschal, den sie um den Hals trug, vor den Mund. Eliza beobachtete sie und bemühte sich, nicht zu lachen: Adas Entsetzen war mit Händen zu greifen. Sie sagte nichts übertrieben Kritisches, konnte es aber nicht lassen, bei jeder Stelle mit bröselndem Putz und jedem vergammelten Dielenbrett die Stirn zu runzeln. Sie nahm Dinge wahr, die Eliza schon so lange ertrug, dass sie sie gar nicht mehr sah: die Feuchtigkeit, die Kälte, den tropfenden Wasserhahn, der einen schier wahnsinnig machte, aus der Wand ragende Nägel, die aussahen wie Folterhaken.

Als Eliza ihr zeigte, wo sie schlief, war Ada beruhigt: Das Zimmer war zwar äußerst spartanisch, aber einigermaßen bewohnbar. Dann erklärte Eliza die Führung für beendet, und Adas Miene verdüsterte sich.

»Aber du hast nicht mal eine Küche!«, rief sie. Was zu viel war, war zu viel!

»Mit meinem Toaster und meinem Minikühlschrank ernähre ich mich durchaus angemessen«, bemerkte Eliza eingeschnappt.

»Der ist gerade mal so groß wie ein Schuhkarton!«

»Du weißt aber schon, dass der menschliche Magen gerade mal so groß ist wie ein Schminktäschchen?«

»Red keinen Unsinn!«

Danach ging Ada dazu über, Eliza auch noch täglich zum Abendessen einzuladen. Es amüsierte Eliza, dass ihre Nachbarin dank der Freundschaft mit den hiesigen Ladeninhabern aß, als wäre sie im Nahen Osten aufgewachsen. Nur dass die Kombinationen ein wenig schräg waren: Sie aßen Hühnchen mit Dattelpaste, Pitabrot mit Harissa und Cheddar sowie Samosas mit Austernsoße.

Das schmeckte nicht unbedingt schlecht, aber eben auch nicht richtig gut. Eines Abends fragte Eliza vorsichtig, ob sie sich von nun an ums Essen kümmern dürfe, was Ada bereitwillig erlaubte.

»Wie du vielleicht bemerkt hast, habe ich Unmengen von Kochbüchern im Haus.«

Eliza nickte. Eine ganze Küchenwand war mit Regalen bestückt. »Sind das deine?«, fragte sie.

»Nein, die von Michael«, erwiderte Ada. »Er hat immer gesagt, dass nach seiner Pensionierung noch mal ein großer Koch aus ihm werden wird. Er hat unverschämt viel Geld für Kochbücher ausgegeben. Die meisten dürften nie benutzt worden sein.«

»Ich würde sie gerne benutzen«, sagte Eliza. »Falls es dir nichts ausmacht, natürlich.«

»Nein, auf gar keinen Fall, Schätzchen.« Ada tätschelte Elizas Hand. »Das würde mich freuen. Ehrlich gesagt bin ich das Kochen leid. Ich habe fünfzig Jahre lang gekocht.«

Zum ersten Mal in ihrem Leben begann Eliza sich für Essen zu interessieren. Es war einfach herrlich, nach einem langen Arbeitstag bei offener Hintertür und laufendem Radio vor sich hin zu werkeln, während eine frische Brise aus dem Garten in die Küche kam, als stünde sie auf einer Waldlichtung. Es gab so viele Gewürze, Töpfe, Schneebesen und Pfeffermühlen, dass es eine Freude war, die Rezepte nachzukochen, sie konnte fest davon ausgehen, dass sie alle Küchengeräte zur Verfügung hatte, die man nur brauchen konnte. Und wenn nicht, ließ sich hervorragend improvisieren. Es war ganz anders, als in Carlisle zu kochen, wo Eliza nur das Ziel gehabt hatte, schnell was auf den Tisch zu bringen und möglichst wenig schmutzig zu machen, weil es keine Geschirrspülmaschine gab. Eliza brauchte sich auch keine Gedanken über die Lebensmittelkosten zu machen, da Ada alles einkaufte. Sie ahnte schon, dass Eliza knapp bei Kasse war und sich die ganzen Zutaten nie hätte leisten können.

In der Regel aßen sie vor dem kleinen Fernseher im Wohnzimmer. Eliza gelang es, den Bildschirm mit ihrem Computer zu verbinden. Wenn nichts Anständiges lief, konnten sie sich Filme ansehen, die Eliza innerhalb weniger Minuten illegal aus dem Internet lud. Ada liebte es, ihr dabei zuzusehen: Sie staunte, wie geschickt Eliza war, welche Tricks sie benutzte, um an die gewünschten Inhalte zu kommen. Sie begannen mit *Spaced*, Elizas Lieblingssitcom, und machten dann mit der schrägen Krankenhausserie *Green Wing* weiter. Darin kamen so viele Sexszenen und sexuelle Anspielungen vor, dass sich Eliza und Ada anfangs unwohl fühlten, weil es den riesigen Altersunterschied zwischen ihnen extrem betonte. Sie wussten nicht, ob sie sich anmerken lassen durften, dass sie über so etwas wie Sex überhaupt Bescheid wussten. Doch schon bald lernten sie, Witze darüber zu reißen, um sich über diese Szenen hinwegzuretten. Oder aber sie sahen sich das Rumgemache an, als wäre es völlig belanglos.

»Ich verstehe nicht, warum in diesen Sendungen ständig Worte wie ›Arschloch‹ und ›Scheiße‹ fallen müssen«, überlegte Ada laut.

Eliza grinste.

»Nein, wirklich«, sagte Ada und musterte sie streng. »Das muss doch nicht sein! Findest du fluchen lustig?«

Eliza überlegte. »Manchmal schon«, sagte sie.

Ada verdrehte die Augen. »Einfach bekloppt!«, sagte sie leise. Sie sahen sich an und mussten lachen.

Ein paar Abende später – aus April wurde gerade Mai – brachte Ada Eliza dazu, sich *Die unglaubliche Reise in einem verrückten Flugzeug* anzuschauen. Sie konnte nicht fassen, dass sie den Film noch nie gesehen hatte. Eliza war weniger begeistert, weil der Film von der DVD-Hülle her eher dämlich aussah. Aber schon nach zehn Minuten lachte sie so sehr, dass sie sich den Bauch halten musste. Es zerriss sie regelrecht. Ada lachte auch, wenn auch vor allem über Elizas Kontrollverlust. Als der Film zu Ende war, ging sie ein wenig schüchtern in Michaels Zimmer, um dessen Gitarre zu holen. Sie konnte den Song spielen, den die Stewardess dem kranken Kind im Flugzeug vorsingt. Eliza staunte und streckte sich spontan auf dem Sofa aus, tat so, als wäre sie das Mädchen am Tropf, dem der lebensrettende Schlauch rausgerissen wird, während Ada einem unsichtbaren Fluggastpublikum laut und selbstbewusst das Lied vortrug.

Irgendwann verkündete eine grinsende, glückliche Eliza, dass sie jetzt lieber heimgehen sollte. Ada legte die Gitarre weg und war traurig, dass Eliza Abschied nehmen musste. Es fiel ihr von Tag zu Tag schwerer, sich von ihr zu trennen. Gemeinsam gingen sie zur Haustür.

»Hast du inzwischen schon was von deinem Vermieter gehört?«, fragte Ada.

»Nein.« Eliza seufzte.

»Was für ein schrecklicher Mann! Dich so im Ungewissen zu lassen.«

Eliza nickte. Der Abend war kühler als sonst, der Halbmond stand blauweiß am klaren schwarzen Himmel. Als Eliza wieder in ihrem Zimmer auf der anderen Straßenseite war, beobachtete sie, wie das warme Wohnzimmerlicht im Erdgeschoss des Hauses gegenüber Lampe für Lampe erlosch und die Zimmer im Obergeschoss erhellt wurden, als Ada sich bettfertig machte. Es war tröstlich zu wissen, dass sie ganz in der Nähe war. Dass Eliza sie in wenigen Stunden zum Frühstück treffen würde und dass keine von ihnen dem nächsten Tag allein entgegensah.

22

ALS ADA UND Eliza sich eine Woche später mit einer Lamm- und Aprikosen-Tajine auf dem Schoß, die Eliza für sie beide zubereitet hatte, eine Kochsendung ansahen, stellte Ada die Frage, die ihr schon seit Tagen auf der Zunge brannte.

»Bist du eigentlich lesbisch?«

Eliza verschluckte sich und musste kichern.

»Na ja, weil du nie einen Mann erwähnt hast«, verteidigte sich Ada.

Eliza erzählte ihr, dass sie in Wahrheit bisexuell sei.

Ada saß senkrecht. Sie legte ihren Löffel neben den Teller und drehte den Fernseher leise, sie war hochinteressiert.

»Ist das nicht schrecklich anstrengend?«, fragte sie. »Bedeutet das nicht, dass du dich … na ja, in jeden verliebst?«

»Nein!«, quietschte Eliza. Und erklärte ihr die Sache. Ada hörte gebannt zu.

»Bist du auch trans?«, fragte sie.

»Nö«, meinte Eliza.

»Ich dachte nur, weil ich dich so selten in Kleidern sehe. Und dann wegen deiner Haare natürlich.«

»Es stimmt, dass ich mich recht androgyn kleide und kurze pinkfarbene Haare habe.«

»Aber nur, weil es gerade modern ist?«

»Ja, so was in der Art. Ich hab einfach keine Lust, ›mädchenmäßig‹ auszusehen.«

»Ich kenne das Gefühl. Aber du … na ja, du brennst nicht darauf, ein junger Mann zu werden?«

Eliza lächelte. »Nein. Jeder Mensch hat ein gewisses Spektrum, aber im Großen und Ganzen betrachte ich mich als Frau und möchte das auf absehbare Zeit auch gerne bleiben.«

Ada überlegte. »Glaubst du, dass auch ich so ein Spektrum aufweise?«

»Ja, ich denke schon.«

»Das ist mir neu. Ich dachte immer, ich bin einfach bloß eine Frau, die sich zu Männern hingezogen fühlt, und damit basta.«

Eliza lachte. »Wunderbar! Vielleicht bist du ja ganz am Ende des Spektrums.«

»Irgendeines Spektrums.«

»Hast du dich noch nie zu einer Frau hingezogen gefühlt? Nicht einmal, als du jünger warst?«

Ada errötete. Eliza musterte sie freundlich. Ada versuchte, sich zusammenzureißen. »Ich hab mit Mädchen geknutscht, als ich noch ein Teenager war«, sagte sie. »Aber nur zum Üben, wenn du verstehst, was ich meine. Damit ich gut genug darin war, wenn die Jungs knutschen wollten.«

»Wie tragisch ist das denn!«

Ada blinzelte. »Wieso?«, fragte sie.

»Mir gefällt die Vorstellung nicht, dass du meintest, erst eine gewisse Kompetenz im Küssen erwerben zu müssen, bevor du auf Männer losgelassen wirst.«

Ada verdrehte die Augen. »Schätzchen, als ich das erste Mal einen Jungen geküsst habe, war ich heilfroh, schon mal mit meinen Freundinnen geübt zu haben. Überleg doch mal, ich hätte den armen Jungen sonst abgeschleckt, ihn völlig traumatisiert.«

»Aber als du mit deinen Freundinnen geknutscht hast – hast du da gar nichts empfunden?«

»Ich fürchte, nein.« Ada musterte Eliza fragend, sie hatte sie doch hoffentlich nicht beleidigt? »Stört es dich, wenn ich dich so persönliche Sachen frage? Fühlst du dich dann … na ja, provoziert?«

»Quatsch!«, rief Eliza.

»Ich habe das Gefühl, dass man heutzutage gar nichts mehr fragen darf. Vor allem junge Leute sind da wahnsinnig empfindlich. Es dauert keine drei Sekunden, und schon wird man beschuldigt, intolerant gegenüber Minderheiten zu sein.«

»Ich halte dich nicht für intolerant.«

»Ich dich auch nicht.«

»Du bist die wagemutige Gründerin von Oxfords heißestem Start-up!«

»So was in der Art.«

Sie konzentrierten sich wieder auf die Kochsendung. Das in der Sendung gezeigte Abendessen war eine Katastrophe: Die Cocktails waren zu schwach und der Auflauf verbrannt. In einer Werbepause ging Eliza in die Küche, um das Dessert zu holen. Ada machte den Fernseher aus.

»Und, hast du im Moment einen Freund oder eine Freundin?«, fragte sie, als sie sich nach Herzenslust bedienten.

»Nein«, sagte Eliza nur. Ohne zu wissen warum, fügte sie noch hinzu, dass sie neulich etwas von ihrer Ex-Freundin gehört und dass sie das ziemlich aus der Bahn geworfen habe.

Es war jetzt Wochen her, dass sie Rubys Nachricht erhalten hatte. Eliza hatte sich bestimmt ein Dutzend Antworten zurechtgelegt, ja sich sogar eine deprimierende Liste gemacht: Sollte sie die Kraft finden, tatsächlich auf die Nachricht zu reagieren, hätte sie gleich eine ganze Auswahl sorgfältig formulierter Sätze zur Verfügung. Doch dann war ihr die ganze Vorarbeit vor wenigen Tagen um die Ohren geflogen, als sie sich Rubys Nachricht in der Bibliothek noch mal durchlas und dabei aus Versehen auf ihr Display tippte und Ruby ein großes blaues Daumenhoch-Symbol schickte. Das war's dann also. Es ließ sich weder löschen noch rückgängig machen. Alles war umsonst gewesen. Eine Sekunde später zeigte ein kleines Icon an, dass Ruby das Daumenhoch-Symbol gesehen hatte. Drei Punkte begannen auf Elizas Handy zu tanzen, die besagten, dass Ruby gerade eine Antwort formulierte. Eliza stand kurz vor einem Herzinfarkt. Sie stopfte das Handy unter das Kissen, auf dem sie gerade saß, und ignorierte es für die nächste Stunde, wobei sie sich alle zehn Minuten vor Scham krümmte.

Als sie nach wie vor extrem beschämt wieder einen Blick auf ihr Handy warf, sah sie, dass Ruby nichts geschrieben hatte. Sie musste eine Antwort getippt und sie anschließend wieder gelöscht haben. Sie spielten beide Spielchen. Eliza tippte rasch »Tut mir leid, haha, wollte dir gar kein Daumenhoch-Symbol schicken. Schön, von dir zu hören, ich meld mich demnächst«. Dann drückte sie auf Senden. Sie wusste nicht, ob sie noch einen Kuss hinzufügen sollte, und hätte beinahe noch mal auf das Daumenhoch-Symbol gedrückt, was sie endgültig lächerlich gemacht hätte. Sie fand ein Surfer-Emoji und schickte es stattdessen, in der Hoffnung, dass Ruby es falsch interpretieren und für zweideutig und rätselhaft halten würde.

Eliza erklärte das Ada nicht in allen Einzelheiten, begann aber, ihr die Beziehung an sich zu schildern: wie alles angefangen hatte, was für ein Mensch Ruby war, wie Eliza gewesen und dann durch das Zusammensein mit ihr geworden war. Bei jedem anderen wäre das ein unangenehmes Gespräch geworden: Andere Menschen schienen innerhalb von wenigen Wochen über ihre Verflossenen hinwegzukommen, und sie schämte sich, wenn sie Ruby ihnen gegenüber immer noch erwähnte – so als laberte sie endlos von irgendeiner steinzeitlichen Lappalie.

Ada überschüttete sie nicht mit Ratschlägen oder Urteilen. Sie drängte sie auch nicht augenzwinkernd dazu, »sich neu umzusehen«, und forderte auch nicht Rubys Kopf. Sie hörte ihr einfach nur ganz ruhig zu – auch dann noch, als Eliza ihr sagte, wie sehr Ruby sie während ihres Zusammenwohnens überwacht hatte, wie sie am Ende des Tages hatte wissen wollen, mit wem Eliza gesprochen hatte, selbst wenn es bloß Rich gewesen war. Ada schien Eliza weder zu bemitleiden noch sie dafür zu tadeln, dass sie immer noch mitgenommen von einer Trennung war, die mehr als ein Jahr zurücklag und die außerdem seltsamerweise zu einer tollen, fast schon orgiastischen Freiheit geführt hatte. Sie fand es nicht merkwürdig, dass Eliza froh war, Ruby los zu sein, sich aber gleichzeitig nach wie vor nach ihr sehnte. Etwas an Adas Antworten gab Eliza das Gefühl, dass sie wusste, wie kompliziert diese Dinge waren. Dass sie im Lauf ihres Lebens gelernt hatte, dass Menschen an ein und demselben Nachmittag sowohl rücksichtslos als auch liebevoll miteinander umgehen können. Dass man sich einbilden kann, die süßeste Heidelbeere überhaupt gepflückt zu haben, um dann doch auf einem Insekt herumzukauen.

»Sie hat mich nicht besonders liebevoll behandelt. Aber ich weiß nicht, ob ich für so etwas überhaupt offen gewesen wäre«, sagte Eliza. »Ich war noch sehr unreif für mein Alter. Die Uni hat mich überwältigt. Ich hatte damals schon drei Jahre lang nicht mehr mit meiner Mutter gesprochen und war das reinste Nervenbündel. Ruby hat mich einfach im falschen Moment erwischt.«

»Du verdienst es, liebevoll behandelt zu werden, Schätzchen«, erwiderte Ada. Weder tadelnd noch einschleimend, sondern einfach so, als wäre das eine Tatsache.

Eliza stand auf und ging im Wohnzimmer auf und ab, betrachtete die Bilder an den Wänden, die kleinen Nippesfiguren und Muscheln.

»Ich habe noch nie jemanden so sehr geliebt wie sie«, sagte sie. »Vermutlich liebe ich sie immer noch. Es ist richtig erniedrigend! So als wäre ich vor unserem Kennenlernen total benebelt gewesen. Du kennst das Gefühl, wenn man eine Schlaftablette genommen hat und am nächsten Tag immer noch ganz benommen ist. Sie hat mir das Gefühl gegeben … Ich weiß auch nicht, so als würde ich zum ersten Mal klarsehen. Als hätte ich mir eine krasse Droge gespritzt. Selbst in ihren schlimmsten Momenten. Ich weiß nicht, ob ich ihr widerstehen könnte, wenn sie mich zurückhaben wollte. Auch wenn ich weiß, dass sie mir kein bisschen guttut.«

»Ja, die erste Liebe ist am intensivsten«, sagte Ada von ihrem Sessel aus, auf ihre schlichte, sachliche Art.

Eliza nickte. Sie hatte diesen Satz so oder so ähnlich schon so oft gehört, dass er sich anfühlte wie eine unverrückbare Tatsache. Aber zu wissen, dass Liebeskummer eines Tages auch wieder vergeht, war eben nicht dasselbe, wie ihn tatsächlich überwunden zu haben.

»Was mich traurig macht«, sagte Ada sanft, »ist, dass mir die Liebe dieser jungen Frau zu dir gar nicht wie Liebe vorkommt.«

»Ja«, sagte Eliza. Sie wusste, dass Ada recht hatte. Sie wünschte sich, das könnte ihre Gefühle ändern, für einen gewissen Abstand zu Ruby sorgen.

Am nächsten Morgen, ein Sonntag, verkündete Eliza gleich nach ihrer Ankunft, dass sie einen Ausflug in die Stadt machen würden. Es herrschte wunderbares Wetter, war weder zu heiß noch zu kalt, und der Himmel war blau-weiß marmoriert.

»Wir haben noch nicht mal gefrühstückt!«, protestierte Ada. Sie ging in letzter Zeit nur noch selten in die Stadt. Wenn sie einen Rent-a-Gran-Termin hatte, mied sie die Stadtmitte: all diese Touristen, Restaurantketten und Fahrräder!

»Wir werden dort etwas essen«, sagte Eliza. »Los, komm schon.«

Ada fühlte sich gehetzt. Sie brauchte eigentlich gute zwei Stunden, bevor sie das Haus verließ. Doch dann gab sie sich einen Ruck: Vielleicht würde es ihnen guttun, mal woandershin zu gehen. Es konnte nicht schaden, zu gucken, ob ihre Freundschaft auch außerhalb der Swinburne Road Bestand hatte, oder ob ihre Vertrautheit in einer neuen Umgebung nachließ. Ada ging nach oben, zog sich eine graue Flanellhose und ein gestreiftes T-Shirt an und eilte wieder nach unten. Eliza wartete schon an der Haustür.

Als sie sich gerade zum Gehen wandten, klingelte das Telefon. Eliza runzelte die Stirn. Ada verdrehte die Augen wegen ihrer Ungeduld und ging ins Wohnzimmer, um den Anruf entgegenzunehmen. Das war bestimmt Eve, sie hatten sich schon seit Wochen nicht mehr gesprochen.

Aber es war nicht Eve, sondern James, ihr Agent.

»Ada!«, dröhnte er.

Adas Lippen formten seinen Namen und bedeuteten Eliza, dass sie das Gespräch rasch beenden werde.

»Ich bin gerade auf dem Weg zur Tür, ist es dringend, James?«

»Allerdings!«, rief er. Er klang auf einmal um zwanzig Jahre jünger. Plötzlich lachte er übermütig. Ada staunte dermaßen, dass sie den Hörer von sich weghielt und ihn anstarrte. James lachte normalerweise nicht sehr viel.

»Was ist denn?«, fragte sie, als sie davon ausging, dass er wieder damit aufgehört hatte.

»Wir haben einen Vertrag!«

»Wofür?«

»Für deine neue Anthologie. Sie wollen außerdem drei neue Bücher von dir, nicht nur das eine!«

Ada musste sich setzen. Als sie hörte, um welchen Verlag es ging, schlug sie sich die Hand vor den Mund. Und als sie dann noch hörte, wie viel Geld man ihr bot, schnappte sie förmlich nach Luft. Sie wusste, dass James auf großes Interesse bei den Verlagen gestoßen war, aber vier von ihnen schienen bei einer Art Auktion geboten zu haben. Auch Eliza hatte inzwischen im Wohnzimmer Platz genommen und lauschte auf alles, was James sagte: Ada hatte ihr bedeutet, das Ohr an den Hörer zu halten, sie wollte, dass Eliza alles mitbekam.

»Mit anderen Worten: Wir sollten die Champagnerkorken knallen lassen«, sagte James schließlich. Ada fehlten die Worte.

»Ja«, krächzte sie.

Sie redeten noch ein wenig über die nächsten Schritte und legten dann auf. Ada sah immer noch schockiert aus.

»Ich hätte nicht gedacht, dass meine Gedichte noch mal neue Leser finden«, sagte sie.

Eliza umarmte sie. Ada fiel auf, dass sie schwach nach Zitronen roch. Es war ein leichter, spritziger Duft, der sie beruhigte. Ihr Blick fiel auf die Kupferdrahteule neben ihrem Sessel. Es war schon seltsam, dass sie diesen Moment, in dem Eliza ihre Hände gefasst hatte und strahlte vor Stolz, mit niemand anderem hätte teilen wollen.

Sie gingen zum Frühstück ins Sylvie's. Kate stand hinterm Tresen und stieß einen erstaunten Schrei aus, als sie sie zusammen sah. »Haben Sie nicht gesagt, Sie hätten keine Kinder?«, fragte sie Ada.

Ada und Eliza grinsten, sie platzten förmlich vor Glück.

»Bitte beleidigen Sie mich nicht«, meinte Ada. »Sie ist viel zu alt, um meine Tochter sein zu können.«

Alle lachten, stießen dieses zufriedene, britische Glucksen über einen Scherz aus, der zwar nicht besonders originell war, aber eine nette Abwechslung. Nach Granolamüsli und einer Kanne Lapsang Souchong machten sich Ada und Eliza wieder auf den Weg. Ada ging davon aus, dass Eliza einen Plan hatte, ein Ziel. »Von wegen!«, sagte Eliza, als sie das begriff. »Ich dachte, wir streifen einfach so durch die Gegend.«

Ada verdrehte die Augen. Das war mal wieder typisch für die junge Generation: einfach so loszulegen, ohne jede Strategie.

»Von nun an übernehme ich das Kommando«, sagte sie.

Eliza versuchte, sich ihre Belustigung über Adas beleidigten Tonfall nicht anmerken zu lassen. Die nächsten zwanzig Minuten marschierten sie an der Iffley Road entlang und nahmen dann die breite Steinbrücke Richtung Innenstadt. Eliza merkte, dass sie etwas langsamer laufen musste, um Ada nicht davonzueilen, während diese sich zwang, ein forsches Tempo vorzulegen. Sie wollte der jungen Frau kein Klotz am Bein sein. Als sie am Botanischen Garten vorbeigingen, ließ Eliza wie nebenbei verlauten, dass sie noch nie dort gewesen sei. Ada war schockiert

»Das müssen wir dringend ändern«, sagte sie.

In der Innenstadt war viel los: ob Kinderwägen und Radfahrer, Touristen und Kutschen – jeder kreuzte den Weg des anderen und behinderte ihn. Eliza sah, wie Ada inmitten der vielen Menschen stets nervöser wurde. Es kam selten vor, dass sie den Altersunterschied so stark spürte, doch jetzt, wo dem so war, hätte sie am liebsten ein Megafon gezückt und jeden, der sich Ada in den Weg stellte, aufgefordert, diesen frei zu machen.

Ada merkte, dass Eliza sich Gedanken um sie machte. Sie kniff die Augen zu schmalen Schlitzen zusammen und versuchte, die überfüllte Innenstadt als eine Art Hindernisparcours zu betrachten, den man rasch und elegant bewältigte. Sie erreichten die Universitätskirche ohne größere Zwischenfälle. Eliza war schon oft daran vorbeigegangen, war aber nie auf die Idee gekommen, sie zu betreten – das galt für fast alle berühmten Gebäude Oxfords.

»Die Kirche steht seit über siebenhundert Jahren hier«, sagte Ada. »Und wir werden ihren Turm besteigen.«

»Ohhh!«, rief Eliza strahlend. »Ich liebe Türme!«

»Gut. Michael und ich sind keine Woche nachdem wir hierhergezogen waren, da raufgeklettert. Ich weiß noch, dass man von dort aus einen fantastischen Blick auf Radcliffe Camera hat. Ist das Ausflug genug?«

»Und ob! Danke, Ade.«

Außer ihnen war niemand da. Kaum hatten sie die Kirche betreten, schlug ihnen der klösterliche Geruch nach Büchern und altem Gemäuer entgegen. Die schwere Tür zum Turm war offen, aber als sie den Fuß seiner Treppe erreichten, sahen sie, dass die Touristenattraktion bis Viertel vor zwölf geschlossen hatte. Es war noch nicht mal zehn. Ada war furchtbar enttäuscht und ärgerte sich über sich selbst: Normalerweise informierte sie sich vorher über solche Dinge, sie hatte das Haus schlecht vorbereitet verlassen.

Es gab einen Aufseher, der für den Kartenverkauf zuständig zu sein schien. Er saß an einem Tisch, wenige Meter vom Turmeingang entfernt, und beobachtete sie. »Vielleicht gehen Sie einen Kaffee trinken und kommen dann um Viertel vor zwölf zurück?«, schlug er vor.

Ada und Eliza nickten unschlüssig. Der Aufseher erhob sich und ging. Ada warf Eliza einen frustrierten Blick zu.

»Wir haben bereits gefrühstückt, verdammt noch mal!«, schimpfte sie.

»Sei nicht so defätistisch«, erwiderte Eliza. »Wir werden trotzdem hochgehen.«

Ada sah sich ungehalten um und nickte heftig. Der Aufseher war nirgendwo mehr zu sehen. Sie kletterten über die rote Samtkordel, die den Turm absperrte, und schlichen so leise wie möglich die Treppe hoch. Ada war ganz zittrig wegen des rebellischen Akts. Ihr war, als hätte sie fünf Espresso hintereinander getrunken und außerdem jede Menge Zigaretten geraucht.

Die ausgetretenen Stufen glänzten. Das leise Klappern ihrer Sohlen auf dem grauen Stein klang uralt, so als könnten sie sich genauso gut in irgendeiner anderen Epoche befinden. Eliza strengte der Aufstieg nicht an, dafür wurde ihr ein wenig schwindelig. Ada hingegen musste immer wieder stehen bleiben, um sich am Gemäuer abzustützen, bis ihr Puls sich wieder beruhigt hatte. Die Luft im Turm war kühl und roch höhlenartig. Die beiden Frauen unterhielten sich flüsternd, sie wussten, dass sonst alles beim Aufseher ankäme, der vielleicht längst wieder an seinem Platz saß. Vom Turm aus hatten sie eine fantastische Aussicht, die Stadt wirkte wie ein sepiafarbener Stich. Inzwischen wehte ein starker Wind, der die Wolken in taubengraue Fetzen verwandelte. Oxford sah einfach perfekt aus und der Rundbau Radcliffe Camera unter ihnen dermaßen prächtig, dass einem fast die Augen schmerzten. Sie saugten die kühle Luft tief in ihre Lungen und fühlten sich jung und euphorisch. Eliza breitete die Arme aus wie Rose auf der Titanic. Ada verstand die Anspielung sofort und lachte. Sie ging einmal um die Turmspitze herum, ließ das Panorama auf sich wirken, identifizierte Gebäude, die sie kannte, und war seit Monaten nicht mehr so glücklich gewesen – wenn nicht sogar seit Jahren: ihr Buchvertrag, ihre Stadt, ihre Freundin, direkt neben ihr. Eliza machte ein Foto von Ada mit deren Handy und bestand darauf, anschließend ein Selfie von ihnen beiden zu machen – Adas erstes überhaupt. Sie war entsetzt von dem Bild – »Ich sehe aus wie ein Vogel Strauß« –, schaffte es aber nicht, Eliza dazu zu bewegen, es zu löschen. Sie gingen die Turmtreppe wieder hinunter, in absoluter Hochstimmung. Jetzt, wo sie bekommen hatten, was sie wollten, plauderten sie angeregt. Unten wartete der Aufseher schon auf sie wie ein enttäuschter Schulrektor.

Er war ein großer Mann mit schwarzen Augenbrauen, sein weißes Haar war zu einem dünnen Pferdeschwanz gebunden. »Ich dachte eigentlich, ich hätte mich klar genug ausgedrückt«, meinte er verärgert, »und Ihnen gesagt, dass der Turm noch nicht geöffnet ist.«

In Adas Adern rauschte das Adrenalin. Sie hatte eine Idee und beschloss, sie in die Tat umzusetzen.

Sie zwang sich, mit leerem Blick an die Decke zu starren und dann auf ihre Schuhe. Sie ließ ihren Kiefer hinunterklappen und ihre Augen hervortreten. Während Eliza und der Aufseher sie irritiert ansahen, ging sie kurz in die Hocke, um sich dann wieder aufzurichten und zum Schreibtisch des Mannes zu laufen. Zärtlich strich sie über das Holz und legte die Wange auf sein Mousepad. Dann nahm sie eine Postkarte aus dem daneben stehenden Ständer und steckte sie sich in den Ausschnitt. Eliza, die begriff, was los war, ging zu ihr und nahm ihr die Postkarte sanft ab.

»Sie ist manchmal verwirrt«, erklärte Eliza dem Aufseher scheinheilig. »Kaum waren Sie weg, hat sie sich aufgeregt, dass wir nicht auf den Turm dürfen. Tut mir leid, aber ich musste sie da einfach raufbringen.«

Der Aufseher schien nach wie vor verärgert zu sein, war aber auch alarmiert von Adas seltsamem Verhalten.

»Das war nicht sicher«, murmelte er. »Kein bisschen sicher.«

Eliza bot an, die Besichtigung zu bezahlen, aber der Mann schüttelte nur den Kopf, den Blick fest auf Ada geheftet, die sich jetzt nacheinander sämtliche Finger in den Mund steckte.

Sie verließen die Kirche. Nachdem sie die schwere Tür hinter sich geschlossen hatten, hörten sie, wie eine Orgel ertönte: Arpeggios, die tief in ihrem Innern widerhallten.

»Das war aber gar nicht nett von dir«, sagte Eliza.

»Du wolltest doch unbedingt auf den Turm«, erwiderte Ada.

Ihr ganzer Körper prickelte, weil sie wusste, dass sie sich nicht korrekt verhalten hatte. Sie hatte gelogen, einen Fremden getäuscht,

Hausfriedensbruch begangen und alles davon genossen. Etwas an ihrem Gesichtsausdruck brachte Eliza zum Lachen. Ada fiel mit ein – erst leise, dann schallend, und plötzlich läuteten die Kirchenglocken. Die Kirchen der Stadt riefen nach einander, alle im näheren Umkreis ließen Rufe laut werden, gefühlt auch in ihrem Innern. Sie fanden ein paar freie Stufen bei Radcliffe Camera, setzten sich und lauschten.

23

ALS SIE NACH ihrer Turmbesichtigung den Heimweg antraten, hatten Eliza und Ada ihren ersten Streit.

Ada bestand darauf, den Botanischen Garten zu besuchen, Eliza war schließlich noch nie dort gewesen war. Diese war nicht besonders scharf darauf. Sie wusste, dass die Pflanzen sie an Rich erinnern würden, und wollte sich die gute Laune nicht verderben lassen. Aber Ada schien so wild darauf zu sein, dass sie sich umstimmen ließ und ihre Vorbehalte für sich behielt. Sie hatte Ada nicht viel von ihrer familiären Situation erzählt. Sie wusste nicht, ob sie schon bereit dafür war. Und Ada, die spürte, dass das ein empfindliches Thema war, war nicht weiter in sie gedrungen.

Nachdem sie ihre Eintrittskarten erworben hatten, war es fast Mittag und ziemlich voll. Viele junge Familien und Paare warteten vor dem Gewächshaus. Als Ada und Eliza die Außenbeete verließen und Richtung Gewächshäuser gingen, erwähnte Ada, sie habe einen wiederkehrenden Traum. Er sei so verstörend, dass sie kaum noch einschlafen könne, aus Angst, ihn wieder zu träumen.

»Was ist das für ein Traum?«, fragte Eliza besorgt.

Normalerweise war Ada diejenige, die Eliza tröstete, wenn diese eine schlimme Nacht hinter sich hatte.

»Es geht offen gestanden um einen Rent-a-Gran-Besuch, den ich vor Wochen gemacht habe«, sagte Ada. »An dem Tag, bevor wir uns begegnet sind. Ich war in Rose Hill und habe dort für eine

Frau namens Candy babygesittet.« Sie erzählte, wie sie entdeckt hatte, dass die ihr anvertrauten Kinder überall blaue Flecken aufwiesen, sogar die Jüngste, die fast noch ein Baby war. Das müsse sie immer noch schwer beschäftigen, da sie nach wie vor von ihnen träume – von ihrer milchweißen, von Flecken übersäten Haut. Vor allem von Hara, der in diesen Albträumen langsam den Ärmel hochkrempelte, um Ada seine Flecken zu zeigen, nur dass es aus irgendeinem Grund nicht ging. Er konnte ihr einfach nichts zeigen, der Ärmel blieb hängen, oder aber seine Finger waren zu schwach, um den Stoff hochzuschieben.

»Was hat die Polizei gesagt?«, fragte Eliza.

»Wie?«, meinte Ada.

»Dazu, dass die Kinder so viele blaue Flecken haben.«

Ada sah sie verständnislos an. Sie standen im Tropenhaus, die grünliche Luft war warm und feucht, wie zum Schneiden. Ada spürte, wie etwas in ihre Hand tropfte, und sah auf: Ein Riesenfarn, der Wasser weinte, hing über ihrem Kopf.

Sie erwiderte, dass sie nicht bei der Polizei gewesen sei. Sie habe nichts unternommen und auch niemandem erzählt, was sie an den Körpern der Kinder wahrgenommen hatte. Sie wolle sich nicht einmischen, wisse ohnehin nicht, was sie der Polizei sagen solle, das Ganze gehe sie nichts an.

Eliza sah sie entsetzt an.

»Die werden verdammt noch mal misshandelt!«, sagte sie. »Natürlich hättest du zur Polizei gehen müssen. Du solltest immer noch zur Polizei gehen.«

»Ich bin keine Sozialarbeiterin, Eliza«, gab Ada zurück. »Es ist nicht meine Aufgabe, da … da reinzuplatzen und …«

»… zu helfen?«, sagte Eliza. »Dafür zu sorgen, dass die Kinder nicht mehr verprügelt werden?«

Sie versuchte, ihre Wut zu zügeln. Sie konnte einfach nicht fassen, dass Ada die Wohnung verlassen, diese Kinder bei ihrer Mutter zurückgelassen hatte, ohne auch nur das Geringste zu tun, um sie zu schützen.

»Meine Güte, Ada, du liest doch Nachrichten! Solche Dinge passieren ständig. Erst werden die Kinder von ihren Eltern geschlagen und irgendwann umgebracht. Nur weil die Leute ihren Verdacht für sich behalten. Ich kann einfach nicht fassen, dass du sie nicht angezeigt hast. Du bist doch erwachsen!«

Ada fühlte sich in die Enge getrieben. Sie hatte durchaus überlegt, zur Polizei zu gehen. Aber als sie sich das vorstellte, wurde ihr Vorhaben im Keim erstickt. Was sollte sie schon machen? Aufs örtliche Revier gehen und sagen, sie habe da in Rose Hill ein paar blaue Flecken gesehen und finde, die Behörden sollten diesbezüglich Bescheid wissen? Eine absurde Vorstellung! Sie versuchte, Eliza das klarzumachen, die nur noch wütender wurde, bis sie sich beinahe anschrien, während der Farn über ihren Köpfen ihre Kleidung durchnässte und ihnen die Haare an die Stirn klebte.

Bald schienen sie ihren Worten nichts mehr hinzufügen zu können. Eliza meinte, sie müsse in die Bibliothek. Sie war stinksauer und völlig außer sich. Gleichzeitig schämte sie sich dafür, eine Frau, die so nett zu ihr war, dermaßen anzugreifen – eine Frau, die fast schon eine Seniorin war, wohlgemerkt! Es fühlte sich beinahe an wie ein Verbrechen. So als hätte sie einem alten Mann, der gerade die Straße überqueren wollte, den Gehstock aus der Hand geschlagen.

Inzwischen fühlte sich Ada angegriffen. Und missverstanden. Aber sie sah ein, dass sie vermutlich unrecht hatte – und auch, dass Eliza sich bemühte, ihre Wut zu zügeln. Sie wollte allein sein und wünschte ihr daher freundlich eine gute Zeit in der Bibliothek. »Arbeite hart – aber nicht zu hart!« Dann fügte sie noch wie nebenbei hinzu, sie hoffe, sie später zum Abendessen zu sehen. Eliza erwiderte nichts darauf. Ihr Mund war nur noch ein blauer

Strich, und sie war leichenblass. Sie setzte ihren Rucksack auf und drehte sich um.

Während Eliza das Gewächshaus verließ, stand Ada wie angewurzelt da und schaute der jungen Frau nach. Scham wallte in ihr auf, rauschte ihr durch die Adern wie vergiftetes Blut. Sie hatte das Gefühl, sich dumm benommen zu haben, war ihrer beleidigten Aufsässigkeit aber einfach nicht Herr geworden. Auf dem Heimweg blieb sie erstarrt stehen und taumelte zurück. Sie würde zur Polizei gehen, genau wie Eliza es wollte.

An diesem Abend kam Eliza nicht zum Essen. Ada aß allein und fühlte sich schrecklich. Manchmal zog sie die Wohnzimmergardine einen Spalt auf und schaute, ob Eliza bereits zu Hause war, doch dem war nicht so. Ada wollte gerade ins Bett gehen, als im Haus gegenüber das Licht aufflammte. Danach ging es Ada ein wenig besser, und sie legte sich schlafen. Sie hatte sich damit abgefunden, dass sie am nächsten Tag zu Eliza gehen und mit ihr reden musste.

An besagtem Nachmittag machte Eliza es sich im Wohnzimmer gemütlich, um *Die Atempause* weiterzulesen, den Roman, den Levi nach seiner Befreiung aus Auschwitz über seine Rückkehr nach Italien geschrieben hatte. Seine Figuren kamen ihr mittlerweile realer vor als die Menschen, die sie tatsächlich kannte. So als stünden sie ihr näher als Rich und Flora, die sie seit ihrem Besuch in Carlisle nicht mehr gesprochen hatte.

Rich rief täglich an, doch sie ging nicht dran. Flora mailte ihr ebenso häufig. Ehrlich gesagt musste Eliza schwer dagegen ankämpfen, sich davon nicht rühren zu lassen, die Mails waren voller Entschuldigungen und voller Zuneigung. Es war schon seltsam: Flora schien sich durch die Schwangerschaft tatsächlich verändert zu haben. Sie erzählte Eliza Dinge von sich, über die sie nie geredet hatten. Sie schien sich von Elizas Funkstille nicht abschrecken zu lassen und schrieb ihr auch weiterhin. Eliza wusste nicht recht, was sie empfinden sollte, und hatte auch keine Lust, sich zu sortieren. Bis ihre Eltern sich beide ernsthaft Sorgen zu machen schienen und an der Uni nach ihr erkundigen wollten. Da schickte sie Rich ein, zwei Zeilen und schrieb, es gehe ihr gut, sie komme gut mit ihrer Promotion voran. Sie war nicht mehr wütend auf ihre Eltern, das hatte sich in den letzten Wochen gegeben. Doch an die Stelle der Wut war etwas nicht sehr Ehrenwertes getreten: Neid. Rich und Flora gründeten in Cumbria eine neue Familie, und zwar ganz ohne sie. Ihr häusliches Glück begann, wenn auch mit deutlicher Verspätung. Elizas bösartige Prophezeiungen, dass das Ganze nur in einer Katastrophe enden könne, waren vielleicht falsch: Es konnte auch gut gehen, vielleicht wurden sie am Ende doch noch miteinander glücklich, und Eliza wäre von alldem ausgeschlossen, ein lebendes Mahnmal begangener Fehler.

Sie begann zaghaft mit Ada darüber zu reden. Normalerweise kam das Thema auf, wenn sie im Garten waren. Es war Anfang Mai, und Eliza hatte vorgeschlagen, in dem alten Beet am Ende des Gartens etwas Rote Bete zu ziehen. Nachdem sie es auf Vordermann gebracht hatten, stellte sich heraus, dass noch jede Menge Platz für weiteres Gemüse vorhanden war. Sie fuhren zu einem Gartencenter aufs Land und verbrachten Stunden damit, Samen und Pflanzen zu kaufen. Eliza kam nicht umhin, an ihren Vater zu denken, sobald sie den Boden bearbeitete. Allein der Anblick ihrer geschwärzten Fingernägel erinnerte sie an ihn, an seine mitfühlende Art, als sie nach der Sache mit Ruby aus Bath zurückgekehrt war, daran, wie er ihre Traurigkeit mitgeschultert hatte wie einen schweren Felsbrocken. Rich hatte getan, was er konnte, um ihr das Leben leichter zu machen.

Ada hörte zu, statt Ratschläge zu geben. Sie sah genau hin und sammelte Informationen. Sie dachte nach. Als Eliza sie schließlich um ihre Meinung bat – sollte sie heimfahren und Flora besuchen? –, riet Ada zur großzügigsten Lösung, zu derjenigen, die noch am ehesten ein kitschiges Happy End mit gegenseitigem Vertrauen, Mitgefühl und gemütlichen Nachmittagen in guter Gesellschaft versprach. Eliza hörte sich ihren Rat an, wusste aber, dass sie es noch nicht über sich bringen konnte, nach Norden zu fahren. Die Wunden waren noch zu frisch.

Eines Mittwochs, kurz vor dem Mittagessen, als Eliza *Die Atempause* fast ausgelesen hatte, beschloss sie, ein wenig frische Luft zu schnappen.

»Wir werden Zuckererbsen anpflanzen«, sagte sie zu Ada, die gerade in der Küche Basilikum umtopfte.

»Alles klar.« Ada lächelte.

Die Gartenarbeit bewirkte, dass Eliza Rich unsäglich vermisste. Ada schien zu spüren, dass sie an ihn dachte.

»Ich bereue es sehr, nicht mehr Zeit mit meinen Eltern verbracht zu haben«, gestand Ada, während sie die winzigen Samenkörner nacheinander in die Erde drückten, ein jedes zweieinhalb Zentimeter tief. »Ehe man sichs versieht, sind die Eltern alt und sterben.«

»Haben deine Eltern in der Nähe gewohnt?«, fragte Eliza.

»Nein, gar nicht, sondern in einem Dorf bei Exeter. Sie haben sich dort wohlgefühlt und sind dageblieben, während Michael und ich berufsbedingt im ganzen Land herumgezogen sind. Bis wenige Monate vor dem Tod meines Vaters habe ich sie nicht öfter als zweimal im Jahr gesehen. Doch als sie dann hinfällig wurden, bin ich mit meiner Schwester Eve zu ihnen gezogen, um ihnen zur Hand zu gehen. Nach Dads Tod ist ihm Mum bald darauf gefolgt. Sie hatte einfach keine Lust weiterzuleben.«

»Standest du ihnen sehr nahe?«

»Ich weiß nicht, ich hoffe, dass sie es so empfunden haben.«

»Vermisst du sie?«

»Ja. Gut, es kommt schon mal vor, dass ich zehn Tage hintereinander nicht an sie denke, doch dann vermisse ich einen von ihnen ganz furchtbar. So ist das eben.«

»Haben sie deinen Mann gemocht?«

»Oh, sie haben ihn vergöttert. Zunächst war er ihnen nicht besonders sympathisch, sie fanden seine Art ein wenig laut, aber dann haben sie ihre Meinung geändert. Als Michael starb, dachte ich, meine Trauer um ihn würde die um sie überlagern. Aber so war es nicht.«

»Nein?«

»Sein Verlust hat mir mehr denn je klargemacht, was ich mit ihnen verloren hatte, wenn du verstehst, was ich meine. Auf einmal habe ich begriffen, dass diese drei für meine Person und mein Glück wichtigen Säulen plötzlich fort waren. All diese Erinnerungen – mit einem Mal war ich ihr einziges Gefäß. Ich habe mich furchtbar einsam gefühlt. Weißt du, ich vergesse immer mehr. Nach Michaels Tod ist mir noch deutlicher bewusst geworden, wie sehr ich sie alle drei geliebt habe, was für wunderbare Menschen das waren.«

Eliza war gerührt. Sie rieb ihre Hände aneinander, um sie von Erde zu befreien, griff dann nach ihrem Handy und schickte ihrem Vater eine Whatsapp-Nachricht.

»Vermisse dich«, schrieb sie. Und das war nicht gelogen. »Hoffe, Flora geht es gut«, fügte sie noch hinzu. Sie horchte in sich hinein, ob das auch stimmte, ob sie auch aufrichtig war oder bloß sagte, was sie glaubte, sagen zu müssen. Ja, stellte sie fest, sie hoffte wirklich, dass es ihrer Mutter gut ging.

Noch bevor sie Zeit hatte, mehr zu schreiben, antwortete Rich auch schon. »Daaaaanke!«, jubelte er. »Vermisse dich auch!«

Das war ihre erste Kommunikation seit Wochen. Eliza lächelte und legte das Handy hinter sich auf den Rasen. Die Sonne wärmte bereits den ganzen Vormittag das Gras. Sie kehrte zu ihrem Beet zurück und wühlte in der Erde. Sie war kühl und feucht. Ada richtete sich auf und meinte, sie werde ihnen jetzt einen Pisco Sour mixen. Sie verschwand im Haus. Bald darauf gesellte sich Eliza zu ihr, und sie tranken die Cocktails im Wohnzimmer, aßen Mandeln aus einem Schälchen auf dem Couchtisch, während im Hintergrund leise irgendwas von Mahler lief.

24

ETWA EINEN MONAT vor dem Brexit-Referendum hörte Eliza erneut etwas von Ruby. Ihre Nachricht war im gleichen entwaffnenden Plauderton gehalten wie die erste.

»Ich werde am Abend des Referendums bei Freunden in Oxford sein. Es wäre schön, mal wieder mit dir zu quatschen – ich dachte, ich lass dich einfach wissen, dass ich am entscheidenden Tag in der Nähe sein werde! Xxx.«

Es war schon komisch. Bisher hatte Eliza sich nicht an ihr Versprechen gehalten, Rubys ursprüngliche Facebook-Nachricht weiter zu beantworten, weil sie mit Ada darüber geredet hatte. Die hatte ihr geraten, sich nicht wieder mit Ruby zu beschäftigen. Eliza habe jetzt die Chance, so Ada, ihr brüchiges Glück zu schützen, zu dem sie gerade wieder finde. Sie solle alles tun, um es zu bewahren. Doch jetzt hatte sich Ruby erneut gemeldet. Schon als sie die Nachricht las, wollte Eliza sofort zurückschreiben und fragen, warum Ruby nach Oxford komme. Es machte sie wahnsinnig zu wissen, dass sie Freunde in der Stadt hatte. Wen? Was fanden diese Leute an ihr? Kannten sie Eliza, erzählten sie Ruby von ihr? Trotzdem verbot sie sich zu antworten, dachte dabei unter anderem an die zurückhaltende, nachdenkliche Art, mit der Ada die Neuigkeit aufnehmen würde, dass Eliza sich bereitwillig erneut eine Blöße gab.

Stattdessen gab sie sich damit zufrieden, die Nachricht stündlich zu lesen, um dann nach oben zu wischen und die App zu schließen. Jedes Mal legte sie entschlossen das Handy weg, fast schon wehmütig und fest davon überzeugt, dass es das letzte Mal sein würde. Sie redete sich ein, dass der Drang mit der Zeit nachlassen werde, dass ihr die Nachricht unwichtig werden und ihr Interesse daran, sie zu lesen, zurückgehen werde. Doch nichts davon geschah. Es war schwer, nicht zu antworten.

Wenige Tage später kreuzte ihr Vermieter Nick mit ein paar Bauarbeitern in Warnwesten auf. Die Männer klopften nicht an die Haustür, sondern kamen einfach herein. Eliza merkte erst, dass Leute im Haus waren, als sie die Kopfhörer abnahm und direkt vor ihrer Zimmertür Stimmen hörte. Angsterfüllt öffnete sie die Tür, nur mit einer Gabel bewaffnet.

»Oh«, sagte sie.

Die Männer schienen zu staunen, dass Eliza immer noch hier wohnte. Nick hatte jedoch, wie sie ihnen mitteilte, keinen ihrer Anrufe oder SMS beantwortet. Sie wusste also nach wie vor nicht, wann sie ausziehen musste.

»Tut mir leid«, sagte Nick leichthin, betrat ihr Zimmer und sah sich um. »Nun, ab morgen werden wir diesen Teil des Hauses angehen, Sie sollten also lieber verschwinden.«

Eliza sah ihn an. »Sie wollen, dass ich hier bis morgen weg bin?«

»Ja, wenn das geht. Möglichst schon am frühen Morgen. Ich muss mit der Elektrik loslegen.«

Die beiden Bauarbeiter kamen ebenfalls ins Zimmer. Sie besaßen wenigstens den Anstand, verlegen zu sein angesichts der Tatsache, dass es offensichtlich bewohnt war. Doch Nick warf nur einen Blick auf Elizas Kartons mit ihren Sachen, auf den leeren Schreibtisch, den Minikühlschrank, der bereits ausgesteckt und transportbereit war. »Wie ich sehe, haben Sie schon gepackt«, sagte er. »Wie wär's, wenn ich Ihnen die Miete für diesen Monat zurückgebe, um Ihnen den Abschied zu erleichtern?« Er zückte seinen Geldbeutel und drückte Eliza ein Bündel Scheine in die Hand.

»Danke«, hörte Eliza sich mechanisch sagen, während sie das Geld annahm.

Die Männer begannen die weitere Vorgehensweise zu besprechen. Einer der Bauarbeiter stieg auf Elizas Bett, um etwas an der Decke abzumessen. Er trug dicke Camel-Boots und hinterließ weiße staubige Fußspuren auf der Plane. Währenddessen klopfte ein anderer an die Wand, um zu prüfen, ob sie tragend war, und Nick begutachtete die Schimmelblüten neben der Tür. All das sah Eliza von ihrer Ecke aus mit an. Nie hätte sie gedacht, dass sie einmal so etwas wie besitzergreifende Gefühle für ihr armseliges kleines Zimmer empfinden würde – so verdreckt und verstaubt, wie es war, mit seinen verschmierten Scheiben. Aber genau das war der Fall. Sie kaute sich die Fingernägel wund, bis die Bauarbeiter alles begutachtet hatten und gingen. Anschließend schlug sie die Plane zurück und schlüpfte zwischen die Laken, versuchte, einen Plan zu schmieden.

Ohne irgendetwas entschieden zu haben, ging sie gegen Mittag zu Ada. Sie hatten nicht zusammen gefrühstückt, da Ada zeitig aufgestanden war, um einige Gedichte zu redigieren, die ihre nächste Anthologie tragen sollten.

»Ich werde rausgeworfen«, sagte Eliza, kaum dass Ada ihr aufmachte.

Sie musste doch tatsächlich lachen, so absurd klang der Satz aus ihrem Mund. Ada starrte über Elizas Schulter auf das Haus hinter ihr, als hielte sie nach lodernden Flammen Ausschau.

»Diese Mistkerle!«, schnaubte sie.

»Genau!«, sagte Eliza. Ihre Belustigung über die abrupte Ankündigung ließ nach und wich etwas anderem: Angst.

»Ach, meine Liebe«, murmelte Ada und umarmte sie. »Komm rein, mal schauen, was sich machen lässt.«

Sie gingen in die Küche. Eliza roch den Duft von frisch gebackenem Brot. Adas Gedichte waren über den ganzen Tisch verteilt, einige wiesen Notizen auf, andere waren durchgestrichen. Ada holte einen Laib Brot aus dem Ofen und begann den Tisch fürs Mittagessen freizuräumen. Eliza fand noch etwas Hühnersuppe, die sie vor ein paar Tagen gekocht hatte, und erhitzte sie in einem Topf.

»Bist du gut vorangekommen mit deiner Redaktion?«, fragte sie.

»Es geht so.«

»Ich freue mich schon darauf, deine Gedichte zu lesen.«

»Ich mich auch.«

Sollte das ein Witz sein? Vermutlich nicht. Ada war sichtlich mit den Gedanken woanders: Sie wirkte nervös, sah Eliza durchdringend an, um den Blick anschließend abzuwenden oder sich durchs Haar zu fahren.

Eliza gab die Suppe in Schälchen, und sie setzten sich.

»Wahrscheinlich wirst du das gar nicht wollen«, hob Ada an, hielt inne und versuchte es noch mal. »Ich kann mir vorstellen, dass dich schon der Gedanke abschreckt und schreiend davonrennen lässt …«

Eliza lächelte. Es war so gar nicht Adas Art, um den heißen Brei herumzureden. »Raus mit der Sprache«, sagte sie.

»Nun, meine Liebe, warum ziehst du nicht zu mir?«

Eine Pause entstand, in der Eliza das Angebot auf sich wirken ließ.

Ada war zu verlegen, um Eliza direkt in die Augen zu sehen; bestimmt würde die junge Frau sie abweisen und ihren Vorschlag schrecklich finden. Deshalb schlürfte sie lautstark ihre Suppe und schaute hinaus in den Garten. Ein Marienkäfer flog gegen die Scheibe in der Tür.

»Ich soll hier einziehen?«, fragte Eliza.

»Ja«, erwiderte Ada, noch immer ganz gefesselt vom Garten.

Eliza begriff, dass es Ada ernst war: Sie wollte, dass sie zu ihr zog. So etwas wie vorsichtige Freude stieg in ihr auf. Wie wenn man den Anfang eines Liedes hört, das man liebt, das man aber ganz vergessen hat.

»Meine Güte, Ada, das wäre toll!«, rief sie.

Ada musterte sie eindringlich. »Wirklich?«

»Ja, und wie!« Eliza runzelte die Stirn. »Du bietest mir das aber doch nicht aus schlechtem Gewissen an?«

»Nein! Ich wüsste nicht, warum ich ein schlechtes Gewissen haben sollte. Ich weiß, dass deine Generation findet, ich wäre euch das schuldig, aber das Problem habe ich nicht.«

»Du weißt, dass du dich nicht verpflichtet fühlen musst, mir das anzubieten?«

»Ja, das weiß ich, danke.«

»Du kaufst schon das ganze Essen ein. Du musst das nicht tun.«

»Du kochst. Da ist es nur fair, dass ich die Lebensmittel einkaufe«, sagte Ada. Sie schwieg und ließ den Löffel kurz in der Luft schweben. »Ich würde mich riesig freuen, wenn du hier einziehst«, sagte sie leise. »Ich kann mir vorstellen, dass wir gut miteinander auskommen.«

Eliza grinste. »Im Grunde wohne ich sowieso schon mehr oder weniger hier.«

»Das ist mir auch schon aufgefallen.«

»Zusammenwohnen ist der Albtraum. Kann sein, dass du mich irgendwann hasst.«

Ada lachte. »Es ist schon seltsam, sich in meinem Alter noch eine Mitbewohnerin zu suchen.«

»Hast du schon mal mit jemandem zusammengewohnt? Von Michael mal abgesehen, meine ich?«

»O ja. Zu Unizeiten natürlich. Später hatten Michael und ich

Untermieter, um die Hypothek schneller abzahlen zu können, nachdem wir uns vor vielen Jahren unsere erste Wohnung gekauft hatten. Das waren vielleicht seltsame Leute!«

Eliza war immer noch unschlüssig. Sie wollte einziehen, doch Ada sollte sich zu nichts gezwungen fühlen.

»Lass mich erst Probe wohnen«, schlug sie vor. »Gib mir in ein paar Wochen noch mal Bescheid. Wenn ich dich einenge oder so – kein Problem, dann find ich schon was Neues.«

Ada konnte sich nicht vorstellen, dass es schiefgehen würde. Trotzdem erklärte sie sich einverstanden, weil sie spürte, dass sich Eliza wohler damit fühlte.

»Und ich werde Miete zahlen«, fügte Eliza hinzu.

»Ach du meine Güte, kommt gar nicht infrage«, sagte Ada.

Sie stritten darüber, und Ada kniff zunehmend die Augen zusammen, bis sie aussah wie ein Habicht. Da begriff Eliza, dass sie verloren hatte. Sie gab nach und bestand darauf, im Gegenzug das Putzen, Einkaufen und Kochen zu übernehmen.

»Du bekommst das Gästezimmer«, sagte Ada. »Es muss noch ausgeräumt werden, da es voller Zeug ist, aber das dürfte klappen.«

»Ich hab nicht viele Sachen«, erklärte Eliza. »Das Gästezimmer klingt perfekt. Danke!«

Sie sahen sich kurz an und spürten, wie sehr sie sich mochten. Dann brach Ada ein Stück duftendes Brot ab und begann es dick mit Butter zu bestreichen. Eliza rührte in ihrer Suppe und suchte nach Hühnerstückchen. Sie redeten nicht mehr viel, bis einer von ihnen einfiel, dass sie ja letzten Abend dieselbe Fernsehsendung gesehen hatten. Daraufhin plauderten sie entspannt darüber, überlegten, ob sie sich die nächste Folge anschauen sollten.

✦

Noch am selben Nachmittag zog Eliza bei Ada ein. Ihr blieb keine andere Wahl: Nick schrieb, die Bauarbeiter wollten sie schon am nächsten Tag um acht raushaben. Sie hatte sich eigentlich mit Judy auf einen Kaffee treffen wollen, doch die bot stattdessen an, ihr ihre Sachen einmal über die Straße zu tragen.

Es war seltsam, alles einzupacken und es nur wenige Meter weiter wieder abzustellen. Ada war klar und deutlich gesagt worden, dass sie nicht schwer heben dürfe, sodass sie sich erleichtert in ihr Arbeitszimmer zurückzog, um ihre Rent-a-Gran-Mails abzuarbeiten. Leuten aus dem Viertel bot sie nach wie vor ihre Dienste an, wenn auch deutlich seltener: Inzwischen schwärmte sie nur noch einmal die Woche aus und auch das nur, wenn sie das Gefühl hatte, wirklich gebraucht zu werden.

Irgendwann kam Ada nach unten, um zu gucken, wie der Umzug vonstattenging. Judy und Eliza hatten das Gröbste bereits geschafft und rauchten gerade zusammen eine Zigarette im Garten. Während sie sich unterhielten, lichteten sich die Wolken, bis sie das Blau hinter dem Grau erkennen konnten. Ada brachte ihnen einen von Michaels alten Aschenbechern und kochte für alle eine Kanne Lapsang-Tee. Sie freute sich sehr, eine von Elizas Freundinnen kennenzulernen. Judy wiederum war schwer beeindruckt, dass die Leihoma bereits stadtbekannt war, obwohl sie ihren Service erst vor ein paar Monaten in Oxford annonciert hatte. Nur wenige hatten die Unternehmerin bereits persönlich kennengelernt, und jetzt stand sie ihr leibhaftig gegenüber und erzählte bereitwillig von ihrer Arbeit.

Für Judy lief es gut. Sam und sie würden den Sommer in Jamaica verbringen. Sie hatte beschlossen, dass Englische Literatur doch nichts für sie war, und brach das Studium ab, um im Herbst Jura in London zu studieren. Sie schien Elizas Entschluss, zu ihrer Nachbarin zu ziehen, gutzuheißen, und wenn sie den Altersunterschied bizarr fand, behielt sie es zumindest für sich. Sie lachte, als

Ada ihr schilderte, wie Eliza sie vor ein paar Tagen gezwungen hatte, zum Optiker zu gehen, um einen Sehtest zu machen – Ada hatte seit ihrem einundzwanzigsten Lebensjahr keinen mehr gemacht, und wie sich herausstellte, brauchte sie dringend eine Brille. Eliza und Judy verbrachten einen schönen Nachmittag und dachten in den Gesprächspausen beide darüber nach, dass sie einander im nächsten Jahr vermissen würden. Das zu wissen war schön, und es gab Eliza das Gefühl, den Beginn ihres Promotionsstudiums doch nicht so in den Sand gesetzt zu haben. Sie hatte zumindest Freunde gefunden. Sie verbrachten den ganzen Nachmittag im Garten, während die Sonne langsam schwächer wurde und Ada immer mal wieder zum Unkrautjäten herauskam. Irgendwann dämmerte Eliza, dass sie mal damit anfangen sollte, ihr Zimmer einzuräumen, und Judy ging. Nicht ohne eine Tupperdose mit Haferkeksen mitzunehmen, die Ada ihr als Wegzehrung mitgab.

Elizas neues Zimmer war nicht besonders groß, besaß aber ein breites, sauberes Fenster zum Garten. Es war noch voller Sachen, wie Ada sie bereits vorgewarnt hatte, außerdem voller Motten, die in unerwarteten Momenten hervorflatterten. Eliza machte das nichts aus. Sie genoss das Putzen, und so langsam wurde das Zimmer bewohnbar. Sie hörte Musik beim Aufräumen und Staubsaugen, freute sich, dass Ada da war, um ihr zu sagen, wo die Sachen, die hier verstaut gewesen waren, hinsollten. Während des Putzens verschwand Eliza zwischendurch in der Küche, um für Ada und sich etwas zum Abendessen zu kochen.

»Bist du sicher, dass dir das Zimmer gefällt?«, fragte Ada. Sie aßen eine Filotorte mit Spinat.

»Es ist perfekt«, gab Eliza zurück.

»Pass mit den Motten auf. Die sind schon so lange hier, dass sie bestimmt zu Fleischfressern geworden sind.«

»Ich werde sie im Auge behalten.«

Sie sahen sich die Nachrichten an und gingen dann ins Bett.

Eliza hatte noch keinen Vorhang, aber das war ihr egal: Wenn sie die Lampe ausmachte, konnte sie von ihrem Bett aus den Mond sehen und die blauschwarze Pappel der Nachbarn. Es dauerte ein wenig, bis sie sich entspannen konnte, weil sie ganz aufgedreht war wegen der neuen Umgebung. Doch irgendwann schlief sie ein und wachte am nächsten Morgen erst weit nach Sonnenaufgang auf, als sie hörte, wie Ada unten Kaffee aufsetzte. Draußen auf dem Dach tschilpten zwei Vögel und zwitscherten sich gegenseitig etwas zu.

25

ALS ADA AUFWACHTE, war sie fest davon überzeugt, dass fremde Männer im Haus waren.

Sie blieb noch eine Minute im Bett liegen, wie gelähmt vor Angst, denn den Geräuschen nach zu urteilen, waren sie im Obergeschoss, in unmittelbarer Nähe. Sie zwang sich aufzustehen und humpelte steifbeinig zur Tür. Die Männer waren im Bad.

»Hallo?«, rief Ada. Ihre Stimme war dünn.

Die Badezimmertür flog auf. Es war Eliza. Sie hörte sich etwas auf dem Handy an, während sie sich das Gesicht wusch. Sie lächelte und sagte so etwas wie »Guten Morgen«. Auf dem Treppenabsatz stand ein Stuhl, auf den sich Ada verschlafen sinken ließ.

»Ich dachte, da sind Männer im Haus«, sagte sie.

»Schön wär's!« Eliza grinste.

Ada lachte schwach.

In den nächsten Tagen stellte sie fest, dass Eliza völlig unfähig war, etwas Handwerkliches oder Organisatorisches zu tun, ohne dabei einen Podcast zu hören. Ada hatte natürlich schon von Podcasts gehört, aber nie richtig verstanden, was das war. Eliza erklärte ihr, dass das einfach Radiosendungen waren, die man sich zu einem selbst gewählten Zeitpunkt anhören konnte.

Auch Eliza begann bestimmte Verhaltensmuster an ihrer neuen Mitbewohnerin zu bemerken: Adas Besessenheit von neuen Schwämmen, von Tupperware, ihre Urangst davor, den Ofen oder Gasherd angelassen zu haben. Beide mussten sich erst daran gewöhnen, mit jemandem zusammenzuleben. Als Erstes beschloss Ada, sich lieber anzuziehen, bevor sie morgens ins Erdgeschoss ging, doch dann verwarf sie die Idee wieder, weil es so viel gemütlicher war, im Nachthemd herumzulaufen.

Schon bald hatte sich Eliza in ihrem neuen Zuhause besser eingelebt, als das gegenüber jemals der Fall gewesen war. Adas Haus war groß genug für zwei, und dass beide gerne für sich waren, war ebenfalls von Vorteil. Sie mochten keinen Lärm und brauchten keine regelmäßigen Gespräche. Sie gewöhnten sich aneinander und nahmen kleinere Anpassungen vor. Sobald sie eine Art Rhythmus gefunden hatten, fanden sie Trost in dem Wissen, dass immer jemand da war, den sie sehr mochten. Das erdete sie irgendwie – genau wie das Wissen, dass der Kühlschrank gut gefüllt war und die Heizung ordentlich funktionierte.

Da Eliza viele Bücher, die sie brauchte, in Michaels Arbeitszimmer vorfand, kam sie mit ihrer Doktorarbeit gut voran. Die Konferenz, an deren Organisation sie hätte mitwirken sollen, war vorbei, aber Baleotti rief gerade ein Programm ins Leben, das »Studenten mit einem unkonventionelleren Hintergrund« ermutigen sollte, sich in Oxford zu bewerben. Eliza willigte ein zu helfen und bat darum, sich um den Teil des Programms kümmern zu dürfen, das die Bewerberzahl benachteiligter Schüler aus dem Nordwesten Englands erhöhen sollte. Anfang Juni ging sie zum Abendessen zu Baleotti, das erste Mal seit Monaten. Cosima, seine Frau, kam auch dazu. Wie immer sprachen sie Italienisch. Bei Tiramisu auf der Terrasse nahm Eliza endlich all ihren Mut zusammen und entschuldigte sich für ihre bisherige Unzuverlässigkeit. Noch hatte sie sich das nicht getraut – Entschuldigungen endeten so oft mit einem Schuldeingeständnis, trotzdem war sie froh, dass sie es getan hatte: Die Entschuldigung bewirkte, dass eine Riesenlast von ihr abfiel und sie sich wie befreit fühlte. Sie fand: Wer A sagt, muss auch B sagen. Deshalb versuchte sie, die Probleme zu schildern, die sie bei ihrer Arbeit über Levi gehabt hatte, auch ihre Zweifel an der Promotion selbst. Baleotti nickte ernst.

»Zweifel an der Promotion sind völlig normal«, sagte er. »Ich habe sie schließlich auch abgebrochen.«

Eliza staunte. Sie war davon ausgegangen, dass Baleotti schon immer gewusst hatte, dass er eines Tages Literaturwissenschaftler werden würde. Er war einer von den Professoren, die man sich kaum in einem anderen Beruf vorstellen kann.

»*È vero*, stimmt genau«, sagte Cosima und lachte über Elizas erstauntes Gesicht. »Wir haben damals *in Sicilia* studiert, ich stand kurz vor Ende meiner Promotion, und er hatte gerade erst mit seiner Doktorarbeit begonnen. Er war völlig entmutigt von diesen reizenden Existenzängsten …« Sie fasste sich übertrieben an den Kopf. Eliza lachte: Italiener konnten so direkt sein!

»Und was haben Sie dann gemacht? Wofür haben Sie das Studium abgebrochen?«, fragte sie.

»Ich bin Bäcker geworden«, sagte Baleotti und nickte angesichts von Elizas Verblüffung. »Was ziemlich hart ist für jemanden mit Kinderlähmung. Ich würde es nicht noch mal machen. Dann habe ich beschlossen, dass ich der Welt mehr nutze, wenn ich das tue, was ich liebe. Was ich wirklich gerne mache und worin ich gut bin. Für alles andere fehlt es mir an Durchhaltevermögen. Und das bedeutete, an die Uni zurückzukehren.«

»Hinterfragen Sie Ihre Arbeit heute immer noch?«

»Ständig«, sagte Baleotti. »Wie sollte es auch anders sein? Die Filme, Bücher und Opern, die ich Ihnen mitgebe … Ich bleibe nur Zuschauer, erschaffe nichts selbst. Ich bin ein Parasit. Ich bin nicht mutig, gehe keinerlei Risiko ein.«

Der Frühsommerhimmel über ihren Köpfen färbte sich safrangelb. *»Non sono un leone«,* sagte Baleotti zu seiner Frau.

Cosima zerzauste ihm liebevoll das Haar. »Du bist ein Löwe!«, beharrte sie.

Eliza lächelte über ihren trockenen Tonfall. Baleotti schickte noch hinterher, dass er oft Angst habe, seine Zeit zu verschwenden, davor, einen egoistischen, eitlen, elitären Beruf auszuüben, sich in imaginäre Welten zurückzuziehen. Da begriff Eliza, dass sie mit ihren Sorgen stets zu ihm kommen konnte, so offen und mitfühlend, wie er war. Hätten sie das alles doch nur viel früher besprochen! Sie redeten noch lange, tauchten ihre Teelöffel ins weiche Dessert. Eliza habe das Zeug zur Literaturwissenschaftlerin, sagte Baleotti, den Mund voller Mascarpone. Sie habe die richtige Denke dafür. Sie schade schließlich niemandem, wenn sie sich mit Levis Literatur beschäftige – im Gegenteil! Die Chance sei groß, dass sie bald selbst Seminare abhalte, und das werde ihr Selbstwertgefühl steigern. Man könne durchaus was werden in Oxford, auch wenn es anfangs nicht danach aussehe. »Halten Sie noch ein wenig durch«, sagte er, »und überdenken Sie Ihre Entscheidung dann noch mal.« Seine Worte verfingen sich bei Eliza, und von da an war es ihr nicht mehr so wichtig, dass ihre Doktorarbeit nichts Weltbewegendes bewirken würde. Na und? Sie wollte etwas Sinnvolles tun, der Nachwelt etwas hinterlassen und wusste immer noch nicht mit Sicherheit, ob die Entscheidung, Literaturwissenschaftlerin zu bleiben, richtig war. Aber fürs Erste konnte eine Promotion nicht schaden und tat schließlich niemandem weh, verdammt noch mal!

Zwei Wochen nachdem Eliza eingezogen war, hatte Ada ihre erste Lesung seit Jahren. James, ihr Agent, organisierte sie, um ihre in Kürze erscheinende neue Anthologie zu bewerben. Ada war irritiert, als Eliza ihr die Facebook-Seite zu der Veranstaltung zeigte: Die hatten doch tatsächlich schon Leute angeklickt, um kundzutun, dass sie dort hingehen würden. Ganz so, als wäre das wirklich lohnenswert.

Die Lesung fand an einem der Oxford-Colleges statt. Wie sich herausstellte, in einem wenig inspirierenden Seminarraum, der Ada schon auf den ersten Blick missfiel.

»Wenn das nicht schmuddelig ist!«, flüsterte sie Eliza laut zu. Sie waren schon eine Stunde vorher gekommen, um sich alles genau anzusehen.

»Du wirst das großartig machen!«, sagte Eliza. »Außerdem: Nur ein schlechter Handwerker gibt seinem Werkzeug die Schuld«, fügte sie augenzwinkernd hinzu.

Ada runzelte die Stirn. »Ich glaube nicht, dass ich viel ausrichten kann, wenn sich der Raum anfühlt wie ein Bunker. Außer dir wird niemand kommen.«

»Ich komme nicht. Ich habe dich nur herbegleitet. Ich habe noch eine heiße Verabredung.«

»Wohl kaum!«

»Es werden bestimmt jede Menge Leute kommen.«

»Wenn nicht, rate ich dir, richtig laut zu klatschen.«

»Versprochen!«

»Du hast doch nicht wirklich eine Verabredung, oder?«

»Nö. Ich werde da sein. Und wenn sonst niemand kommt – prima! Dann lenkt mich das Geraschel der anderen Leute wenigstens nicht von deinen Gedichten ab.«

Ada lächelte. Sie war nervös, sah aber fantastisch aus. Sie hatte den Vormittag im Garten verbracht, um dem Kirschbaum ihr Werk vorzutragen. Der hatte ihr mit seinen jungen Blättern verführerisch zugewinkt, völlig unbeeindruckt von ihren Versen. Das letzte Mal, dass sie vor Publikum gelesen hatte, schien Jahrzehnte her zu sein. Damals hatte Michael noch gelebt, und sie war in jeder Hinsicht ein völlig anderer Mensch mit einem völlig anderen Leben gewesen. Sie befürchtete, vergessen zu haben, wie man so etwas machte, fürchtete sich davor, auf der Bühne zu stehen und zu merken, dass sie das nicht mehr konnte, dass sie in der Zwischenzeit um die Fähigkeit gebracht worden war vorzulesen, was sie da geschrieben hatte – und zwar vor allen Leuten, die extra gekommen waren, um sie zu hören.

Eliza hatte darum gebeten, sie bei der Kleiderauswahl beraten zu dürfen. Ada, die viel zu aufgeregt war, um sich dagegen zu wehren, hatte sich stylen lassen. Sie trug ein graues T-Shirt, das vorn in einen knielangen schwarzen Rock gesteckt war, dazu Stiefel mit Leoprint, die Eliza in einem Secondhandladen in Venedig erstanden hatte: Die beiden Frauen hatten dieselbe Schuhgröße. Eliza trug bei Ada sogar einen Hauch rostroten Lidschatten und etwas Lippenstift auf, auch wenn diese darauf bestand, sich das Haar wie immer irgendwie hochzustecken. Normalerweise hätte es sie verunsichert, so gut auszusehen, aber jetzt, wo Eliza da war, empfand sie nur so etwas wie Selbstliebe, wenn sie sich im Spiegel erblickte.

Zwanzig Minuten vor Beginn der Lesung traf James ein. Er war aus Paddington angereist, zusammen mit Harriet, der Verlegerin, die die Rechte an Adas neuer Anthologie erworben hatte. Eliza hatte schon viel über James gehört, sodass sie ihn aus der Ferne neugierig musterte. Sie beschied, dass er ein ziemlich eitler Fatzke war, aber ansonsten harmlos, außerdem jemand, der Ada sehr zugetan war. Unterm Strich fand Eliza Harriet deutlich beeindruckender, eine große schwarze Frau um die dreißig mit kunstvoll verknoteten Dreadlocks. Sie hatte ein großartiges Lachen, das klang, als würden Töpfe zu Boden scheppern. Sie trug ein wild gemustertes Kostüm, das aussah wie eine von diesen psychedelischen optischen Täuschungen. Eliza fühlte sich sofort zu ihr hingezogen. Anfangs erstarrte sie schier aus Ehrfurcht vor ihrem Intellekt und Humor, sodass sie kaum ein Wort herausbrachte. Doch bald vergaß sie ihre Schüchternheit, setzte sich neben Harriet in die erste Reihe und erzählte von Adas und ihrer Wohnsituation, bis die Menge, die von draußen hereingeströmt war, verstummte.

Ada betrat die Bühne, begleitet von einem Professor der Englischen Fakultät. Sie strich ihren Rock glatt und wartete, während der Professor sie ankündigte und übers Pult gebeugt mit sonorer Stimme verkündete, sie alle könnten sich glücklich schätzen, »eine der größten Dolmetscherinnen menschlicher Emotionen« erleben zu dürfen. In diesem Moment warf Ada Eliza einen verschmitzten Blick zu. Der Mann verstummte. Nachdem er einen mahnenden Blick ins Publikum geworfen hatte, als müsste er es daran erinnern, dass sie jetzt hochliterarische Gedichte zu hören bekämen, erlaubte er, dass Ada ihren Platz am Pult einnahm.

Plötzlich stieg eine Riesenpanik in ihr auf, und sie räusperte sich, um zu gucken, ob sie überhaupt noch eine Stimme hatte. Die Scheinwerfer brannten ihr auf der Haut. Die ovalen Gesichter vor ihr sahen aus wie Eier in einem Karton. Wie sehr sie sich danach sehnte, nicht lesen zu müssen – danach, dass ihr niemand zuhörte! Dann fing sie an. Der erste Satz war eine Katastrophe, ein zusammengestoppeltes Dankeschön, dass die Leute gekommen seien. Der zweite Satz war schon ein wenig kohärenter. Nach und nach wurde alles einfacher, und da wusste sie wieder, wie es war, vor Publikum zu lesen: eigentlich ziemlich schön, weil einen alle bewundernd ansahen und über jeden Witz lachten, den man machte.

»Ich habe in den letzten Monaten lauter unerwartete Richtungen mit meiner Lyrik eingeschlagen«, erzählte sie ihren Zuhörern. »Genau in dem Moment, als ich dachte, dass ich nichts mehr zu sagen habe, dass ich es lieber endgültig bleiben lassen soll, haben sich die Dinge in meinem Leben wieder zu etwas ganz Neuem zusammengefügt. Erst ist mein Mann gestorben. Dann habe ich eine ziemlich schräge Firma gegründet. Ich habe harte Zeiten hinter mir, nach Michaels Tod konnte ich monatelang kein Wort mehr zu Papier bringen. Ich war nie der Meinung, dass Glück mit weißer Tinte schreibt, vor allem am Anfang war es die Trauer, die mit weißer Tinte geschrieben hat. Aber wie ich bereits sagte, die Dinge haben sich geändert. Ich habe eine kostbare neue Freundschaft geschlossen, was in meinem Alter schon eine ziemliche Leistung ist. Es gibt viel zu wenig Gedichte über Frauen, die sich lieben, schon gar nicht über Generationen hinweg. Einige dieser Gedichte versuchen, diese Lücke zu schließen.«

Eliza wurde knallrot, und ihr schnürte sich die Kehle zusammen. Sie faltete die Hände im Schoß.

Ada sah vom Pult aus kurz zu ihr hinüber, sie strahlte, und ihr Blick ruhte liebevoll auf ihr. Harriet, die links von Eliza saß, stupste diese dezent an und reckte den Daumen.

Ada nahm einen Schluck Wasser und begann ihre Gedichte vorzutragen. Sie konnte gut lesen, ganz natürlich und überhaupt nicht getragen. Sie gab sich auch nicht so ätherisch wie viele andere Dichter, die glaubten, das tun zu müssen, um ernst genommen zu werden. Ada suchte ein paar Gedichte aus, die von Michael und dann noch ein, zwei, die von Eliza handelten. Aber ansonsten ging es um Dinge, die sie seit Neuestem interessierten: um Holly Willoughby, um Persimonen, um die wunderbare Welt von Trash TV. Einige Gedichte reimten sich, andere nicht. Vor jedem einzelnen erzählte sie kurz, warum sie es geschrieben hatte. Der Saal war nicht knallvoll, aber es waren nur wenige Plätze frei geblieben. Die Leute schienen im richtigen Moment zu lächeln und schauten ernst, wenn sie es erhoffte. Ada spürte, dass es gut lief, dass ihre Gedichte besser ankamen als alle bisherigen – mit Ausnahme von ein paar aus ihrem ersten Band *Quantum* vielleicht, der vor langer Zeit erschienen war. Nach einer Stunde begann der Klang ihrer eigenen Stimme sie zu langweilen. Sie ließ das Gedicht, das sie über die Witwe auf dem Friedhof, die so vorbildlich getrauert hatte, weg. Stattdessen endete sie mit einem lustigen über Arthritis.

Alle klatschten – lauter und begeisterter, als es die reine Höflichkeit geboten hätte, wie Ada nicht umhinkam zu bemerken. Tatsächlich schienen die Leute enttäuscht zu sein, dass Ada schon fertig war. Aber vielleicht war es ja auch Mitleid oder Entsetzen, möglicherweise war es ja doch schrecklich gewesen. Völlig erschöpft verließ sie die Bühne und ließ sich neben Eliza in die erste Reihe fallen, während der Veranstalter der Lesung ein paar Dankesworte sagte. Dann klatschten wieder alle, wenn auch nicht mehr ganz so laut. Die Leute begannen auf ihre Handys zu gucken. Aber noch mehr kamen zu Ada, um sie zu beglückwünschen, sich begeistert über ihr »Werk« zu äußern. Es waren so viele, dass sie aufstehen und die Dichterin geben musste. Sie merkte, dass die Menschen aufrichtig, tatsächlich tief bewegt waren. Dass ihre Worte sie wirklich erreicht hatten. Sie war überwältigt, und auf einmal packte sie eine Riesenssehnsucht nach Michael. Er hatte sich immer so über ihren Erfolg gefreut! Er hätte jetzt liebevoll zugesehen, wie sie von diesen Fremden umschwärmt wurde. Anschließend hätten sie gemeinsam den Bus nach Hause genommen und über die Gedichte geredet. Darüber, wie gut Harriet sie redigiert hatte. Und dann hätten sie sich über den aufgeblasenen Professor amüsiert, der Ada zu Beginn der Lesung angekündigt hatte.

Jeder, der mit Ada hatte reden wollen, hatte es getan. Eliza fand, dass sie ziemlich blass aussah. Sie umarmten sich.

»Ich fand die Gedichte großartig«, flüsterte Eliza ihr ins weiche graue Haar.

»Danke«, erwiderte Ada. Eliza duftete wie immer nach Zitronen. »Danke.«

Eliza spürte, dass Ada ihr nicht nur für das Kompliment dankte, und Ada wusste, dass Eliza das wusste. Sie lösten sich voneinander in dem Bewusstsein, dass ihnen die Stimme versagte und sie in diesem Moment nicht mehr herausbringen konnten.

Der Raum leerte sich. Zu viert bildeten sie eine Art Kreis:

Harriet, Ada, Eliza und James. Sie waren stolz, wie gut die Lesung gelaufen war, und überlegten, wie es nun weitergehen sollte.

»Zeit zum Abendessen, würde ich sagen!«, verkündete James. »Ich lade euch ein.«

Sie nahmen ein Taxi zu einem thailändischen Restaurant in Cowley und vertilgten Unmengen von Papayastäbchen und in Blättern gedünstetem Fisch. Seit Monaten hatte keiner von ihnen mehr so gut gegessen. James entpuppte sich als idealer Kandidat, um einen Toast auszubringen. Er stieß mit Ada dermaßen oft auf ihre »eindrucksvollen neuen Gedichte« an, dass sie es langsam leid wurden, ihre Champagnerflöten mit ernster Miene gegeneinanderklirren zu lassen. Sie tranken zu viel, hatten das Gefühl, der Geburt von etwas Bedeutendem beizuwohnen. Nach dem Essen liefen Ada, Eliza und Harriet zu Fuß zurück in die Swinburne Road, während James beschlossen hatte, betrunken den letzten Zug nach London zu nehmen.

»Fantastisch!«, brüllte er Ada zu, während er sich in ein Taxi quetschte. »Du brillante Dolmetscherin menschlicher Emotionen! Du Dante, du Wordsworth, du Emily Dickinson!« Sie verdrehte bloß die Augen und winkte ihm nach.

Am nächsten Morgen wusste Eliza nicht mehr so genau, wann Ada, Harriet und sie zu Bett gegangen waren. Sie wusste nur noch, dass sie einen Großteil der Nacht damit verbracht hatten, Ada zu erklären, wie Tinder funktioniert. Ada war ganz fasziniert davon und staunte, dass sie sich durch verfügbare Männer klicken konnte, die ganz in der Nähe ihres heimischen Sofas wohnten.

»Das ist ja das reinste *Who's who!*«, sagte sie immer wieder.

»Nicht ganz.« Eliza lachte und fügte hinzu, dass ihr ein Tinder-Date erst vor wenigen Tagen unaufgefordert ein Foto von seinem Penis zugeschickt habe. Das *Who's who* kenne sie nicht, bezweifle aber, dass da solche Sachen drinstünden.

Ada war entsetzt, als sie das mit dem Foto hörte, und bestand darauf, es zu sehen. Eliza winkte ab, gab sich aber letztlich geschlagen. Sie klickte auf das Bild, damit es ihr ganzes Display ausfüllte.

»Meine Güte!«, kreischte Ada. Und dann: »Mach es größer, mach es größer!«

Harriet und Eliza hatten Bauchweh vor Lachen, als Ada den Penis beäugte, jeden Millimeter davon unter die Lupe nahm. Sie kam einfach nicht darüber hinweg, wie knubbelig er aussah, wie einsatzbereit, darüber, wie sehr sich der Ärmste bemüht hatte, eine geeignete Perspektive zu finden. Als Harriet und Eliza anboten, Ada ein eigenes Tinder-Profil einzurichten (»Wir können beim Alter schummeln und dir einen Dreißigjährigen angeln!«), kreischte Ada laut auf. Eliza erklärte ihr, das sie Männer mit dem Foto des älteren Models anlocken könnten, das Ada für ihren Rent-a-Gran-Aushang verwendet hatte. Nachdem sie ihr erst mal das Konzept des »Catfishing«, nämlich sich als jemand anders auszugeben, erklärt hatten, begriff Ada, dass sie aufgezogen wurde, und lachte schuldbewusst. Sie köpften eine Flasche Wodka und tranken ihn mit etwas Eis, Mandarinensaft, Ahornsirup und Eiweiß. Irgendwann eilten sie in den Garten und begannen die alte Bank unter dem Kirschbaum zu streichen, wobei sie eine Farbe benutzten, die Ada unter der Treppe hervorholte. Die Nacht war ruhig. Der Mond beschien milchweiß den Rasen. Nirgendwo sonst brannte noch Licht, gut möglich, dass sie die Einzigen in ganz England waren, die noch wach waren. Ada wiederholte ständig, sie habe die Bank schon »seit Jahren« streichen wollen. Zu ihrer Überraschung war die Farbe immer noch flüssig, so als hätte sie sie erst vor wenigen Tagen verwendet.

Eliza wusste nicht recht, ob Ada glücklich oder traurig war. Sie hatte Tränen in den Augen, als sie in der Farbe rührte. Aber das konnte auch an der kühlen Nachtluft liegen. Ein Fuchs leistete ihnen kurz Gesellschaft. Alle betrachteten das Tier, sein Fell rotgrau im Mondschein, bis es mit einer Hecke verschwamm. Anfangs machten die drei gute Fortschritte, aber das Streichen der Bank entpuppte sich doch als recht kompliziert, wenn man beschwipst ist. Außerdem war es zwei Uhr früh und zu dunkel, um erkennen zu können, was man da tat. Als Ada darauf drängte, trotteten sie zurück in die Küche, um noch einen Whisky zu trinken und Karten zu spielen.

Am nächsten Morgen wachte Ada schmerzbenebelt auf. Der Schädel schien ihr mehrere Nummern zu klein zu sein, der Mund ausgetrocknet und pelzig. Sie warf einen Blick auf den Wecker auf dem Nachttisch und seufzte: Er musste um Mitternacht stehen geblieben sein, sie würde ein paar neue Batterien raussuchen müssen. Sie setzte sich auf, merkte, dass das Licht, das durch die Vorhänge drang, anders war als sonst: heller, beständiger. Sie schaute auf ihre Armbanduhr und zuckte zusammen: Es war tatsächlich schon Mittag, verdammt noch mal! Sie hatte bis Mittag geschlafen, die Uhrzeit, die ihr der Wecker auf dem Nachttisch anzeigte, stimmte. Kurz hing sie einfach nur ihren Gedanken nach. Sie war schon seit dreißig Jahren nicht mehr später als um halb zehn aufgewacht, nie hätte sie geglaubt, noch mal dazu in der Lage zu sein. Sie freute sich und versuchte energisch aus dem Bett zu springen, um den Nachmittag willkommen zu heißen. Ihr Kopf begann zu pochen. Ein Metallring schien sich um ihn zu schließen. Sie zog den Vorhang einen Spalt auf. Die Sonne stach auf sie ein wie Gabeln, die sich ihr in die Augen bohrten. Sie stöhnte laut auf und schlug die Hände vors Gesicht, tastete sich zum Bett zurück.

Da sie nicht schlafen konnte, nahm sie einige Zeit später all ihre Kraft zusammen, um im Nachthemd nach unten zu gehen. Ihr Körper musste aus Versehen in den Wäschetrockner geraten sein. Eliza saß an ihrem üblichen Platz in der Küche, ein aufgeschlagenes Buch vor sich auf dem Tisch.

»Ich habe einen furchtbaren Kater«, flüsterte Ada im Hereinkommen.

Eliza grinste. »Ich auch!«

Ada starrte böse auf ihr strahlendes Gesicht. Dann fiel ihr ein, dass sie bestimmt mehr als doppelt so alt war wie Eliza und demnach einen doppelt so starken Kater haben musste: Diese Dinge waren für Ada erst ab dreißig zum Problem geworden.

Zumindest schien auch Harriet eine schlimme Zeit durchzumachen. »Was zum Teufel ist da los?«, ächzte sie vom Wohnzimmer aus. Sie mussten alle gequält lachen. Harriet war in ihrem Kostüm auf dem Sofa eingeschlafen und um zehn aufgewacht, um dann bei einem Blick auf ihre Armbanduhr zu bemerken, dass sie eine Frühstücksverabredung in Holborn versäumt hatte.

»Alkohol ist echt was Heimtückisches«, sagte Ada.

»Recht hast du«, bekräftigte Eliza.

Die Küche war blitzblank. Wie von Geisterhand war alles, was gestern stehen geblieben war, verschwunden.

»Danke fürs Aufräumen«, krächzte Ada.

»Gern geschehen«, erwiderte Eliza.

Ada sah verschwommen, dass Eliza sich Notizen über ein Buch von Michael machte, ein literaturkritischer Überblick über italienische Romane aus den Siebzigern. Kurz spürte sie, wie ihr die Brust schwoll vor Stolz. Ganz so, als stünde Michael hinter ihr, als müsste sie sich bloß umdrehen, um ihn zu sehen. Dann ließ das Gefühl nach, und sie merkte, dass sie langsam wieder einen klaren Gedanken fassen konnte. Ach ja, das Buch: Michael und sie hatten viel darüber geredet, als er es geschrieben hatte. Es war seltsam und nicht unangenehm zu sehen, wie es nach so vielen Jahren in seiner Küche benutzt wurde.

»Gefällt es dir?«, fragte Ada.

»Sehr«, erwiderte Eliza.

»Er hat viel davon in Turin geschrieben. Er mochte das Buch und war immer glücklich, wenn er daran gearbeitet hat.«

»Das merkt man an seiner Sprache. Sie ist so lebendig und humorvoll. Ich wusste gar nicht, dass wissenschaftliche Texte so lustig sein können.«

»Schön. Ja, er war ein sehr geistreicher Mann.«

Eliza stand auf und schenkte Ada ein Glas Orangensaft ein. Dann führte sie sie zu einem Stuhl, förderte ein paar Ibuprofen zutage und befahl Ada, sie sofort einzunehmen.

»Wenn es sein muss.« Sie schluckte die Tabletten und schloss die Augen. »Ich werde nie mehr auch nur einen Tropfen Alkohol trinken«, murmelte sie.

»Ich auch nicht!«, rief Harriet aus dem Wohnzimmer.

»Ihr werdet es überleben«, versicherte ihnen Eliza.

Ada konnte ihr Grinsen hören. Als sie die Augen wieder aufschlug, stellte Eliza ihr gerade eine Schale mit Porridge hin, der mit gerösteten Nüssen und braunem Zucker bestreut war. Sie nahm gegenüber von Ada Platz und nippte an einer Tasse heißem Milchkaffee. Sie verkündete, nicht eher zu weichen, bis Ada etwas zu sich genommen habe. Ada aß folgsam von dem Porridge und blätterte in der Zeitung, merkte, dass sogar ihre Finger pochten. Irgendwann kam Harriet, immer noch in ihrem wild gemusterten Kostüm vom Vortag, in die Küche und aß etwas Porridge. Der Nachmittag verwandelte sich in eine Art Pyjamaparty – wenn auch in eine, die durch regelmäßige Schmerzensschreie und Reuebekundungen unterbrochen wurde. Keiner von ihnen war nach anspruchsvollen Gesprächen zumute, also gingen sie langsam noch mal durch, was am Vorabend passiert war. Ihre Stimmen waren tiefer und heiserer als sonst, ihr Lachen war leiser und häufiger, während es draußen leicht zu nieseln begann, sodass das Gras und die zur Hälfte gelb gestrichene Bank feucht wurden.

26

DAS LAND WURDE gefragt, ob es in der EU bleiben oder diese verlassen wolle. Der Tag des Referendums begann grau und farblos. Eliza war bis spätnachts aufgeblieben, um zuzusehen, wie Regen gegen ihr Fenster prasselte und der Wind am Haus rüttelte. Sie hatte Rubys Nachricht nach wie vor nicht beantwortet und brauchte all ihre Selbstbeherrschung, es nicht zu tun. Die Zeit mit Ada und in der Bibliothek war angenehm, aber spätnachts wurde sie regelmäßig unruhig. Dann pulsierte etwas in ihr, und sie war nicht mehr in der Lage, an etwas anderes als an Ruby zu denken – an ihr ausgeblichenes blondes Haar, ihren Karamellduft, an die langsame Art, wie sie Elizas Körper mit ihrem Mund erkundete.

Eliza wachte früh auf. In Erwartung des Referendums stand ihr ganzer Körper unter Spannung, so als hätte sie monatelang Schundfernsehen geschaut und wäre bei der letzten Folge angelangt: Wie würde es ausgehen? Würde die Handlung eine unerwartete Wendung nehmen, wie auf Twitter angekündigt, würde bestimmten Figuren der Garaus gemacht werden? Angesichts der möglichen Konsequenzen dieses Tages wurde ihr auch ein wenig beklommen zumute – aber die Angst war nicht so vorherrschend und leichter zu verdrängen. Außerdem gab es nichts, was sie jetzt noch tun konnte, um den Lauf der Dinge zu ändern, es würde so kommen, wie es kommen musste.

»Wir werden austreten«, verkündete Ada beim Frühstück.

Sie hatte das Unwetter verschlafen. Eliza hielt dagegen und verwies auf den bescheidenen Vorsprung der EU-Befürworter bei den Umfragen. »Außerdem sagen die Leute seit Monaten, dass wir wirtschaftlich noch schlechter dastehen werden, wenn wir austreten«, fügte sie hinzu. »Das dürften die Wähler berücksichtigen.«

»Ich möchte an dieser Stelle nur ungern mein fortgeschrittenes Alter anführen«, erwiderte Ada, »aber erlaube mir, dass ich es kurz tue.«

Eliza grinste. »Bitte, ich höre.«

»Großbritannien hat das reinste Wechselbad der Gefühle hinter sich, was Europa anbelangt – und das begann schon lange bevor du geboren wurdest. Wir haben nie so richtig mit der EU harmoniert – nicht zuletzt wegen unserer Erfahrungen während des Krieges. Es würde mich nicht wundern, wenn sich das heute niederschlagen würde.«

»Hm.«

»Einwanderung ist ein wichtiges Thema für die Leute. Du magst dir zwar wünschen, dem wäre anders, meine Liebe, aber ich fürchte, es ist leider so. Alle sind nach wie vor geschockt von der Finanzkrise. Die Sparpolitik hat für noch mehr Unmut gesorgt. Die Lage hat sich nicht wirklich verbessert, schon gar nicht für junge Leute in deinem Alter – auch wenn du nicht besonders scharf darauf zu sein scheinst, etwas dagegen zu unternehmen.«

»Nein, ich kann nur hoffen, dass wir diesem Impuls widerstehen.«

»Das hoffe ich auch. Aber ich bin mir nicht sicher, wie es ausgehen wird. Das weiß niemand. Vielleicht wissen wir in zwanzig Jahren mehr.«

Eliza überlegte. »Ich will nicht zwanzig Jahre warten.«

»Das kann ich gut verstehen. Doch egal, wie es ausgeht – es wird schwierig bleiben. Die Brexiteers werden nicht verstummen, wenn wir in der EU bleiben. Sie werden lautstark auf einem zweiten Referendum bestehen. Und wenn wir uns für den Austritt entscheiden, wird sich das ewig hinziehen.«

Wenigstens in diesem Punkt stimmte Eliza ihr zu. Sie schlossen Wetten ab, notierten sie und befestigten die Zettel mit einem Magnet am Kühlschrank. Ada sagte ein Ergebnis von 53 zu 47 Prozent für die EU-Skeptiker voraus, während Eliza glaubte, die EU-Befürworter würden mit 51 zu 49 Prozent knapp gewinnen.

Dann verließ Ada die Swinburne Road, um den Vormittag bei einer Rent-a-Gran-Kundin zu verbringen: Es handelte sich um eine ältere Dame aus Bicester, die auf so viele Enkel aufzupassen hatte, wenn ihr Sohn zur Arbeit ging, dass sie »eine weitere Oma« zur Unterstützung brauchte.

Eliza war zu nervös, um zu Hause rumzusitzen. Deshalb beschloss sie, in die Stadt zu gehen. Die Atmosphäre war seltsam, so als stünde eine Krönung oder etwas ähnlich Feierliches bevor. Die Straßen waren leerer als sonst, und alle redeten nur über ein Thema. An diesem Tag sollte Eliza allen möglichen Bekannten begegnen. Sie entdeckte Paola, die das Mansfield College mit einer Schar von EU-Befürwortern betrat. Und Sam ließ Eliza zusammenzucken, indem er ihr auf die Schulter klopfte, als sie gerade ihre Post aus der Portiersloge holte. Sie traf sogar Nat, die Studentin, die sie zu Beginn ihres Promotionsstudiums geküsst hatte. Sie waren in einem Imbiss in Merton, als sie einander bemerkten. Eliza stellte erleichtert fest, dass Nat nicht zu den Leuten gehörte, die nachts etwas mit einem anfangen, um einen dann bei Tageslicht zu verleugnen. Sie rief »Eliza!« und umarmte sie. Anschließend sprachen sie über das einzig mögliche Thema und schafften es dann auf wundersame Weise, andere Dinge anzuschneiden. Eliza freute sich, Nat wiederzusehen. Es fühlte sich ungezwungen an. Nat brachte Eliza zum Lachen, erzählte ihr, wie es mit ihrem Prüfungsprotest weitergegangen war, und vom vergangenen Studienjahr. Sie sah wirklich hübsch aus, ihre hellbraune Haut war prall, straff und strahlend, so als würde sie regelmäßig Feuchtigkeitscreme verwenden und Granatapfelkerne essen.

»Es wäre toll, wenn wir uns mal auf einen Drink oder so treffen würden«, sagte Nat, nachdem sie ihr Baguette von dem Typen hinter der Theke entgegengenommen hatte. Sie klang weder bemüht noch sonst was, sie klang aufrichtig, so als würde sie sich wirklich gern mit Eliza treffen.

Eliza strahlte. »Das finde ich auch.«

Nat nickte fröhlich.

»Tut mir leid, dass ich dir keine Nachricht mehr geschickt hab«, sagte Eliza abrupt. »Nach unserem Kennenlernen. Ich weiß, das klingt scheiße, aber ich wusste echt nicht, wie ich mich verhalten soll, was man in so einem Fall macht, also hab ich's auf die lange Bank geschoben, bis ich mir blöd vorgekommen wäre, noch was zu schreiben.«

»Keine Sorge«, sagte Nat. Wieder waren ihre Nägel silbern lackiert. Sie lächelte freundlich. »Sehen wir einfach zu, dass es das nächste Mal klappt.«

Eliza nickte. Nat verstaute das Baguette in ihrem Rucksack, küsste Eliza auf die Wange und ging.

Eliza sonnte sich in dem Gefühl, gemocht zu werden, und bestellte dann ein Panino. Während sie darauf wartete, sah sie auf das Treiben auf der High Street hinaus. Sie kam nicht umhin, der Art, wie die Menschen vorbeiströmten, eine tiefere Bedeutung und ihren Worten einen feierlichen Klang beizumessen, der noch durch die Scheibe zu hören war. Zum ersten Mal in ihrem Leben spürte sie, dass Geschichte geschrieben wurde, dass sie live dabei, ja sogar aktiv daran beteiligt war. Sie war noch klein gewesen, als das World Trade Center eingestürzt war, und das hatte sich angefühlt, wie eine Katastrophe in einem Spielfilm anzuschauen.

Ganz anders als das hier. Jemand rief ihre Bestellung aus. Sie war gerade dabei, sich zur Theke umzudrehen, um das Panino entgegenzunehmen, als sie draußen etwas sah, das sie erstarren ließ.

Sie war wie gelähmt.

Langsam wandte sie sich wieder zum Fenster. Entsetzen wallte in ihr auf, zentimeterweise wie steigende Flut.

Während sie zusah, wie Ruby draußen auf dem Bürgersteig vorbeiging und lachend den Kopf in den Nacken warf, vergaß sie ganz, dass sie einen Körper hatte, einen Namen, ein eigenes Leben. Sie konnte nichts anderes tun, als auf den Straßenabschnitt zu starren, den Ruby gerade entlangging, ja, im Nu entlanggegangen war. Ganz so, als könnte sie ihre gefährliche Wärme noch wie ein Tier wittern.

»Das Auberginen-Panino«, hallte es erneut durch den Raum. »Das Panino …«

Und dann: »Ist das deines?«

Eliza zuckte zusammen.

Sie drehte sich um. Nahm das Panino entgegen.

Und bemerkte, dass ihre Finger aussahen, als ob sämtliches Blut aus ihnen gewichen wäre. Sie wirkten, als gehörten sie einer Toten. Sie hielt sie sich dicht vor die Augen. Sie waren wächsern, gelblich. Vermutlich hatte sie Ruby gar nicht gesehen, redete sie sich ein. Diejenige, die da vorbeigegangen war, konnte genauso gut jemand anders gewesen sein. Es war nicht das erste Mal, dass sie glaubte, ihre Ex-Freundin erkannt zu haben: Kurz nach ihrer Trennung war es schon fast albern gewesen, wie oft Rubys Züge sich der Gesichter unschuldiger Passanten bemächtigten. Die blieben verschreckt stehen, wenn Eliza sie anstarrte, bis sie merkte, dass sie es mitnichten waren, und peinlich berührt wegsah.

Aber diesmal konnte sie sich nichts vormachen: Eliza wusste, dass Ruby vorbeigegangen war, sie spürte es genauso deutlich wie die Kleider auf ihrer Haut und das Panino in ihrer Hand. Außerdem … hatte Ruby nicht gesagt, dass sie heute in Oxford sein würde? Und jetzt war sie verdammt noch mal hier.

Eliza verließ den Imbiss. Sie aß das Panino auf der Straße, um es dann auf der Toilette einer Filiale der Kaffeekette Costa wieder auszukotzen. Sie lief zum Exeter College und sah sich dabei die ganze Zeit um, versuchte zu verdrängen, was ihr im Imbiss durch den Kopf gegangen war, nämlich dass Ruby nach wie vor die Frau war, mit der sie zusammen sein wollte, trotz ihrer Grausamkeiten, ja, dass niemand anders so schnell so intensive Gefühle in ihr wecken konnte. Irgendwann fand sie sich in einem der efeuumrankten Höfe des College wieder, erinnerte sich daran, dass ihr George noch an diesem Morgen eine SMS geschrieben hatte, er wolle heute hier arbeiten. Sie musste also beschlossen haben, das Exeter College aufzusuchen, um dort neben ihm zu arbeiten. Sie fragte einen Studenten nach dem Weg zur Bibliothek. Als George kam, um sie reinzulassen (man brauchte einen Ausweis vom Exeter College, um reinzukommen), sagte er so was wie: »Alles in Ordnung?« Eliza beantwortete die Frage überzeugend genug, um mit ihrem Notebook und ihren Büchern allein gelassen zu werden. Sie verbrachte einen Nachmittag, der sich anfühlte wie eine schlaflose Nacht. Jede Stunde war Geisterstunde, jede quälende Minute eine zu viel. Sie überflog ihre Bücher und griff nervös nach dem Handy, rief immer wieder die BBC-Nachrichtenseite auf, um sich ihrer Urangst nicht stellen zu müssen. Sie verbrachte eine Ewigkeit auf Instagram und fragte sich, ob Ruby wohl ein romantisches Türmchenfoto hochladen würde, während Eliza ihren Account im Blick behielt. Sie wusste, dass sie in die Swinburne Road zurückkehren und bei Ada Zuflucht suchen sollte. Sie wusste, dass sie Ellie oder Jess anrufen sollte, um sie um Beistand zu bitten. Sie konnte sogar Rich anrufen und sich von den letzten Neuigkeiten aus Carlisle ablenken lassen – Flora hatte jetzt einen echt dicken Bauch! Doch stattdessen musste sie zusehen, wie sie völlig unfähig war zu handeln. Als wären ihre Gliedmaßen aus Watte, wie die in Träumen, die einfach nicht reagieren.

Im Moment sah sie sich dabei zu, wie sie Ruby eine Facebook-Nachricht schickte. Sie wusste selbst nicht so genau, was sie da tippte, so was wie: »Hab gerade gesehen, wie du in Oxford an mir vorbeigelaufen bist. Wäre toll, sich zu treffen und zu reden, solange du in der Stadt bist.« Sie las sich die Nachricht nicht noch mal durch, bevor sie sie abschickte, sondern entließ sie wie ein Gebet. Sie rief Ada auf dem Handy an wie versprochen. Sie verabredeten sich um sechs in der Grundschule, in der Wahlkabinen aufgestellt worden waren. Von George fehlte jede Spur.

»Bist du bereit zum Wählen?«, sagte Eliza am Telefon.

»Ich kann es kaum erwarten«, gab Ada zurück.

»Gut.«

Ada fand, dass Eliza irgendwie seltsam klang. »Alles in Ordnung?«, fragte sie.

»Alles gut.«

Ada war nicht überzeugt, ging aber gerade zum Auto, als sie telefonierten, und war vom schönen Nachmittag abgelenkt – von der Sonne, die ihre Strahlen durch die sich ballenden und wieder auflockernden Wolken herabschickte, von den Bäumen, die sich im Frühsommer hin und her wiegten, davon, wie strahlend neu alles aussah.

Eine halbe Stunde später traf sie sich mit Eliza vor der Schule, und beide stimmten ab. Vor den Wahlkabinen warteten jede Menge Leute, alle wirkten extrem angespannt, alarmiert. Danach gingen sie zu Fuß nach Hause.

Eliza erzählte nicht, wen sie in der Stadt gesehen hatte. Sie wusste, dass ihr Ada zu einer Zurückhaltung raten würde, zu der sie sich nicht in der Lage sah. Ada spürte, dass Eliza etwas bedrückte. Aber was immer es auch war – sie wirkte zu verschlossen, als dass Ada es gewagt hätte nachzuhaken. Deshalb ließ sie sie in Ruhe.

Zu Hause trennten sie sich für mehrere Stunden. Eliza ging in ihr Zimmer, und Ada ließ sich am Küchentisch nieder, um zu arbeiten. Vor zwei Wochen hatte Eliza ihr eine Anthologie der kanadischen Schriftstellerin Anne Carson gegeben, die Ada tief berührt hatte. Sie wollte ein Gedicht wie *»The Glass Essay«* schreiben und versuchte herauszufinden, welche Form es bekommen sollte.

Langsam verdunkelte sich der blaue Himmel. Eliza kam nach unten. Sie sah verhärmt aus. Ada fragte, was los sei, und Eliza meinte, dass sie traurig, aber im Moment nicht sehr gesprächig sei, wenn das okay für sie sei. Ada konnte beides verstehen. Sie gab zwei Packungen Makkaroni mit Käsesoße in einen Topf und wärmte sie für sie auf. Sie aßen sie mit gebuttertem Toast vor dem Fernseher.

Im Nu war es neun. Die Wahllokale hatten noch eine Stunde geöffnet. Eliza wusste von ein paar Bekannten, die auf eine Referendum-Party in Jericho gehen würden. Aber sie hatte nicht die geringste Lust sie zu begleiten. Boris Johnson gab eine Erklärung ab, posaunte hinaus: »Verpassen Sie nicht diese Chance, den heutigen Tag zu unserem Unabhängigkeitstag zu machen!« Der Fernsehjournalist Robert Peston wurde gezeigt, wie er hinter einem riesigen Schreibtisch saß und M&Ms aß.

Zehn Uhr. Hedgefonds-Umfragen munkelten, die EU-Befürworter hätten es geschafft. In Glastonbury hatten sich Leute als Wahlkabinen und EU-Länder verkleidet. Es sah lustig aus, wie ein Volksfest. Überall auf der Welt starrten Börsenfritzen auf Bildschirme, ihr Teint war aschfahl. In Peterborough wurde nach einer Messerattacke ein Mann festgenommen. Eliza empfand die Nachrichten als tröstlich, ganz so, als wäre das in Großbritannien ein ganz normaler Tag und nicht dieser hier.

Elf Uhr. Tory-Abgeordnete ließen einen Brief herumgehen,

der David Cameron drängte zu bleiben, egal, wie es ausgehen würde. Ada machte ihnen einen Gin Tonic und trug die Gläser aus der Küche ins Wohnzimmer. Eliza und sie tranken diese rasch aus, während im Hintergrund die Nachrichten liefen. Ada begann Ingwerkekse zu essen, einen nach dem anderen, ohne es zu merken. Eliza starrte einfach nur auf die Mattscheibe, auf die Münder der Leute dort, die Worte bildeten und Laute absonderten. Ob Ruby wohl denselben Sender eingeschaltet hatte? Manchmal hoben die Moderatoren den Arm, um auf das Detail einer Grafik zu verweisen. Hände fanden immer wieder zueinander und lösten sich, um die wichtigen Punkte zu betonen, die sie gerade von sich gaben.

Gibraltar verkündete sein Wahlergebnis – in der EU bleiben, und zwar mit deutlicher Mehrheit. Ada machte ihnen noch einen Gin Tonic, diesmal gab sie ein Stück Gurke dazu. Eliza fragte sich, wie Ada wohl abgestimmt hatte, und beschloss, das lieber nicht wissen zu wollen. Ada fragte sich, ob sie sich richtig entschieden hatte. In der Wahlkabine hatte sie es sich im letzten Moment anders überlegt.

Mitternacht. Eliza hatte sich nicht vorgenommen, lange aufzubleiben, aber an Schlaf war im Moment nicht zu denken. Immer wieder eilten ihre Gedanken zu Ruby, zu ihrem ausgeblichenen blonden Haar, das im Sommer heller wurde. Zu den Muttermalen auf ihrem Rücken.

Newcastle gab sein Ergebnis bekannt. Es fiel für die EU aus, aber nur knapp. Der Pfundkurs stürzte ins Bodenlose. Twitter-Nachrichten poppten auf Elizas Handy auf. Orkney gab seine Ergebnisse bekannt. Auch pro EU.

»Nun, meine Liebe …« Ada gähnte und stand auf. »Sieht ganz so aus, als würdest du nicht enttäuscht werden.«

Sie wünschte ihr eine gute Nacht. Eliza sagte, sie werde hoffentlich gut schlafen, und sah dann zu, wie Ada die Treppe hochging, steifbeinig, weil sie so lange gesessen hatte. Kurz wollte Eliza sie daran hindern, zu Bett zu gehen, damit sie reden konnten. Sie stellte sich vor, wie befreiend es wäre, ihre Zurückhaltung abzulegen, die sie den ganzen Abend aufrechterhalten hatte. Wie sehr es sie erleichtern würde, Ada einfach nur zu sagen, dass sie Ruby in der High Street gesehen hatte und wie sehr sie versucht war, diese Information gegen sich zu nutzen. Ada würde mehr wissen wollen, versuchen, Eliza vor sich selbst zu schützen. Aber Eliza brachte einfach kein Wort heraus. Außerdem wollte sie es nicht wirklich, sodass Ada nach oben ging, ohne kehrtzumachen. Eliza sah zu, wie Ada am Geländer Halt suchte und sich mühsam hochschleppte. Während der nächsten Minuten drangen weitere Geräusche zu ihr hinunter, als Ada in Schlafzimmer und Bad auf und ab ging. Dann kehrte Stille ein.

Eliza wandte sich wieder dem Fernseher zu. Ihr war, als wäre ihr Gehirn lange im Gefrierfach gelegen und würde erst jetzt langsam auftauen. Rubys Name ging ihr durch den Kopf, Ru-by, Ru-by, wie eine Riesenarmee, die in den Krieg zieht, marschierte er ihr durch den Schädel.

Sunderland gab sein Ergebnis bekannt. »Dann haut doch ab!«, grölte jemand auf Twitter. »Mit hoher Wahlbeteiligung, wir haben's verkackt!«, meinte jemand anders. Eliza wischte über ihr Handy, um die App zu schließen. Sie klappte ihr Notebook auf und schaute bei Facebook vorbei. Ruby hatte geantwortet. Eliza lief es eiskalt den Rücken herunter:

»Ooooooh, du hättest Hallo sagen sollen!«, lautete die Nachricht. »Wo steckst du gerade? Ich bin bei einer Freundin und schau mir die Referendumsergebnisse an, aber sie überlegt gerade, ins Bett zu gehen, und ich bin viel zu aufgedreht, um zu schlafen.«

Eliza starrte eine Weile auf den Bildschirm.

»Ich bin in Iffley«, schrieb sie zurück.

Ruby: »Ich auch, verdammt! Wo?!«

Eliza: »Swinburne Road.«

Ruby: »Kenn ich nicht.«

Eliza: »Die kennt niemand.«

Ruby: »Oh, LOL, du bist direkt bei mir um die Ecke, hab gerade auf Google Maps nachgeschaut. Ich bin in der Freelands Road.«

Eliza: »Ja, die kenne ich.«

Ruby: »Okay, cool, also … was meinst du – soll ich vorbeischauen?«

Ruby: »Wenn nicht, kann ich das gut verstehen.«

Ruby: »Vermiss dich ehrlich gesagt und würd dich so gern sehen.«

Ruby: »Wir können gern über den ganzen Scheiß reden, den ich gebaut habe, das wär mir echt wichtig.«

Ruby: »Egal, gib einfach Bescheid.«

27

ELIZA WUSSTE NICHT, wie sie sich bezüglich Ruby entscheiden sollte, und schaute einfach weiter fern.

UKIP-Fans jubelten. Die Zeitungsjournalistin Helen Lewis sagte, sie müsse lachen, obwohl ihr zum Weinen zumute sei. Die Labour-Abgeordnete Liz Kendall stritt ab, dass dieses Abstimmungsergebnis ein Weckruf sei, und meinte, einige Leute seien bereits »seit Langem aufgewacht«. Da konnte ihr Eliza nur zustimmen. Sie lud eine App auf ihr Handy, damit sie zusehen konnte, wie das Pfund weiterhin rasant fiel. Sie überlegte, ob sie zu einem Bankautomaten gehen und das bisschen Geld, das sie besaß, abheben sollte, um es unter der Matratze aufzubewahren. Die Inlandspresse schaltete Liveblogs, und auf ihrem Notebook klickte sich Eliza von Seite zu Seite. Alle sagten mehr oder weniger dasselbe, so nach dem Motto »Das ist ein Riesenschock« und »Der historische Fortschritt wird gerade zunichtegemacht«. Eliza hörte ungerührt zu. Wenn sich Geschichte so anfühlte, war das wenig beeindruckend, ja eher enttäuschend.

Sie merkte, dass sie die Nachrichten jetzt mit Rubys Augen sah, versuchte sich vorzustellen, wie sie das Geschehen wohl interpretierte, sich die Konsequenzen dieses historischen Umbruchs vorstellte. Um sich abzulenken, schickte sie sich mit Rich in Carlisle SMS hin und her, bis er ins Bett ging. Aber Flora blieb noch auf, und Eliza und sie begannen einander Whatsapp-Nachrichten zu schicken, während die nächsten Ergebnisse eintrudelten. Dadurch kam Eliza die ganze Situation erst recht unwirklich vor, so als hätten sämtliche Gesetze, die tagsüber Bestand hatten, auf einmal ihre Gültigkeit verloren, um einer neuen Ordnung zu weichen, in der sich Eliza mit ihrer Mutter über Politik unterhielt.

Swindon verkündete den Austritt. Eliza schenkte sich noch Gin Tonic ein. Ruby mochte diesen Drink auch gern, und zwar mit Mandarinenscheiben. Das Eis klimperte melodisch gegen das Glas. Eliza ging davon aus, dass sie längst betrunken war. Ihre Extremitäten fühlten sich an, als wären sie nur noch lose an ihrem Rumpf befestigt.

Glasgow gab seine Ergebnisse durch. Die Stadt entschied sich für die EU, aber nur mit geringer Wahlbeteiligung. »F…«, seufzte der Journalist Stephen Bush.

Ein Uhr. Eliza fühlte sich definitiv betrunken, sie konnte nichts mehr richtig fixieren. Sie hätte sich am liebsten auf dem Boden ausgestreckt, wusste aber, dass ihr der Alkohol dann erst recht zu Kopf steigen und es ihr danach nur noch schlechter gehen würde. Sie antwortete Ruby, schrieb, sie könne gerne kommen, wenn sie wolle. Dann ließ sie das Handy fallen und ging in die Küche, um die Tür zum Garten zu öffnen. Barfuß betrat sie den dunklen Rasen. Das Gras war pitschnass. Die Nacht war kühl. Eine leichte Brise fuhr durch die Zweige des Kirschbaums und brachte seine Blätter in Bewegung. Der Mond am Himmel war nicht ganz voll, er schien es aber erst vor Kurzem gewesen zu sein. Eliza atmete tief ein und sehnte sich nach einer Zigarette. Dann kehrte sie ins Wohnzimmer zurück.

Oxford verkündete sein Ergebnis. Pro EU, wie erwartet, auch wenn die Wahlbeteiligung wieder mal zu wünschen übrig ließ. Eliza verdrehte die Augen und ging ins Bad. Zu ihrer Benommenheit gesellte sich die Angst, was sie alles tun oder fühlen könnte, wenn Ruby da wäre. Während sie pinkelte, betrachtete sie sich im Spiegel, darin wurde sie von zwei Grünlilien eingerahmt. Ihr

Gesicht sah aus, als wäre es irgendwie am Kopf festgetackert. Sie trug ein schwarzes T-Shirt, das sie in eine schwarze Jeans gesteckt hatte. Sie fand, sie sah aus wie eine Heroinsüchtige. Ihre Wimperntusche war verschmiert und bildete kleine Balken unter den Augen. Sie versuchte, sie abzukratzen, doch sie klebten fest an ihrer Haut.

Sie kehrte zum Fernseher zurück. South Tyneside verkündete sein Ergebnis, noch so eine Labour-Hochburg: austreten! Eliza legte sich auf den Boden. Sie spürte, dass es ihr guttun würde, laut zu schreien. Aber sie konnte die Energie dafür nicht mehr aufbringen, außerdem wäre es absurd, so etwas zu tun, während Ada im Obergeschoss schlief. Alles fühlte sich unwirklich an, unecht – angefangen bei dem sich herauskristallisierenden Referendumsergebnis bis hin zu der Tatsache, dass Ruby vermutlich gerade Richtung Swinburne Road unterwegs war und bald leise anklopfen würde, wie Eliza ihr das eingeschärft hatte.

Zwei Uhr früh. Eliza lag immer noch auf dem Boden des Wohnzimmers, als sie jemanden an der Haustür hörte. Es war genau das Geräusch, das man erwartet, wenn man nachts aus einem Albtraum hochschreckt, ein dumpfes Klopf-klopf, das sich einfach nicht überhören ließ. Eliza setzte sich auf. Sie war wie gelähmt vor Angst. Sie hatte zu viel getrunken, und jetzt blieb ihr nichts anderes übrig, als die Sache hinter sich zu bringen. Benommen stand sie auf. Im Flur hing ein großer rechteckiger Spiegel. Sie machte das Licht an und warf einen prüfenden Blick hinein. Sie strich sich durch das pinkfarbene Haar, setzte ein Lächeln auf, zupfte an ihrem T-Shirt, damit es ihren Oberkörper vorteilhafter umspielte, und kniff sich in die Wangen, damit sie frisch und rosig aussahen. Sie öffnete die Tür.

Davor stand Ruby. Es war so seltsam! Sie starrten sich bestimmt zehn Sekunden lang an.

Eliza hatte Ruby fast zwei Jahre nicht mehr gesehen. Sie trug dunklen Lippenstift und ein grünes knielanges Seidenkleid, dazu eine Lederjacke und Doc Martens. Eliza ging das Herz auf, bestimmt beulte es schon ihr T-Shirt aus. Am liebsten hätte sie die Hände gegen die Brust gepresst, um es wieder an seinen ursprünglichen Ort zurückzudrängen. An dem Tag, an dem sie sich in Bath getrennt hatten, hatte Ruby dieselben Schuhe zur Arbeit getragen – damals, als sie diesen x-beliebigen Typen mit nach Hause geschleppt und im Erdgeschoss gevögelt hatte, während Eliza, die Hände an den Hals gepresst, auf dem Treppenabsatz lauschte. In den letzten Monaten war es ihr immer schwerer gefallen, Rubys Gesicht heraufzubeschwören. Eliza sah es meist nur eine Sekunde vor Augen, bevor es ihr entglitt, aber jetzt stand Ruby direkt vor ihr, ihre Züge waren klar erkennbar. Es tat gut, sie in dieser vertrauten Konstellation wiederzusehen. Sie verschwanden nicht, wirkten ganz selbstverständlich, unausweichlich, so als würden sie sich diesmal endgültig in Elizas Gedächtnis einprägen.

»Hi«, sagte Ruby.

Eliza sah, dass sie die Haare länger trug, sie fielen ihr bis zu den Schultern und waren honigblond. Als sie sich das letzte Mal gesehen hatten, hatten sie gerade mal bis zu den Ohren gereicht. Sie war schön, ihre Haut schimmerte porzellanweiß im Mondlicht.

Eliza sagte ebenfalls »Hi« und dann so etwas wie »Komm rein, komm rein.« Ruby betrat das Haus. Eliza versuchte die Haustür leise hinter ihnen zu schließen und hielt dabei den Riegel fest, damit er keinen Lärm machte. Sie war zu betrunken, um das zu schaffen, sodass die Tür mit demselben metallischen Scheppern zufiel wie immer. Der Flur war schmal, und Ruby kam ihr sehr nah. Sie war groß, viel größer als Eliza, und bewegte sich auf eine Art, dass die Leute fragten, ob sie Ballett gemacht habe. Eliza nahm ihr Parfüm wahr, ihren langen elfenbeinfarbenen Hals im Spiegel. Die innere Distanz, die sie gewonnen hatte, nachdem sie

Ruby am Vormittag vor dem Imbiss gesehen hatte, war dahin. Eliza spürte nur noch ein pochendes Verlangen, so als wollte sie etwas wiederbeleben, wieder zwanzig sein. Sie sah, dass sich Ruby nicht verändert hatte. Sie war immer noch nicht nett zu ihr. Eliza hatte das schon beim Öffnen der Tür gemerkt, als Rubys dunkle Lippen sich voneinander gelöst und beinahe gelächelt hatten – auf eine Art, die Eliza spüren ließ, dass sie ihr erneut wehtun würde. Und dennoch begehrte Eliza sie.

Sie gingen ins Wohnzimmer. Ruby hatte eine Flasche Champagner dabei, die schon zur Hälfte ausgetrunken war. Gut möglich, dass er nicht mehr so perle, meinte sie. Eliza wollte wirklich nicht noch mehr trinken, aber Ruby bestand darauf, sagte, sie hätten sich eine Ewigkeit nicht mehr gesehen und müssten das »feiern«. Außerdem könne ein Schwips nicht schaden, um die restliche Berichterstattung zu überstehen. Sie sahen fern und gaben ihre Kommentare dazu ab. Jedes andere Thema wäre einfach zu viel gewesen. Weitere Teilergebnisse trudelten ein – Lincoln, Ribble Valley, Hertsmere waren alle für den Austritt. Liverpool wollte in der EU bleiben. Eliza ging in die Küche, um zwei Gläser zu holen. Sie fühlte sich einsam und uralt. Sie trank ein Glas mit Leitungswasser und genoss, wie kalt es war. Sie hatte gar nicht gemerkt, wie durstig sie war, die Flüssigkeit schmeckte fast schon süß, so willkommen war sie. Sie konnte nicht fassen, dass sie Ruby hergebeten hatte, in Adas Haus. Sie hatte heftige Schuldgefühle wegen dieses Vertrauensbruchs. Ada würde Ruby nicht dahaben wollen – nicht nach allem, was sie über sie gehört hatte. Eliza musste dringend etwas tun, etwas sagen, sie rauswerfen. Sie hatte etwas Kostbares beschmutzt, etwas Unausgesprochenes, aber Wichtiges. Jetzt stand alles auf dem Spiel.

Sie kehrte mit den Gläsern ins Wohnzimmer zurück. Ruby hatte ihre Stiefel ausgezogen und saß in Adas Sessel. Sie konnte natürlich nicht wissen, wem der Sessel gehörte, aber Eliza war trotzdem empört. Ruby hatte auch die Beleuchtung verändert, ein paar Lampen ausgemacht. Das Zimmer hatte eine schwülere Atmosphäre. Sie fragte, ob sie einen Ingwerkeks nehmen dürfe, in der Packung neben dem Sessel seien noch welche. »Ja«, sagte Eliza, obwohl sie am liebsten »Nein!« gebrüllt hätte. Dann sah sie, dass Ruby etwas auf dem Schoß hatte. Es war die Skulptur von Primo Levi, die Eule. Sie saß einfach so auf dem Rand ihres Oberschenkels.

Eliza stellte die Gläser auf den Tisch, auf dem normalerweise die Kupferdrahtskulptur stand. Sie spürte, wie sie zitterte, vor allem ihre Hände. Das Bild von Ada und ihrem Mann sah seltsam verwaist aus ohne die Eule davor, das Glück, das sie ausstrahlten, wirkte irgendwie aufgesetzt.

»Hast du die Eule da weggenommen?« Eliza zeigte auf den Tisch. Sie wollte ungerührt klingen, hätte aber nicht sagen können, ob ihr das geglückt war. Sie hatte Angst, Ruby könnte die Kupferdrahtfigur aus reiner Bosheit zerdrücken oder damit abhauen, ohne dass Eliza die geringste Chance hatte, sie zurückzubekommen.

Ruby machte ein verwirrtes Gesicht und begriff dann, dass Eliza von der Eule auf ihrem Schoß sprach.

»Oh«, sagte sie. »Ich hab einfach danach gegriffen, das ist so ein hübsches kleines Ding!«

»Hmhm«, machte Eliza.

Sie ging zu Ruby und wollte ihr die Eule abnehmen, ganz entspannt, ohne Misstrauen zu erregen. Ruby packte sie am Arm, und Eliza zuckte zusammen. Sie versuchte jedoch nicht, Eliza daran zu hindern, die Eule zurückzunehmen, sondern hielt sie einfach nur fest, gespielt zärtlich, was fast noch schlimmer war. Als Ruby sie berührte, musste Eliza an all die Male denken, die Ruby sie so angefasst hatte – nicht zu fest, mit genau dosierter Zuneigung, aber doch jedes Mal so, dass klar war: Sie würde erst wieder loslassen, wenn sie Lust darauf hatte.

»Tut mir leid, dass du dachtest, ich hätte dich in unserer Beziehung schlecht behandelt«, sagte Ruby.

Ihre Augen wirkten grüner als sonst, kalt. Ihre Stimme hatte einen fragenden Unterton.

»Ich möchte dir bloß sagen«, fuhr sie fort, »dass du mich nicht in schlechter Erinnerung behalten sollst. Es fällt leicht, in der Vergangenheit zu verharren, aber das ist wenig hilfreich.«

Eliza starrte auf ihren Arm.

»Hilfreich für wen?«, fragte sie.

Ruby schwieg. Eliza dachte über Rubys Worte nach, darüber, wie sehr diese mit Gefühlen geizte.

Ruby umklammerte ihr Handgelenk. Mit der anderen Hand begann sie sanft über Elizas Arm zu kratzen, erst hinauf und dann wieder hinunter. Es fühlte sich gut an. Eliza räusperte sich und krümmte ein wenig die Finger. Da ließ Ruby sie los. Eliza ging zu dem kleinen Tisch, um ihnen Champagner einzuschenken. Sie tranken und redeten noch ein wenig. Eliza fiel das leichter, wenn sie Ruby nicht ansah, deshalb setzte sie sich vor sie auf den Boden, mit dem Gesicht zum Fernseher. Ruby spielte mit ihrem Haar und massierte ihr die Kopfhaut. Sie hatte so lange Nägel, dass es sich gut anfühlte. Sie sprach überwiegend von sich, davon, was sie so gemacht habe, was sie vom Referendum halte, wie oft sie an Eliza gedacht und gehofft habe, »dass sie aufblüht«.

»Vor ein paar Monaten ist mir klar geworden, dass ich nicht mehr so glücklich bin wie damals mit dir«, sagte sie abrupt. »In deiner Nähe war ich zufriedener.«

Eliza blieb stumm und ließ dieses Geständnis auf sich wirken. Wäre sie seelisch stabiler gewesen, hätte sie so etwas wie Triumph empfunden: Es kam selten vor, dass Ruby zugab, etwas zu vermissen. Doch unter den gegebenen Umständen fühlte sie sich nicht rehabilitiert. Ruby fragte nicht, ob Eliza, jetzt, wo sie allein sei, glücklicher sei. Sie schien fest davon auszugehen, dass Eliza sie vermisste, sich bestimmt nach dem zurücksehnte, was sie einst gehabt hatten. Sie wollte ihre frühere Beziehung offensichtlich neu definieren, sie als eine ganz gewöhnliche Liebesbeziehung ausgeben, die völlig normal geendet hatte, ohne dass eine von ihnen tief verletzt worden war. Eliza hörte teils begierig, teils distanziert zu, wie Ruby ihre Absichten erläuterte. Sie wusste, dass sie Ruby an diesem Abend zum letzten Mal sehen würde, sie konnte diese Frau in ihrem jetzigen Leben nicht mehr brauchen. Sie hatte gelernt, ohne sie zu leben, und das würde, ja, musste sie auch wieder. Ein anderer Teil von ihr wünschte sich hingegen, dass diese letzte Nacht niemals enden möge. Deshalb lehnte sie sich an Rubys Beine, während die Nachrichtenmoderatoren weiterredeten und Ruby Eliza durchs Haar fuhr, sagte, wie wichtig Eliza ihr sei, wie sehr sie es manchmal bereut habe, »ein bisschen kontrollierend« gewesen zu sein, als sie noch zusammengewohnt hätten. Dass es vielleicht keine gute Idee gewesen sei, Elizas Aufenthaltsorte zu überwachen, ihre Mails zu lesen und ihre Telefonate zu checken, dass sie das alles aber nur aus Zuneigung getan habe.

Eliza sah zu, wie Formen auf der Mattscheibe aufblühten und wieder verwelkten. Das Pfund war noch weiter gefallen, und sie überlegte, inwiefern das ihr Leben irgendwie beeinflussen würde. Sie dachte an Nat, offen gestanden sogar ziemlich oft. Daran, dass sie sie – wenn sie diese endlose Nacht hinter sich hätte – gerne auf einen Drink treffen würde, wie von Nat vorgeschlagen. Sie dachte an Ada, an die Bank im Garten, die sie noch hatten fertig streichen wollen, nur dass ihnen die Farbe ausgegangen war und sie noch neue kaufen mussten.

✦

Oben wurde Adas Schlaf leichter. Sie konnte Stimmen im Erdgeschoss hören, ging aber davon aus, dass es der Fernseher war. Sie träumte etwas Albernes, nämlich dass sie Pannacotta machte, nur dass diese immer wieder aus der Schüssel sprang und vor ihr herschwabbelte wie ein fliehender Gummiball. Sie setzte sich auf, sah auf ihren Wecker und seufzte. Es war Viertel nach vier. Das Ergebnis des Referendums sollte inzwischen feststehen. Sie wollte das Radio einschalten und sich die neuesten Nachrichten anhören, überlegte es sich jedoch anders. Sie würde sich später informieren. Wenn sie jetzt erfuhr, wie es ausgegangen war, würde das den Lauf der Dinge auch nicht mehr beeinflussen.

Sie machte die Nachttischlampe an und schloss kurz die Augen, um sich langsam an das grelle Licht im Zimmer zu gewöhnen. Sie war zu wach, um wieder einschlafen zu können, und zu müde zum Lesen. Sie lauschte kurz, hörte nichts und fragte sich, ob Eliza wohl vor den Nachrichten eingeschlafen war. Vielleicht sollte sie sie zudecken oder wecken, je nachdem, in welcher Haltung sie eingeschlafen war?

Ada schlüpfte in ihre Pantoffeln und in ihren Morgenmantel. Als sie nach unten ging, ließ die offene Wohnzimmertür sie innehalten. Verblüfft umklammerte sie das Treppengeländer. In dem Sessel vor dem Kamin saß eine junge Frau, die sie noch nie zuvor gesehen hatte, Eliza zu ihren Füßen. Der Fernseher lief, auch wenn die beiden nicht groß darauf achteten. Sie unterhielten sich leise, aber so, dass Ada sie hören konnte, wenn sie näher trat.

Ada wollte Eliza nicht in Verlegenheit bringen und auch keine beginnende Romanze im Keim ersticken. Deshalb ging sie so leise wie möglich die Treppe hinunter, neugierig und fasziniert. Es war so ein intimer Moment. Meist führte die junge Frau das Wort, während Eliza geradeaus starrte. Auf dem Beistelltisch stand eine Flasche Champagner, doch die Gläser der beiden waren leer. Ada überlegte, wer die Fremde wohl war: Sie war eindeutig hübsch, doch etwas an der Art, wie sie sprach – so selbstbewusst und ohne Punkt und Komma, während ihre kleinen weißen Zähne das Licht reflektierten –, erfüllte Ada mit Misstrauen. Beide Frauen waren viel zu sehr in ihr Gespräch vertieft, um einen Blick auf die dunkle Treppe zu werfen oder die Frau im Morgenmantel auf der untersten Stufe zu bemerken, die jedes Wort mitbekam.

Eliza hatte das Gefühl, leichtsinnig zu sein. Ruby nach all den Monaten wieder nahe zu sein war so, als umklammerte man einen Elektrozaun. Der stand ständig unter Strom, der jedoch in Wellen hindurchfloss: Je länger man ihn umklammerte, desto größer wurde die Wahrscheinlichkeit, einen elektrischen Schlag abzubekommen. Sie hatten den Champagner geleert, und Eliza versuchte, sich auf das gerahmte Foto von Ada und Michael auf dem Tischchen zu konzentrieren. Es spendete ihr irgendwie Kraft. Sie wünschte sich inständig, Ruby nicht hereingelassen zu haben. Sie hatte bereits vorgeschlagen, zu Rubys Freundin umzuziehen, aber Ruby hatte gemeint, sie wolle gern noch etwas bleiben. Eliza zwang sich, ihr neues Leben für sich zu behalten, auch wenn ein rebellischer Teil von ihr lückenlos alles aufdecken und Ruby erzählen wollte, was seit Bath passiert war, sich ihr wieder ausliefern wollte, bis sie sich völlig nackt und zerstört fühlen würde.

»Das ist eine tolle Studentenbude«, sagte Ruby.

»Danke«, erwiderte Eliza.

»Mit wem wohnst du zusammen?«, fragte Ruby.

»Ach, niemand, den du kennst«, sagte Eliza. Das würde das Thema hoffentlich im Keim ersticken.

»Nein, im Ernst, mit wem?«

»Mit niemand Besonderem.«

Ruby begann Elizas Schultern, Elizas Nacken zu massieren. Sie hatte kräftige, dünne Finger.

»Ich hab dich vermisst«, murmelte sie. Sie wiederholte es mehrmals. Eliza wünschte sich, dass sie das nicht so genießen würde, doch sie tat es, jedes einzelne Mal. Sie ging davon aus, dass Ruby die Wahrheit sagte.

»Ich hab dich immer so glücklich gemacht«, fuhr Ruby fort.

Eliza drehte sich um und sah Ruby ins Gesicht. Es war unmöglich, es zu deuten. Eliza hatte noch nie jemanden gekannt, der so heimtückisch war. Ihr Lippenstift war eingetrocknet: Eliza konnte weinrote Krümel auf ihren Vorderzähnen sehen, die weißer wirkten, als Eliza sie in Erinnerung hatte. Vielleicht hatte Ruby sie bleachen lassen? Levis Kupferdrahteule befand sich nach wie vor auf ihrem Schoß und wurde Zeuge ihrer Vertrautheit. Eliza wollte sie ihr entreißen, Ruby sagen, dass sie verschwinden solle. Sie fühlte sich bedrängt, gefangen in der Zeit, so als müsste sie zu ihren Füßen sitzen bleiben, bis sie alt und krank wäre.

Von der Treppe aus sah Ada, dass die junge Frau im Sessel Michaels Kupferdrahteule auf dem Schoß hatte, und es traf sie schier der Schlag. Eliza musste das doch sehen, versuchte aber gar nicht mal, sie auf den Tisch zurückzustellen, sie zu schützen. Am liebsten wäre sie sofort da reingegangen, hätte sich vorgestellt und die Figur wieder zurückgeräumt. Aber das Gespräch, das sie da gerade mit anhörte, war dermaßen privat, dass sie sich nicht einmischen wollte. Vielleicht würde sie Eliza dadurch in Verlegenheit bringen. Vielleicht hatte diese junge Frau keine Ahnung, mit wem Eliza da zusammenwohnte, und würde sich über die Einsamkeit lustig machen, die sie beide zusammengebracht hatte.

»Wie lange wohnst du schon hier?«, frage Ruby wie nebenbei.

»Nicht sehr lange«, erwiderte Eliza. Ihr Blick war jetzt auf den Fernseher gerichtet, die Landkarte Großbritanniens war, je nachdem, wie welche Region gewählt hatte, unterschiedlich eingefärbt. Sie hatte keine Lust, über ihre Wohnsituation zu sprechen, aber Ruby hatte schon immer ein Gespür für Themen gehabt, die Eliza nicht vertiefen wollte. Sie genoss es regelrecht nachzubohren.

»Du hast gesagt, dass du mit einer älteren Frau zusammenlebst. Seid ihr ein Paar?«, ließ Ruby nicht locker.

»Um Himmels willen, nein!«, sagte Eliza. »Es ist nicht so, wie du denkst.«

»Wie alt ist sie denn?« Ruby musterte sie mit zusammengekniffenen Augen.

»Keine Ahnung«, sagte Eliza, obwohl sie es wusste. Verzweiflung nagte an ihr, sie wollte das Gespräch so schnell wie möglich beenden. »Aber alt, nehm ich an. Ich meine, sie hat graue Haare und so«, sagte sie hastig.

Ada blinzelte.

Ruby zog die Brauen hoch.

»Meine Güte!«, sagte sie. »Worüber redet ihr denn da?«

»Äh, über nicht sehr viel.«

»Ihr redet nicht?«

»Nein, wir reden nicht viel.«

»Wie kommt es, dass du bei ihr eingezogen bist?«

»Sie hat mir ein Zimmer angeboten.«

»Und warum hast du Ja gesagt? Es muss doch noch andere Möglichkeiten gegeben haben.«

»Sie verlangt keine Miete.«

Ruby ließ ihre Worte auf sich wirken. »Du zahlst überhaupt keine Miete? Gut gemacht!«

»Ja«, sagte Eliza leise.

»Fühlst du dich nicht ein bisschen eingeschränkt? Dadurch, dass du mit einer alten Omi zusammenwohnst?«

Eliza verzog das Gesicht zu einer Grimasse. Nur noch wenige Sätze, dann wäre Rubys Neugier gestillt. Sag doch was, ermahnte sie sich. Egal was, damit das endlich aufhört. Dann wirfst du sie raus und sagst ihr, dass du sie nie mehr wiedersehen willst.

»Die Frau hat mich irgendwie ins Herz geschlossen«, sagte sie. »Keine Ahnung, warum, vermutlich, weil sie einsam ist. Es ist echt traurig. Ich spare darauf, ausziehen zu können. Ihr Mann ist gestorben, und sie ist noch nicht wirklich drüber weg. Sie glaubt, dass wir uns sehr nahestehen, und wollte, dass ich zu ihr ziehe. Natürlich hab ich Ja gesagt. Ich bin pleite, also war das schlau. Außerdem ist es nicht weiter schlimm. Ich hab nicht vor, lange zu bleiben.«

Ada hörte alles mit an und bekam Herzklopfen. Sie hatte das Gefühl, sich in Luft aufzulösen, und verzerrte das Gesicht zu einer Grimasse. Daraufhin machte sie abrupt kehrt und schlich so leise wie möglich zurück auf ihr Zimmer. Sie legte sich auf die linke Hälfte ihres Bettes und rollte sich zusammen. Irgendwann hörte sie, wie die Haustür ins Schloss fiel, und zwei Stimmen, die sich entfernten. Sie verließ das Bett und zog die Vorhänge auf, um zuzusehen, wie Eliza sie verließ.

Es dämmerte, der Himmel wies rosa- und mandarinenfarbene Schlieren auf. Eliza und die Frau liefen die Swinburne Road hinunter. Sie waren die einzigen Menschen zwischen den Autos und heller werdenden Bäumen. Ada schaute ihnen nach, bis sie aus ihrem Blickfeld verschwanden. Dann ging sie zurück ins Bett und schloss bis sieben die Augen, um dann richtig aufzustehen, die Küche des verlassenen Hauses zu betreten, Kaffee zu kochen, die Nachrichten zu schauen und die Geschirrspülmaschine anzustellen. Sie versuchte zu redigieren, aber ihr fielen keine besseren Worte ein, und die Gedichte kamen ihr nichtssagend vor, platt, nichts als Elfenbeinturm-Geschreibsel, das keinen weiterbrachte, niemandem etwas nutzte. Um zehn schrieb sie Eliza, das Zusammenwohnen funktioniere für sie nicht so richtig. Sie fahre jetzt zu ihrer Schwester nach Brighton. Wenn es Eliza nichts ausmache, wäre sie ihr sehr dankbar, wenn sie ihre Sachen woanders unterstelle. Es tue ihr leid, dass das so plötzlich komme, aber sie bringe es lieber so schnell wie möglich hinter sich. Sie werde zweihundert Pfund auf der Kommode hinterlegen, für die Umzugsleute.

Bald darauf rief Eliza an, immer wieder. Ada ging nicht dran, sah aber zu, wie das Handy auf dem Tisch vibrierte: ein Käfer im Einmachglas. Eliza schickte eine SMS. Ob das ein Witz sein solle? Ada erwiderte, es sei ihr Ernst. Eliza schrieb, sie komme sofort nach Hause, um über alles zu reden. Ada bat sie, das bleiben zu lassen, und wies sie dann an, das Haus nicht vor zwölf Uhr mittags zu betreten, danach werde sie bereits auf dem Weg nach Brighton sein. Sie wollte Eliza schreiben, doch bitte auch gleich die Schlüssel dazulassen, konnte sich aber nicht dazu durchringen. Weil sie Eliza nicht bloßstellen, ihr nicht sagen wollte, was sie in dieser Nacht mit angehört hatte, fügte sie noch hinzu, dass es ihr nach Michael schwerfalle, wieder mit jemandem zusammenzuwohnen. Dass sie noch um ihn trauere und allein sein wolle. Dass es nicht Elizas Schuld sei: Sie sei noch zu jung, um das zu verstehen, zu wenig an einen anderen Menschen gebunden, zu wenig geliebt, um zu begreifen, was so ein Verlust wirklich bedeute. Danach schrieb Eliza nichts mehr.

Ada legte ein paar Kleidungsstücke in die Reisetasche, mit der sie auf Peters und Yannis' Hochzeit gewesen war, und rief ihre Schwester an, um ihren Besuch anzukündigen. Eve klang erstaunt, freute sich aber, sie bei sich zu beherbergen. Sie begleitete Tom gerade auf einem Schulausflug, im Hintergrund veranstalteten die Kinder einen Höllenlärm. Ada musste den Hörer mehrere Zentimeter vom Kopf weghalten, um nicht ganz taub zu werden.

Bevor Ada die Swinburne Road verließ, ging sie in Elizas Zimmer und legte sich auf ihr Bett. Es roch nach Eliza, es roch nach Zitronen. Ihr Schlafanzug lag ordentlich zusammengefaltet unter dem Kissen. Die Bücher auf ihrem Schreibtisch, von dem aus man den Kirschbaum sah, waren alle von Michael. Ada weinte, bis ihr alles wehtat, bis sich ihre Augen ganz klein und chlorgerötet anfühlten. Irgendwann hupte draußen ein Taxi. Sie setzte sich auf, glättete die Decke, glättete ihre Züge, trug einen von Elizas schmutzigen Bechern nach unten und sah, dass Eliza Levis Kupferdrahteule wieder an ihren angestammten Ort vor dem Foto von Ada und Michael gestellt hatte. Wenigstens etwas.

28

DER TAG NACH dem Referendum war einer der seltsamsten in Elizas Leben. Kurz nach Tagesanbruch ging sie mit Ruby in die Freelands Road. Der Junimorgen war atemberaubend, der Himmel von zwei breiten Streifen in Eiscremerosa überzogen, die Vögel waren gesprächig und überall zu sehen. Die Autos, die in den Eliza so vertrauten Straßen parkten, hatten etwas Tröstliches. All diese zugezogenen Vorhänge und schlafenden Körper, ganz in ihrer Nähe. Sie fühlte sich geborgen und war sich sicherer denn je, dass sie Ruby nach diesem Morgen nie mehr wiedersehen würde. Dass sie etwas abschloss, eine Lebensphase, die durchaus lehrreich gewesen war, aber ein Ende gefunden hatte – so wie alles andere auch. Sie wollte das Drama so schnell wie möglich hinter sich bringen, wusste aber, dass es besser war, wenn es ein natürliches Ende nahm.

Ruby redete, und Eliza hörte ihr mal mehr, mal weniger zu. Sie wusste, dass sie Ruby noch lange lieben würde. Aber inzwischen wusste sie auch – ein Wissen, das ziemlich entscheidend war –, dass sie andere Menschen noch mehr lieben und besser wiedergeliebt werden konnte.

Sie erreichten die Freelands Road. Es war jetzt taghell, ein wunderschöner Morgen. Ruby erklärte, sie sei bei Angela, einer Freundin, zu Besuch, die im obersten Stockwerk wohne. Als sie die Wohnungstür aufschlossen, konnte Eliza gerade noch das trostlose Wohnzimmer wahrnehmen, bevor sie von Erschöpfung übermannt wurde. Sie fragte, ob Angela wohl was dagegen hätte, wenn sie ein Nickerchen auf dem Sofa machte. Ruby meinte, das gehe bestimmt in Ordnung. Eliza rollte sich zusammen, und Ruby kniete sich vor sie hin und breitete eine Decke über sie. Sie strich Eliza eine Strähne hinters Ohr und beugte sich vor, um sie zu küssen. Eliza schloss die Augen, gab vor, betrunkener zu sein, als sie es tatsächlich war, und drehte sich weg. Nach einer Weile hörte sie, wie Ruby sich aufrichtete und aus dem Zimmer tapste.

Als Eliza aufwachte, war es still in der Wohnung. Auf dem Couchtisch lagen kleine Tütchen mit Koks, die ihr beim Reinkommen gar nicht aufgefallen waren, sowie ein paar Zeitschriften. Sie ging in die Küche und schenkte sich ein Glas Wasser ein, lauschte auf das Dröhnen des Fernsehers im Stockwerk unter ihr. Es klang wie die Nachrichten. Sie war fertig, aber gleichzeitig hellwach, so als sähe sie die Dinge so klar wie schon seit Monaten nicht mehr, wenn nicht sogar seit Jahren.

Ruby betrat die Küche. Sie trug einen seidenen Slip, einen weißen. Dazu ein Oberteil aus Spitze, das ihre cremefarbenen Brüste bedeckte. Eliza nahm das vertraute Muster aus dunkelbraunen Muttermalen auf ihrer Schulter wahr, die zarten Schlüsselbeine. Sie staunte, dass sie so gar nichts empfand, als sie sich ansahen. Dann schenkte Eliza Ruby ein Glas Wasser ein. Die nahm es wortlos entgegen und trank es auf einen Zug aus.

»Ich geh jetzt nach Hause«, sagte Eliza.

Stille.

»Wohin?«, fragte Ruby. »In welches Zuhause?«

»Zurück in die Swinburne Road.«

Ruby hob das Kinn. »Komm schon!«, sagte sie. »Wir wissen doch beide ganz genau, dass du hier bei mir bleibst.«

»Nein«, erwiderte Eliza. »Ich möchte nicht länger Zeit mit dir verbringen.«

Ihre Stimme war fest. Der Wasserhahn entließ silberne Tropfen in die Spüle. Tropf-tropf.

Ruby musterte Eliza eine Weile, bevor sie etwas darauf sagte.

»Dann verpiss dich halt!« Sie wischte sich über den Mund.

Eliza lächelte.

»Vielen Dank auch.«

Sie griff nach ihrem Mantel und ihrem Handy. Ruby blieb reglos stehen und ließ sie dabei nicht aus den Augen. Eliza schlug die Sofakissen auf, damit niemand merkte, dass sie hier geschlafen hatte. Sie verließ die Wohnung, und als sie die Tür hinter sich schloss, hörte sie, wie Ruby die Küche durchquerte, den Kühlschrank öffnete und etwas herausnahm.

Auf der Freelands Road atmete Eliza tief ein und hielt die Luft an, bis es wehtat. Mit einem Freudenschrei ließ sie sie entweichen. Sie fühlte sich so leicht wie Popcorn, wie frisch gehäutet, brandneu. Sie hatte Lust auf einen Spaziergang und marschierte in die Innenstadt, um sich einen Kaffee zu gönnen. Sie litt unter Schlafmangel, war aber überglücklich. Doch schon bald merkte sie, dass sie mit ihrer Hochstimmung alleine war. Eine unheimliche Stille hing über Oxford, genau wie am Vortag, nur dass die Stimmung heute eher zu einer Beerdigung als zu einer Krönung passte. Eliza wusste, dass die EU-Befürworter verloren hatten, aber ein Teil von ihr hoffte immer noch, dass dem nicht so war, dass sich alles noch mal gedreht hatte, während sie geschlafen hatte.

Im Café bestellte sie einen Bagel zum Cappuccino und bat darum, sich ein Handyladekabel ausleihen zu dürfen. Sie hatte ihr Frühstück gerade zur Hälfte vertilgt, als ihr Akku endlich wieder geladen war und sie die Nachrichten lesen konnte.

Es war offiziell, das Land würde die EU verlassen. Cameron war Geschichte. Leise ließ sie Radio 4 laufen und hörte zu, das Handy ans Ohr gepresst. Die Nachrichtenansager sprachen mit heiserer

Stimme, so als hätten sie ausnahmslos durchgemacht. Eliza wollte gerade die zweite Hälfte ihres Frühstücks in Angriff nehmen, als Adas SMS eingingen.

Eliza brauchte sehr lange, um sich von dem Schock über Adas entschiedene Zurückweisung zu erholen. Dadurch wurde alles Mögliche in ihr ausgelöst. Sie fühlte sich furchtbar ungeliebt, war aber auch überrascht – so sehr, dass es sie fast belustigte, Ada so falsch eingeschätzt, ja gedacht zu haben, dass ihre Wohnsituation sie glücklich mache. Nachdem sie geklärt hatte, dass Ada keinen Scherz machte, wurde sie auch wütend: Damit nicht genug, dass sie ohne jede Vorwarnung vor die Tür gesetzt worden war – Ada weigerte sich auch, sie zu sehen oder ihr zu erklären, was genau sie zu dieser Entscheidung bewogen hatte. Warum hatte sie bloß vorher nichts gesagt, Warnsignale ausgesandt, ein erwachsenes Gespräch über den Status quo mit ihr geführt? Zunächst glaubte Eliza, irgendwas übersehen zu haben. Etwas, das sich ihr entzog und das Ada zum Umdenken bewogen hatte. Doch dann gelangte sie zu dem Schluss, dass sie nur nach einer Entschuldigung suchte, an einer Verschwörungstheorie bastelte, um sich die brutale Zurückweisung schönzureden. Vermutlich traf die einfachste Erklärung zu: Ada schaffte es einfach nicht, so bald nach dem Tod ihres Mannes schon wieder mit jemand anders zusammenzuleben, und die junge, naive Eliza würde das angeblich niemals verstehen.

Um elf rief Eliza ihre Mutter an. Sie hatte während des Referendums so viel mit ihr kommuniziert, dass es sich ganz natürlich anfühlte. Flora wusste nicht mal, dass Eliza bei Ada wohnte, Rich ebenso wenig. Trotzdem begriff sie den Ernst der Lage recht schnell:

Eliza hatte gerade ihr Zimmer verloren, sie war pleite, verzweifelt und brauchte dringend Zuspruch – außerdem einen Erwachsenen, der ihr seine Liebe, einen Ausweg zeigte.

»Komm zurück«, sagte Flora. »Du hast immer noch dein altes Zimmer, wir würden uns freuen, wenn du den Sommer bei uns verbringst.«

Rich musste neben dem Telefon gestanden haben, denn er sagte so etwas wie: »Ja, Schatz, komm nach Hause.«

Elizas Hirn war durch den Schlafmangel völlig außer Gefecht gesetzt. Trotzdem zwang sie sich, das Angebot in Erwägung zu ziehen. Es wäre seltsam, das schon, sie würde sich vorkommen wie ein Eindringling. Aber vielleicht war das ja gar nicht so schlimm. Es würde ihr, ja, ihnen allen guttun, wenn sie bis zum Herbst im Norden blieb. Dann fiel ihr wieder ein, dass sie Baleotti Versprechen gemacht hatte, die sie nicht zurücknehmen wollte: Sie sollte ihn bei seinem Interventionsprogramm unterstützen und konnte ihn unmöglich erneut enttäuschen.

»Das geht nicht«, sagte sie. »Tut mir leid. Ich muss den Sommer über in Oxford bleiben.«

Rich schien enttäuscht zu sein, aber Flora wurde aktiv, machte mehrere Anrufe bei Elizas College und fand ein Zimmer für sie, das eigentlich ein Gastwissenschaftler hätte beziehen sollen, der jedoch plötzlich in Kalifornien unabkömmlich war. Flora konnte hart verhandeln, wenn es darauf ankam, und schaffte es, das Zimmer für einen winzigen Betrag zu ergattern. Eliza würde nur geringfügig mehr als das zahlen müssen, was sie Nick in der Swinburne Road gezahlt hatte.

Mittags kamen George, Sam und Judy in die Swinburne Road, um Eliza beim Packen zu helfen. Sie war ihnen dankbar, schämte sich aber auch sehr für diese Situation: Bestimmt dachten alle, sie hätte sich bei der alten Dame, die sie so herzlich aufgenommen hatte, danebenbenommen. Sie weigerte sich, das Geld, das Ada für die Umzugsleute in der Küche hinterlegt hatte, auch nur anzurühren. Als ihr Blick auf das Bündel fiel, wurde ihr beinahe schlecht: Es war, als hätte Ada endlich etwas gefunden, wofür sie das mit ihrer Firma angehäufte Geld ausgeben konnte. Als benutzte sie ihren Lohn, um Eliza zu bestechen. Judy war stinksauer. Immer wieder sagte sie, wie grausam es von Ada sei, Eliza vor die Tür zu setzen – wo sie doch wisse, was für ein hartes Jahr sie hinter sich habe. Eliza war zu erschöpft, um sie groß zu verteidigen. Alle Wut, die sie noch hatte, verwandelte sich zunehmend in eine Art gepflegten Selbsthass. »Es hätte sowieso nicht funktioniert«, sagte sie jedes Mal, wenn Judy vor Wut explodierte.

Alle paar Minuten unterbrachen sie das Packen, um Nachrichten zu hören oder ihre Handys zu kontrollieren. Großbritannien war nach dem Ergebnis des Referendums gespalten, Köpfe rollten, Journalisten leckten sich die Lippen angesichts der Geschichte des Jahrzehnts, und Politiker gingen überstürzt Allianzen ein, durch die sie hofften, an die Macht katapultiert zu werden. George war total geschockt. Eliza interessierte sich kaum dafür. Die Aufregung würde sich legen. Das Referendum war nicht so verlaufen, wie sie sich das gewünscht hatte, aber so etwas kam vor. Judy sagte immer wieder, sie könne es einfach nicht fassen: Noch nie habe sie sich so fremd im eigenen Land gefühlt, sie werde sich um einen irischen Pass bemühen (ihr Vater stammte aus Cork). Sam schüttelte einfach nur alle dreißig Minuten traurig den Kopf. Nachdem Eliza ihre Sachen zusammengepackt hatte, verfrachteten sie alles in ein Taxi und fuhren in die Innenstadt. Eliza bedankte sich bei ihren Freunden und verabschiedete sich von ihnen. George würde den Sommer über in Oxford bleiben, aber Sam und Judy wollten am nächsten Morgen nach Jamaica fliegen.

Den restlichen Nachmittag verbrachte Eliza damit, ihre Sachen völlig übermüdet in die Schränke und Schubladen des College-Zimmers zu räumen. Es war für Bachelorstudenten gedacht, mit Pinnwänden und billigen Spiegeln, die ihr das Gefühl gaben, wieder ein Erstsemester zu sein. Gegen acht wurde sie schließlich endgültig von ihrer Erschöpfung übermannt. Sie legte sich auf das harte, schmale Bett, während unter ihr ein Chor übte. Er sang *»And So It Goes«* von Billy Joel, immer wieder von vorn, und zum ersten Mal an diesem Tag weinte Eliza. Die Tränen liefen ihr in den Mund, tropften von ihrer Nase. Irgendwann schlief sie ein und träumte, Ada und sie säßen in der Küche in der Swinburne Road, bei einer Kanne Lapsang, nur dass der viel zu heiß war, um ihn zu trinken, und einfach nicht abkühlen wollte. Sie sagten nichts, sie rührten nur in ihrem Tee, unablässig, während ihre Löffel gegen das Porzellan klirrten, starrten jeweils auf die Hand der anderen.

29

EVE WOHNTE MIT ihrer Tochter Gwen in einer rot geziegelten Doppelhaushälfte in Brighton, unweit vom Preston Park. Das Haus war groß genug, sodass Ada ein eigenes Zimmer hatte – ein ehemaliges Bad, das die Vorbesitzer in eine winzige Kammer umgewandelt hatten.

Als es dunkel wurde, merkte Ada, dass sie schon seit Jahrzehnten in keinem Einzelbett mehr geschlafen hatte. Obwohl sie immer wieder fast rausfiel, fühlte es sich irgendwie richtig an, so als hätte sie es nicht anders verdient. Sie erzählte Eve nicht, was mit Eliza passiert war. Die Sache war zu kompliziert, außerdem tat es Ada immer noch weh, dass sie geglaubt hatte, Eliza habe gern mit ihr zusammengewohnt – aus Freundschaft und nicht nur, weil es praktisch war. Dann war da noch das Problem, dass Ada Eliza jetzt schon mehr vermisste, als sie es je in Worte hätte fassen können. Niemand sonst konnte sie so sehr zum Lachen bringen oder dafür sorgen, dass sie sich gut fühlte. Eve sah, dass ihre Schwester von irgendeiner emotionalen Krise dazu bewogen worden war, Oxford zu verlassen, aber beide waren es schon seit Jahrzehnten gewohnt, die Privatsphäre der anderen zu respektieren. Deshalb stellte sie keine Fragen, zumindest nicht viele, wofür Ada ihr dankbar war.

Ada hatte noch nie so viel Zeit mit ihrer Nichte Gwen verbracht. Normalerweise sahen sie sich bloß einmal im Jahr, bei einem Ausflug nach London oder zum Lunch in einem Restaurant.

Mit ihr zusammenzuleben war etwas völlig anders. Ada stellte erleichtert fest, dass Gwen eine sehr nette Frau war, und Ali und Tom, die beiden Kinder, waren auch nicht übel. Es schien sie kein bisschen zu stören, dass eine alte Frau, die sie kaum kannten, auf unbestimmte Zeit bei ihnen eingezogen war. Ada war ganz gerührt über ihre Offenheit. Aber das Leben mit der Familie in Brighton war vollkommen anders als das in der Swinburne Road mit Eliza: Es gab keine einzige Verschnaufpause, da die Kinder entweder für die Schule zurechtgemacht, bekocht, beschäftigt oder ins Bett gebracht werden mussten. Wie Ada wachten sie in aller Herrgottsfrühe auf, nur dass sie dann nicht still im Bett blieben und lasen, sondern wie wild herumrannten. Auch daran musste sie sich erst mal gewöhnen. Da Gwen von ihrem Partner verlassen worden war, war sie vollkommen auf Eve angewiesen. Ada war neugierig, wie so ein Abhängigkeitsverhältnis funktionierte. Sie machte Gwen nicht den leisesten Vorwurf, obwohl es bedeutete, dass sie mit ihrer Schwester kaum eine ruhige Minute hatte – wenn, dann höchstens mal spätabends bei einer heißen Schokolade oder bei einem Gespräch zwischen Tür und Angel in der Küche, wenn die Kinder gerade Hausaufgaben machten.

Ada war keine Woche da, als Gwen mit Nachschlüsseln von der Arbeit kam. Ada war peinlich berührt: Sie hatte Angst, es wäre ein dezenter Hinweis, dass sie die Gastfreundschaft ausnutzte.

Gwen bestand darauf, dass das Gegenteil der Fall sei: Ada solle unbedingt bleiben, so lang sie wolle, mit einem eigenen Schlüssel sei sie einfach unabhängiger.

»Je wohler du dich fühlst, desto eher bleibst du«, sagte Gwen.

Ada bemühte sich, nicht zweifelnd die Augen zusammenzukneifen – ein ganz automatischer Impuls, aber nicht, weil sie ihr nicht glaubte: Sie sah, dass Gwen die Wahrheit sagte, sich wirklich freute, ihre Tante dazuhaben.

»Danke«, erwiderte Ada. Sie nahm die Schlüssel entgegen und klirrte damit. »Morgen werde ich die nähere Umgebung erkunden.«

Von da an verließ sie jeden Tag nach dem Frühstück das Haus und lief in die Innenstadt oder aber in die Gegenrichtung aufs Land. Oft, um eine Kirche, ein Café oder einen Antiquitätenladen anzusteuern, den man ihr empfohlen hatte. Sie merkte, dass viele der jungen Leute, an denen sie auf dem Bürgersteig vorbeikam, Kopfhörer trugen und sich im Gehen irgendwas anhörten: Sie dagegen genoss die Stille auf ihren Ausflügen: Sie konnte nachdenken, den Vögeln zuhören und dabei den Duft der grünen, sich hin und her wiegenden Sommerbäume in sich aufnehmen. Diese Spaziergänge sorgten auch dafür, dass sie sich Michael wieder näher fühlte: Als er noch gelebt hatte, war das sein einziges Zugeständnis an körperliche Bewegung gewesen. Und obwohl es ihr sehr wehtat, ohne ihn unterwegs zu sein, tröstete es sie auch.

Im Lauf der Zeit wuchs Adas Zuneigung zu Ali und Tom. Nachdem die Kinder ihre Scheu Ada gegenüber abgelegt hatten, brachten sie sie mit ihrer Direktheit und rührenden Naivität zum Lachen. Ihre Fragen waren so philosophisch, dass sie einfach schmunzeln musste (»Warum, warum?«, »Wozu soll man nachdenken?«). Auch ihre Körper waren bemerkenswert – so flink und wendig, so voller Energie, bis sie auf einmal zu nichts mehr in der Lage waren, nur noch dazu, ins Bett oder in ein Schaumbad gehoben zu werden. Ali war bemerkenswert schlau. Sie verbrachte ihre gesamte Freizeit mit Lesen – die Aufschrift auf den Frühstücksflocken, Wörterbücher, Science-Fiction-Romane, Comics – einmal sogar eine Ausgabe des *New Yorker*, die irgendwie in dieses Haus gefunden hatte.

»Heißt ihr Ada und Eve nach Adam und Eva?«, fragte sie eines Morgens.

Eve sah ihre Schwester an, und Ada schaute zurück. Sie waren beide überrascht, der Gedanke war keiner von ihnen jemals gekommen.

»Gut möglich«, brachte Eve heraus. Sie strich ihrer Enkelin liebevoll übers Haar. »Wie schlau von dir!« Ali verdrehte die Augen. Sie trug ausschließlich Grün, weigerte sich strikt, andersfarbige Kleidung anzuziehen – eine Macke, die ihre Mutter zur Weißglut brachte, die Ada aber eher bewunderte.

Tom dagegen war ruhiger, in sich gekehrter und nicht so leicht aus sich herauszulocken. Er war klein für sein Alter und schlug sich ständig die Knie auf oder ließ einen Teller fallen. Anfangs sprach er nur widerwillig mit seiner Großtante und zog es vor, ihr Fragen oder Bemerkungen über Eve oder seine Mutter zukommen zu lassen, die sie neu verpackten und dann an Ada richteten. Das änderte sich, als er Ada dazu bewegen konnte, die Modelleisenbahn aufzubauen. Sein Vater hatte sie ihm vor Jahren geschenkt, als er noch viel zu klein dafür gewesen war. Jetzt, im stolzen Alter von neun, war er reif dafür – nur dass sein Dad nicht mehr da war, um ihn damit spielen zu sehen.

Ada wusste genau, für wen Tom die Eisenbahn aufbaute. Manchmal machte sie das so traurig, dass sie den Drang verspürte, das Zimmer des Jungen kurz zu verlassen, um an die frische Luft zu gehen und den Anblick des feierlichen Ernstes in seinem Gesicht zu verdrängen. Doch sie wich ihm nicht von der Seite. Rent-a-Gran hatte sie mehr gestählt als gedacht. Tom und sie fuhren damit fort, die einzelnen Teile zusammenzusetzen, bauten erst einen Bahnhof, dann eine kleine Zugbrücke – jeden Tag nach der Schule etwas mehr und an den Wochenenden stundenlang. Eines Sonntagnachmittags erzählte er ihr in einem Ton, der nahelegte, dass er ihr ein großes Geheimnis verriet, dass er davon träume, eines Tages ein Modelldorf zu errichten.

»Und mein Modelldorf wird ein Modelldorf in seiner Mitte haben«, sagte er, die Augen vor lauter Begeisterung weit aufgerissen. »Und in der Mitte dieses Modelldorfs im Modelldorf, wird es …«

»Lass mich raten!«, sagte Ada. »Ein Modellpostamt geben?«

»NEIN!«, rief Tom. »Ein Modelldorf im Modelldorf im Modelldorf!« Triumphierend ließ er seinen zierlichen Körper auf einen Sitzsack fallen.

Ada wusste, dass sie nicht für immer in Brighton bleiben konnte: Das würde sich anfühlen wie eine Niederlage, so als würde sie den Rest des Lebens ihren Verwandten überantworten. Sie liebte Gwen, Eva, Ali und Tom, aber so weit war sie noch nicht. Nach einigen Monaten begann Oxford sie wie erwartet zurückzubeordern: das ungute Gefühl, dass sich unbezahlte Rechnungen im Flur stapeln könnten, die Angst, ihr Garten könnte nach Wochen mit Sonne und Regen völlig verwildert sein. Es würde ihr guttun, an einen ruhigen Ort zurückzukehren, wieder zu lesen und sich die Sendungen im Fernsehen anzusehen, die sie sich selbst aussuchte. Zu schreiben und ungestört in einem Sessel zu sitzen.

»Bist du gerne bei uns?«, fragte Gwen eines Abends.

»Ja«, erwiderte Ada.

»Du kannst gerne bleiben. So lange du willst. Auch für immer, wenn das dein Wunsch ist.«

»Danke.«

»Aber das möchtest du nicht?«

»Noch nicht.«

»Das hab ich mir bereits gedacht. Die Kinder werden verzweifelt sein, wenn du wieder gehst.«

»Ich werde zurückkommen.«

»Ja, aber komm bitte bald wieder zu Besuch.«

Ada versprach es. Als der Tag ihrer Abreise gekommen war, bot ihre Schwester an, sie zum Bahnhof zu fahren. Ada lehnte ab: Sie wollte ein letztes Mal den Strand entlanglaufen. Sie war in den letzten Wochen häufig am Meer gewesen und hatte es sehr genossen. »Das ist einer der Nachteile von Oxford«, erklärte sie Eve, »dass es so weit von der Küste entfernt ist. Ich bekomme nie einen unverstellten Horizont zu sehen.« Am Ende setzte sich Eve mehr oder weniger durch: Sie beschlossen, dass Eve, mehrere Stunden nachdem Ada das Haus verlassen hätte, ihr Gepäck zum Bahnhof fahren würde. Dort würden sie sich dann verabschieden.

Ada brauchte etwas mehr als eine halbe Stunde, um von Gwens Haus bis zur Küste zu gelangen. Es war ein bedeckter Dienstag im August, trotzdem war einiges los in Brighton, es war voller Hipster (Gwen hatte Ada beigebracht, sie anhand ihrer Kleidung und ihres Verhaltens zu identifizieren). Es war sehr schmerzlich für Ada, sie zu sehen. Viele von ihnen trugen die Haare so wie Eliza und hatten dieselbe schmale Statur. Sie hatte oft an Eliza gedacht, und das Gefühl, ihr unrecht getan, zu barsch und unüberlegt gehandelt zu haben, breitete sich in ihr aus, wurde von Tag zu Tag stärker. Doch immer wenn Ada ihm nachgeben, auf eine von Elizas Nachrichten antworten oder sie anrufen wollte, wurde ihre Motivation von etwas Heftigerem, Mächtigerem im Keim erstickt. Von etwas, das zu sehr an Erniedrigung erinnerte: Du dumme, verrückte Kuh!, schalt sie sich. Du alberne, alte Schachtel! Natürlich wollte sie bloß zu dir ziehen, weil du keine Miete verlangt hast.

Ada erreichte das Ufer. Am Strand wimmelte es von Leuten. Die taten, was Ada auch getan hatte, wenn sie als Kind in Devon am Meer gewesen war: Fish and Chips essen, Möwen verscheuchen und sich auf einem Handtuch ausstrecken, als wäre es ein weiches Federbett. Es war kein bisschen heiß, trotzdem trugen die Leute winzig kleine Bikinis und versuchten ihren grellweißen Leibern etwas Farbe abzuringen. Ada schaute aufs Wasser, auf die grauen Wellen, den blassen Horizont. Ihr fiel das Gespräch wieder ein, das sie mit Eliza im Garten geführt hatte, über deren

Eltern. Wie Eliza es vermieden hatte, mit ihrem Vater zu sprechen, um ihm schließlich doch eine SMS zu schicken. Wie sie anschließend in der Erde gewühlt hatte. War Eliza zu ihnen zurückgekehrt, um den Sommer mit ihnen zu verbringen? Einerseits hoffte Ada, dass dem so war, andererseits hatte sie auch deutlich weniger noble Gefühle: Selbst jetzt wollte sie immer noch die wichtigste Bezugsperson in Elizas Leben sein.

Nach ein paar Minuten wurde es Ada so peinlich, dass sie nicht länger zum Horizont schauen konnte. Sie verließ den Strand und trat den Rückweg durch den Ort an. Sie war etwas zu früh am Bahnhof und kaufte sich noch einen Kaffee. Eve kam mit ihrer Reisetasche und drückte sie beim Abschied ganz fest. Ada versprach, im September wiederzukommen. Dann hatte Tom Geburtstag, und er hatte sie mit ernster Stimme gebeten, dafür zurückzukehren, er gebe eine »riiiieeeesige Party«. Bis dahin dauerte es nicht lange.

Gwen tauchte auf. Sie arbeitete für eine Steuerkanzlei unweit des Bahnhofs. Sie umarmten sich. Als Ada in den Zug stieg, spürte sie, dass sie Menschen zurückließ, die sie vermissen würden, die in ihrer Abwesenheit liebevoll über sie sprechen würden. Beim Blick in ihre Reisetasche sah sie, dass Gwen oder Eve ihr Proviant mitgegeben hatten – ein Sandwich mit Cheddar und Marmite sowie Schokotaler. Sofort riss sie die Schokotalerpackung auf und ließ einen nach dem anderen auf der Zunge zergehen, während der Zug nordwärts nach Farringdon fuhr. Sie würde die U-Bahn quer durch London nehmen müssen, eine entmutigende Vorstellung! Dann galt es, den Zug von Marylebone nach Oxford zu nehmen und von dort aus ein Taxi, um endlich wieder zu Hause zu sein.

30

ELIZA WUSSTE, DASS Ada Oxford vorübergehend verlassen hatte, weil sie sich dabei ertappte, täglich durch die Swinburne Road zu laufen, nur um an ihrem Haus vorbeigehen zu können. Für Oxforder Verhältnisse lag das College mit ihrem Zimmer nicht ansatzweise in der Nähe, sondern ganze zehn Minuten mit dem Fahrrad entfernt. Sie schämte sich für ihren Zwang, immer wieder dorthin zurückkehren zu müssen, und redete sich ein, der wahre Grund sei der, auch weiterhin im Laden an der Iffley Road einkaufen zu wollen, wo es die köstlichsten Datteln von ganz Oxford gab und die Männer an der Kasse so verrückte Sachen sagten wie »Schön, Sie zu sehen«, während sie die Einkäufe einscannten. Nachdem sie Brot oder eine Banane gekauft hatte, schlenderte Eliza langsam über die Straße und spazierte wie zufällig zu ihrer alten Adresse, um dann das kurze Stück zu dem Haus mit der gelben Tür zurückzulegen. Doch das Gebäude war unbewohnt und blieb es die nächsten Wochen.

Die Wohnzimmergardinen waren aufgezogen, und es war verstörend zu sehen, dass der Raum noch genauso aussah, wie Eliza ihn im Juni verlassen hatte: Die Decke, in die Ruby sich an jenem Abend gehüllt hatte, türmte sich neben Adas Sessel, die leere Champagnerflasche stand auf dem Beistelltisch. Einmal hörte Eliza auf, sich etwas vorzumachen, presste das Gesicht gegen die Scheibe und ließ den Anblick ihres früheren Zuhauses auf sich wirken. Sie konnte gerade noch Primo Levis Kupferdrahteule auf dem Tisch schimmern sehen. Sie hatte immer noch ihren Schlüssel, rein theoretisch konnte sie hineingehen. Aber eine innere Stimme sagte ihr, dass es falsch wäre, das Haus ohne Adas Erlaubnis noch mal zu betreten.

Bei diesen Ausflügen pflegte Eliza ihr Handy in der Tasche zu umklammern, so als würde sie es gleich zücken, um Ada anzurufen. Sie vermisste sie. Doch es war ein seltsames Vermissen, das mit Staunen und Widerwillen verbunden war. Die Fragen, die sie sich am Tag ihres Rauswurfs gestellt hatte, waren nicht weniger und nur noch dringlicher geworden: Adas Entscheidung kam ihr jetzt wahnsinnig ungerecht vor, wie eine dermaßen despotische Laune, dass es schon lächerlich war. Ein-, zweimal hatte sie sich gefragt, ob Ada mit angehört hatte, was sie zu Ruby über sie gesagt hatte. Aber das war mehr als unwahrscheinlich: Dann hätte Eliza sie neben der Tür sehen müssen. Außerdem war Ada überhaupt nicht der Typ, der herumschlich und lauschte. Doch obwohl Eliza das, was geschehen war, nach wie vor ungerecht fand, wusste sie, dass sie Ada längst vergeben hatte. Deshalb vermisste sie sie auch weiterhin, von Tag zu Tag mehr, auf eine Art, die sie selbst kaum verstand.

Doch ansonsten ging ihr Leben weiter, ja, es lief sogar alles ziemlich gut. Im College zu wohnen hatte auch Vorteile: Sie war mitten in der Stadt, alles war in unmittelbarer Nähe. Sie ging überall zu Fuß hin, außer sie fuhr mit dem Rad in die Swinburne Road. Wenn sie nicht gerade Sekundärliteratur für ihre Doktorarbeit las, half sie dabei, das Interventionsprogramm ins Leben zu rufen, das Baleotti leitete, las Texte über den unterschiedlichen Zugang zu Universitäten und beschäftigte sich mit dem Thema, warum in Regionen wie Carlisle nur so wenige Schüler auf die Idee kamen, sich in Oxford zu bewerben. Wie sich herausstellte, wurde ihr diese Arbeit bezahlt und das richtig gut. Daher konnte sie genug Geld zur Seite legen, um nicht länger das Gefühl zu haben, ständig finanziell am Abgrund zu stehen. Ein Radiosender lud sie ein, damit sie von dem Programm erzählte. Vor lauter Nervosität hätte sie sich kurz davor fast übergeben, aber alles schien gut zu gehen, und Rich schrieb ihr gleich darauf eine SMS: Er habe zugehört, während er Terrassenfliesen in Cummersdale verlegte, und platze vor Stolz.

Am ersten Augustwochenende nahm sie die Einladung an, die er ihr schon seit Monaten machte, und fuhr nach Hause – diesmal nicht erster Klasse. Sie hatte nicht die geringste Lust, lange zu bleiben, bloß von Freitagabend bis Sonntagfrüh. Aber wie sich herausstellte, war das viel zu kurz. Flora hatte einen Riesenbauch und war überglücklich, ihr Baby sollte Ende September kommen. Rich kümmerte sich auf eine Weise um Flora, die Eliza erstaunlich wenig ausmachte. Sie kochte ihnen allen etwas zum Abendessen, einen riesigen, mit Käse überbackenen Blumenkohl, von dem sechs satt geworden wären. Sie bedankte sich für ihre Hilfe, nachdem Ada sie gebeten hatte, aus der Swinburne Road auszuziehen. Es sei einfach genial gewesen, wie Flora ihr das College-Zimmer organisiert habe. Sowohl Rich als auch Flora winkten ab. Eliza bedankte sich erneut. Sie fühlte sich deutlich reifer, so als hätten ihr die letzten Monate mit Ada und die Wochen ohne sie den Schlüssel fürs Erwachsensein in die Hand gegeben, das zu erschließen sie sich bisher nie getraut hätte.

Auch wenn Eliza und Flora wieder miteinander sprachen, hatten sie nicht die allerinnigste Beziehung. Ihre Mutter-Tochter-Bindung war nach wie vor nur schwach ausgeprägt und ging mit einer gewissen Verbitterung einher, die in ihrer Vergangenheit begründet lag. Aber Eliza hatte das Gefühl, dass sie Fortschritte machten. Sogar Ruby brachte sie nicht aus der Ruhe, die nach ihrem gemeinsamen Abend unzählige Male angerufen und SMS geschickt hatte. An dem Morgen, als Eliza von Carlisle nach Oxford zurückfahren wollte, erzählte sie ihrer Mutter aus einer Laune heraus davon. Die wusste rein gar nichts von dieser Liebesbeziehung, davon, wie sie geendet hatte, gab ihr aber trotzdem den guten Rat: »Verbann sie aus deinem Leben.« Also blockierte Eliza Ruby in allen sozialen Medien und löschte ihre Telefonnummer. Das tat gut: Sie kam sich vor wie die alte Frau in *Titanic*, wenn diese an die Schiffsreling tritt und ihre Diamantkette ins Wasser wirft. Sie fühlte sich leichter, auf eine wohltuende Art frei. Sie spürte, wie ihre Persönlichkeit klarere Konturen bekam, von Tag zu Tag mehr. Und dass sie selbst mehr denn je darüber bestimmen konnte, wer sie sein und mit wem sie zusammen sein wollte.

Adas Reise von Brighton nach Oxford war anstrengend. Vermutlich lag es an ihrem hohen Alter. Es war frustrierend zu merken, wie sehr sie die Fahrt quer durch die Stadt nach Marylebone anstrengte. Sie hatte sich in London nie wohlgefühlt, das seit ihrem letzten Besuch noch voller geworden zu sein schien. Selbst um die Mittagszeit war ihr U-Bahn-Waggon vollgestopft. Sie sah drei junge Frauen mit pinkfarbenem Haar, und jedes Mal riss sie den Kopf herum, in der Hoffnung, es könnte Eliza sein und sie wären sich in irgendeinem schmuddeligen U-Bahn-Schacht des Londoner Verkehrsnetzes begegnet. Aber keine der Frauen war Eliza.

In Oxford war es schwülwarm. Es fühlte sich seltsam normal an, das Haus in der Swinburne Road nach so langer Zeit wieder zu betreten. Vielleicht auch, weil sie es nicht auf ihre Abwesenheit vorbereitet hatte. Sie war im Juni überstürzt abgereist, und alles sah beruhigend unaufgeräumt aus, so als wäre sie bloß kurz einkaufen gewesen. Aber natürlich hatte es in ihrer Abwesenheit kleinere Katastrophen gegeben: Die Sachen im Kühlschrank waren geradezu von Schimmel überwuchert, die Rosen in der Küche hatten sich in gruselige Schrumpfköpfe verwandelt, und der Garten sah tatsächlich so verwildert aus, wie sie es befürchtet hatte.

Das Haus roch muffig und musste gut gelüftet werden, weshalb sie die Hintertür aufriss, um Spätsommerluft hereinzulassen. Sie warf einen vorsichtigen Blick in den Mülleimer und rechnete damit, lauter verfaulte Lebensmittel darin vorzufinden. Aber er war leer und mit einer neuen Tüte bestückt. Eliza musste ihn vor ihrem Auszug noch rausgetragen haben. Beim Gedanken daran schnürte sich Adas Kehle zu, eine Weile starrte sie traurig auf den Eimer. Dann befahl sie sich, sich zusammenzureißen. Sie hatte jede Menge zu tun, und als Erstes galt es, das Haus auf Vordermann zu bringen. Sie legte ein Stück von Bach auf, drehte es so laut, wie sie sich das gerade noch traute, und legte los.

Ada putzte nicht besonders gern. Als Michael noch gelebt hatte, hatte er immer darauf bestanden, jemanden dafür zu bezahlen, dass er ihnen diese Last abnahm. Aber jetzt wollte sie selbst klar Schiff machen. Das würde ihr helfen, sich wieder einzugewöhnen. Als sie sich ums Obergeschoss kümmerte, traf sie fast der Schlag: Eine große, fette Spinne mit dicken schwarzen Beinen saß in der Badewanne. Sie rief tatsächlich laut Michaels Namen – ein Instinkt, der so tief in ihr verwurzelt war, dass sie ihn immer noch nicht abgelegt hatte. Er eilte ihr nicht zu Hilfe, und Ada musste über sich lachen, dass sie so unwürdig gekreischt hatte. Doch das Problem blieb: die Spinne. Sie fand ein großes Glas, bugsierte das Tier mit einer alten CD hinein und entließ es in den Garten. Sie schauderte, während sie das Glas schüttelte, um sicherzustellen, dass das Viech weg war.

Nach dem Putzen stand ihr die nächste große Aufgabe bevor, nämlich ihre Mails zu beantworten. Seit sie Oxford verlassen hatte, hatte sie keinen Computer mehr angerührt, und die Anzahl der Nachrichten, die sie inzwischen bekommen hatte, war alarmierend. Einiges davon war Spam, aber es gab Rent-a-Gran-Korrespondenz, um die sie sich dringend kümmern musste, und solche zu ihrer Arbeit als Lyrikerin. James hatte während ihrer

Abwesenheit angerufen, mit der Frage, warum sie ihrer Verlegerin Harriet nicht antworte. Ada erwiderte knapp, sie mache gerade *digital detox*. Den Begriff hatte sie aus einem Zeitungsartikel.

Das kam bei James gar nicht gut an.

»Meine Güte, *digital detox*, von wegen!«, tobte er. »Harriet glaubt, du wärst mit ihrer Redaktion absolut nicht einverstanden. Ich werde ihr sagen, dass sie dich lieber anrufen soll.«

Hätte sich Ada nicht in ihrem Arbeitszimmer verkrochen, um ihre Mails durchzugehen, hätte sie vielleicht bemerkt, dass Eliza jeden Nachmittag am Haus vorbeikam. Eliza wiederum merkte gleich, dass Ada wieder da war: Die Gardinen sahen anders aus, und die Wolldecke auf dem Wohnzimmerboden war zusammengefaltet und verstaut worden. Sie trieb sich nicht länger vor den Erdgeschossfenstern herum, sondern marschierte rasch am Haus vorbei, wobei sie sich einerseits wünschte, von Ada gesehen zu werden, und sich andererseits vor den Konsequenzen fürchtete.

Nur einmal glaubte Ada, Eliza zu sehen – sie saß gerade im Wohnzimmersessel und las, schaute kurz auf die Swinburne Road hinaus, weil sie das Gefühl hatte, von draußen beobachtet zu werden. Jemand mit Elizas Zügen und ihrer Frisur schien vorbeizuhuschen. Als Ada sich erhob und zum Fenster ging, um nachzuschauen, war niemand mehr auf der Straße zu sehen.

Eliza war jedoch tatsächlich da, sie hatte sich hinter ein Auto geduckt, um sich zu verstecken. Beide Frauen verharrten eine Weile reglos, erfüllt von denselben Verlust- und Reuegefühlen. Dann huschte Eliza geduckt davon, beschämt und bestrebt, auf keinen Fall entdeckt zu werden. Ada hingegen kehrte schweren Herzens zu ihrem Sofa zurück und konnte nicht weiterlesen.

31

AM TAG BEVOR Ada wieder nach Brighton fahren wollte, um Tom zu seinem Geburtstag zu besuchen, stellte sie sich dem, was sie schon seit Wochen verdrängte. Es wurde höchste Zeit, dass sie sich bei Eliza entschuldigte und ein offenes Gespräch mit ihr über das führte, was sie da auf der Treppe belauscht hatte. Sie wagte es nicht, Eliza anzurufen, und beschloss daher, nach dem Mittagessen handschriftlich eine Mail an sie aufzusetzen. Sie begab sich ins Wohnzimmer und schaute beim Schreiben immer wieder zum blau-weißen Himmel hinaus. Es war einer von den Tagen, an denen das Wetter einer ganzen Woche in nur wenige Stunden zusammengedrängt zu sein scheint: Mal war es sonnig, dann wieder dunkel, dann so windig, dass die Scheiben in ihren Fensterrahmen klapperten.

Ada war immer noch im Nachthemd, obwohl sie wusste, dass das eigentlich keine gute Idee war. Sie hatte einen Stapel Blätter auf dem Schoß, darunter Wörterbücher als Unterlage. Sie fand es ziemlich kindisch, ein paar Sätze zu schreiben und sie dann wieder durchzustreichen, so stark an ihren Formulierungen zu feilen, als wäre es ein Gedicht. Aber sie wusste, dass es richtig war. Eliza hatte eine Erklärung verdient, und die Gefühle von Schuld und Reue wurden immer unerträglicher.

Ada versuchte gerade in Worte zu fassen, wie sie das, was sie mit angehört hatte, in ihrer Eitelkeit gekränkt hatte, als es an der Tür klopfte. Erstaunt stand sie auf, sie erwartete keinen Besuch.

Zwei Polizeibeamte standen vor der Tür. Sie mussten einer Spezialeinheit angehören, da ihre Uniform seltsam aussah, eher wie eine Verkleidung.

Einer der beiden nahm seine Mütze ab und sagte lächelnd: »Sind Sie Miss Ada Roberts, Ma'am?«

Sie bejahte.

Ihr Blut schien dünner zu werden, ihr rascher durch die Adern zu strömen, als sie in die blassgrauen Augen des Mannes blickte. Das letzte Mal war die Polizei da gewesen, als Michael gestorben war – wer war diesmal gestorben? Bestimmt Eve oder Gwen oder alle auf einmal, niedergestreckt von irgendeiner schrecklichen Schießerei in Brighton, von der sie noch nichts gehört hatte. Sie bekam kaum noch Luft, und diejenige, die sie atmete, kam ihr dick und haarig vor.

»Dürfen wir reinkommen?«, fragte der Polizeibeamte.

»Ja, bitte, natürlich, treten Sie ein«, hörte Ada sich sagen.

Sie öffnete die Tür ganz und ließ sie vorbei, sah, dass ein großer weißer Lieferwagen direkt vor ihrem Haus parkte. Ansonsten war die Straße verlassen, und kurz ließ Ada die langweilige Aussicht auf sich wirken, klammerte sich daran – wohl wissend, dass sie sich an diesen Moment zurückerinnern würde, wenn alles zu spät war. Dann wandte sie sich wieder dem Haus zu. Die beiden Beamten gingen durch den Flur.

Der zweite Mann hatte einen riesigen Koffer dabei. Das war schon irgendwie seltsam. Seine große blasse Hand hielt ein Blatt Papier, knitterte es fast um den Koffergriff, als hätte er es schon gehalten, bevor er zu ihr aufgebrochen war. Ada sah, dass es sich um ihre Rent-a-Gran-Anzeige handelte.

»Am besten wir unterhalten uns im Wohnzimmer«, rief sie den Männern zu. Ihre Stimme klang gepresst. Bevor sie sich zu ihnen gesellte, warf sie einen Blick in den Spiegel. Sie sah alt und blass aus.

Im Wohnzimmer hatte einer der Männer den Koffer auf den Boden gelegt und machte ihn auf. Ada sah, dass viele Taschen darin waren, diese fest gewebten Plastiktaschen, in denen man beispielsweise Daunendecken transportierte. Sie glaubte, auch ein paar Meter Seil, Ohrschützer und ein schwarzes Kleiderbündel zu erkennen. Ihr blieb keine Zeit, sich Fragen zum Inhalt des Koffers zu stellen, denn der andere Beamte sagte: »Ist sonst noch jemand hier?«

»Nein«, erwiderte sie.

»Und Sie erwarten heute auch niemanden mehr?«

Er nahm seine Mütze ab. Er hatte sehr kurzes blondes Haar, war fast kahl rasiert. Vielleicht waren ja Einbrecher in der Nähe, und die Polizisten waren gekommen, um sie zu warnen?

»Nein!«, sagte Ada.

»Auch nicht Ihren Mann?«

»Ich bin Witwe.«

»Leben Sie allein?«

»Inzwischen schon, ja.«

Der Polizist antwortete nicht, sondern suchte den Blick des anderen. Ada war entsetzt. Es mussten sich irgendwelche Kriminelle in der Nähe herumtreiben: Irgendein armer Rentner war wenige Häuser weiter bestialisch ermordet worden, und der Täter hielt noch in dieser Minute nach neuen Opfern Ausschau.

»Ich nehme an, Sie haben Panikknöpfe und so was installiert, um sich vor Einbrüchen zu schützen?«, fragte der Beamte.

»Nein!«, sagte Ada mit schriller Stimme. »Natürlich nicht.«

Sie trat näher, konnte es kaum erwarten zu erfahren, was das alles sollte. Da tat die sommersprossige Hand des Mannes etwas Unerwartetes. Sie ballte sich zur Faust, holte aus, blieb kurz in der Luft hängen, um ihr dann mitten ins Gesicht zu schlagen.

Die Faust prallte auf ihre Nase. Ada hörte es knacken. Es dauerte den Bruchteil einer Sekunde, dann schoss der Schmerz ein.

Sie konnte einfach nur über das bizarre Geschehen staunen, über das warme Blut, das ihr übers Gesicht lief und dann auf die Brust tropfte. Da holte die Faust erneut aus, und der Mann kniff die Augen zusammen und zielte. Er traf sie an der Wange. Der zweite Mann stand jetzt hinter ihr – aber nicht um sie aufzufangen, sondern um dafür zu sorgen, dass sie nicht weglief. Sie taumelte rückwärts und schlug auf dem Boden auf.

Sie musste sich den Kopf gestoßen haben, denn als Ada wieder zu sich kam, sah alles so anders aus. Sie bekam nur noch ein Auge auf, und nachdem sie das geschafft hatte, glaubte sie ein paar desorientierte Sekunden lang, man habe sie irgendwo anders hingebracht. In einen Bunker oder einen gruseligen Folterkeller. Dann merkte sie, dass sie bei sich zu Hause war, nur dass man das Wohnzimmer komplett verwüstet hatte. Es sah aus, als hätte eine riesige Hand das Haus gepackt und geschüttelt wie eine Schneekugel: Alles, was nicht niet- und nagelfest gewesen war, lag auf dem Boden, Bücher waren aus den Regalen gerissen worden, sogar die zugezogenen Gardinen waren leicht zerfetzt. Dicke Tüten standen neben der Tür, es waren diejenigen, die Ada in dem Koffer gesehen hatte. Sie quollen schier über vor Sachen, die Michael und ihr gehörten. Es gab weitere Behälter voller Dinge, darunter ihre Reisetasche, die mit Küchengeräten vollgestopft zu sein schien. Ada war nach wie vor viel zu schwummrig zumute, um daraus schlau zu werden. Dann dämmerte ihr langsam, dass die Männer, die sie hereingelassen hatte, dieses Chaos angerichtet haben mussten. Das konnten unmöglich echte Polizisten sein. Je klarer sie denken konnte, desto mehr bekam sie es mit der Angst zu tun. Entsetzt stellte sie fest, dass sie an Händen und Füßen gefesselt war, Ohrschützer trug und ihr irgendwas in den Mund gestopft worden war. Sie konnte nicht hören, wo die Männer waren, auch wenn Erschütterungen über ihr nahelegten, dass sie sich im Obergeschoss aufhielten. Ada versuchte, zur Tür zu robben, doch man hatte alle Kraft aus ihr herausgeprügelt, der Schmerz war überwältigend. Sie wusste, dass ihre Nase nur noch Matsch war, weil sie sich gruselig offen anfühlte, und wenn sie auf sie schielte, konnte sie die knöcherne Erhebung nicht mehr erkennen, die sich normalerweise dort befand. Auch sonst tat ihr alles weh, so als hätte man sie getreten, als sie bewusstlos war. Sie merkte, dass sie sich in die Hose machte, und begann zu weinen. Das eine Auge, das sehen konnte, ließ Blut und Salz über ihre Wange rinnen.

Die Männer kamen wieder nach unten. Ada schloss ihr Auge und stellte sich ohnmächtig. Sie redeten leise und höflich miteinander, besprachen das weitere Vorgehen bei ihrem Raubzug. Wegen der Ohrschützer drangen ihre Stimmen nur gedämpft zu ihr, so als befände sie sich unter Wasser. »Hast du einen Safe entdeckt?«

»Nein.«

»Ich auch nicht.«

»Aber dafür jede Menge Schmuck.«

»Ja. Ich hab auch ihren Ehering, den hab ich ihr vom Finger gezogen.«

»Sehr gut. Ich hab den Computer und die Stereoanlage. Uraltes Zeug.«

»Ja. Ich glaube nicht, dass es sich lohnt, den Fernseher mitzunehmen.«

»Hm.«

»Ihren Geldbeutel – hast du den gefunden?«

»Ja, ja. Auch ihren Pass.«

»Gut.«

»Ich habe jede Menge Geld in ihrem Arbeitszimmer entdeckt und in der Küche noch mehr.«

»Fast so, als hätte sie uns schon erwartet.«

»Wir teilen das später.«

»Klar.«

Ada staunte. Das war genau so ein Gespräch, wie es Gauner in Filmen immer führten, nur jetzt war sie live dabei. Sie öffnete ihr Auge einen winzigen Spalt und sah, dass sich beide Männer ihres Polizeikostüms entledigt hatten. Sie trugen nur noch Hose und T-Shirt. Sie sahen zwar muskulös aus, aber ansonsten völlig normal. Das machte ihr Angst. Sie wollte das Auge gerade wieder schließen, um sie bloß nicht auf sich aufmerksam zu machen, als sie etwas sah, das ihr Mut machte. Die Eule. Sie hatten Primo Levis Kupferfigur nicht an sich genommen. Die stand auf dem Boden, unter einen der Beistelltische geduckt – ein bisschen zerdrückt vielleicht, aber überwiegend unversehrt. Ada starrte auf das Tier und spürte, wie sich ihre Atmung beruhigte, während sie die geliebte kleine Gestalt betrachtete, die Flügel aus goldschimmerndem Draht, den freundlichen Gesichtsausdruck, den Levi ihr irgendwie verliehen hatte. Dann schaute einer der Männer zu ihr hinunter, sah, dass sie bei Bewusstsein war, und kam zu ihr, wobei er vorsichtig durch das Chaos stakste. Sie spürte, wie er sie gegen die Wand lehnte, und sah dann, wie er das rechte Knie anwinkelte. Sein Fuß, der in einem dicken Timberland-Stiefel steckte, trat ihr in den Bauch. Sofort blieb ihr die Luft weg. Sie rutschte an der Wand herunter. Irgendwo sagte eine Stimme: »Das reicht, das reicht«, dann spürte sie gar nichts mehr.

32

AM ERSTEN SEPTEMBER wäre Eliza beinahe nicht in die Swinburne Road gegangen. Nat und sie machten eine gemeinsame Mittagspause im Handle Bar Café in der Innenstadt, und sie fühlte sich so gut, dass sie glaubte, der Sogwirkung ihres früheren Zuhauses ausnahmsweise mal widerstehen zu können.

Seit ungefähr einem Monat traf sie sich regelmäßig mit Nat. Sie wohnte oben in Summertown, und meist besuchte Eliza sie einfach dort. Nat hatte vier Geschwister, ausnahmslos jünger als sie, die den Sommer über zu Hause waren. Nats Mutter Nicola war Anwältin und stammte ursprünglich aus Barbados. Ihr Vater Tim war aus Kent und leitete irgendeine Wohltätigkeitsorganisation mit Sitz in Tadley. Als Eliza das erste Mal zu Besuch kam, ging sie davon aus, dass niemand etwas von Nats sexueller Orientierung wusste, geschweige denn darüber, welche Rolle Eliza in ihrem Leben spielte. Doch dann sagte einer von Nats Brüdern beim Abendessen so was wie: »Und du bist also die neue Freundin.« Alle kicherten und sahen sich an.

»Äh, keine Ahnung«, sagte Eliza und starrte auf ihren Serviettenring.

»Ihre letzte Freundin hat niemand gemocht«, meinte ein anderes ihrer Geschwister. »Aber du scheinst ganz in Ordnung zu sein.«

Da mischte sich Nicola ein, befahl den Kindern, den Mund zu halten und ihr Gemüse aufzuessen. Eliza spürte, wie Nat entschuldigend ihren Oberschenkel drückte.

Bei ihrem zweiten Rendezvous schliefen sie miteinander. Nat riss ihr Fenster auf, und die milde Augustluft strömte herein, sorgte für Gänsehaut auf den nackten Schultern. Der Sex war großartig, wohlig, bevor das Tempo plötzlich anzog, um sich dann wieder zu verlangsamen. Nat hatte sich als kleines Kind mit Tee verbrüht, ein Großteil ihrer Haut an Rücken und Bauch war glänzend und verknittert wie hellbraunes Zellophan. Sie erlaubte Eliza, sie anzufassen, die Wunden waren seit Langem verheilt. Eliza fuhr mit den Fingern darüber. Nats Haut war unglaublich weich. Sie küsste sie zärtlich, fuhr mit der Zunge über die glänzenden Wülste. Wenn Eliza mit anderen Leuten schlief, fand sie den Übergang zwischen normaler Interaktion und Sex immer äußerst heikel. So als müsste sie auf Knopfdruck die erotische Verführerin geben, sexy Sachen genau richtig heiser flüstern. Bei Nat hatte sie nicht das Bedürfnis, sich so zu verstellen. Sie nahmen sich einfach, was sie wollten – ein Nehmen, das etwas Großzügiges besaß.

Eliza erzählte Nat alles von Ada. Die Geschichte hatte am Rande auch mit Ruby zu tun, und es war krass, festzustellen, dass es ihr nichts mehr ausmachte, über sie zu reden. Also tat sie es, wenn ihr danach war. Auch Nat erzählte manchmal von anderen Frauen, aber meist sprachen sie über Bücher, die ihnen gefielen, über Filme, die sie sich gemeinsam ansahen – kitschige Sommerblockbuster voll mit lautem Getöse, die beide begeisterten.

Nach der gemeinsamen Mittagspause im Café sagte Eliza, sie wolle noch nach Iffley, Milch kaufen. Nat hob fragend die Brauen und lächelte. Sie wusste, warum Eliza dorthin zurückkehrte, und Eliza wusste, dass sie es wusste. Deshalb musste sie ebenfalls lächeln.

»Vielleicht sollte ich es lieber bleiben lassen«, sagte sie. »Vielleicht wird es langsam abartig. Gibt es ein Wort dafür, einfach nur ein Haus zu stalken und nicht denjenigen, der darin wohnt?«

»Geh doch einfach!« Nat legte ihre Hand auf Elizas. »Es gibt schlimmere Zwänge. Außerdem hast du tatsächlich keine Milch mehr, das hab ich selbst gesehen.«

Eliza lachte dankbar. Sie verlangten die Rechnung. Nat ging ins Pitt Rivers Museum, um sich dort mit einer Freundin zu treffen, und Eliza schwang sich aufs Rad, um nach Iffley zu fahren. Das Wetter änderte sich im Minutentakt. Auf der Magdalen Bridge wurde Eliza beinahe von einer heftigen Windbö vom Rad geworfen. Sie kniff die Augen zusammen und trat kräftig in die Pedale, bis sie wieder nachgelassen hatte. Im Moment war es ruhig in diesem Teil der Stadt, die Erstsemester würden frühestens in drei Wochen eintreffen. Eliza schloss ihr Rad vor dem Fish-and-Chips-Laden an und ging ein paar Häuser weiter, um Milch zu kaufen. Muhammed, der Besitzer, saß hinter der Kasse, las die *Financial Times*, strich sich den Bart und sah aus wie ein Weiser aus dem ersten Jahrhundert. Neben den Kaugummischachteln stand eine Kiste mit reifen blausilbernen Feigen, deren Haut bereits aufplatzte. Eliza kaufte ein paar und biss beim Verlassen des Ladens in eine hinein. Ihr Fleisch war seidig und süß. Sie ging Richtung Swinburne Road und sah, wie an deren Ende ein großer Lieferwagen hastig wendete. Es war gegen drei. Dem Lieferwagen gelang das Manöver, und er brauste davon. Eliza blieb auf der anderen Straßenseite, sie wollte auf keinen Fall von Ada gesehen werden. Sie warf einen kurzen Blick auf das Haus und nahm das Gebäude hinter sich, in dem sie monatelang gewohnt hatte, kaum wahr. Dann sah sie, dass eine der schwarzen Tonnen neben Adas Haustür umgefallen war. Es war ein windiger Tag, vermutlich war sie umgeweht worden. Sie hatte das Bedürfnis, für Ordnung zu sorgen, und überquerte die Straße, um die Tonne wieder aufzurichten. Dabei fiel ihr auf, dass die Wohnzimmergardine irgendwie merkwürdig aussah. Sie war zugezogen, was an sich schon seltsam war, denn es war schließlich Nachmittag, aber die eine Hälfte hing so, als hätte man daran gerissen. Eliza starrte eine

Weile darauf. Sie beschloss, sich das Fenster genauer anzusehen. Wenn Ada sie dabei erwischte und schimpfte, war das eben so.

Sie baute sich direkt vorm Wohnzimmer auf. Es war nicht leicht, ins Haus zu spähen, die Scheiben reflektierten sehr stark. Was Passanten wohl von ihr denken würden, wenn sie sie hier rumlungern sahen? Sie gab es auf, unauffällig wirken zu wollen, und presste das Gesicht gegen die Scheibe. Im Wohnzimmer herrschte das reinste Chaos. Es brannte keinerlei Licht, aber Eliza sah auch so, dass von der ihr einst so vertrauten Anordnung der Möbel nichts mehr übrig war. Auf dem Boden herrschte ein wildes Durcheinander aus umgeworfenen Lampen und kaputten Vasen. Bilderrahmen lagen herum wie fallen gelassene Spielkarten. Kurz ließ sie das Chaos wie gelähmt auf sich wirken, dann wurde sie von Entsetzen gepackt. Sie merkte, wie sie Adas Namen rief. Etwas neben dem Kamin erinnerte an Beine, nur leider konnte sie nicht mehr erkennen und deshalb nicht sagen, ob sie von Ada waren oder von jemand anderem. Sie wühlte in ihrem Rucksack nach den Schlüsseln und hätte am liebsten laut aufgeschrien, als der Reißverschluss klemmte. Schließlich bekam sie die Schlüssel zu fassen und rannte zur Haustür. Die Bilder im Flur waren abgehängt worden, der Spiegel war noch da, lag aber zertrümmert in einer Ecke. Eliza eilte ins Wohnzimmer, so als wäre sie vollkommen losgelöst von ihrem Körper, sähe dem ganzen Drama von außen zu und beurteilte ihre Reaktion auf diesen Notfall. Ada lehnte schlaff an der Wand, sie trug nur ein Nachthemd. Ihr Gesicht war bloß noch Brei. Eliza zog die Gardinen auf, um mehr Licht hereinzulassen, und wählte den Notruf. Sie setzte Ada auf, zog ihre schmale Gestalt an sich und suchte nach ihrem Puls: Er war noch da, auch wenn er sich unter Elizas Fingern nur sehr schwach anfühlte. Sie hatte nicht die leiseste Ahnung, wie sie sie in die stabile Seitenlage bringen sollte, nahm Ada aber den Knebel heraus und riss ihr die Ohrschützer vom Kopf. Sie wiegte sie hin und her, während sie mit dem Mann am anderen Ende der Leitung redete, ihm die Situation so gut sie konnte beschrieb und seinen Anweisungen folgte, Adas Gliedmaßen so anordnete, dass ihr das Atmen leichter fiel. Adas rechtes Auge ging immer wieder auf und zu, hin und wieder stieß sie einen Laut aus. Eliza schaukelte sie und versuchte nicht zu weinen. Die ältere Frau fühlte sich so leicht an in ihren Armen, sie konnte jeden ihrer Wirbel spüren, und ihre Schulterblätter standen hervor wie Flügel. Sie merkte, dass Ada versuchte, ihren Namen zu sagen, nur dass ihr Mund voller Blut und viel zu zertrümmert war, um die Vokale bilden zu können.

»Ich bin ja da«, sagte Eliza immer wieder. »Ich bin bei dir, meine Liebe, ich bin da, hier bei dir.«

Ein Krankenwagen kam, aber Eliza hätte nicht sagen können, ob er schnell oder spät gekommen war. Sie sprach mit den Sanitätern und der Polizei, die gleichzeitig eingetroffen war, sagte allen dasselbe: Dass sie Adas Freundin sei. Dass sie keine Ahnung habe, wie Ada in diesen Zustand gekommen sei. Dass sie alles Menschenmögliche tun müssten, damit es ihr gut gehe. Sie notierten ihre Handynummer, und irgendjemand begann Teile des Hauses mit einem Pulver zu bepinseln, um nach Fingerabdrücken zu suchen.

»Sie haben alles dem Erdboden gleichgemacht«, hörte Eliza einen der Polizisten sagen. »Sie haben alles mitgenommen.«

Sie fragte sich, warum die Diebe sich nicht damit zufriedengegeben hatten, Ada zu fesseln und sie unversehrt zu lassen. Sie ging in den Garten und lehnte sich an den Stamm des Kirschbaums. Seine Blätter welkten. Einige waren noch grün, andere leuchteten bernsteinfarben.

Irgendwann wurde Ada ins Krankenhaus gebracht. Eliza bat, mitfahren zu dürfen, aber irgendjemand meinte, das dürfe oder solle sie nicht – was genau, war nicht klar. Nat kam und dann Nicola, ihre Mutter. Sie umarmte Eliza so fest, dass sie kurz das Gefühl hatte, alles würde gut werden. Die Polizei ging und ließ Nat und Eliza im verwüsteten Wohnzimmer zurück. Eliza brachte nicht viel heraus, sie konnte kaum einen klaren Gedanken fassen. Nat hielt ihre Hand. Das Ausmaß der Zerstörung war verstörend. Sie suchten in der Küche nach dem Wasserkessel, er lag auf dem Boden und hatte seinen Inhalt überall verteilt. Der Wasserhahn war kaputt, aber der draußen für den Gartenschlauch funktionierte. Nat kochte ihnen Tee. Sie setzten sich mit den kochend heißen Bechern hinaus in den Garten und gingen anschließend wieder hinein. Es dämmerte. Eliza sagte, sie wolle damit anfangen, das Haus aufzuräumen. Nat fragte, ob sie ihr helfen könne. Eliza bedankte sich, wollte das aber alleine machen. Nat schien sie zu verstehen. Sie versprach Eliza, sich zu melden, und bat sie, nicht zu lange zu bleiben. »Das werde ich nicht«, sagte Eliza. »Danke, dass du gekommen bist.«

Nat ging und meinte, ihre Mutter versuche gerade herauszufinden, in welches Krankenhaus Ada gekommen sei. Sie werde ihr schreiben, sobald sie mehr wisse.

Kaum war Eliza allein, räumte sie so gut sie konnte das Wohnzimmer auf. Sie fand Levis Eule im Chaos unter einem der Tische und stellte sie wieder an ihren Platz vor dem Foto von Ada und Michael. Das Glas im Rahmen hatte einen Sprung, aber ansonsten war das Bild heil geblieben. Sie hob die Bücher auf und stapelte sie neben dem Kamin. Sie fand ein paar lose Blätter unter mehreren Wörterbüchern und erschrak, als sie sie umdrehte und sah, dass es Entwürfe für an sie adressierte Mails waren. Sie verschlang sie und war ganz gerührt von den Schuldgefühlen, verstand sie aber nicht ganz. Sie steckte sie trotzdem ein, da sie von Adas Zuneigung zeugten.

Während Eliza aufräumte, schaute sie immer wieder aufs

Handy, um zu gucken, ob Nicola schon das Krankenhaus herausgefunden hatte. Es wurde dunkel. Eliza machte die Deckenleuchte im Wohnzimmer an. Sie hatte sie nie vorher verwendet, da Ada auf ihren Lampen bestand, aber die waren kaputt oder verschwunden. Um zehn fand Eliza eine Pfirsichkonserve in der Küche. Sie aß das Obst direkt aus der Dose, um anschließend den Sirup auszutrinken. Sie stellte fest, dass sie einen Bärenhunger hatte. Die Diebe hatten den Inhalt eines Wohnzimmereckschranks, den Eliza bisher nie wahrgenommen hatte, herausgefegt. Er sah eher aus wie eine Wandverkleidung und besaß keine Griffe. Man musste einfach nur rechts unten an der Tür ziehen. Eliza konnte sich nicht vorstellen, dass Ada ihn überhaupt bemerkt hatte: Bevor die Diebe ihn geöffnet und geleert hatten, schien er Kartons von Adas und Michaels Umzug aus Manchester enthalten zu haben. Es gab einen Pappschuber voller alter italienischer Comics, deren Seiten schon ganz brüchig waren, und ein Mäppchen mit Schminksachen, die uralt aussahen: Rissiger, pulverisierter Lidschatten.

Ganz hinten im Schrank konnte Eliza ein Samtkästchen erkennen, das kaum zu sehen war. Sie legte sich auf den Bauch, um es hervorzuziehen. Es sah aus wie eines von den Kästchen, in denen man einen gravierten Silberbecher aufbewahrt oder einen Orden. Sie öffnete es neugierig. Und merkte, wie sie erstarrte, als sie sah, was sich darin befand.

Das Kästchen enthielt einen kleinen Gegenstand.

Es war eine Eule, gebogen aus Kupferdraht.

Der Vogel in dem Kästchen schien ein wenig größer zu sein als der, den Eliza so gut kannte, außerdem schaute dieses Geschöpf nach oben und hatte einen spitzeren Schnabel. Seine Flügel sahen aus, als würde er gleich abheben. Eliza ging zu dem Tischchen, auf dem sie die andere Eule kurz zuvor platziert hatte. Die beiden Kupferdrahtskulpturen gehörten eindeutig zusammen.

Sie nahm die Eule aus ihrem Kästchen, mit zittrigen Fingern. Die Flügel der Drahtskulptur, die Eliza soeben gefunden hatte, wölbten sich perfekt um den Rücken der anderen, beide Skulpturen bildeten eine Einheit, waren so eindeutig füreinander gemacht, dass sie zufrieden aufseufzte: ganz so, als hätte sie an einem langwierigen mathematischen Problem gearbeitet und festgestellt, dass die Gleichung aufging, dass sie alles richtig gemacht hatte. Sie streckte sich inmitten des Chaos aus, das den Teppich bedeckte, und presste die Eule an die Brust, ganz zärtlich und behutsam, ein Lachen in der Kehle wie ein Lied.

33

ALS ELIZA ERFUHR, in welches Krankenhaus man Ada gebracht hatte, war es schon zu spät, um sie noch zu besuchen. Bevor sie am nächsten Morgen aufbrach, wühlte sie im verwüsteten Arbeitszimmer und fand Adas Adressbuch. Sie wusste, dass Ada eine Schwester in Brighton hatte, und die sollte erfahren, was los war. Eve ging gleich nach dem ersten Klingeln dran. Sie klang sehr nett am Telefon, auch wenn sie nicht zu wissen schien, wer Eliza war. Eliza hörte einen Jungen im Hintergrund, der laut schrie, aber Eve beruhigte ihn und hörte sich an, was Eliza zu sagen hatte. Sie versprach, den nächsten Zug nach Norden zu nehmen.

Ada wurde im John Radcliffe Hospital versorgt, das mit dem Fahrrad etwa zwanzig Minuten von Iffley entfernt war. Eliza brauchte eine Weile, um herauszufinden, wo genau Ada untergebracht war. Irgendwann nannte man ihr am Empfang ein Stockwerk und eine Abteilung, und sie sauste los. Die Flure waren endlos und grell beleuchtet, es roch süßlich ungesund. Die Aufzüge waren erstaunlich groß, um die Rollbetten aufzunehmen. In regelmäßigen Abständen sah Eliza, wie ein Patient vorbeigeschoben wurde, die Augen geschlossen und an Beutel mit schwappenden Flüssigkeiten angeschlossen. Sie hasste die Vorstellung, dass Ada hier lag. An einem anderen Empfang wollte man wissen, wer sie sei, und sie hörte sich sagen »eine nahe Angehörige«.

In dem Raum standen sieben Betten, alle waren mit alten Frauen in verschiedenen Krankheits- und Entkleidungsstadien belegt. An der Tür hatte sich eine Frau mithilfe von Kissen aufgesetzt und starrte mit leerem Blick geradeaus. Ihr Krankenhaushemd war so verdreht, dass eine ihrer kleinen, schlaffen Brüste zu sehen war. Eliza ging zu ihr und begrüßte sie. Sie unterhielten sich kurz: Die Frau hieß Beth und war gestürzt. Sie wusste nicht, ob sie Besuch bekommen und auch nicht, wann man sie entlassen würde. Eliza zupfte ihr sanft das Nachthemd zurecht und küsste sie auf die Wange.

Ada lag in einem Bett am Fenster mit Blick auf die wuchernde beige Peripherie von Oxford. Weder Ärzte noch Schwestern kümmerten sich um sie, und in ihrer direkten Umgebung waren weder Genesungskarten noch persönliche Gegenstände oder Blumen zu sehen.

Eliza hätte am liebsten geweint, als sie Adas Gesicht erblickte, schaffte es aber, das zu vermeiden. Ihr rechtes Auge war nicht zu sehen, sondern unter Wülsten roten Fleisches versteckt. Ihr hageres Gesicht war dermaßen geschwollen, dass sie aussah wie die Karikatur einer Verletzten. Das Haar, das sie zu bürsten pflegte, bis es glänzte, war stumpf und blutverkrustet, ein Bereich hinter ihrem linken Ohr ließ rohes Fleisch erkennen. Angesichts von Adas schillernden Blutergüssen wurde Eliza ganz schlecht. Sie war gezwungen, die Fäuste zu ballen und auf die Bettkante zu starren, um ihr Gedankenkarussell anzuhalten.

Ada schlief. Ob mithilfe von Medikamenten, ließ sich nicht sagen. Eliza hatte ein Buch dabei. Sie setzte sich auf die Fensterbank und begann zu lesen, während die Geräte im Zimmer regelmäßig piepten und das leise Gemurmel der anderen Besucher zu hören war. Gegenüber von Adas Bett standen ein paar Kinder und hielten die Hand ihrer Oma. Sie zeigten ihr Zeichnungen, die sie von zu Hause mitgebracht hatten.

Ada bewegte sich. Eliza ließ ihr Buch sinken. Sie griff nach zwei Gegenständen, die sie aus der Swinburne Road mitgebracht hatte und die Ada glücklicher machen dürften als jeder Blumenstrauß. Auf einmal war sie furchtbar nervös: Ada und sie hatten schon seit Monaten nicht mehr miteinander gesprochen – schwer zu sagen, wie Ada sie begrüßen würde.

Ada öffnete ihr gutes Auge und begann sich in ihren Kissen aufzurichten. Sie schien eindeutig zu glauben, allein zu sein. Vor lauter Anstrengung runzelte sie die Stirn. Es gab Eliza einen Stich, als sie sah, wie zerbrechlich Ada war, welche Schmerzen sie hatte, wie viel Kraft sie brauchte, ihre Position zu ändern.

Leise rief Eliza ihren Namen. Ada sah sich um und versuchte, das Geräusch zu orten. Da entdeckte sie Eliza auf der Fensterbank.

Sie war es tatsächlich! Es war absurd, aber sie war es.

Eliza lächelte nervös und ließ die Beine baumeln, die wie immer in einer zerfetzten Jeans steckten. Lange sahen sie sich an.

»Du hast mich gefunden«, sagte Ada schließlich.

Die Worte klangen anders als gewollt, ihre Zunge war zu dick, um sie deutlich auszusprechen, und ihre Lippen waren zu stark geschwollen. Doch Eliza schien sie zu verstehen.

»Gerade noch rechtzeitig«, entgegnete sie.

Sie stieß sich von der Fensterbank ab, landete sanft auf den Füßen und ging um das Bett herum, bis sie sich im Blickfeld von Adas gutem Auge befand. In der Mitte des Raumes stand ein Stuhl. Eliza holte ihn und setzte sich.

»Du warst in keinem guten Zustand«, sagte sie.

»Nein«, bekräftigte Ada und schloss die Augen. Sie hatte starke Schmerzen. »Wie dumm von mir! Ich habe die Männer selbst hereingelassen.«

»Es ist nicht deine Schuld.«

»Ist alles im Haus zerstört?«

»Nicht alles, aber es dürfte viel geklaut worden sein – unter anderem auch deine Rent-a-Gran-Kohle.«

Ada versuchte zu lachen und zuckte zusammen. »Na ja«, sagte sie. »Das geschieht mir ganz recht. So kann ich es wenigstens nicht für Drogen und ein Cabrio ausgeben.«

Eliza lachte. Ada sah ihr in die Augen, ihre Lippen zitterten.

»Es tut mir leid, Eliza«, sagte sie.

»Wir reden ein andermal darüber.«

»Gern.«

»Aber das hat Zeit.«

»Wenn du meinst. Aber es tut mir so leid, Liebes.«

Eliza schüttelte den Kopf.

»Etwas Gutes hat das Ganze allerdings gehabt, Ada«, sagte sie. »Im Haus herrschte das reinste Chaos, als ich reinkam, das Unterste war zuoberst gekehrt. Dadurch habe ich Dinge gefunden, die du seit Jahren nicht mehr gesehen haben dürftest.«

Ada wartete darauf, dass sie weitersprach. Eliza zeigte ihr, was sie auf dem Schoß hatte: die beiden Drahteulen von Primo Levi. Die perfekt ineinanderpassenden Kupferskulpturen, die nach viel zu langer Zeit endlich wiedervereint waren.

Ada starrte auf die kleinen Figuren, als würde sie nie mehr etwas anderes ansehen wollen. In ihrem offenen Auge sammelten sich Tränen und wölbten sich silbern, bis sie ihr über die Wange rannen.

Dann schaffte sie es, sich von den Kupferdrahtskulpturen loszureißen und Eliza ins Gesicht zu schauen. Beide Frauen lächelten im selben Moment, versuchten etwas zu sagen, hielten dann inne und lächelten erneut – wohl wissend, dass keine von ihnen ein Wort herausbringen konnte.

34

DER LETZTE OKTOBERTAG war angebrochen. Sie beschlossen, sich bei Magdalen Boathouse ein Ruderboot zu mieten. In der Sonne war es noch sommerlich warm, auch wenn sich Blätter auf Bürgersteigen und um die Bäume herum sammelten wie kupferfarbener Schnee. Sie hatten sich morgens den Wetterbericht angehört und erfahren, dass es der letzte milde Tag des Jahres sein sollte: Schon für morgen war Regen angesagt, und die Tage wurden immer kürzer.

Als Ada hörte, wie teuer die Leihgebühr war, schnappte sie dramatisch nach Luft, aber sie mieteten trotzdem für ein paar Stunden ein Boot. Eliza hatte Decken dabei, eine Thermoskanne mit Kaffee, Chips und Himbeerkekse, die sie in der Swinburne Road noch gebacken hatte: gespickt mit kleinen weißen Marzipanstückchen. Die Kekse waren noch ofenwarm und in Alufolie gewickelt.

Ada hatte zwei zarte Skulpturen in der Handtasche: Sie sagte, sie müssten mal wieder dringend an die frische Luft.

Eliza ruderte. Sie war nicht sehr gut darin. In den ersten zehn Minuten rammte sie zunächst das eine und dann das andere Flussufer. Anschließend begradigte sie ihren Zickzackkurs und fand ihren Rhythmus. Die Luft roch nach reifer Vegetation. Bäume ließen ihre Pracht in das langsam dahinströmende grüne Wasser hängen, Insekten liefen über seine Oberfläche. Ada beobachtete Eliza von ihrer Ruderbank aus und sagte aufmunternde Worte:

Was für eine begabte Ruderin sie sei, wie geschickt sie das Boot steuere.

Sie kamen an Kanus, Kähnen und Hausbooten vorbei, an Universitäts-Rudermannschaften in langen, dünnen Titanröhren, die Michael so geliebt hatte – der Steuermann im Bug winzig klein zusammengefaltet wie ein Geschenk. Sie plauderten gemütlich über Elizas neuen Bruder Caspian: Er war vor einem Monat zur Welt gekommen, klein, rosa und niedlich. Bald wussten sie nicht mehr, wo sie waren, aber das machte nichts: Es würde noch Stunden dauern, bis die Sonne unterging, sie hatten Proviant dabei, und es gab immer irgendwelche Leute, die man fragen konnte.

Ada war immer noch nicht wieder vollständig gesund. Es war jetzt zwei Monate her, dass die Männer vor ihrer Haustür gestanden hatten, um sie zu berauben und windelweich zu prügeln. Sie hatte ein paar gebrochene Rippen, die protestierten, aber ihrem Auge ging es besser, und sie fühlte sich mit jedem Tag fitter. Einige Schätze waren für immer aus ihrem Haus verschwunden, aber so langsam gewöhnte sie sich an den Verlust.

Eliza war ihr die meiste Zeit über zur Seite gestanden. Sie hatte immer noch ihr Zimmer auf dem College-Gelände, kam aber jeden Tag in die Swinburne Road, und im Moment überlegten sie, ob sie im neuen Jahr wieder dort einziehen sollte. Eliza hatte keine Eile und daher noch nichts entschieden. Mit das Schönste der letzten Wochen war gewesen, dass sie Eve, Gwen und die Kinder kennengelernt hatte, die so oft wie möglich aus Brighton gekommen waren, um Ada zu besuchen. Mit ihnen zusammen war es nicht schwer gewesen, das Haus wieder in den Originalzustand zu bringen. Eve wusste besser als Eliza, wo was gestanden hatte. Als Ada schließlich drei Wochen nach ihrer Einlieferung ins Krankenhaus nach Hause durfte, war es dort lebhafter und gemütlicher als je zuvor. Nicht notwendigerweise besser als zu Michaels Zeiten, aber schön und auf jeden Fall anders. Gwen und die Kinder schliefen im Gästezimmer und Eve in Elizas früherem Zimmer. Tom war begeistert, dass es seiner Großtante besser ging. Er sprang ihr förmlich in die Arme, kaum dass sie das Haus betrat, um ihr Fotos von seiner fertig aufgebauten Modelleisenbahn zu zeigen.

Eliza stellte das Rudern ein. Sie befanden sich jetzt an einer verlassenen Stelle des Flusses, kurz nach der Kreuzung mehrerer Wasserstraßen. Weit und breit waren keine anderen Boote zu sehen.

Sie legte sich auf den Rücken, ihre Arme pochten vor Erschöpfung. Ada schraubte die Thermoskanne auf und schenkte Kaffee in zwei Porzellantassen, die sie ihrer Handtasche entnommen hatte. Am Ufer stand eine Trauerweide, ihre Zweige bewegten sich träge im Wind.

»Und wie läuft es mit Nat?«, fragte Ada.

Eliza setzte sich strahlend auf.

»Richtig gut«, sagte sie. »Sie ist toll.«

Ada nickte und reichte ihr eine Tasse. »Ich halte sie für eine höchst beeindruckende junge Frau«, erwiderte sie.

Nat hatte seit Adas Rückkehr viel Zeit in der Swinburne Road verbracht, Ada und sie verstanden sich gut – auch weil Nat es genauso liebte wie sie, tagsüber fernzusehen. Es fand sich also immer ein Gesprächsthema.

Eliza trank von dem Kaffee. Er war kochend heiß, aber kräftig und sahnig. In der frischen Oktoberluft kühlte er schnell ab.

»Und, ist sie lieb zu dir? Nicht so wie diese Hexe?« Ada brauchte den Namen Ruby gar nicht erst zu erwähnen.

Eliza nickte. »Die beiden könnten gar nicht unterschiedlicher sein. Vor Nat war mir gar nicht klar, dass derjenige, mit dem man zusammen ist, einen auch zum Lachen bringen sollte. Jetzt lache ich die ganze Zeit. Sie ist lustig und schlauer als ich, außerdem ziemlich schräg, wie ich gerade feststelle.«

»Lachen ist Brennstoff für die Liebe«, deklamierte Ada wie in einem Shakespeare-Stück. Eliza grinste. Ada tauchte ihre Hand in den Fluss.

»Ich freue mich, dass du sie gefunden hast«, sagt sie leise. »Es kommt nicht oft vor im Leben, dass man an jemandem Gefallen findet und es auf Gegenseitigkeit beruht. Und dass es dann noch ein netter Mensch ist.«

»Ja. Nat ist ein netter Mensch.«

Eliza begann die Kekse aus der Folie zu wickeln, und bot Ada einen an, wobei sie sich auch einen nahm. Sie waren blass und duftend, verströmten ein süßes Aroma. Rasch packte Eliza die übrigen Kekse wieder ein, damit sie warm blieben.

»Du weißt sicher«, sagte Ada, »dass du mich dieses Jahr *mehrmals* gerettet hast.«

Sie sah Eliza tief in die Augen, brannte förmlich vor Wärme und Zuneigung. »Ich war so isoliert, bevor wir uns kennengelernt haben. Selbst nachdem ich meine Geschäftsidee erfolgreich in die Tat umgesetzt hatte. Ich war total einsam.«

Eliza brach ein Stück von ihrem Keks ab. Der war noch warm. Sie konnte den Honig im Teig herausschmecken.

»Ich auch«, sagte sie. »Aber bis zu dem Abend, als ich zu dir rüber bin, bis zu unserem ersten Abend, wusste ich nicht mal, wie einsam ich war. Manchmal habe ich das Gefühl, dass du *mich* gefunden hast, dass du auf *mich* gewartet hast statt umgekehrt.«

»Keine Ahnung. Aber so viel Weitblick hatte ich gar nicht. Ich hab einfach bloß die Tür aufgemacht, und du bist davorgestanden.«

»Du hast mich genauso gerettet, wie ich dich gerettet habe.«

»Kann sein. Jetzt kenne ich ihn wenigstens, den Unterschied zwischen einsam sein und allein sein.«

»Ja.«

»Selbst wenn gerade niemand bei mir ist, fühle ich mich nicht einsam. Und wenn, ist es nicht weiter schlimm.«

»Genauso geht es mir auch.«

»Sehr gut.«

»Das dürfte schlussendlich ziemlich okay sein.«

Beide lachten im selben Moment und versprühten Kekskrümel. Dann sah sich Eliza auf einmal panisch um.

»Mist, wo sind die Ruder?«

Ada sah sich ebenfalls um. Sie waren nicht im Boot. Sie waren nirgendwo zu sehen.

»Hast du sie eingezogen?«, fragte sie.

»Ich habe nicht die geringste Ahnung!«

Sie verrenkten sich, räumten Decken, Chips und Mäntel beiseite. Doch die Ruder blieben verschwunden. Sie gaben ihre Suche auf und begannen erneut zu lachen – erst schuldbewusst, dann immer ausgelassener, während sich das Nachmittagslicht golden färbte und sich die Weidenzweige in der Brise küssten.

Dank

WO SOLL ICH anfangen? Laura Macdougall, meine Agentin bei United, war von Anfang an großartig – lange bevor Eliza und Ada überhaupt am Horizont auftauchten. Ich bin ihr zutiefst dankbar für die Unterstützung und den Pageturner Prize, der uns zusammengebracht hat.

Dann war es ein Traum, mit Katie Brown, die diesen Roman redigiert hat, zusammenzuarbeiten. Ihre Vorschläge waren genau das Richtige für das Buch, mehr hätte ich mir nicht erträumen können. Alle Mitarbeiter von Trapeze und Orion haben unfassbar viel Know-how. Wenn irgendjemand dieses Buch liest oder es sich als Hörbuch anhört, ist das ihnen zu verdanken.

Darüber hinaus möchte ich mich bei Ian Thomson, dem Autor der bisher besten Biografie über Primo Levi, bedanken. Sein Rat war für mich von unschätzbarem Wert. Robert Gordon hat meine Doktorarbeit über Levi betreut. Er ist eine unerschöpfliche Wissensquelle – seine Texte zu Levi und vielen anderen Themen sind mehr als lesenswert. Hugo Azerad, mein Tutor in Cambridge, ist einer der klügsten und liebenswertesten Menschen, die ich kenne. Ich danke dem Magdalen College und der fantastischen Sprach- und Literaturwissenschaftlichen Fakultät von Cambridge. Dank schulde ich auch der Henry Fellowship, die mir ein Jahr in Yale ermöglicht hat. Ohne diese Erfahrung wüsste ich nicht, wie dieses Buch hätte entstehen können.

Meine Freunde und Kollegen von der *Times* und der *Sunday*

Times haben mich stets ermutigt und unterstützt. Vor allem Ellie Austin, Megan Agnew, Hannah Evans, Daniel Finkelstein, Graham Paterson … und Adrian Fernando, der mich jedes Mal wieder aufgemuntert hat, wenn wir uns in der Lobby getroffen haben.

Dann möchte ich auch noch erwähnen, wie sehr ich meine Geschwister Alex, Kate und Alice liebe. Meine beiden Omas Jean und Daphne sowie meine Stiefoma Valerie haben mich sehr inspiriert. Und Bumpa, Nigel und Julie: Ich hab euch lieb! Natürlich auch Jake, der viel zu diesem Buch beigetragen hat. Die Thorolds. Ich danke Carolyn Soakell, die ihnen und damit auch mir Tumbling Bay gezeigt hat.

Einige Freunde waren besondere Lebensretter, was das Buch anbelangt, und nicht nur das: Dom McDonald, der Mann mit dem trockensten Humor, der klügste und reizendste Mann überhaupt, er fehlt mir so sehr. Eric Hambro, der mich zu einem anderen Schreibprojekt überredet hat. Alle, die hinter mir stehen. George Kenwright. Harriet Fitch Little. Jess Gibson. Ali Grodzki. Ella Robertson. Nikita Bernardi. Radhika Seth. Yvette Dickson-Tetteh. Ich liebe euch alle – auch diejenigen, die ich hier aus Platzgründen unmöglich alle auflisten kann. Ihr seid in meinem Herzen.

Die Autorin im Interview

ELIZA UND ADA *trennt ein großer Altersunterschied. Können die beiden Frauen trotzdem etwas voneinander lernen? Und was können die verschiedenen Generationen voneinander lernen?*

Natürlich kann Eliza als noch etwas verlorene, junge Frau aus den Gesprächen mit Ada lernen, die Dinge richtig einzuordnen. Letztere hat deutlich mehr Lebenserfahrung, von der sie zehren kann. Ada dagegen, mit ihrer Angst, nichts von Bedeutung geleistet zu haben, kann sich von Elizas Energie und Erlebnishunger anstecken lassen.

Ich finde generell, dass Freundschaften zwischen den Generationen für beide Seiten sehr bereichernd sind. Ich finde, wir verbringen viel zu wenig Zeit damit, solche Freundschaften im Alltag zu pflegen – schon gar nicht in der Großstadt.

In England wurde ein Ministerium für Einsamkeit eingerichtet, in Japan gibt es eine Agentur, über die man sich »Verwandte« mieten kann, und Ihre Figur Ada gründet einen Leihoma-Service. Sind wir heutzutage auf solche Initiativen, die Zwischenmenschlichkeit künstlich herstellen, angewiesen?

Ich glaube nicht, dass wir bereits an einem Punkt angelangt sind, an dem wir Fremde mieten müssen, um soziale Defizite in unserem Leben zu kompensieren. Noch haben sich solche Agenturen wie in Japan in Europa nicht durchgesetzt, obwohl sich das selbstverständlich noch ändern kann (und natürlich schildere ich in meinem Buch, wie so eine Firma in Großbritannien funktionieren könnte). Stattdessen glaube ich, dass wir versuchen, die Mängel in unserem Leben dadurch zu beheben, dass wir uns in Dinge flüchten, die uns langfristig nicht weiterhelfen. Nicht umsonst flippt Eliza ein bisschen aus und hat mit sehr vielen Leuten Sex. Auf ihrer Sinnsuche versucht sie es mit Religion, Kunst, Psychotherapie, im Internet rumsurfen, mit Podcasts usw. Ada hingegen bemüht sich, einen Platz in der Gesellschaft zu finden, indem sie Wildfremden hilft.

Ada und Eliza sind beide begeisterte Leserinnen. Ada schreibt sogar Gedichte, und Eliza promoviert in italienischer Literatur. Aber spielt Dichtung überhaupt noch eine Rolle in unserer Gesellschaft?
Ich fände es schön, wenn Dichtung eine größere Rolle in unserer Gesellschaft spielen würde, aber sie ist auf jeden Fall wichtig. In Großbritannien erleben wir gerade so etwas wie eine neue Blüte – Gedichtbände verkaufen sich immer besser, und vor allem junge Frauen interessieren sich dafür. Ein gutes Gedicht kann alles andere in den Hintergrund treten lassen, dafür sorgen, dass Ruhe einkehrt. Es kann sich extrem auf die Stimmung, ja sogar körperlich auswirken. Ich bewundere Dichter sehr, da man nicht viel Geld damit verdient und es ein Ausmaß an geistiger Konzentration und Sensibilität erfordert, die ich sehr schätze.

Was bedeuten Ihnen Literatur, Lesen und Schreiben?
Ich habe schon immer gern gelesen. Als Kind bin ich jede Woche in die Stadtbücherei gegangen, um dann in der Regel ein Buch am Tag zu lesen. Mein Lesehunger wurde immer schlimmer, und meine Mutter hat versucht, mich davon abzuhalten, bis tief in die Nacht zu lesen. Sie hat die Glühbirne in meinem Zimmer angefasst, um zu kontrollieren, ob sie noch warm ist.

Jetzt, wo ich erwachsen bin, dreht sich mein ganzes Leben um Literatur. Ich schreibe schon seit Jahren Buch- und Lyrikrezensionen, was sehr bereichernd ist. Aber am meisten genieße ich es, Bücher zu lesen, die ich mir selbst ausgesucht habe. Bücher, vor allem Romane, haben meine Fähigkeit, mich in andere einzufühlen, mich in ihr Leben hineinzuversetzen, enorm gesteigert. Sie helfen mir auch dabei, mein eigenes Leben mehr zu schätzen und zu begreifen, wie unterschiedlich man leben kann.

Eliza hat einen Abschluss in italienischer Literatur. Woher kennen Sie sich so gut mit diesem Fach aus, haben Sie selbst eine besondere Beziehung zu Italien?
O ja! Ich habe Französisch und Italienisch in Cambridge studiert. Mein Auslandsjahr habe ich unter anderem in Rom und Venedig verbracht, und ich bin ganz vernarrt in Italien. Ganz besonders liebe ich die Menschen, aber auch die Schönheit dieses Landes, seinen Beitrag zur Weltkultur, sein Essen und seine Literatur. Ich habe meine Abschlussarbeit über Primo Levi geschrieben – zumindest was das anbelangt, ist Eliza in meine Fußstapfen getreten.

Kommunikation ist heute oft sehr oberflächlich, man denke nur an Elizas Whatsapp-Austausch mit ihren Freundinnen: Wir versenden Bilder von unserem Essen, kommentieren sie mit hohlen Phrasen und Emoticons. Wie können wir zu einer echten Kommunikation zurückfinden?
Ja, die arme Eliza verschwendet jede Menge Zeit mit hohlen Interaktionen – genau wie ich. Meist mit dem Smartphone. Ich bin kein Technik-Dinosaurier, ich glaube, dass es durchaus sinnvoll sein kann, mit Freunden und Verwandten über Whatsapp und Instagram in Kontakt zu bleiben, aber oft kann das unser Bedürfnis nach echter Nähe nicht stillen.

Die Leute sollten sich mehr Gedanken darüber machen, was ihnen tatsächlich Glück und Trost spendet. Ich für meinen Teil muss Menschen in regelmäßigen Abständen von Angesicht zu Angesicht sehen. Ich nutze häufig soziale Medien, versuche aber im Hinterkopf zu behalten, dass sie geistig nicht sehr »nahrhaft« sind. Ich finde, das ist ein bisschen so, als würde ich jede Menge Chips essen: Die machen süchtig, sollten aber nicht in allzu großen Mengen konsumiert werden.

Turbulent, tough, typisch Beth O'Leary!

Die drei Romane der Bestseller-Autorin

Beth O'Leary, *Love to Share*
ISBN 978-3-453-36035-8

Beth O'Leary, *Time to Love*
ISBN 978-3-453-36036-5

Beth O'Leary, *Drive Me Crazy*
ISBN 978-3-453-36102-7
Erscheint im Oktober 2021

Leseprobe unter diana-verlag.de

DIANA